邱华栋——著

爬着城市玻璃山

Climbing the
City's Glass
Mountains

百花洲文艺出版社
BAIHUAZHOU LITERATURE AND ART PRESS

图书在版编目（CIP）数据

爬着城市玻璃山 / 邱华栋著. -- 南昌：百花洲文
艺出版社, 2024. 12. -- ISBN 978-7-5500-4855-3

Ⅰ . I247.7

中国国家版本馆CIP数据核字第202447JN96号

爬着城市玻璃山
PAZHE CHENGSHI BOLI SHAN

邱华栋　著

出 品 人	陈　波
策划编辑	陈　波　朱　强
责任编辑	罗　云　倪晓瑞
美术编辑	方　方
装帧设计	纸　上/光亚平　万　炎
插　画	雷子人
制　作	何　丹
出版发行	百花洲文艺出版社
社　址	南昌市红谷滩区世贸路898号博能中心一期A座20楼
邮　编	330038
经　销	全国新华书店
印　刷	浙江海虹彩色印务有限公司
开　本	889 mm × 1230 mm　1 / 32　印张　14.875
版　次	2024年12月第1版
印　次	2024年12月第1次印刷
字　数	320千字
书　号	ISBN 978-7-5500-4855-3
定　价	85.00元

赣版权登字　05-2024-189

邮购联系　0791-86895108
网　址　http://www.bhzwy.com
图书若有印装错误，影响阅读，可与承印厂联系调换。

目　录

时装人

　　我是一个惧怕生活的人，长久以来，我都不知道外面发生了什么。我住在一幢一百层楼的第四十九层，我已经有一个月没有下楼了。我储备了足够的食物——我有一个储量很大的冰箱，足以准备好几个月的食物。我不知道我是否得了什么病，因为，我已经不习惯于在生活的洪流中与人面对面地相遇。我喜欢窥视——真的，我是说我只喜欢窥视生活，因为生活变化多端、转瞬即逝，已经没有任何一点可以被我抓住的永恒的事物了。就在前几天，电视上连篇累牍地报道着一个著名的夜间音乐女节目主持人被杀的事件——她是一个风韵非凡的已婚少妇。但现在，电视却在大谈着中东某个国家因为利益的追逐而引起的争端。到底什么是人们应该持续谈论和把握的？我不知道。因此，我憎恨而又惧怕陪伴我度过一天的大部分时间的电视，尽管它每天都给我提供流动的真实与幻象相结合的图景，让我处于一种不断变换场景的梦幻之中。

　　我悄悄地掀开窗帘的一角，向外面窥视。这个时候是下午，白亮的阳光覆盖了整座城市，所有的建筑物似乎都在向上生长。我拿出了我的高分辨度军用望远镜——这是已死去的当过军队团长的我父亲给我留下的。我就用它来窥视生活——有距离地窥视并能触摸生活，这使我心安理得而又具有安全感。通过它我看到了全部的生活，我是说，不需要我身陷其中的纷繁复杂而又庸常破碎的生活。人的一切行为、动作、姿势、语言、思想，通过它我都能够了解到，我还需要陷身于大众中去吗？

大约是在几个月前，我突然发现了城市里出现了时装人。他们大多数是女士，而且大多都非常迷人，有着美妙的能够让人欣赏并想入非非的身段、臀部和乳房。他们一般以小群体的形式出现，无论白天还是夜晚，总是出现在最喧闹的地方和人最多的地方。比如现在，我的望远镜就捕捉到在一幢挂满了广告条幅的百货大厦门前，那搭起的台子上，有八个时装人正随着音乐节奏在表演。他们夸张地扭动胯部，表情安宁，走动或者凝止，不断地变换姿势和衣着。很多路人都停下来，张开了嘴巴在观看。我突然发现，所谓的个性已经在城市中消失，人的个性因为时装的出现成为流动的东西，时装暂时将人的个性和灵魂固定下来，成为彼此交流的符号。城市里到处都是人与人短暂的会面，而后迅速地告别。八个美丽的时装人不停地变换着服装，到明天，到随后的几周内，大街上一定到处都是穿时装的人，因为人们学会了大规模仿制，而时装却永远在向前流动，想到这一点我就感到心烦意乱。

有一天我还看见有一队时装人，他们一共有十八个人，全都是俊男靓女，排着一字长队在人流和大街与大街之间穿越。他们表情冷静而又克制，因为他们知道自己正在被大众关注，到了明天以后，他们的衣着就成了模仿的对象，他们不断地穿行在城市里，他们到底应该算是一些什么人？包装个性与灵魂并不断变换着展示它们的人吗？

不久以后，我发现我恐怕是无可救药地爱上了一个时装人。她是那样冷傲而又活泼，一双美腿在音乐节奏中的走动犹如大海起伏的韵律。当我从电视上，从望远镜发现了鹤立鸡群的她时，我的心狂跳着。我想，也许我的生活要改变了？只有她会让我走出这间屋子，除此之外世界没有任何诱惑我的东西。每天，我都企望从电视上、从望远镜中发现她，有距离地欣赏她、爱她。可我有一种恐惧感：她是有个性的吗？如果她的性格随着时装的变化而又呈现流动的状态，这有多么可怕呀！我不由得颤抖了起来。因此，我牢牢地记住了她嘴唇下的那枚小巧的黑痣，它使她变得魅力非凡而又容易辨认。

到了晚上，我打开了电视，新闻节目一开始，我就被一种莫名的恐惧感给抓住了。那个喜欢说俏皮话的男主持人正在动物园现场采访，动物园一座很高的铁笼子已经被毁坏了，我紧张起来，因为随后我便知道了这座城市的动物园中著名的大猩猩已经失踪。它们一共两只，一公一母，就是它们毁坏了铁笼，从而让它看上去不堪入目。按说大猩猩是没有能力扯开由很粗大的钢筋结构做成的铁笼的，更何况大猩猩是很善良的。那个同样有些紧张的男主持结巴着说，问题是当一队时装模特儿在动物园表演时，刚好被大猩猩看见，大猩猩先是注目观瞧了一会儿——据目击者说，然后它们便突然发了狂，奋力地扯着铁笼，怒吼着冲了出去。所有的人都不知道发生了什么，这时两只大猩猩已经冲到了时装人表演的台上，猝然地击倒了其中的两个，在迅雷不及掩耳的时间里杀死了他们。这下现场一下大乱，无论是游客还是美丽的时装人都已惊慌失措，在一片惊叫声中四下逃散而去。闻讯赶来的警卫人员发现现场除了两具时装人的血肉模糊的尸体，一片狼藉以外再也没有一个人，那两只大猩猩也不见了。紧接着电视上出现了两具尸体的面部特写，我的心顿时狂跳起来，我担心是她——我的意中人被……还好，我没有在她们脸上发现黑痣。那个脸色略微有些苍白的男主持人在向动物园驯兽师询问大猩猩为什么发狂时，语言闪烁的驯兽师推测说："这也许是因为时装人的表演抢走了它们的观众，因为据说在时装人表演的一瞬间，很多人离开了大猩猩的铁笼去看时装表演。"那个驯兽师还像煞有介事地说大猩猩的嫉妒心理要比人强多了。当主持人问到大猩猩的失踪可能会产生什么后果时，驯兽师说："可能仍会发生人被袭击的悲剧事件。而且，它们有可能专门去袭击时装模特。当务之急在于尽快抓住它们。"

　　紧接着，电视镜头上出现了警察全副武装出动的画面。城市公安局局长说，一旦大猩猩对人发动了袭击，人可以自卫直至将其打死而不用负任何法律责任。然后，电视上关于这个事件的报道算是结束了。我呆呆地坐在电视前面，这才发现我出了一身冷汗。我在屋子里从不穿衣服，因为我把空调开到了不用穿衣服的恒温状态。我赤裸着来回走动，时而掀开窗帘向外窥探一番，我发现，夜幕下的城市似乎陷入了普遍的恐慌之中。人人都知道大猩猩杀了人并且逃走了，我看见在这座巨大的城市中，仿佛有一种巨大的力量在使这座城市旋转，这座城市看上去更像一个很大的沙盘，一切都是不真实的，不信你听，吱吱嘎嘎的旋转声正从城市的底部传来。那些亮着很多灯光的楼厦上的窗户明明灭灭，拥有八条车道的大街上车流涌动，汽车像小甲虫一样飞速远去，拖曳的灯光像蜗牛雨天留下的痕迹，这就是天天如肿瘤般膨胀的城市。

我吃了一点东西，继续看电视，我在想大猩猩可能逃到哪里去了。我实在想不出来它们会到哪里去。我突然想，也许大猩猩会乘坐电梯，来到这幢楼上，这幢一百层的大厦装载着一万多人，每天，这一万多人包括我就徘徊在电话、办公室、床铺、抽水马桶和传真机、复印机之间，整幢大厦就像是一个忙忙碌碌的蜂巢，一个物的帝国。在这里人们交流各种信息，以各种计谋去掏对方口袋里的东西。这幢大厦那样地真实，像一座标杆一样矗立在城市中，但是它却不知道有一个隐匿的人藏在它的腹部在分析、判断和咒骂它，以及它为象征的整座城市。我在想，也许大猩猩猜透了时装人的出现给人所带来的全部含义？人类返璞归真越来越成为不切实际的幻想，因此把大猩猩都惹怒了？大猩猩杀死时装人是不是在向城市人表达着什么？我在沉沉睡去时苦思冥想着。

第二天的晚上，我打开电视新闻节目，这次是一位穿大红色风衣的漂亮但不免做作的女主持人在说着什么。画面是一个女时装人惨不忍睹的尸体，显然，大猩猩又出现了。"当时一队时装人正走在繁华的大街边，突然从下水道井盖下钻出了大猩猩，它揪住了死者的腿，另一只大猩猩也钻了出来。由于人多，大家过于慌乱，在四下奔逃时踩死了一位老太太。警方在下水道下找到了女时装人的尸体，但她身上的衣服已被大猩猩剥去。可以肯定的是，现在大猩猩就藏身在这座城市的下水道里。"然后，我在屏幕上看到了女时装人被毁坏的面容和揪掉的头发。她不是我爱的那一个，但我已经非常紧张和愤怒了。熟悉市政建设的一位副市长对市民说，本市的下水道系统非常复杂，几乎就像是一座巨大的迷宫。"但我们会尽力进行全面搜索的，三天之内抓住大猩猩。"市长许诺说。

紧接着是全市的时装表演和各种时装店关门的公告与消息，我想，这也许是永久终止了，只要还没有抓住那两只大猩猩。公安局局长建议市民们不要再穿鲜艳的时装，而统统改穿黑色或蓝色衣服，以免遭受大猩猩的袭击，从而让身穿抢到的时装出现在人群中的大猩猩会被及时发现。电视记者采访了几名女士，她们都表示明天起不再穿鲜艳的衣服了。

我突然鄙夷起这些市民大众了，她们紧跟时尚，追赶潮流，在麻木而又机械的模仿中消耗自己，成为简单的东西，而她们却又那么珍视自己的生命。我关掉了电视，开始盘算如何保护我的意中人，我想我是否应该为了爱而挺身而出，牺牲自己。可她现在在哪里？我是否该走下楼去？

随后的几天，又发生了几起大猩猩袭击时装人的悲剧事件。很多人都看见身穿时装的大猩猩十分恐怖地猛地从下水道井盖下跃出，袭击时装人。它们杀死她们，只是为了换掉身上的时装。如果不制止它们，它们会像人换衣服那样频繁地杀死时装人的。城市中时装人越来越少，人们重新穿起了单一颜色的衣服，恐惧笼罩着城市，而且，当悲剧事件发生在地铁里后，连地铁也停运了。

　　而这时我却在想着我是否该走出幽闭的生活了。我也许现在应该走出大厦，去捕抓那大猩猩。我懂得它们的语言和手势，这是我幽居大厦研究钻研的成果。我要和它们交谈，告诉它们不要再这样做下去，为什么我们不能和平相处？人是爱它们的。我正这样想着，门外的走廊里响起了杂乱的脚步声。我紧张起来，连忙趴到门上的窥视孔朝外看去，只见三个美丽的时装人穿着时装，手提着皮箱，正紧张地走向对面的房间。而且，我还看见我最喜欢的那个时装人也在其中！我的心狂跳着，我高兴坏了。我也许可以实现保护她的愿望了，我既紧张又激动。我在屋子里走来走去。我已经许久没有与人说话，我不知道该如何和她说话。我想首要的问题在于我应该先穿上衣服。我找了一套白色的衣服穿上，然后坐到了电话旁边。我拨响了电话。

　　"喂，你找谁？"听上去她的声音十分紧张。

　　"我要那个左嘴唇下长有一颗黑痣的时装人接电话。"

　　"啊，我就是，我叫陈虹，有什么事吗？"

　　"我……想保护你，因为大猩猩……我是你的崇……"

　　"对，它们正在追杀我们！天知道这警察是干什么吃的，竟然束手无策，很感谢你，你在哪里？我已有四个同伴被它们杀死了……"她哭了起来，很显然她已恐惧过度。

"我就住在你对门。我懂大猩猩的语言，我想我会制止它们……我懂得它们的语言。"我安慰她。

"那我想现在就到你那里去，我实在太害怕了，可以吗？"

我想了一会儿，和自己喜欢的女孩子能面对面简直叫我吃惊，我后来说："我去开门，你快来吧。"我放下电话就去打开了门。陈虹打开门左右看了看，便冲了过来。她的皮箱太重，险些叫她跌了一跤。我有些害羞，扶住了她的腰："这箱子都是些什么东西？这么重。"

"全是时装。"她惊魂未定，坐下来喝了一杯我倒给她的威士忌，才断断续续地告诉了我她被大猩猩追杀的全部过程。原来在动物园表演的人中就有她。

我怜爱之心顿生，她边流泪边说，犹如梨花带雨让我心疼。我在想我是否应该向她表白，但发现这似乎不太适宜，我柔声地劝慰她，直至她寻求安慰似的抓住我的手，把头靠在我的肩膀上。

"我一直在想，大猩猩为什么会袭击你们时装人？"

"我也不知道。也许这是野蛮对文明的攻击。你看，现在全市所有的人又成了蓝蚂蚁和黑蚂蚁，他们再也不穿时装了，我有多么伤心。"

"而我却在想，时装使人变得更不真实，时装使人成了流动的人、面具人、灵魂外在化的人、不确定的人、包装的人。我们就真的需要时装吗？"我边听城市嘎吱吱旋转的声音，边柔声地反驳她。这种观点我已想了许久了。

"但时装给人带来了美、自信，时装可以让人自己塑造自己，因为人是先天不足的，通过时装可以让自己变得完美和自信，变成他们想成为的那种人。"

"但大众只是趋从与模仿，没有真正的个性与灵魂。"

"可时装也在变化，趋从和模仿也在变化。生活就是流动的，你为什么要让一切一成不变？"

我无言以对，注视着她的眼睛，她的眼睛是褐色的，她的嘴唇那样生动，吹气如兰，我按捺不住内心的激情，亲吻了她那颗小巧美丽的黑痣。这时门被敲响了。

我放开她："是侍者，我想要两杯热牛奶，我这里没有，好吗？"

她点点头。我打开了门，旋即我被一双大"手"揪住了。我被一股巨大的力量推进屋子，我在一刹那看见了两张狞笑着的红脸。我想我要完了，因为两只穿着时装的大猩猩已经破门而入。紧接着是一阵尖叫声，我挣扎着从一双大"手"中看去，另一只大猩猩已经向陈虹扑去。陈虹跳到茶几后在周旋。我突然镇定下来，用大猩猩的语气说："住手！"

那只大猩猩一愣，它回头看了我一眼，我接着说："不要动她，你为什么要动她？"

它哇哇大叫，意思是要穿上她的时装，它热爱时装。

"你们为什么要穿上时装？告诉我！"

它说它拒绝回答我，它要她的时装。

"你们为什么要杀掉时装人？我们不能和平相处吗？"我大声质问。这时那只听懂了我的话的猩猩忽然哭了起来。它的哭声中包含了孤独、委屈和愤怒的内容。我似乎懂得了一点什么，而这时陈虹却举起了椅子，猛地砸向了它的头。它愣了一下，但未受重创，大吼了一声，反而向她扑去，我想这下又完了，我已无法制止冲突，赶忙抓起了一瓶喷雾剂，向我身后抓住我的大猩猩的脸上喷去，它松开了我的胳膊，软软地倒了下去，而这时陈虹已经打开门，冲了出去，那只公猩猩狂叫着也冲了出去。

我也追了上去。我的心悬了起来，我看见她和它都进了同一部电梯，我赶紧也冲了进去，电梯里的厮打是残酷的，当电梯门重新打开时，我已摇摇晃晃、头昏脸肿，而这时大猩猩拼命向逃走的陈虹追去。我紧跟着来到了大街上，大街上灯光闪烁，行人匆匆而又恐慌。我听见了警车的鸣笛声，我看见我前方的行人纷纷让开，我前面那只大猩猩在追赶陈虹。我最终没能阻止悲剧的发生，我赶上去的时候，那只暴怒的大猩猩终于击倒了陈虹，并杀害了她。而这时，冲上去的我被警察拦住，一阵枪响过后，那只企图更换时装的大猩猩倒在地上。我也倒在了地上，因为我失去了陈虹。

这天晚上，所有电视都报道了这件事。我赶紧买了一件风衣并竖起领子。我没有再回大厦，是陈虹，那个美丽的时装人使我离开了幽闭的生活。我现在又重新走到了人群当中。我看见商店、舞厅、游艺室以及广告屏幕上，到处都有电视在报道，画面上我精疲力竭地追赶大猩猩，以及大猩猩被击毙的过程全都显示了。电视主持人说另一只大猩猩已被抓获，也许不久之后将被绞死，只是我，"一个非常勇敢并同大猩猩搏斗的市民却失踪了。市长已决定奖励他"。画面上是我大幅的照片特写。我站在人群当中，突然觉得，就在今天，我也成了一个时装人、一件时装，所有的人都在注视我，在内心之中模仿我，到明天，他们依旧会忘记我，就像忘记一件过时的时装。明天，一定会到处都重新充满了时装人和模仿时装人的城市人，穿着不断变换的时装出现在商厦、地铁、街头和出租车里，一切将重新依旧，人们将忘却时装人的死，忘却陈虹的血，忘记大猩猩带给他们的恐惧，就像忘掉一种时尚、一件时装。我躲在人群中看着电视画面上自己那张有些疑惧的脸，一边想着是否应该再回到大厦里去重享孤独，一边泪流满面。我想我突然理解了那只大猩猩，虽然它杀死了陈虹，叫我永远憎恶。这个时候我不喜欢重新陷入欢乐的大众，他们就像啤酒的泡沫一样正在慢慢把自己消耗。

公关人

　　我的朋友W是一个公关人，他干这一行已经三年了。起初当公关人那会儿他不善言说，但现在已巧舌如簧。W是两年半以前结的婚，娶了一位体态丰满然而又非常善解人意的姑娘做太太，生有一个小女儿如今已满口童语。上一次我去他家吃饭，小家伙看见她妈在切菜，竟自言自语说："刀在走路。"那天晚上我离开他家时嫂夫人递给了我一把手电筒。不知何时外面已淅淅沥沥地下起雨来，我拧亮手电，光柱之中有雨丝在黑暗中疾速下落，小家伙又在后面喊："叔叔，光湿了。"我和W是大学时的校友，但不是一个系的。我们一同在这座大得像是一台精密的机床的城市里生活了四年，可我至今仍是光棍，而他已建立了叫我颇为称慕的家庭。要知道，在这座具有摇滚节奏的城市里生存下来并且活得好并不是一件十分容易的事情，可他结婚以后从各种迹象上看竟非常幸福，不幸的是他却突然失踪了。

　　今天是三月八日，是妇女的节日。我们报社的每一位女性都得到了五百元的过节费和一些妇女用品，我也得了一份，所以感到非常莫名其妙，我想我刚到这个报社才两个月，也许是行政处的人不认识我的原因吧，况且还有一袋妇乐卫生巾，在众位女记者的哄笑中我把钱和妇乐卫生巾"作为我本人在妇女节期间向本报妇女所表达的一点心意"而交了出去。

正在这时，我接到了W的太太的电话。"W已经有三天没有回家了，我给他所有可能去的地方都打了电话，他的公司、他的朋友，甚至他过去的情人我都问了，可都没有他的消息，我该怎么办？"她说话的声音中到后半部分明显地带着哭腔。

我开头听出是她的声音还油腔滑调地祝贺她节日快乐来着，但现在我突然意识到了问题的严重性。"先别急，我马上就到你家里去。一定会找到他的。那家伙在学校里就喜欢突然失踪，一星期后又在课堂上冒出来，叫他的老师一惊一乍的。"

我在去W家的路上一直在想着这件事，但我忽然发现，无论我如何去想，我都记不起W的面孔来。就像W一样只成了一个符号，我发现他好像已没有十分鲜明的特征了，就如同他的姓氏W，可以是吴王魏卫任何一个。这几年他的公关人生涯已将他变成了一个橡皮泥似的人物，遇见什么样的人他就成为什么样的人。就像和我在一起他只扮演老校友一样，没有一个角色是真实的但他又从来都是真实的。生活瞬息万变，生活如同流动的盛宴，有哪一个人可以和所有的食客一起一直吃下去而不散去的宴席？这是不可能的，因此便也给公关人的出现提供了机会和土壤。大学毕业那会儿我们一同都被分到了两个外表看来十分堂皇的大机关。他只待了一年就如同脱缰的野马一样冲了出来，仗着他优秀的专业底子和外语在外企里干起了公关人首领，迅速成为这个痛苦而又辉煌的转型期社会中白领阶层中的一员。而我，直到去年才发现在机关里待着如同熬油的灯，油尽灯灭，便惶惶然钻入一家报社当了记者。我走进他家时嫂夫人正坐在客厅里发呆，烟灰缸里一堆"摩尔"烟头。我进去后，她给我倒了一杯水。孩子这个时候已经睡着了。

"你们之间没有发生什么不愉快的事情吧？比如吵嘴、第三者、性生活不和谐之类？"我问她。

"没有，一切正常，平静如水。也没有什么第三者，在这点上，我们互相能够做到开诚布公。"

"他最近有什么变化没有？情绪、心理、言谈、举止、性格、脾气、思想？"

"要说起来最近倒没有什么特别大的变化，只是他当上公关人以后，也就是我们结婚这两年多来，我发现他好像变得越来越不真实了。有时候我正在干活，发现有人在我背后悄悄看我，我一转脸，他便猛地将脸转开，做出一副并没有琢磨我的样子。他似乎有什么心事，只是他从来也不说。W是个工作狂，这一点你也知道。他每天的工作就是天天和刚认识的人打交道，然后谋算着如何和对方把生意做成。因此我觉得他要有变化，也是变得更为深沉，让我无法了解了，但这并不至于到了非要出走的地步呀！"

我点了点头。"干公关人这一行，时间干长了的确容易引起一个人的变化，但他的失踪也许与此无关。我记得上大学那会儿他很内向的，不爱说话，和女孩子来往很少，即使性冲动了也用手解决掉——我们那会儿都这样干。"我抱歉地对她耸耸肩，"要不，再等两天，也许他累坏了，躲到某个地方打算好好睡几天。要不我在我们报上登个寻人启事吧，我们周末版看的人多。"

正在这时，内室里的小家伙忽然大哭起来。她赶紧进去把孩子哄好，抱出来，孩子嫩嫩的脸上还带着泪水和梦的痕迹。"妈妈，我刚才梦见爸爸了，他在树林里睡着了，我怎么喊他他都不醒。妈妈，我想爸爸！"

我愣了一下，然后我记住了孩子的话，告别后下了楼。

晚上躺在床上我想着这件多少有些奇怪的事情，我的思绪回到了大学时代。那时候我们都少不更事，那时候W那么内向，常常一个人躺在校园里樱园下面的著名草坪上晒太阳。有几次我看见这个人就觉得奇怪，他怎么老是一个人用书遮住脸晒太阳呢？有一天中午，下着雨，我走过那里时他仍然躺在那儿，脸上盖着一本书，是海德格尔的《存在与时间》，我当时想起了不久前发生在这片草坪上的谋杀案：一个女孩子也是这样躺着，但她已死了几天了。莫非他也……我有些心惊胆战地走过去，隔两米远我喊："嗨，下雨了，快回宿舍去吧！"

他拿掉了那本书。就这样后来我们成了好朋友。大学毕业后我们又一同分到了北方的大都市，因此时不时总要联系一下。自从他到外企干起了公关人这一行，他变得很快，真正做到了见什么人说什么话，而且，他懂三国外语，因此还经常见外国佬说外国话。一开始他的年薪只有一万五千元，一年后他又跳槽到一家德国企业，年薪一下涨到四万。现在他在一家日本独资企业里干，年薪七万元人民币。这在国内是不折不扣的白领阶层。可他为什么会离开家庭和孩子，突然失踪呢？我沉沉地睡去，在梦中我却梦见他，W这时是西装革履，面带一成不变而又瞬息万变的微笑，向我伸出一只手来。奇怪的是，在这个梦中，他周围穿梭往来的他的手下，那些公关人，无论是漂亮的小姐还是英俊的先生，都戴着一副面具在工作，也就是说，他们都是一些没有脸的人。我觉得这个梦有些可怕，就醒了，发现这个梦极富象征意义。同时它也许会给我提供找到W的线索。不久，天就大亮了。

我来到W所在的公司。这家公司隐身于一幢七十层的大厦的腰部。从外观来看，这幢大厦用幽蓝的玻璃装饰，像一座现代纪念碑一样。人类也许的确是伟大的，他们的使命就是毁灭与创造，而永不停下来。我走进这家外企公司租用的写字间，突然发现这一层大厦的所有办公室都没有椅子，看来日本老板的确是"讲究效率"，他宁愿叫人们站着工作，这样可以加快工作步伐。我还听说这公司的日本老板将自己制成了一个橡皮模型，挂在休息室里——像日本的许多大企业里的老板一样，叫有怨气的职员用拳头出出气，气通畅了接着玩命干活。

我被经理秘书领着来到了总经理办公室，我发现这里的确只有总经理才有椅子，他正坐在那里埋头办公。我进去时他抬起头，看上去他像个中国知识分子，但显得要干练许多。我开口道："我是记者，我想来了解W的情况，要知道他刚刚失踪。"我已经知道他叫平田。"平田先生，我是W的好朋友。"他给了我一个日本式的礼貌微笑，互递名片后，我们坐下来谈论这件事。从他的叙述中，我了解到W作为一个跳了几次槽、年薪却越涨越高的公关人，公关能力是非常强的。W是一个善于交际的人，一个稳重、灵活、机敏和口才出众的人，一个风度翩翩、势压群雄的人，一个最好的公关人。这是这个日本人对他的评价。得到日本人的赞许是不容易的，我想，W这家伙的确干得不坏，在内心里不由得产生了一丝妒意。

"可他却失踪了，我已在报上发了寻人启事。谁也没看见他，他为什么要离开家庭、离开工作而出走，我想作为老板，也许你有你的答案。"

"他在这里一切都是顺心的，尤其在报酬上，明年我打算给他年薪十八万元人民币。我也不知道这是为什么。我非常欣赏他，但坦白地讲，假如他三天内不出现的话，我就会让别人来干他原来担任的职务了。"

我道了谢，离开了那里。人走茶是凉的，这就是现代社会。

我刚刚回到住处，就接到了W的妻子的电话。"我想起来了，最近这几个月他好像特别喜欢各种面具。他买了很多面具，各种各样的，有时候晚上回家他就一个人默默地欣赏。但我刚才找了屋里所有可能藏有那东西的地方，却没有发现。我敢肯定他是带着那些面具走了。可他把那东西带走干吗？去参加一个无休无止的假面舞会吗？我觉得我们是不是到各个舞厅去找找，兴许他犯了病似的一家又一家地不停地跳下去呢。"

"哦？这个信息很重要，是一条非常重要的线索。那今天晚上我们去各家舞厅找一找试试。可我印象中他从来不跳舞的。他不是一个疯狂的家伙。"

"是的，他是这样，也没和我跳过。但他难道不会从头学？"

"对，有道理。七点钟，咱们在海马歌舞厅门口碰头。"我放下电话之前说。

那天晚上我和她见面后，便开始在这座不夜城中的歌舞厅寻找W。我们包了一辆出租车，统共花了五个小时，找遍了所有主要的舞厅，但仍没有W的影子。这个谜一样的人干吗要躲在暗处折磨我们呢？我甚至都有些气恼了。在送她回家时，她抑制不住痛苦而扑入我的怀中，我默默地抚摸着她的头发，一句话也说不出。

这天我急急忙忙去采访，路过"石渠通人像艺术摄影室"时，我在汽车里看见临街的橱窗里有一张照片，上面的人好像就是W。我叫司机停了车，赶紧冲了过去，把脸贴在玻璃上。没错，真的是他。是他的大半个脸，他的表情非常古怪，同时奇怪的是他身后有很多的衣架塑料模特儿。那些光着身子的塑料模特儿姿态各异，使他在画面上非常不协调。

我在想，那些面具和这些塑料模特儿会有什么联系吗？我冲进了照相室，见了石渠通。我告诉他W失踪的事。"你是在什么时候见到他，拍下这张片子的？"

"上个星期，就在绿岛大厦里，他在那里买那些塑料模特儿，而且，他买了一卡车！他在模特儿中间忙活时我正好也进大厦买东西，发现他很特别，而且他在那些塑料模特中显得非常有感觉，我就拍下了他。我是偷拍的。可他会失踪吗？那是个奇怪的人。我能想到这一点。"

"他是个公关人。"

"搞公关可累了。也许压力太大一走了之？我想是这个原因。"石渠通肯定地说。

我立即把这个情况打电话告诉了W的妻子。她也弄不清这是怎么回事。"他为什么会买一卡车的塑料模特呢？他从来也没向我提过。他的出走是有预谋的，现在我相信这一点了。"她又哭了起来。已经六天了，仍旧没有W的消息，我也很着急。在电话中我劝慰着她，却一直在琢磨，面具和模特是什么关系？我想，也许这两样东西就是这个时代的特征？他会把它们放在哪儿？"我猜他肯定在放面具和模特儿的地方。"我深信不疑灵机一动地判断道。

她愣了一会儿："也许是，可哪个地方能放下一卡车的塑料模特儿呢？"

"不知道。但我预感他就要出现了。"

果然，就在第二天上午，也就是他消失整整一周的那天，我收到了一盒录音磁带。一看封盒上的笔迹我就知道是W寄来的。一阵狂喜掠过我的心头。我赶紧找了一台walkman（随身听），把磁带放了进去。

"人啊，我爱你们！"第一句就是W深沉而又响亮的呼喊。这句话似乎是某个思想家说的。"我自从当了公关人，才真正开始与人打起了交道。原来我是一个沉湎于内心、认为时间是凝滞不动的人，可是，我后来发现一切都在迅速地发生着变化。我一共与一万八千多人有过公关接触，这一点，在三年的公关人工作记录中我统计过。后来我就突然对研究人发生了兴趣，在内心之中我把他们归类整理。可最近得出的结论却是：人是贫乏的，人的肉体是让人厌弃的，人的灵魂没有固定的面孔，只有面具才真正能显现出当代人的灵魂。所以我在工作中日益感到了压力，我无法承受我每天都在与几十个上百个面具人打交道的现实，而同时我本人也已是一个面具人，没有深度的人，假设人。我觉得最终可笑的是我自己，所以，我选择了出走和死。人啊，我是厌弃你们的！"W的录音突然就断了，中止了。W也许把话说完了，我立即明白了他出走的全部原因。他的脸上盖着海德格尔的《存在与时间》躺在校园里草坪上的形象立即浮现在了我的面前。人的本质是无法改变的，看来他不想成为一个平面人、没有深度的人、面具人和假设人。问题是现在必须找到他。他已经死了吗？可他会在哪里呢？刹那间我眼前一亮，因为寄磁带来的包裹上有邮政编码，就在邮戳上。我找到了那邮编，在地图上查到了那个地区，在这座城市的东北角。我知道那里有一幢八十八层三百米高的望京大厦，他肯定就在那里！

　　我和W的妻子匆匆赶到了望京大厦。在客房部我们打听到有一个男子在一周半（十天）以前曾经在这里租了房子，并且运送上去一卡车的塑料模特。"我还以为他是开服装公司的呢，可他不是。他是杀人犯吗？你们找他干吗？"看过记者证后，服务员领我们上了楼。在电梯里，我的手感觉到W的妻子的身体在颤抖。看来不祥的预感已经一同来到了我们身上，我轻轻地揽住她，她用求助式的眼神看着我，泪光盈盈。我们跟在服务员后面出了电梯。我们来到了七十九层，我知道现在我们已经在云彩里了，假如想做一只小鸟，现在从窗户里跳下去就可以实现。服务员打开了门，屋子里弥漫着一股强烈的刺鼻气息，包围着我们的是黑暗。服务员打开了灯，却吓得失声尖叫了起来。

在屋子里站着满满的塑料模特儿。它们大多是女性模特儿，也有一些是男性和孩童模特儿。不同的是，现在它们每一个脸上都戴着一副面具。这样的场面是那样奇怪，充满了激情、欢乐、静止与死亡的暗示，我也情不自禁地"啊"了一声。

我们来到了另一间屋子，屋子里同样都是戴着面具的塑料模特儿，只是我们还看见W正靠墙坐着，他也戴着一副面具。我走上前摘下了它，发现他已经死了。他妻子在我背后大哭了起来，而这时我已看清楚他脸上带着那样一种痴迷的笑容，包含着幸福、满足、狂热和快乐，与多年以前的那个下雨天，我在H大学校园草坪上向他走去时，他抛开那本《存在与时间》时脸上倏忽隐现的表情一样。

直销人

我和我夫人的婚姻发生了危机，其原因说起来十分简单：不知听了谁的建议，她在不久前居然异想天开地在我们卧室的屋顶上装上了一架摄像机，每一次做爱她总要拍下。她第一次装上的时候我并不知道，当她把磁带在电视上放出来时，我的确有些受不了。要知道，在生活中我多少有些循规蹈矩，我无法接受"男人是动物"这样一个颇为偏颇的论断。几个月中，每一次事后品评前一天做爱的质量，她都要幽深地看着我说："你的激情不够，为什么结婚以后你看我的脸不超过两秒钟？你为什么和我在一起没有足够的激情？"

对这种说法我予以了反驳。但随后，在电视屏幕所放的录像上，我发现我的确越来越没有激情了，以至于最终丧失了做爱的全部兴趣。那些磁带充分地破坏了我的胃口与欲望，但我没有勇气去拆掉安装在屋顶正对着我们那张床的摄像机。在生活中，我是服从于她的。我的房间一切都按她的设计而装置。比如铺的是绿色的在我看来有些俗不可耐的地毯，在离地一尺高的地方装上了灯，这些灯打开之后，与地毯的颜色映出毛茸茸的充满了色情意味的光芒。墙上挂的是马蒂斯的绘画复制品，总之一切装饰、摆设都体现了她的现实主义态度和爱想入非非的女性虚假浪漫主义，包括种种电器家具以及她必读的妇女杂志。

现在，我正身陷于沙发之中发呆。我突然觉得婚姻是一个幻象、一个陷阱、一个怪圈，可我又没力量逃离。我曾经看过英国一个作家写的《出走的男人》，感动得都流了泪，可我却没有勇气离开家。我从来没有想到婚后的生活竟是如此琐碎、平庸、现实、滑稽、虚假、具体和平面化。是上帝让亚当去寻找他的肋骨，并把她与自己合二为一的吗？我对此深表怀疑。但最终婚姻已将我变成了一个彻头彻尾的平庸的人。我这样想着，就更为忧虑了。

在公司里我也是个平庸的人。当所有三十多岁的男人们犹如梅开二度般打算大干一场，趁着好机会大挣其钱的时候，我却安心于坐在办公室里替老板起草各种不必要的文件，拿着不高不低的薪水而心安理得。

我正在发愣，突然，门被打开了。我先是一惊，以为是太太回来了，我站了起来，把手中的一本妇女杂志塞进了茶几下面。但进来的人我却一个也不认识。

"你好！"他们依次漠然地向我打招呼，他们一共四个人，他们都穿得非常漂亮，闪着光亮的那种质地的西装，扎着领结。他们的眼睛并不看我，他们四个人的手里都捧着东西，他们的个头都一般高。他们进来后，忽然开始干活了。他们先是拆掉了安装在屋顶上的那架摄像机，在稍下一些的地方挂上了一面液晶显示的平面电视——这是最新的超薄型电视，然后他们挪去了装满了我太太的亚洲各国妇女杂志的书橱，在那里安装上了一台加湿器。他们还在离我一米五远的地方摆上了一台红外取暖器，最后又在厨房给我们安上了一台第Ⅹ代抽油烟机。他们不声不响地干脆利落地干着，仿佛就没有我这个人似的。他们这样一干，我屋子里的秩序已全然改变，尽管我内心拍手称快，因为这打乱了我太太设计的秩序，我还是有些疑惧。莫非是我太太叫他们来的？我已非常害怕了。我问他们：

"是我太太叫你们来的？"

他们没有理我，他们觉得似乎没必要回答我。他们安装完毕，拍了拍手，然后排着队整齐地离开了屋子。剩下我一个人身陷沙发目瞪口呆，我想，也许我要大祸临头了。

二

傍晚的时候我太太进了房门，她哼着歌，看上去她心情十分好，我发觉她改变了发式，我有些结结巴巴地说："发、发型真迷人。"

她冲我瞪了一眼。这时她已经放下了她的蛇皮提包，突然发现屋里的秩序已有了变化，登时勃然大怒："是谁动了我放的东西？天哪，该杀的，改变了我全部的设计！我要杀了他！"她像一头母狮一样冲向了厨房，我知道也许她在寻找菜刀，我紧跟其后，因为我又听见一声惨叫，她发现了那里安装的抽油烟机。她站在那里捂住脸号啕大哭起来。我连忙结结巴巴地给她描述了一番那四个人的情形。我说我也莫名其妙，还以为是她找来的呢。她止住了啜泣，将手放了下来，竟然破涕为笑："这样也许更好。那四个人，我也见过的。今天一大早他们就到我们公司去了，给我们每个人都摆了一套化妆品，而且现场操作，我的头发就是他们做的。他们叫广告人，也叫直销人，这是一种很有趣的人。他们那种化妆品品牌很不错，我用了十分舒服，过来，亲我。"她妩媚地冲我看着，我便有些疑惑地走了过去，吻了她一会儿。

"是否变得漂亮了，我？"她有点威胁的口气问我。

"是的。"我多半不愿意如此回答。

"那得感谢那些广告人，他们那样严谨而又不辞辛苦地帮助美化我们的生活，一切东西都是先使用，然后再付款，不满意可以退货，有这样完美的服务吗？告诉你吧，那架摄像机也是广告人给我们装上的。"

"还没有听说过。"我老实地说。我想如果要是我安装了那些液晶显示电视、抽油烟机、加湿器、取暖器，她非跟我拼了命不可。我不由得憎恨起那些直销广告人来。他们干这一切的时候并不在乎我，甚至都不征求我的意见而强行安排了我的生活。这是些什么人？是谁给了他们这个权力的？晚饭后，太太兴致颇高地看起了高清晰度液晶显示电视，像一只老实的猫拱在我的怀里。这一刹那我几乎要忘掉我们结婚三年来全部的冲突与争吵了，我柔和地抚摸着她的头发，它们看上去十分蓬松和顺畅。这天晚上，由于没有摄像机像一只眼睛似的盯着我，我激情澎湃地和太太做了爱。但我的眼前老是出现那四个广告人、直销人。

三

我梦见了我在所有的场合都碰见了那四个广告人。他们总是一言不发地排着队，出现在我生活的各个场景当中，根本就不顾我的存在，按照他们的想法给我安上最先进的和最新的产品。他们用一切物品包围我，他们从不与我商量，我想大发雷霆，可我却找不到理由，我甚至想揍他们一顿，可手却放在口袋里根本抽不出来。为什么总有人在规定着我的生活？以前是太太，可现在变成了这四个广告直销人。

我无法和他们发生正面冲突，因为他们甚至都没有开口向我收钱。然而我却觉得越来越窒息，就好像我已在水下待了许久，要呼的一声冲出水面，我大口地喘着气，就像一条快死的鱼。

四

早晨我衣着笔挺地去公司上班，一进门，发现所有的人神色都有些尴尬和紧张，脸色有些鬼鬼祟祟的。在公司的中年人当中，绝大多数都是惧怕老婆的。也许昨天晚上他们每一个人的老婆在屋顶上安了一架摄像机？想到这一点，我在内心之中既可怜自己，又可怜起他们来。毕竟我们是同病相怜，可又偏打肿脸充胖子，谁也不向谁说。

我心情复杂地推开了我办公室的门。一分钟后，总经理秘书打电话说总经理要找我。我有些紧张：莫非要炒我的鱿鱼？因为据说总经理对我最近起草的文件中缺少了必不可少的形容词颇为不满，比如"威严慈祥的总经理""善解员工心意的总经理""具有大刀阔斧开拓精神的总经理"，上个月为此已扣了我一百元钱。我十分紧张，在洗手间先将领带西装整理得丝丝入扣，才小跑着诚惶诚恐地来到了总经理室。

一进门，我就立刻发现了那四个广告人。他们换了一套颜色浅一些的服装，他们依旧表情严肃，他们的面孔因此而显得老成持重。其实他们都是不到三十岁的年轻人。最为奇特的是，他们四个人的个子呈阶梯状依次变矮。他们依旧不正眼看我，而我却发现总经理笑逐颜开。我发现广告人正在给总经理介绍一种办公桌，这种桌子带旋转设备，配上画面效果，坐在边上就感觉地球在脚下旋转。总经理是一个主宰欲极强的人，他一定喜欢这样的桌子。同时，广告直销人给了他一支由国旗改制的很大的鹅毛笔。"使用它的感觉你就像是总统，而且你的确是的。"广告人对总经理说。

总经理哈哈大笑起来，看得出他非常满意。同时，广告人还向总经理推荐了一种人和宠物狗都能吃的精美食品，可以免费在公司试吃一个月。"好！好！你！赶紧起草文件！大家从今天起！免费供应午餐！要加上'慈爱的总经理'！走吧！快！"总经理对我吼道，他是一个爱使用短促语句和感叹号的人。我看了那四个广告人一眼，赶紧离开了那里。

我路过制作室的时候发现公司的职员都在窃窃私语，似乎在议论什么，看见我走了过来，便都紧闭住嘴。我进去，一边操作电脑，一边悄声问一个眼泡浮肿的男职员："你们刚才在议论什么？"

他显然有些迟疑。过了一会儿，他把嘴附在我的耳朵上说："我们在议论直销人，他们已大面积出现在我们的生活中了。"

我停止了操作，转过身："你们也都遇到了那些直销人？我也在昨天碰到了。"他们惊愕地看着我。之后，大家又立刻议论起来。原来他们每家都出现了广告人、直销人。他们无法拒绝他们，因为太太们都信任他们。但大家都感到有一种莫名其妙的忧虑和恐惧感笼罩着头顶，不知道该如何是好。正在这时，我们看见那四个广告人依次出现在走廊里。他们神色漠然，表情专注地看着前方，鱼贯地经过我们的工作室，没有看我们一眼就出去了。我们都鸦雀无声。

五

　　我回到家觉得非常疲劳，想洗个澡，我发现浴室里已经装上了最新式的淋浴器，而且水变成了热雾，由机械手用毛巾擦拭。我知道这一定是广告人的杰作。洗完澡，我又陷身于沙发中，太太没有回来，我没有她的指令不知该做点什么吃的。我呼了一下她，但她没有给我回电话。我焦急地看着表，时间一分一秒地滑过，已经超过她应该回来的时间一小时了。我饥肠辘辘，正鼓起勇气要为自己做点吃的。忽然门开了。我想是太太回来了。但不是，是那些广告人，只是今天他们来了两个。

　　他们依旧不用向我打招呼就进了我的房间！这事儿想来就令人恐惧和厌恶。我想我今天应该发火了，而且我太太居然也没有回来，这一定与广告人有关。他们抬着一箱看来是新式炊具向厨房而去。我跟上他们，看着他们将各种炊具、新式电饭煲、微波炉等放上了橱柜，然后他们又向外走去。

　　"喂喂，是我太太叫你们送来的吗？拿走吧，我不想要。"

　　他们没有理我，继续向门外走去。"我要知道我太太到底到哪里去了？告诉我！"我扑了过去揪住了一个广告人的衣领，"你们这群没有灵魂的不爱说话的家伙，我太太呢？"

　　那个广告人使劲地挣脱了我的手："她今天不回来了。明天你给她打电话吧。"之后，他们依旧很有秩序地走了。

　　我在冰箱里找了些青菜，没有炒就把它生吃下去。我恼怒至极，因为我太太居然不回来了。这也许全是因为这些广告人。

从安装那架摄像机开始，我的生活就变得越来越糟。

很多男人都告诫过我结婚就是一种妥协，也许我不能再这样下去了。我像动物一样气鼓鼓地吃了青菜，坐在沙发上。房子里很冷，我既没有开空调，也没有开取暖器，就在沙发上沉沉睡去。在睡梦中我梦见我太太已被广告人包围，她在逐渐离我远去，我追赶着她，我大声呼喊着她，可她并不转身，我发现我大声地呼喊并没有发出一丁点儿声音。广告人和我太太渐渐远去……

六

一大早，我刚到公司里安排好事务，就给我太太打了个电话："你昨天为什么不回家？在哪儿过的夜，我很想知道。"

"哎呀我的好先生，别生气，我没有和别的男人在一起，你吃醋了说明你还爱我。我昨天参加了广告人组织的一个活动，他们推销一种专供女士睡的床，丈夫若不在家，躺在上面依旧可以做好梦并且感到丈夫就在身边。我和几百个女人在一个大厅里，都睡在那样的床上，每人一张。果然如同广告人所说，睡在上面虽丈夫不在身边但依旧可以感觉丈夫在身边，而且我还做了很多美梦，梦见我抽奖得了一条南非宝石项链！噢，我的老公，我醒来后第一件事就是决定买下这张床。这样即使你出差我也可以做好梦了，而且又不用与别的男人通奸，叫你生气，这有什么不好？你有什么说的吗？"她的声音已经由温柔变得杀气腾腾。我没话可说，放下了电话。啊哈，太太找到了丈夫不在身边仍具有丈夫功能的东西，那张该死的床。我突然感到非常荒谬，原来一张有奇特功能能叫人做美梦的床就能替代丈夫，我是可以被人替代的，我还有意义吗？我只是一个符号，一个象征，一种位置，一种配置吗？我非常恼火。

这天中午，公司的全体职员果然吃到了广告直销人免费提供的人与宠物狗共食的午餐，而且说心里话，味道还是不错的。可我刚吃进去就想把它吐出来，在洗手间我用手干抠了半天也无济于事。

晚上回家，太太已经喜滋滋地坐在她中意的那张床上了。我进门以后，发现一天天地发生着变化的房间里，到如今已经面目全非。我发现我已被物所包围，周围是一个物的世界，而且这些东西以惊人的速度在变化更新。我觉得我已没有了我的生活，我已事先被规定、被引导、被制约、被追赶，包括被那架摄像机窥视，我能有我的生活吗？与此同时，广告人在城市中急剧增多。他们走进了所有人的生活，并对他们发生作用。这时我发现我已不知道自己是谁了，我是谁？谁是我？我到底是什么？我被谁所规定、复制、牵引？我茫然地问自己，但却无法回答。

七

　　那些游行的男人是在一天早晨出现的。他们在某一天不约而同地砸碎了所有广告人推销给他们的东西，带着压抑已久的反抗情绪，来到了大街上，他们同时也向自己的太太宣战了。我阴郁地推开窗户，看着他们喊着激昂的、把矛头指向广告人的口号，走过我楼下的街道。这时我忽然来了勇气，我要砸掉那些物品。我太太并不在家，她已被广告人所迷惑，正机械地随着广告人的推销而有节奏地使用各种最新的物品。我开始砸了，我砸得非常痛快，我哈哈大笑，我砸掉了长久以来所有广告人抬进我家并且安置好的东西，我把它们砸得粉碎。我用了一个小时才砸完了所有的物品，我累得满头大汗，我想也许我同样砸碎了婚姻的锁、婚姻的幻象。

　　我冲下楼，我站在空荡荡的大街上，这时我才发现那群反叛的男人已经没有了踪迹，恐惧抓住了我，但我已不可能再回家。我像孤独的狼一样徘徊了一会儿，就毅然向前走去，顺着马路向前走。我要离开这里，离开家庭，离开太太和婚姻，离开那些广告人强加给我的各种物品，我既茫然又坚定，但我已没有退路。我一边走着，一边大声向两边的高楼大厦喊话，叫那些想离开家的男人离开家，但所有的窗户都关闭着，我发现如同在梦中一样，我呼喊竟然没有一点儿声音。

袋装婴儿

　　一个环卫工人从一个垃圾桶中发现了一个包装商品的手提袋，袋里装着一个婴儿，是一个死婴，已经被肢解了的婴儿。他是在早晨开着垃圾车，去清理那些一排排立在道路边上的垃圾桶时，发现那个袋装婴儿的。

　　在此之前，这座城市是宁静的，或者从表面上看它是非常宁静的。已经有几个年头儿没有发生过这种事情了，人们过得很安详宁静，市长说："我们城市的治安是最好的，稳定是可以压倒一切的。虽然有下岗工人，但我们不会用强制的手段去解决的，我们倒是要用强制的手段去解决黄、赌、毒和各种黑势力团伙。"市长说："在这一点上我们决不手软。"

　　"对那些偷盗超市的窃贼，我们决不手软。"联华超市的总经理在电视上说。联华超市昨天发生了一起偷盗案，一个女人被怀疑偷盗了超市中的东西而被保安询问，结果那个保安被她用防身喷雾器喷了一脸麻醉剂，她却夺路逃走，在街道上钻入一辆汽车不见了。后经查这个女人刚刚从拘留所放出来，此前她被拘留的原因同样是在一家超市行窃，同样被保安发现并遭到质问，她同样用女用防身喷雾器，喷了那保安一脸东西，但另一个保安却抓住了她。联华超市总经理告诉市民他们会逮住那个女窃贼的。这件事发生在环卫工人发现那个袋装婴儿之前。

城市骚动了，因为在垃圾箱中发现袋装婴儿碎尸的消息很快就传遍了整座城市，这个消息在人们嘴上流传的速度比流感还要快。这一天，环卫工人一共发现了三个袋装婴儿，两个男孩，一个女孩。他们的年龄经法医鉴定在一岁左右，这是两天后晚报的消息提供的。人们恐慌了。人们知道有袋装糖炒栗子、袋装泰国香米、袋装爆米花等袋装食品，没有听说过袋装婴儿。这究竟是怎么一回事？

有关婴儿的坏消息还有一个，那就是警方在山东破获了一起贩婴案，他们发现有人抱着褴褛一模一样的四个孩子，经查证发现这些人都是贩婴者，而那些婴儿则是从山西某个地方被贩到山东的。后来《南国消息报》的记者专门跟踪至山西某个山村，进行了调查，可以肯定那个村子有女人靠生孩子、卖孩子挣钱，每卖一个婴儿可得到数千元。她们没有别的办法挣钱，她们就卖孩子来挣钱。但这是一个坏消息还是一个好消息？

很快地，已发现的那三个袋装婴儿的父母亲被找到了。他们已哭成了泪人，因为，他们的孩子都是傍晚在街上失踪的。两天后，孩子们就变成袋装婴儿了。他们能不哭得像个泪人吗？同时，又有四位家长向警方报告说他们的孩子也失踪了，但还没有发现被制成袋装婴儿，他们很害怕，很着急。于是很快地又有一个传言在城市中弥漫了，说是这座城市的一个黑社会头子被警方抓了起来，他手下的家伙们扬言要杀掉四百个婴儿，如果警方不放他们的老大的话。对于这一点，每周的市政府新闻发布会上，新闻发言人辟了谣，说袋装婴儿案与政府正在进行的"扫黄打非"没有直接联系，警方会很快破案的。

"我们会很快破案？"公安局局长在电视上看到新闻发言人这么说时，他对他妻子说，"这个案子连一点头绪都没有。我们倒是抓了不少广东、东北和四川来本市作案的家伙，但他们中没有一个承认自己是黑社会分子，也没人指名要我们放谁并发来恐吓信。这件事很奇怪。你觉得什么人会出于什么目的专拿婴儿下手？"他问他妻子。"这可是你的专业啊，我的专业是美容，我对你的事一向没有发言权。不过，你还记得前年发生的一起碎尸案吗？那是一个女大学生，她失踪之前只是说自己认识了一个作家。后来你们不是查遍了本市作家的房子也没找到作案工具吗？"正在这时，局长接到了一个电话，电话的声音清晰得他旁边的夫人都听得清清楚楚："把我们的老大放出来，否则我们要杀掉四百个婴儿！"

"我们又发现了她，这回她戴了假发套，是红头发。这种颜色很特别，也很突出，我一下子就注意到她了。"联华超市的一个保安在女窃贼逃走以后说，联华超市一共有三十八家分店，分布在这座城市的各个社区。那个女窃贼已经是第三次从联华超市逃走了。"但我们记住了她的脸和形体，不管她换用什么样的假发套。"被女士防身喷雾器喷昏过去又醒了过来的保安说。经理叫他把她画出来，把她的面容和体形画出来，他画出来了。经理很高兴："这下她换什么样的假发都没有用了，我们一定可以抓住她。这个女贼为什么专偷我们联华超市的东西呢？"

另一个环卫工人在另一个垃圾桶中发现了一个包装商品的手提袋，袋里装着一个婴儿，又是一个死婴，已经被肢解了的婴儿。他是在早晨开着垃圾车去清理那些一排排立在道路边上的垃圾桶时，发现了这个袋装婴儿的。

"他们要杀掉四百个婴儿！"这一句话像流行疟疾一样在人们口头上流传，像一团浓黑的乌云压在城市的上空，大有黑云压城城欲摧之势。而且，各种各样的小道消息全都在流传，有消息说当澳门一个黑帮老大在本市被警方抓起来以后，大批马仔都已来到本市，打算和当地的警方开战，这些马仔都操广东普通话、湖南普通话和四川普通话。所以，千万再别让孩子在傍晚出门了，人们说，否则，你的孩子要变成袋装婴儿。

"原来那个老大竟然是一个不起眼的瘸子。本来刚要把他放了，因为他太不起眼了，我们还以为是个打工仔或是钉鞋匠呢。但他戴的一块江诗丹顿表露了马脚。这种表要三四十万元一块，表里面镶满了小钻石。一个刑侦人员还是见过世面，他认出了这表也觉得这个人不是泛泛之辈，就晚放了几天。原来他就是澳门的一个黑帮头目。而澳门前些日子发生了两起绑架勒索案，都与他有关，我们要将他移交给澳门警方。"局长对他的妻子说，"可这时他手下的人来提条件了，说已在海上准备了一条船，如果我们现在不放他，他们就要每天杀掉一个男孩一个女孩，把他们变成袋装婴儿，一直到我们放他为止。市长说我们不能放，必须等澳门警方把他带走。我们不会向黑势力屈服，我们要为此展开专项斗争。"

"她又出现了，这次出现在城东区的华洋小区的联华超市。这次她在偷一种狗食品，一种自英国进口的狗食品，她还拿了不少牛奶，她几乎是推着一辆堆得像小山一样满的手推车，要冲出超市，但被我们拦住了。她这回戴的是金色发套，伪装成了大胸大臀的洋人，可这逃不过我们的眼睛，因为经理您不是让我们联华超市的保安人人要牢记她的面容和形体吗？我们记住了，尽管她把自己装扮成了一个洋人，可这没有用，她看见我们向她围过来，拔腿就跑，在出口处我追上了她，但她这回没掏出喷雾器，她掏出了一把钢珠枪，这钢珠枪看来是有用的，因为她一下子正中我的额头，把我给打昏了，经理，我们就是这样让她逃走了。"

"我真不该，真不该在那天傍晚，让他一个人，我真的很不该，不该让他一个人在街上走。我这个做妈妈的没有当好啊！这样他才会被狼叼走，被那些坏人给抓走，然后叫他变成袋装婴儿。我真不该啊！我真不该在那天傍晚……"一个三十多岁的女人坐在路边向行人唠叨。不少人都停下脚步围着她看，大家都很静默，都不说话，好像人人都怀着心事，在听她唠叨，像一群静默的雕像。人们说她在儿子变成袋装婴儿以后，就变成这样了，跟过去一个叫祥林嫂的女人一模一样。那个叫祥林嫂的女人的孩子独自玩耍时叫狼给叼走了，她们的命运很相似。她们都因为儿子的失去而疯了。

一块压在城市人头顶上的乌云没有散去，一些环卫工人又发现了一些袋装婴儿。他们都不太敢去翻那些垃圾桶了。袋装婴儿有男也有女，但都是粉里透红、白白嫩嫩的婴儿。环卫工人伸手去翻那些垃圾桶，总要紧张得提心吊胆。每当发现一个袋装婴儿的时候，在这座城市中就会被传成发现了十个袋装婴儿，恐怖已经笼罩了城市。

"必须注意搞好安全措施，因为这次押解是一次绝密行动，我们绝不能掉以轻心。这是我们和澳门警方的一次通力合作，我们不能出纰漏，要防止消息泄露，尽快将这个家伙押解走，笼罩在我市市民心头那恐怖的阴云才会消散。王局长，我问你，他们到底杀掉了多少个婴儿？"市长在常委会上问公安局局长。

"男男女女，一共七个。"公安局局长说，"但本市市民传说因为我们抓了那个黑社会头子，他手下的人已来到本市，扬言要杀掉四百个婴儿，我本人也接过一个类似的恐吓电话，但我认为这是坏人在趁机捣乱。那几个袋装婴儿，其中四个实际上是死胎，也就是说刚生下来就死了的胎儿，据传本市大批外来人口存在不少'黑人'生'黑孩子'的事，这些产妇是不去医院的。因此，那种传言要杀四百个婴儿，是有人企图扰乱社会治安，公开散布的一种谣言。当然，我们已经严密部署了，进行了拉网式盘查，对东北、四川、广东、湖南来人都进行了单独造册登记，新疆来人叫他们去住新疆驻本市办事处招待所。我们已严加防范，确保万无一失。"

"看来你们根本做不到万无一失，"联华超市总经理对他手下的保安说，"为什么你们笨得连个女窃贼都抓不到？"

"这回她化装成了一个老太太，一眨眼她就从我们的眼皮底下溜走了。"一个保安说。

"难道她就像金庸的《天龙八部》中的那个擅长易容术的阿朱姑娘？你们完全在向我讲笑话，你们玩忽职守，大意失荆州，你们下岗回家吧！"

"总经理，总经理，再给我们一个机会吧！"几个保安单腿下跪求饶了。

押解黑社会头子上路的行动悄然打响了，凌晨四点钟，整座城市还在沉睡，但一些警车已开动了，几乎所有的警察力量都出动了，他们的车子在黑暗的街道上像条游动的龙蛇。他们正在向机场方向行进，那里有一架图-154专机等待着，等待着将这个澳门警方通缉多年的黑社会头子押送至澳门。在其中一辆车里，在几乎像是一个大铁笼子般的囚车里，那个模样不起眼的黑社会头子正在打盹。他鬓角的头发都有些白了，他的脑袋随着汽车的颠簸而摇动着。

"他反复梦见了火焰，以及笼子里的老虎，老虎身上的金黄色花纹比黄金还要耀眼，有一会儿他甚至觉得自己也变成了一只老虎，身上同样披着那种金黄色和黑色相间的花纹，一只囚禁在铁笼子里的老虎，他用老虎的目光打量着另一只老虎，那是一只母老虎，因此他的目光中含有百般柔情。他想告诉它自己梦见的火焰的形状，以及火焰的寒冷，但那两排把他们隔开的铁栅栏阻止了他的目光。他知道囚车就要到达行刑地点了。"不久之后，有一个叫东野的小说家，一个拙劣的博尔赫斯的模仿者，在一篇叫作《老虎，老虎》的小说中，描述了这次押解过程。整个押解和交接都非常顺利，没有出现预期中的半路打劫。但当澳门警方将之抓到澳门审讯后，却发现他们抓错了，或者说那个黑帮老大早已被偷梁换柱了，被押解到澳门的竟然真的是一个钉鞋老头儿。

"我在睡觉的时候被一种强光惊醒，我看见我的周围站着几条黑影，我刚要喊叫，就被他们捂住了嘴，然后有人在我身上扎了一针，我就一下子变得昏昏沉沉了。但我并没有完全昏迷，我还在醒着，我明白我眼前看到的一切，但我就像得了痴呆症一样，一句话也说不出来，我知道我一路上被押着，现在我可以告诉你们，我是一个钉鞋匠，我是被人绑架到这里的。我叫老刘头儿，也叫刘罗锅，我们家祖宗三代全是钉鞋匠，我什么也没干，我是一个老实本分的钉鞋匠。"他在向澳门警方陈述时如此说。

"我被免职了，因为他们出了纰漏，竟然来了一个偷梁换柱，把黑社会头子换走了，一定是我们内部出了问题，否则，怎么可能出这样的事？他们就这样来了一个金蝉脱壳，救出了他们的老大。市长动怒了，就把我给撤了，你说，我该怎么办？"公安局原局长对他太太说。

"你可以在我的美容院帮帮忙嘛！少年夫妻老来伴，你终于有时间陪陪我了。"她说，"那个案子也由不得你，黑社会有时候什么事都干得出来。问题就出在内部，把个钉鞋匠刘罗锅换了嫌疑犯，这事儿也真怪啊！不过，最近市民都很高兴，说再也没看见袋装婴儿了，因为警方和黑社会的对峙已经结束了。那些黑帮分子已离开了本市，要杀掉四百个婴儿的警报也可以解除了。"

"但我也被解除了职务。我真想亲手把那个家伙一枪打死。我还是想再抓到那家伙。那么一个不起眼的老头，竟然是一个黑帮头子！"

"你也到退休年龄了。我看你就在我的美容院帮帮忙吧。"

"这次我们一定要抓住那个总是在超市出现的女窃贼，我们要撒下天罗地网，一定要抓住她。她快把我们超市的婴儿食品都偷光了。你们为什么总是那么笨、那么蠢呢？"联华超市总经理训斥部下说。

"抓住他！抓住他！"一个保安冲向在一排货柜后站立着的一个男人，那个男人一听，扔下手中的手推车就冲出了超市。他一跑出超市，超市的警笛立即响了，说明他身上偷了超市中未消磁的货品。他一边跑，身上一边向下掉东西，掉下来的全是婴儿用品，奶粉、尿布、饼干、玩具……而且他把外衣也甩了，把脸上的胡子也扔掉了，跑着跑着他变成了一个女人，一个有着一头黑发的女人。她就是联华超市一直在追寻的女窃贼，她跑上了大街，钻进了一辆车。

整个追捕的过程被电视台全拍了下来，并进行了现场实况报道，就像美国电视台拍摄追捕橄榄球明星辛普森一样。他们抓到了她，并在她的住处查获了很多婴儿用品。对她的审讯用了几天，原来她是一个下岗纺织女工，秘密地办了一个托婴所，收托盲流人员的婴儿并进行养护。在她的房间里有十八个婴儿，他们每天要消耗大量婴儿用品，而她没有那么多钱来买，只好偷了。那十八个婴儿个个都很健康、活泼。

"袋装婴儿"一案已定案，系有人私自生育死胎后弃置，澳门黑社会头子逃逸案与此事无关，下岗女工被劳教后释放，继续从事婴幼托护工作。"我们的超市已开到第四十一家了。"联华超市的总经理十分兴奋地讲。"袋装婴儿"作为一个传说，在新一年钟声被敲响之后，永远地留在了那个已经过去的年份。生活仍在继续，政治家在忙改革，知识分子在放狗臭屁，孩子们在像向日葵一样成长，坐台小姐在缴纳个人所得税，婴儿用品销量见长，一种叫"袋装婴儿"的玩具和同名游戏软件（《警察抓罪犯》）也上市了。生活仍在继续着。

乐 骚

乐骚是一种小人儿，身长三寸，是个小姑娘，喜欢半夜在树林里游荡并且唱歌，你要是不注意，在夜间听到她的歌声你就会被迷惑，然后在森林里迷路，再也回不了家了。但白天乐骚就变成了一种人形植物，可以拿回家晒干后泡茶喝，健体强身。这乐骚是好东西还是坏东西？

"我在我爸爸和妈妈之间做传声筒。这是一件烦人的事。我看到他们都在忙婚外恋，而我还没有真正恋爱过，却发现父母亲已经开始了他们人生中的第二次疯狂，我又能起到什么样的作用，除了传声筒？我过年从北京回到家乡，却发现这江南水乡城市的中年人都在疯狂地享受着二度青春。有一种说法叫作'修女也疯狂'，那么，我的爸爸妈妈也疯狂了。"她说。

我们坐在建国门外的比萨饼店吃比萨饼，我们要了一份小号的"至高至尊"（厚的），此外我们还点了一份沙拉和饮料。我喝的是汤力水，而她喝的是红茶。我有一年多没有见过她了，因此我们决定见上一面。这是一个高个子姑娘，有点儿像跳高运动员，她的腿长极了，今天她给我讲了她爸爸妈妈的疯狂故事，而我，我的生活却被乐骚所纠缠，不能自拔。她的爸爸妈妈都在搞婚外恋，而我，每天晚上都要被乐骚所迷惑，这真是噩梦般的生活！当我和她有一年多时间没见面而再次相见时，我们的生活已经发生了根本变化。

我对她说："有一天晚上我正在房间里写作，突然我听见我的窗台玻璃被叩响了，于是我就拉开窗帘向外看，由于房间里面有灯，而外面则是一片黑暗，我什么也看不见。但仍有那叩动窗玻璃的响声，我就灭了灯。结果我看见有一个三寸长的小人儿，穿着裙子正用手拍打我的窗户。我问：'你是谁？'她没有说话。但回应我的是一阵歌声。一听到她唱歌我就有些身不由己了，我走出了房间，这时候还是春天，仍有些冷，我可以看见星空，我顺着她唱歌的声音走，但是我看不见她。后来我站住不动，结果她突然又出现了，像攀岩一样爬上了我的身体，跳到我的手掌上。我端详着她，她真漂亮，大眼睛，小嘴巴，红裙子，冲我微笑着。她又跳下去，用裙子当降落伞，然后她又开始唱歌了。我被她的歌声所迷惑，我就一路跟去。我好像走入了一片森林。（可我住在一片居民小区里，哪有什么森林！）后来我就迷路了，第二天早晨我醒来发现我坐在一棵大树下的石头上，我的旁边是京石高速公路。我怎么跑到这个地方来了？"我问她。

"不知道，"她说，"我在我爸爸妈妈之间当传声筒。我爸爸风流了好多年，实际上他过去就有不少女朋友，他由于做生意，没有和我妈住在城市里，而是住在一百公里外他的乡镇企业里，我妈和我住在一起，因此，实际上我们都不知道我爸爸有过几个女人。后来，也就是去年，我妈和她几十年的邻居，也就是和她青梅竹马长大的'邻家男孩'发生了恋情，这个'邻家男孩'现在已经五十七岁了。他说他从小就喜欢我妈妈，喜欢了几十年。现在，他终于可以和老婆离婚，疯狂地追求她了。我妈妈对我爸几十年来的风流成性一直怀恨在心，但是由于没有发泄渠道，一直忍着，这下子她就疯狂地投入了'邻家男孩'的怀抱。"她喝了一口茶，我在为她添比萨饼。"你妈和她这个男朋友，上过床吗？"我问。"肯定上过。"她说，"我想他们都是五十多岁的人，一定会来得非常直接的。因此，这下子我爸爸可傻眼了。和他相处的女朋友又忽然和他分手了。""那你妈妈准备怎么办？"我问她。"她想离婚，因为'邻家男孩'已经离了婚，准备与我妈妈结婚。但她又不想伤害我爸爸，不想先提出来，等着我爸爸提出来。而我爸爸现在又没有了女朋友，却突然又希望我妈回心转意，因此，他也不可能提出离婚。于是事情就这么僵着了，他们互相不说话，便由我当传声筒，于是我就分别给他们打电话。"她说，"现在仍旧僵持不下。"我看着她，我们开始吃比萨饼，因为我已经饿坏了。她叙述得很轻松，好像她在讲别的与她毫不相干的人的故事。也就是说，她是一个豁达的姑娘。我在想，对于还没有结婚的她，这件事会对她有什么样的影响呢？

从那天起，我就开始被乐骚迷惑和骚扰了。总是在晚上，夜深人静的时候，乐骚就唱起歌来，于是我就迷迷糊糊地走出屋去，走到夜空下，奇怪的是我总是走入一片森林，可实际上，我的住处四周只有一些树，而压根儿就不能称其为林。我一边听着她唱歌，一边走进这一片森林。然后，我就迷了路。

"你是说每一次醒来，总发觉自己是在一棵大树下的石头上坐着，而且总是在第二天早晨？"她问我。她似乎不太爱吃这比萨饼。"是的，"我说，"我很苦恼，因为我被乐骚迷惑的第二天早晨，总是发现我一个人像雕塑《思想者》那样坐在石头上，当然，我是穿着衣服的。一夜之间，我几乎会在第二天出现在北京城的任何一个地方，而且总是在一棵树下的石头上坐着发呆，被早晨的太阳照得眯着眼睛。有几次我甚至还出现在郊区，比如出现在延庆区山林中的一棵树下，这使我疲于奔命，每天早晨我都要从一棵树下向单位或者家中赶路。这就是我的生活。""那么，难道这不是梦游吗？"她问。"不，不是梦游，因为我一晚上不可能走得那么远。"我说，"这完全是乐骚弄的魔法。""那么，有没有对付乐骚的办法呢？"她问。

有没有对付乐骚的办法？当然有，因为乐骚在白天就消失了，她就变成了一种植物。一种可以晒干泡茶喝的植物，人参一样的植物。因此，在白天，我就开始了对乐骚的追剿。我在我的住处附近几乎要掘地三尺了，我搜遍了所有的地方，都没有挖到她。有一次我以为我挖到了，当时非常兴奋，晒干后立即干嚼着吃掉了。结果我上吐下泻，被拉到了医院，大夫给我服了催吐剂，我又吐了个天昏地暗。大夫叫我给他找一样我吃的乐骚样品，他一看就乐了，他说我挖到的东西叫作地黄，根本不是乐骚，而他给我服的催吐剂的主要成分，也是地黄！这可真把我气坏了。我的搜寻工作陷入了瘫痪。我看着她。突然，我有一个大胆的设想，这个设想令我恐惧，我说："也许你就是乐骚变的？"

这同样也吓了她一大跳，她肯定不愿我把她晒干后干嚼或是用开水泡了喝。"我肯定不是乐骚。"她涨红了脸说。这使我有些不好意思，我都有些疯了，因为这乐骚。我说："那么，你觉得，你爸爸和你妈妈的中年疯狂，会不会对你有什么影响？"她看着我，似乎想向我提一个问题。我说："你有什么话你就说吧。"她想了一会儿，说："我想问你，我们认识一年多了，可你为什么不向我求爱呢？"我看着她。这时我才意识到也许我应该向她求爱。因为明摆着，并不是每一个姑娘都情愿向你讲她父母搞婚外恋的事的，他们一定是有选择地讲给男人听的，也就是说，她实际上是喜欢我的。我看到她今天还化了淡妆，嘴唇上的唇膏是玫瑰红色。首要的问题在于，我说："我必须在白天抓到乐骚。你能帮我抓到乐骚吗？"

这简直是噩梦一样的生活！如同这座城市是一座噩梦一样的城市，是它带给了我梦魇，因此我的生活仍然被这乐骚所扰乱。或者，乐骚是我噩梦中出现的东西？是我的幻觉看到的东西吗？或者，乐骚其实不过是一个物体，白天是植物，和树木、卡车、石头、钢筋混凝土摩天大楼一样的东西？总之，我仍旧经常被乐骚所骚扰，也就是说，头一天晚上我会被这歌声所迷惑，第二天我肯定会出现在这座城市的某一个角落，我坐在一棵树下的石头上，冲着晨光中的人群发呆。

"也许，我真的可以帮你抓住她？"她向我打电话。从这以后，我们通电话的频率增加了。实际上，我们都发现了一个很好的听众，我们经常用电话互相倾听，或者我们见面倾诉。总之，她不停地给我讲她父母的婚外情的最新进展。在我的眼前，出现了几个中年男女的拉锯战一样的情和性的关系。情况就是这个样子的。而我则给她讲述我被乐骚诱惑以后，第二天出现在一个陌生的地方给我带来的震动，因为后来，我开始观察我周围的环境了。我总是能发现一些新东西，比如有时候我的面前会有一群鸭子，而又有一些时候，我的旁边甚至还漂着一条船。

　　她在向我靠近，这是我明显感到的。两个人的身体距离在靠近，仿佛我们的心灵也在靠近。每一次我们倾听对方的烦恼，我们总要互相靠近一些，这犹如在大海上两条互相打着信号的船，它们不一会儿就并驾齐驱了。但我们会并驾齐驱吗？对一个有已在闹婚外情的父母的女孩，她会跟你有着怎样的一腿？"莫非你想说你喜欢我？"有一天我们坐在一起吃比萨饼，我的嘴张了张却没有往外蹦出一个字儿，她便如此问。难道这时候已经是时候了吗？"乐骚还没有找到，但毫无疑问，我已经喜欢上了你。"我说，"但我还有一个问题，那就是，你父母的婚外恋给了你什么样的影响，你能告诉我吗？"

　　"带给了我很大的影响，那就是事情如果更直接一些的话，那会更好些。"她说。因此我明白她的意思了。你猜怎么样？我们上床了。不能不说她是一个美人儿，只是瘦一些，乳房像桃子一样瘦，由于她个子高，她躺在那里就像是有着三节的藕，奶白色的藕。也许她的皮肤下面会像剥开的小葱一样，外面是青的而里面是白的？我觉得和她抱在一起，我就像在乘一条皮划艇奋勇向前，皮划艇艇身又窄又长，但速度很快，飞一样向目标冲刺。她是皮划艇，但我是皮划艇上的皮划艇赛手。有时候，她要求她必须在我上面，因为她认为有时候要显得更公平一些。"我虽然不是一个女权主义者，但我觉得女上位我更主动一些，我会更舒服一些。"她说。之后，我们就睡着了，我照例要在这种时候做梦，我的梦五花八门，我可以梦见一些翻了倍的股票，可以梦见我被关在一个铁笼子里供人观赏，或者走进了一座无人的空城，我和有着三个头的女怪在打斗，我用小腿肚生了一个女儿，整座城市都在飞翔，一些人用胃说话，等等。总之当代所有生活的碎片都会在我的脑子里过一遍，我说过，当代生活是一团垃圾，我现在都不屑于去描述它，它同样也是噩梦，在白昼中继续把我们纠缠。

但是，我们在一起的日子很少。更多的时候我仍旧被乐骚所骚扰着。我吃了镇静剂，但这毫无用处，我照例会在乐骚的歌声诱惑下，走出房屋，走向城市，在城市森林的楼厦间迷路。在夜间，我痛恨那些高耸入云的大楼，它们像是一些死气沉沉的巨人，半醒半睡地站在那儿，而那乐骚的歌声就在它们的身体之间萦绕，经久不散。我希望它们能帮我一把，帮我把乐骚给抓住，好叫我摆脱这噩梦一样的生活。有时候我在楼厦间走着，我希望自己能腾跃起来，像在月球上那样，我会飞起来，但我发现这是徒劳的，我飞不起来，我被乐骚的歌声所吸引，在黑夜里迷失。

我没法对她下定义，我想也许她是一个橡皮女人？只是身体的中下部有两个孔，每个月随着月亮的盈亏而流一次鲜血，血是鲜红的，不是那种暗红色，此外她的头发是长发，她的思绪乱得像青草，我弄不懂她在想些什么。这座城市中有很多漂亮的玻璃幕墙大楼，但她并不想爬上去。她说她只是一条小虫子，悄悄地生活在城市中。由于乐骚仍旧对我的生活有影响，即使是她进入了我的生活也无济于事，她对此很无奈。

"但是我父母他们现在有了结局了。"她有一天非常欣喜地告诉我，"他们又重归于好了。因为，其实我妈妈是爱我爸爸的，只要我爸爸一回心转意，我妈妈的心就立即软了，她实际上仍旧是爱他的，即使他过去再风流。"我问："那么，那个'邻家男孩'呢？那个为了你妈妈而离了婚的男人呢？""他？他现在一个人生活着。生活总是不平衡的。所有的关系其实都是跷跷板，不是你在上面，就是他在上面。这是大同小异的。总得有人失去，有人得到。"她说。

我做了一个梦，梦见我就是那个五十七岁的"邻家男孩"，我已经明显地感到我老了，我走上三楼楼梯时都会大口喘气，我的阳具像害羞的小东西那样耷拉着，我心力交瘁，我在前妻、心上人、孩子、工作之间疲于奔命。我活了几十年，该走到头了。我喜欢上了我的邻家女孩，但她在少女时代就是个善变的家伙，现在她又再次背弃了我。我老了，我即使上三楼都要喘气，没有人要我，我是一个日渐衰老的男人，在经历了又一次背弃后，我就更老了。

"你总是在和我谈论乐骚，可我和你在一起的时候却从来也没有发现她。你说乐骚在哪里？你指给我看，她在哪里？你总是在臆想生活。我过去就觉得写作的人都是不太正常的人，都多少有些病，因为你们总是沉湎于想象而不能自拔。我越来越烦了！我根本不相信你。"她对我说。是的，厌烦！这是我们对生活的基本认同。到处都是厌烦在挤压着我们的大脑，我们的身体。厌烦！我们一起厌烦着已经彼此熟悉的身体，厌烦着倾听和倾诉，因为一旦我们互相靠近，就不再需要它了。那种厌烦是什么时候袭染全体人群的？人人都在厌烦。这就是当代生活的特征。我们刚刚相聚，但我们又将各奔东西。

我和她分手了，因为她不相信有乐骚存在，她不再给我讲她父母婚外恋的故事了，因为他们又和好了，他们又走到一起了。没有故事可讲，她也就不和我在一起了。"我们还能再约会吗？""不能。"她说，"我要坐车，我很忙的。"我于是决定不和她联系了。我们的生活中都有危机，因为无法彼此信任。我的生活的确很糟，这一切应该全怪乐骚吗？我想我的生活过于庸常了，我一定要找到乐骚。结果我找到了。那是一个白天，我在清理我的花盆时，发现在死去的铁树下面就有一棵小美人一样的植物。于是我就吃掉了。从那以后，再也没有乐骚来打扰我了。我睡得很香，我再也没有出现在这座城市的某棵树下的石头上了。

乐骚的味道怎么样呢？像萝卜味儿还是土豆味儿，像藕味儿还是像人参味儿，像何首乌还是像黄连？我说不清楚，总之乐骚并不那么好吃，也许泡茶喝要好得多，但是我生吃了。乐骚的味道比较鲜，汁液是粉红色的，我也并没有吃掉一个小姑娘小精灵的恐惧感，我吃掉了乐骚，我想我在这座城市中的生活会更正常一些。我立即给她打了电话，我告诉她我抓住了乐骚，有照片为证，而且我还吃掉了乐骚。我这个时候才发现自己是非常喜欢她的，对她的离开感到悲伤，我要求尽快见到她，和她约会，因为我现在很需要她。她同意了。"那么，我们在建国门外的比萨饼店见吧。我们真的开始了吗？"

是的，我和她的爱情开始了。我们一起吃比萨饼，一起睡觉，一起做梦，我知道她父母的婚外恋给她的影响就是让她短暂地离开我，然后再回来。我的生活很幸福，是这样的吗？现在的晚上，每当我坐在灯下，想象被乐骚迷惑的日子时，我总是疑窦丛生，就像我和她，也许仍旧随时准备着各奔前程。

抛物线

定义：平面上一个动点P与定点O和固定直线AB保持相等的距离（即PQ＝PO）移动时所成的轨迹。其中固定点O叫作抛物线的焦点。将一个物体向上斜抛出去所经的路线就是抛物线。

场景：一个女人，一个穿黑色皮质超短裙的女人从二十四层的十字形塔楼中飞跃而出。如果以这幢高二十八层的十字形塔楼的楼面为AB点，那么这个黑色的女人从空中一跃而出，落到地面上的弧线就形成了一条抛物线。

我：我是一个目击者，我在那幢十字形塔楼对面的一幢多层住宅的六层，我正趴在窗前的一张写字台上在做一道数学题，一道有关抛物线的数学题，我抬起头来透过窗户看见了这一瞬间发生的一幕。这使我无法继续做那道有关抛物线的题，因为那个女人从空中的坠落应该也算是一条抛物线，是这条抛物线吸引了我，我对纸上的抛物线题暂时失去了兴趣，或者说那个女人在空中飞过的抛物线使我感到惊悚，我起身出去查看。

街道：这条街道是由东向西方向的，双向共计六条车道，没有公共汽车专用道，有人行道和自行车道。一共三个南北向的十字路口，有红绿灯。有两座过街天桥，五条斑马线，一座地下通道。目测这条街大约长1.5公里，是一条并不繁忙和繁华的街道。它的东头的北侧是第二使馆区的地域，临街有澳大利亚和加拿大大使馆。坐在汽车上经过它们时可以看见袋鼠和枫叶标志的国旗和标志牌。在这条街道的东西两边便是高级公寓楼和市民住宅楼。

人群：我来到了这条街上，我在绿灯亮时跑过斑马线，我来到马路对面的事故发生地，却发现那里已经形成了一个小小的人群。我想，这座阔大的城市总是有一些闲人，这些闲人总是像一群活动雕塑一样出现在各种事故发生地。这个人群有二十多人，有男有女有老有少，他们形成了一个向心的圈子，在向里面看。我知道那个女人就躺在里面。如果我要看到她我必须扒开他们，走到圈子里去。

我：我十分想看到那个从空中坠落的女人，因为现在离她从楼上跳下来的时间还不到五分钟。我先是仰头看天，我发现从下往上看，这幢高达二十八层的塔楼简直像一面悬崖，或者说这个女人像一个攀岩者那样从悬崖上掉了下来。我挤进了人群，我看见了她。

死者：女人已经死了，因为她不动了，就像刚才在房间里我抬头的一瞬间看到的那样，她穿着一条黑色超短裙，皮质，上衣也是黑色的，但不是皮质，是灯芯绒？法兰绒？我弄不明白。她的头发大约有一尺半长，上端是直的，下端则被烫成了鬈发。她是脸朝下趴在那里，将脸深深地埋在人行道上，仿佛扑到了大地母亲的怀里。当然我这种说法是十分浪漫的说法，因为毕竟她死了。从她的身材和裸露出的手臂上的皮肤来判断，她很年轻，二十几岁。她没有穿长筒袜，鞋子也是黑色的，一只还在脚上，而另一只则从她的脚上滑落，倒在了一边。奇怪的是我没有，我们都没有看见她流血，一点都没有。或者她流了血，但被她的身体覆盖住了？

巡警：大家被一种悚悚的气氛给抓住了，于是陷入了沉默。但有一个又粗又硬的声音在我们身后响了："让开！让开让开！"这是具有一定权威的声音，我回头，是一个头戴白色钢盔的巡警，全副武装地走了进来。人群闪开了，他看见了在人行道上趴着的那个死者。他皱了一下眉头，因为我在他对面，我清晰地看见了他的这个动作。他迟疑了一下，威严地扫视了一下人群："你们都让一让，不要围在这里观看！"他又转身，到停在马路边的一辆三轮巡逻摩托车中拿出一块布，来到死者身边，将那块淡黄色的布给死者盖上了。然后他立即用步话机通了几个话，另外的警察可能要来了。

男人：这时，一辆桑塔纳2000型轿车（白色）停在了街边，从上面下来了一个男人，他身材又短又粗，穿一件花格子夹克衫，手中具体说是左手中拎着一个矿泉水瓶子。他焦急地挤进人群，看见了死者，显然他认识死者，或者死者之死甚至还与他有关系，他像我一样仰脖看了看楼，怀疑这么高她怎么可能有勇气从上面跳下来，然后他就不知所措地唉声叹气了起来。

对话：对话是在巡警和这个男人之间进行的。警察："你认识这个女人？"男人点了点头，仍旧不知所措地在唉声叹气。
"那请你等一会儿，刑警马上就到，你不要走了。"男人吃惊地
看着警察："我怎么可能走开？她死了我怎么可能走开？可能她
还没有死呢。"他弯下腰用手去摸死者的脉搏，但结果令他失
望。"她怎么会这样？怎么会这样？"巡警没有理他，但看他有
点儿不对劲，说："你不要动她，否则你就是破坏现场。"然后
警察问人群："你们中间谁是目击者？"有人说："我！"我看
着他们，这些目击者纷纷站出来，一共有七人，于是我也说：
"还有我。"警察满意地点了点头："剩下的人都走开，听见了
没有？全都给我走开！"

场景：这时街道上响起了救护车的汽笛声，是与警车那样
带威慑意味不同的但更急促的汽笛声，几乎是同时，有一辆巡警
面包车也来了，我看见几个白衣人把死者放到一副担架上，而刑
警则把目击者叫到一边，录下了证词，并请目击者签字。这期
间，那个手里仍旧拎着一个龙泉牌矿泉水瓶的男人依然不知所措
地自言自语："怎么会这样？怎么会这样？"他后来问那个最先
到来的刑警，指了一下即将拉着死者离开的救护车问："我是不
是该跟他们走？"巡警说："不，你跟他们走。"他指了一下另
外几个刑警说。

我：现在我录完了证词，十分简单的证词。我签了字，留
下了地址和电话号码。警察向我表示感谢，我说不用谢。我刚才
一边向警察提供证词，一边回想着刚才那几个医护人员把死者抬
上担架时，死者柔软的身体的样子。看来死者的骨骼已经摔碎

了，因为她仿佛是泥做的，甚至比泥还软，像是一种软体动物。警察把那个男人带走了，我看见他仍旧拎着那个矿泉水瓶子钻进了汽车。然后他们都走了。

猜测：此刻，人行道上有一个白色粉笔画出来的人形，就是刚才那个女人，那个死者趴在那里的形状。现在我看见有一小摊血，的确有一小摊血，很小的一摊，大约巴掌那么大，就在死者的头部或者说面部触地的地方。我猜测那可能是死者流出的鼻血。还有一些人没有走，他们在议论这件事。一种猜测是认为刚才那个男人是个有钱人，她是他养起来的"小蜜"，她和他因为某种纠纷（比如她要嫁给他而他不愿意娶她），她一气之下就自杀了？要知道能在这幢高层公寓中居住的人可都是有钱人啊！但你说他手里拎个矿泉水瓶，哪像个什么有钱人？顶多算是一个小暴发户。你们谁看见了她的脸？有人问。没有一个人看见她的脸，大家旋即陷入了一阵沉默。过了一会儿，人群彻底消散了，我也回去了，而那人行道上的白色粉笔画的人形还在。没有人了解真相。

我：我回到了房间，继续做那道有关抛物线的数学题，但我们得不出答案，就好像某个地方出了问题。就好像我们谁也弄不明白那个女人为什么要从楼上跳下来。我也得不出这个答案，我坐在窗前，我的视线总是可以放出去，仍可以看见对面那幢大楼，乳白色，它现在看上去完全不像悬崖了。可我总是忘不掉那女人掉下来的一条线，也许该是一条垂直下落的线？我假设她从窗户中跃出时没有向上、向前一跃，而是垂直下落，这样，就不存在一条抛物线，只存在与悬崖般的墙壁平行的一条直线。但这就是我所得到的答案吗？我想我可能得不出她为什么要跳下来的答案了。

街道：仍旧是这条街道，继续向东延伸，是另一天，我走在这条街道上。向东延伸的街道两边是商务区，那里高楼林立，夜晚灯火闪烁，但我是白天经过那里，我去办一件事。于是就经过了那里。这条街道无论是行人还是车辆，都远远大于其他地方，我消失在人群当中，如同潜入水中。但是，前面又出现了一群人，他们在朝天上看。

场景：有几十个人站在一幢二十层高的楼下向上看去，楼顶上有一个人，具体说是一个男人，正站在一面伸出楼顶的小平台上，打算向下跳。在这片街区的楼下，停着一辆警车。有几个消防队员在向一个巨大的充气垫充气，以防他跳下来。可那个人还没有跳。人们议论着。因为这是一幢保险公司的大楼，所以有人认为他就是这家公司的职员。"他一定被解雇了，因此他要从上面跳下来，因为他有老婆孩子，他养不起他们了。"

我：我目测一下，如果他从上面跳下来，那么一定会与楼的侧面形成一条抛物线。我想从楼上跳下来的人都是绝望的人，我想在城市中绝望的人已经越来越多了，但是，总还有希望的，对吧？总还有未来的，对吧？我想我应该和他谈谈。几天前我就目睹了一个女人从楼上跳下来，但现在，我不能看见他也从楼上跳下来，我就向那幢大楼走去。

对话：大约用了十分钟，我登上楼顶，沿着一处手扶楼梯爬上去，站在了楼顶上。有点儿小风，风把我的头发吹开，我看见不远处他在那里，在大楼边缘延伸出去的小平台上站着，正在往下看。我向他走去，他听见了我的脚步声，他说："别过来！你要过来我就跳下去！"但我仍旧向他走去，我说："你不能跳，你也没必要跳，我要和你聊聊天，或者我们一块儿跳下去？"他的脸被一种惊恐给笼罩了，他说："我就要向下跳了！"

男人：没错，这是一个男人，一个四十岁的男人，比我大十岁左右，他的脸上带着悲哀、愤怒和惊恐的神情。我站在离他不远的地方和他对视，我想我一瞬间了解了人存在、生活的悲剧意味，那些悲剧是促使他要跳下去的原因，我理解他。我想，我得稳住他，以免他真的一跃而下。也许他本来并没有打算要跳下去，他只是想在高处待一待，他也许为了让自己发热的大脑经受一下风吹，他也许很快就会冷静下来，然后他就会翻越他用手抓着的那个栏杆，他会走回去，下楼，回到他的办公桌前或者他的家中，和妻子与孩子一起围坐在一张餐桌旁吃饭，沉入生活的水流中。也许他来到高处只是为了欣赏一下风景，但是在地面上那些人突然发现了他，他们看见了他，于是他们叫来了警察和联防队员，叫来了给充气垫充气的人，于是这一切便改变了，他成了一个要跳楼的人，他已经欲罢不能了。

我："好，我不过去。"我说，"我们可以聊聊天。我想你可能是一个保险公司职员？一个保险推销员？现在公司大裁员，你被辞去工作了，而你的妻子，在一家工厂里也下了岗，于是你觉得没有希望了，你无法养活老婆孩子了，你想死？对不对？"我盯着他看，他点了点头："你……怎么知道的？"我说："因为有不少男人和你一样，但不同的是，他们没有打算从这里跳下去，因为他们比你坚强，你是一个懦夫！"

男人：他的脸涨红了。"我不是一个懦夫！"他激动地说道，"我不想再为一切负责了，为工作、为社会、为家庭、为妻子儿女，包括为我自己，我不想再为自己负责了，因此我想跳下去，我只想跳下去！""可是你还没有跳，"我向前走了一步，"因为你是一个懦夫，不敢为这一切负责的一个懦夫，你已经有四十岁了对吧？四十岁的男人一向最累，他必须为工作、为社会、为家庭，为这些东西负责。所以我说你是一个懦夫。所有的人，在今天所有的人都在重新开始，你也必须重新开始，重新找到你的位置。我觉得你也可以找到位置。"我说。

男人：他愣了一下，过了一会儿说："你是谁？你管我那么多闲事干吗？你是谁？"我又向前走了一步，我离他很近了，我说："我和你一样，我也想从高处向下跳，我看见你想从高处向下跳，于是我就上来了，也想往下跳。但我不想看见你跳下去，我想劝你别向下跳，而我自己跳下去。"说完，我也翻越了栏杆，站到了这幢大楼延伸出去的平台上，我和他相距有三米远，我说："我就从这里跳下去。"

视野：从我站的地方向四下看去，周围十分开阔，城市以它的人造丛林形成了森林。这里是城市森林的一部分。我看到下面的人越聚越多，很多人发现平台上又出现了一个男人而发出了一片哗然。他有点儿不知所措："什么……你也想向下跳？""对，"我看着他，"我也想向下跳。"在下面，那个蓝色的充气垫已经变得很大了，充气的人辛苦地让它充满了气，它已经变得很大了，我看到他的脸上有了一丝疑惑，我说："你要真的想往下跳，那么咱们一起往下跳，好不好？"我向他走去，他有点儿紧张了，看得出他并不太想往下跳，但我已经向他走了过去，我伸出一只手，抓住了他的一只手。

飞跃：要形成一条抛物线，必须把物体向斜上方扔出，这样才会形成一条抛物线，而如果从高处跳跃，同样也必须向前一跃，才会形成一条抛物线。我一向认为抛物线是最美丽的线。现在，我有了一个大胆的构想，就是我飞身跃出，形成一条抛物线。我拉着这个悲哀的为生活的猛兽所逼的四十岁男人的手，我紧紧地拉住了他的手，飞跃而出。我确信我形成了一条抛物线，他也形成了一条抛物线，我们落向大地的一刻在我看来是漫长的，如同所有的点构成了一条弧线。我就是在时间无限长中历经着那一个又一个点，然后形成了一条抛物线。我们落到那个巨大的蓝色充气垫上时，仿佛有一只大手把我们托住了。周围响起了一片惊呼声。我们在蓝色充气垫中弹起又落下，仿佛在一团棉花之中嬉戏，这使我觉得回到大地上是一件多么好的事情。充气垫迅速放气，那个四十岁的男人惊魂未定，他爬起来就向人群中冲去，与一个警察撞了个满怀，他对那个警察说："他想杀我！他想杀我！"

我：我并没有想杀他，这谁都知道。只是我拉住他的手一块儿跳了下来，我想从今以后他再也不想从高处向下跳了。我很高兴，因为我也亲自从空中跃了下来，在半空之中画了一条抛物线，我想我回到家中就会得出那道有关抛物线的数学题的答案了。我仿佛看见了所有的高空坠落者画出的一条条抛物线。我从充气垫中站了起来，有人向我围上来说我是英雄，救了一个男人的命，说我非常勇敢。但这时我的内心却充满了悲哀，因为我不可能知道几天前另一个人，那个女人从空中坠落的原因了。我知道我也不会第二次这样做，这样去求证一条抛物线，我只是暗自祈祷这座城市中不再有这样的绝望者，我就这样推开那些欣喜地向我围拢来的人，沿着那条大街走回家去。

电话人

我是一个电话人，这一点是因为我不仅每天都在为客户装电话，还因为我自己也给许多人打电话。电话在这个世界上是如此重要，以至于谁都不敢打包票说他可以离得了电话。人人都在打电话，如果你想对你周围的人进行一番描述的话，你完全可以说他们就是一群打电话的人。

也许，对于在城市中生活的人，你还可以称他们为乘坐出租汽车的人。但这样称呼是不行的，因为城市中有很多人是乘坐公共交通工具，比如公共汽车、有轨或无轨电车以及地铁上下班，还有一部分乘坐私人轿车、公车和单位班车上下班。所以，说城市人是乘坐出租汽车上班的人是完全不对的。而这些人却大都是电话人。我这样说也并不排斥城市中还有不打电话的人，以及打玩具电话的人——比如一些孩童。有一次我在街上看到一个三岁小孩拿着一个大哥大在打，我吃惊得不得了，经过了一番哄骗，我把那个大哥大拿在手里才发现它是一个玩具大哥大。这一类人当然也不能算作是电话人。

我认为我是一个双重的电话人。如果大部分城市人因为每天都要打电话而被称为电话人的话，那么我除了给别人打电话我又要给别人装电话，我就应该是双重电话人。我对这个角色十分满意，我喜欢给人装电话的同时还能打电话，打电话给自己认识或并不认识的人完全有一种石破天惊的感觉。因为每一个人除非预约，并不知道电话铃响过后，这个打来电话的人是谁。电话铃一响，人人的心里都有一些忐忑不安，怀着一种强烈的期待来拿起电话，这个时候是最为激动人心的。因为也许一声问候、一个机会、一个噩耗、一声威胁的声音就进来了，会给你带来不同的命运、不同的心情，甚至是不同的结果。

　　因此我喜欢干这一行，我喜欢给别人装电话的同时还不停地给别人打电话。我发现越来越多的城市人都喜欢装电话和打电话，不仅有线电话的发展快得惊人，无线电话的发展也快得惊人。比如在香港已经有一千万台手机了——这还是去年的数字，也就是说在香港每一个人中就用一台半手机，在上海和北京，手机也已经突破三万台了，并且每一年都比上一年增加百分之十。这一类消息对于我们这些靠给别人装电话而从电信公司里领取酬金的电话人来说，自然是好消息。因为我们的酬金也在上涨，这使我们感到十分开心。

　　实际上，困惑我的一个问题是，这些装电话的人真的有那么多电话要打吗？人们为什么要打电话？您瞧，连这样一个简单的问题我都没有搞清楚，因为我觉得当我周围所有的城市人都在变成电话人的时候，我反而有一种隐隐的不安。在白天，我工作得十分努力，我和同伴们拼命地给别人装电话，我一边干活一边想象我的酬金在增加，但到了晚上，我就会为周围的人都变成了电话人而感到担忧。我觉得电话简直如同某种爬行动物，某种蠕虫，一种深海中的蠕虫。说不明白是哪一天，一个叫贝尔的家伙发明了它，从此它就开始坚韧地爬上了人类的桌子。这类蠕虫还全部都有代号，也就是每一台电话都有一个号码，虽然这个号码是电信公司按照顺序排列的，但你完全可以怀疑这里面有一个阴谋，也就是说，这类蠕虫是一个企图与人类为敌的军队。它们有代码，有总机和中继线，还有分机，有国际长途、国内长途、地区电话和红机保密电话，有手提电话和车载电话。实际上电话完全是一个秘密军队，有将军、校官、尉官和司令部，还有多种兵种，正在渐渐地包围着人类，进入了我们人类的家庭生活，进入了办公室、客厅与卧室，日益控制着我们的生活。当我把电话想象成某种变形的深海蠕虫，互相有预谋地繁殖着、增加着，进入我们的空间，或是把它想象成一个阵容整齐的军队之后，我不禁不寒而栗。因为我想我一定是处于某种监视之下了，我开始害怕装电话，以及打电话。我完全可以想象得到，我们人类的每一句话，只要是通过电话说出的，就会被电话监听。也许电话有一个空间储存器，所有人类的通话都通过电波传到了太空，被储存在一个大罐子里。有一天，当电话决定摧毁整个人类的时候，它就会把每个人的隐私公布于众，使人类陷入种族仇杀、邻居反目、内讧、背叛、报复、起义与倒戈之中。毕竟人太依赖电话了，人太信任电话了。

所以，每当我回到家中，一个人陷身于沙发之中，我都会看着不远处的电话而沉思良久，我有些惧怕这个东西，我变得不爱使用它，即使是它不停地响着，我也不去接，而是看着它最终变得寂静。

有一天，在单位我接到了一个电话，这个电话的声音是如此圆润，以至于我一瞬间不害怕电话了。这是一个女人的声音，她只是说了一句："请问，我可以申请装一台电话吗？"只听到了这一句，我就觉得我完全可以为她装一台电话，因为我本来就是干这个的，但我从她的声音中听出了一种可能。这个声音，如同一个机会、一种预设，这个声音可能会改变我的生活。

我还没有说过，我是一个单身男人，我没有女朋友。并不是我不想有女朋友，而是我还没有爱上谁。因为爱上一个女人对于我来说是一件十分困难的事，我对女人的期待很多，因而也有很多要求。喜欢一个人是非常综合的，你要对她的声音、相貌、气质、知识结构有一个综合印象，在这点上很多女人都没有被我看上。但这一次，这个女顾客，她的声音却已使我莫名其妙地激动了起来。

我立即说："当然可以。"然后，我就记下了她的住址，预约了装电话的时间，告诉了她付款方式。然后，我就在约好的那一天上门给她装电话。

我按响了门铃，我清楚地记得那是一个晚上，因为她是一家银行的职员，白天工作很忙，只有晚上才有时间。而我们的夜间服务也很周到，于是我就上门给她装电话。门打开了，一个朴素无华的女人站在我的面前。她有一双沉静的大眼睛，嘴唇是小巧的，鼻梁纤直，额头闪光，亭亭玉立地站在那里。我想我一下子就喜欢上她了。我想就是这么回事，我对她一见钟情，爱情之鸟一下子飞到我肩膀上来了。当然，她对这一切还并不知情。也许电话是知情的，可那时候我还没有给她装上电话。我于是一边装电话，铺设线路，一边和她谈话，我一下子有了一种倾诉欲，我竟然将我对电话的恐惧都告诉了她，我也不知道我是怎么了，我毫无办法。她听了以后吃惊地笑起来："你把电话想象成了某种深海蠕虫和一个秘密军队？太好玩儿了。我想，你一定是一个单身男人吧？这是因为孤独，因为太孤独。我有时候也感到孤独，因此，我迫切需要装一台电话。"

这太好了，我想从此我就可以给她打电话了。那天我很快就给她装好了电话。从第二天起，我每天都给她打电话，我想我完全变成了电话的依赖者。我们在电话中无话不谈，渐渐地我变得不是很害怕电话了。我想哪怕是电话全都被窃听了，被储存了，也无所谓。我宁愿让全世界的人都听到我们的电话谈话。我们的电话谈话由陌生，到一点点地熟悉起来，其间经历了一个漫长的过程。

后来我发现我们两个人都是十分腼腆和内向的人。因为我们在电话中谈得非常多，非常投缘，可一旦我们见面，我们的话就没有这么多，顿时都变得局促不安起来，通常见面我们主要是谈论天气和工作。她给我讲很多银行的趣事，比如最近她身边又有一个贪污犯给抓起来了，而那个人还是她的上司！她说有时候她非常喜欢这个工作，可有时候她又十分讨厌这个工作，因为她要不停地做很多报表，这些报表十分枯燥，上面的数字有时候就会变成蝌蚪在她的眼前游动起来。她有时候还会在报表上下意识地写上我的名字，以至于科长在接到报表时问她这个人是谁，他与这张报表有什么关系。她的脸就会一下子红了。

我想我们的感情进展顺利，这多半仰仗电话。后来，她所在的银行派她到南方一座城市筹办分行，她与我分离了。因此，我们就更加依赖电话了。我们每天都打电话。有时候一天要打好几个，彼此想得发疯。在电话中，我们无话不说，我们谈得非常多。有一次她回来看我，可一见面，我们突然都沉默了，因为我们发现见了面之后，我们根本就无话可说。

这是可怕的情景，因为在电话之中无话不说的我们，到了热切盼望的见面时刻，却说不出话来，只是彼此用目光交流，舌头在嘴里打转但它发不出一点声音。我们两个人都是这样，这使我们迅速地告别。但一旦告别，我们又彼此想得发疯，于是我们就立即给对方打电话，在电话之中，我们又无话不谈，我们聊很多，甚至还分析了为什么见面反而说不出话，我们找到了很多原因，并且试图克服，可一旦我们见面，却照样说不出话来。有一段时间我甚至以为我们无法在一起了，因为在一起我们的话非常少，这如何可以相处？但电话中的热烈倾诉又使我们加倍地走向了对方，她这一段时间又去了南方，我们仍旧依靠电话互诉衷肠，并且互相爱得发疯。后来，我们决定，哪怕我们在一起无话可说，可只要有电话存在，我们就要在一起。于是，我们决定结婚了。

我们结婚了，我们布置好了房间，并且在卧室两边的床头柜上都放了一台电话，我们的婚礼很热闹，但奇特的是作为新郎和新娘的我们都一言不发，只是笑，因为我们幸福异常，同时我们的内心之中也有一种深深的忧虑。到了晚上，我们躺在了一张床上，这是激动人心的时刻，然而我们都说不出话来，我们躺在那里许久，直到拉灭了灯，仍旧不知所措。后来，我拿起我这边床头柜上的电话，拨了一个号码。我可以听见在床的那一侧她翻身的声音，她拿起了她那边的电话。

　　"喂，你好吗？"
　　"我爱你，我非常爱你。"
　　"你在哪里？"
　　"我就在你身边，我想要你。"
　　"我也想要你，可是……"
　　"来吧，我已经把睡衣脱了。"
　　"你在哪儿？在哪儿？"
　　"在这儿，你摸摸看，在这儿……"

　　我们一边打电话，一边彼此拥抱、亲吻、抚摸，我说过这是激动人心的时刻，但我们的右手都拿着电话，我们一边说着热烈的情话，一边做爱。我们用电话大声告诉对方我爱你！我们像是两条深海中的鱼，用电话互相鼓励，用电话加油，用电话快活地呻吟，用电话喘气，用电话来爱对方。我们都是电话人，是电话把我和一个女人，我深爱的女人紧紧地联系在了一起，我想我们不会分开，因为我们如此依赖电话，并被电话甜蜜地控制着。

猫　王

　　大学毕业一年后我辞去了公务员的工作，在两周内连着喝掉了四箱啤酒之后仍然感到实在无聊，结果我就自告奋勇地到一家讨债公司应聘了。那天我是醉眼蒙眬地偶然在一张A市晚报上的妇女用品广告下面的一栏中发现了讨债公司的招聘广告的。A市的晚报内容越来越让人眼花缭乱了，有时候，偌大的整版报纸上就只有女人穿着有网眼儿的长筒袜的两条腿，或是一只眼和半张脸什么的，让我觉得这个世界似乎越来越奇妙了，我踢着九十六个空啤酒瓶高兴地想。

　　难道不是吗？我在发现了讨债公司的招聘广告之后，就首先把我床下面的那些空啤酒瓶统统扔进了垃圾箱。之后我换上了我那套野牛牌西装，按照报上登的地址来到了讨债公司。我总是不断地告别旧有的生活，这真叫我兴奋。

　　"你现在给我现场表演一下你的讨债技艺。比如，我欠了你十万元，你该如何要回来？"一个胖得像一只装满了丢弃物的垃圾桶，穿着花格子西装，扎着一条印有铜币图案的粗俗的领带的家伙，透过镜片笑眯眯地看着我，一支圆珠笔在他的手上飞速地转动着，"开始吧。"在我向经理介绍了我的简历之后，他似乎很有兴趣地对我说，到刚才为止已经有四十五个大学生来这里应聘了，尤其是在我之前的那个家伙，居然会学乌鸦叫——他想用乌鸦的巨大聒噪之声来刺激欠债者的神经，以至于首先就叫经理本人捂住了耳朵。"聘用了你我们都会发疯的，但我们的债主必须神经正常，否则他就可以逃避一切债务了！"经理打发走了那个乌鸦聒噪者。

我系了系领带，说："我要开始了。"我退了回去，走出了房间。接着，我又推开了门，表情变得异常严肃，我大步流星地闯了进去，冲到了胖经理的面前，俯身用自己的鼻子对准了他的鼻尖："告诉你，我这是第三十五次来到这里了，要是你再不还债的话，我们很快就会在法庭上见面的！"我把一沓纸朝桌子上一扔，然后退后一步，严厉地逼视着他。

胖经理措手不及，好像被我给震慑住了，他愣了一会儿才反应过来："啊，好极了，我说，你已成为我们公司的新职员了，我们欢迎你！"他大笑着绕过办公桌握着我的手，我听到了他的笑声，极似乌鸦的叫声。我成功了。

上大学那会儿有一段时间我非常热衷于摇滚乐。要知道，在H大学里，每一个男生寝室中只要有两个人喜欢摇滚乐，就能把屋子弄得鸡犬不宁。我那会儿的形象就是穿着花花绿绿的T恤衫和大短裤，腰间的皮带上挂着一个放音机，耳朵里塞着耳机，在校园的花草与树木之间游来荡去，肩上挎着的书包里装的全是原版的外文歌曲磁带，眼神游移不定。

我最喜欢的摇滚乐歌手是一个叫坏牙强尼的家伙，这个美国小伙子满脸粉刺，一副丑八怪的模样，而且一口坏牙，他有一首歌就叫《混乱》，听得我当时混乱极了。一个时装店老板以他为主唱组成了"性感手枪"乐队，结果这帮"枪手"们剃着阴阳头开始在舞台上朝着观众乱放枪了。后来我又喜欢上了鲍勃·迪伦，这家伙可是一个伟大的民谣歌手，这家伙来自明尼苏达州，他打十岁那会儿就开始离家出走，到了十八岁第八次出走才真正离开了故乡。他二十二岁时唱的那首《大雨将至》简直要叫我快发疯了，不信你听听这些歌词：

　　　我要在大雨降临之前回家去

　　　我要走进最密的黑森林深处

　　　那里人丁繁众，可都一贫如洗

　　　那里毒弹充斥着他们的水域

　　　那里山谷中的家园紧靠着

　　　潮湿肮脏的监狱

　　　那里刽子手的面孔总是深藏不露

　　　那里饥饿难忍，那里灵魂被弃

　　　那里黑是唯一的颜色

　　　那里天是唯一的数据

　　　……

听这首歌时我正和一个女孩子，啊，就是英文系的那个娇嫩得像一朵樱花的卢敏文，在举行分手的仪式。生活中总是充满了各种各样的仪式，尽管神话时代已经离我们远去了。我们在一家叫绿蚂蚱的俗得不能再俗的咖啡屋里，面对面坐着，竭力想让气氛变得感伤，因为这是一个分手之夜嘛。可最后我们俩都扑哧一笑，卢敏文更是像一朵娇艳的花，一年多以来她还是第一次笑得这么开心呢。我们拉住了手，她说："还是朋友，对吧？"然后我们就走出了绿蚂蚱，各自向相反的方向走去。在黑暗中我一个人狠狠地踢中了一只空罐头盒："去你妈的吧。"然后就叫鲍勃·迪伦在我的耳边歌唱了。

我在讨债公司任职期间可真是大开了眼界。因为，我终于发现了这个世界上竟然有那么多的人欠钱不还。明白了这一点，我真是高兴极了。这是一个不太讲理的时代，这多么有意思！当然债主也同样的多，他们一般都愁眉苦脸或是怒目圆睁。我们公司的业务多极了，债主们满头大汗地天天挤满了接待室，每天他们流的汗就像下雨一样把水磨石地面洗得干干净净的。我的年轻的同事们个个都是讨债能手，讨回率达百分之八十，这可是很不错的了。"垃圾桶"经理高兴得直搓手，在那些忙碌的日子里。

我接的第一笔讨债生意是跟鱼饲料有关的。有一家饲料加工公司把鱼饲料给了一家养鱼场，可是养鱼场到了年底把鱼都卖完了也没有给饲料钱，以至于饲料公司的总经理带头在过年的时候吃掉了一碗鱼饲料！天哪，这种忆苦饭是吃不得的！我听了他们的陈述后，几乎要气晕过去了。我夹着皮包就怒气冲冲地来到了A市市郊的养鱼场。

到了养鱼场，我看见了很多黑色的鱼脊背在鱼池中浮游，神秘而又美妙。问题是我得催要欠款，我怒气冲冲地闯进了办公室，一进门口我就大声地说："我说，我是来讨鱼饲料债的，我这是第八次来到这里了，要是你们再不还欠款的话，我……"我忽然愣住了，因为我看见至少有七个年轻的姑娘正把头凑在一起在听着什么，其中一个长得像一朵玫瑰花的女孩子转脸朝我竖起了一根手指："嘘——"随后我听到了埃尔维斯·普雷斯利的那首著名的《碎心旅店》。这七条欠债不还的美人鱼聚在一起听猫王！我看着七个姑娘听着猫王的歌声兴奋得一脸忧伤，我一句话也说不出来。因为我得告诉你，我第三个喜欢的家伙就是埃尔维斯·普雷斯利！《碎心旅店》听得我和姑娘们都有点儿心碎。接着，那架巨大的收音机又唱出了猫王的《监狱摇滚》。我无法再说出一句讨债的话来，因为我太喜欢猫王了，尽管他兴许是个混账家伙。

在大学二年级的时候，我在我的一个同学邓庆家里看过猫王的演唱录像，这家伙长得又瘦又高，总是把自己涂抹得像是一个矫揉造作的家伙。他一般穿粉红色的上衣，下身穿着红艳艳的把屁股绷得像一面小鼓一样的喇叭裤，穿着一双白皮靴，在舞台上狂放不羁地扭动着屁股，就像是一只处在发情期的美丽的猫。他的动作幅度大得不得了，总是充满了性的挑逗与暗示，以至于美国政府规定各电视台在转播他的演唱会时不许把镜头对准他的腰部以下。结果有更多的人狂热地喜欢上了他，有许多妙龄少女竟把他的名字放在了自己的身上。最有趣的是记者问他："你想结婚吗？"你猜这家伙怎么说："你既然能隔着篱笆挤到奶，干吗要自己买奶牛呢？"这家伙真是有趣极了。

但我最终还是想起了我的使命："我说，我是来讨债的，要是你们今天……"七个姑娘全都转过了脸。我看见她们竟然全都哭了，泪水像碎银子一样在她们的脸上闪着："你真喜欢猫王吗？要是他不死的话，今天他就五十八岁了。你站在那里干吗？既然你也喜欢他，你今天就不该再说别的废话！"她们中的一个说。

那天我心甘情愿地被七条美人鱼给扔到鱼池里去了，因为后来我真的忘了我是来讨债的。我们在一起又吼又叫的，把大喇叭接上了收音机，叫屋外所有鱼池的鱼都能听到猫王的歌声。因为我们太热爱猫王了，他在一九七七年因为长期吸毒死了，他死的时候只有四十二岁。

我回到讨债公司总部时身上的皮尔·卡丹牌西装仍是湿漉漉的，坐在办公桌后手里转动着圆珠笔的胖老板笑眯眯地问："怎么样？要回来欠款了吗？你一定是旗开得胜了，年轻人！"

我说："钱，没有要回来，因为埃尔维斯·普雷斯利。"

"垃圾桶"老板立刻勃然大怒地站了起来："埃尔维斯·普雷斯利是谁？这和他有什么关系？啊哈，你没有完成任务，我说小伙子，今天你被辞退了！……"

现在我又变得无所事事了，只是这一次我没有喝酒，而是买了八十几个电动玩具，把它们上足发条后围着我群魔乱舞，实在是热闹极了。问题是猫王都五十八岁了，要是他还活着的话。那些日子里我天天观看足球比赛和棒球比赛，再就是美国的那些肥皂剧，听一些乱七八糟的点歌台节目，翻看花样翻新的A市晚报，在女人的大腿和眼睫毛下面搜寻新的招聘启事。

后来，大约是我百无聊赖地坐在电视机前整整一个月之际，我又在一家清洁公司上班了。我的工作就是站在升降机上，屁股后面挂着一个小水桶，给那些高入云霄的摩天大楼擦玻璃。按说这可是一项挺带劲儿的活儿，我站在比所有人都高的地方，我的手都可以摸到云彩，每天我都可以看见城市在我的脚下震颤，大街上小甲虫一样的汽车和蚂蚁一样的人在飞速地滚动着，叫我不由自主地可怜起他们来。我不停地随着升降机在那些光滑的大厦外面擦着玻璃，那些玻璃大多是茶色或是蓝色的，很多都不透明。我宁愿把这些大楼看成一个巨大的蜂巢，因为有时候我一边擦着玻璃，一边又实在好奇得要死，就凑在玻璃上往房间里看。我看见了各种各样的人，老人、中年人和小孩子。他们聚会，争吵，坐下去，站起来，走进走出，躺下睡觉。他们每天都忙忙碌碌的。他们中有谁喜欢猫王吗？我的活儿干得漂亮极了，我把那些巨大的玻璃窗都擦得干净漂亮，玻璃的表面反射出了太阳、白云的影子，直到有一天，我听到了猫王。

那天我正擦着二十七层楼的玻璃，我突然听到了整座大楼的中间，不，好像是底部有人在放猫王的歌。我停下了手中的活儿，立刻开动升降机，开始寻找它了。当我下降到一楼时，我听到歌声又从头顶飘下来，我又赶忙再上升。很多人在那天都看见了我像一个疯子一样在巨大的大厦外面，开动着升降机上下左右来回穿梭着，焦急得就像是失巢的蜜蜂。而且，那天我压根儿就没擦玻璃，我发誓我听到了整座大楼里都响着猫王的歌。当我绝望地发现好像整幢大厦的内部都响着猫王的歌声时，终于停下了升降机。之后，清洁公司漂亮的女老板立刻当场辞退了我。

两个月后，我从海边的一座城市回来。在那座城市里我打了两个月的台球，尤其是把英式打法操练得炉火纯青。当然，我不排斥美式打法。我几乎击败了所有的对手，我赢了不少钱。但我又厌倦了那种生活，我重新回到了A市，在晚报的女人长筒袜的广告下面找到了搬家公司的招聘广告，于是，我开始为别人搬家了。

在成为搬家公司的职员的时候我才知道原来世界上有这么多人要搬家，竟然谁都不喜欢他们原来的那个家，除了一个七八十岁的老太婆摸着门槛哭了一小会儿，其余的至少三千个家伙都是兴高采烈的。看来人人都喜欢到新的地方去。

我开着车，按照公司老板所开列的地址，把东西从一个地方运到另一个地方。也就是说，把旧房子里的内脏全部掏空，然后都填充到新的屋子里去，这可真是个十分没劲的活儿，因为你得每天去搬那些乱七八糟的东西上下楼。结果干到第二个月我就与他们开起了玩笑，只要我开着车，听着路边哪一家飘出了猫王的歌，我就叫人把家具一股脑儿地卸在那里——我把这些杂物当作礼物送给了埃尔维斯·普雷斯利。他会喜欢吗？自然，我很快又被辞退了。

现在我在一家经济广播电台工作，主持《空中之友》节目，我总是跟在播放推销女人长筒袜和内裤的广告后面向听众们介绍好听的摇滚乐曲。今天我要说的是：你喜欢埃尔维斯·普雷斯利——猫王吗？

钟表人

　　我像一个溺水者一样从梦中醒来时仍能够听到自己的心脏不规则的跳动声。我打开床头灯看了一下表，是凌晨六点三十分；作为电台《午夜心里话》的节目主持人，我总是在这个时候醒来。我眯起了眼睛重新关了台灯，让自己沉浸于一种半明半暗的黑暗之中。我想起了刚才梦中那个奇异的场景。在那个梦里我一直走在一个长廊中，那条黑暗的长廊没有一点儿灯光，但两边的墙壁上挂的全是钟表，而钟表的表盘犹如一张张人脸一样在墙上闪闪发光。我惊恐地一个人向前走着，伴随着我的脚步声，有一种机械表嘀嗒有节奏走动的声音在走廊中巨大地回响着，我很恐慌，一种前所未有的黑暗抓住了我，我向后和向前望去，两边全是无尽的黑暗，从而使我更加茫然。那钟表指针一齐走动的声音使得我的心跳加剧了起来，我的脸骤然变形了，然后我开始向前狂奔，嘴里发出了马的嘶鸣……

　　我再一次睁开眼睛，看见阳光已经普照大地，这使我心存感激。但那个梦一直追随着我。北京已经是秋天了，昨天刚刚下了一场雨，这使我的心中弥漫着一种忧伤。每天我的《午夜心里话》节目总是在午夜十二点开始，到凌晨一点结束，然后我就开着一辆沾满了灰尘的尼桑车回我的寓所，用微波炉随便做一点什么吃的，然后就上床睡觉了。每天早晨醒来，我一般自己动手做夹火腿肠的涂上黄油的面包吃，再冲一杯不放糖的咖啡。然后我就在室内跑步器上跑上一会儿。透过十二层楼的大窗户，我几乎可以看见整座城市在我的视野里铺展开去。每天都有很多人，很多生活在这座城市的人打电话与我说心里话，我才知道有那么多人并不是经常在白天能够讲心里话的。往常，到了七点三十分，我穿戴整齐，扎好领带，就坐电梯下楼，打开我的车门，熟练地发动着，并且将车驶出停车坪，向左边的道路冲去，旋即被淹没在车流之中。四十分钟以后，历经堵车的焦急与无奈的我就会来到一幢二十层高的位于护城河边的一座大厦中部的电台，开始为晚上的节目做准备。吃过中午的工作餐，我又会在电台睡上一觉。

　　然而今天早晨我从梦中醒来，多少感到有些异样。梦中那些人脸一样走动的钟表以整齐而又恐怖的声音压迫着我，我感到了莫名的恐慌。我洗漱完毕，煎了一个鸡蛋，冲了一杯牛奶，扎了一条鲜艳的红领带，挑出了一套乳白色的西装穿在身上。我不时地冲到窗台前，拉开窗帘看一眼早晨生机勃勃的城市，一座沙盘一样的梦幻之城。但那些钟表总是在我的眼前晃动，这到底是怎么啦？坐进我的汽车里我仍旧无法集中思绪。这辆车是一个在外企当中层管理骨干的朋友借我的，原因是一年前我曾经劝他不要自杀，于是一年后我得到的回报就是一辆七成新的尼桑。我打算今天去擦擦车。我的车驶入了早晨的车流。像往常一样，我吹着口哨，戴好了墨镜，把车速放到每小时七十公里在二环路上飞驶了起来。这时候我突然想起了魏晋时期的诗人阮籍，他总是能够赶着马车装着酒，任由马车跑动，直到马车停下来，或者跑到路的尽头了，阮籍一边喝酒一边又大哭一场，换个方向继续前行。有一天我试了一下，将汽车漫无目的地开了两个小时，直到把车开进了老城区的一个小胡同里，再也不能向前走了，然后我下车轻松地在墙根痛快地撒了一泡尿，掏出口袋里的小瓶马爹利，啜上一口，便又钻入汽车，将车子倒出来。我根本就哭不出来。难道这是一个能够放声大哭的时代吗？

　　我在汽车里觉得自己的心怦怦乱跳着，几乎每秒钟跳两下。早晨的空气中竟然有一种臭水的味道。就在车子驶过西直门立交桥的时候，我忽然看见在立交桥边竖立着的巨大的广告牌上，有一个我十分熟悉的女人，笑着将戴满了表的手臂伸出来。难道是眉宁？我愣了一下，但汽车已经驶过了立交桥，我把头伸出车窗回望，但风立刻吹乱了我的头发。汽车开到了官园立交桥，我向右拐去，在路边一个小食摊前停下来，想吃一碗豆腐脑。虽然已经吃了煎鸡蛋可我仍然觉得饿。我刚坐下来，却看见旁边一个脸上长满了雀斑的女孩手里抓着一本《时尚》杂志，而杂志的封面，那个戴表的俏丽女人，不是眉宁又是谁？我皱起了眉头，我已经有一个月没有看见她了，难道她真的成了钟表人？我顾不上吃那碗豆腐脑，扔下一块钱，站起来就向汽车走去。

我心乱如麻，后来我开车来到了前门附近的"时间廊"钟表店，异常镇定地在店员惊异的注视下一气儿买了八块表，包括怀表、计时表、腕表和防水作业表，把它们都戴在了我的手上和身上。

　　我走出了钟表店。

　　二十分钟后，我开车来到了建国门立交桥，在一阵大风中骤然把车停住。在一种不可阻挡的力量支配下我冲出了汽车，跨越了栏杆，向前冲去。

　　那天有很多人看见一个穿灰色风衣的男人从立交桥上跳了下去，就像一张牛皮纸一样飘了下去。交通秩序乱了十五分钟后，反应迅速的警察再次恢复了秩序。桥下面有一小摊血和一只男式四十一码的褐色皮鞋。

　　"于是，我也变成了一个钟表人。"半个月后，摔断了一条腿但保全了性命的我重新在我的节目中与听众见面并且敞开心扉。"我有一种恐慌，这是因为这座高速流转的城市给了我一种压力，我感觉我仿佛成了被时间追打的人紧张而急迫地生活着，而每一个人也都是在这样的情况下变成了钟表人，没有生活的真正目的。就连我和大家说的心里话也并无意义。我感到了绝望，而我心爱的女人也离开了我，并且成了我最讨厌的钟表人，于是，我就选择了自杀。"我勇敢地说。

　　"难道失恋就能将你击倒吗？"一个听众在电话中说。

　　"我有过两次失恋，第一次我爱上了一个学德语的女学生，我非常爱她，半年后，一个德国人疯狂地追求她。一天，我们一同坐在凯莱大酒店二层的咖啡厅里，喝维也纳冻咖啡，那个女孩说只要我说请求她留下来，她就会留下来，不跟那个德国人去德国。但是我没有说请她留下来，而是说希望她远嫁德国。于是，她就生气真的在一周后远嫁了德国，她却一直都不原谅我，说我不该把她推走。可这是她的选择，对吧？这可不是我的选择。于是我永远记住了那天晚上维也纳冻咖啡的味道，味道简直好极了。"

"那么第二次失恋呢？"那个听众似乎很愿意听我的恋爱史。

"第二次是我喜欢上了一个北大西语系学法语的女孩子。她长得就像一个美丽的法国女人。同样的原因，有一个法国佬追逐她。一个月以前，我、那个法国佬和她一同去游了一次长城，就在慕田峪长城的一个垛口，我们再一次摊牌了。她——她叫眉宁，她说如果我说叫她留下来她就留下来。但我什么也没说。于是，她就愤然地跟那个法国人走了。但临走之前我对她说，我痛恨钟表，只要她不做关于钟表的广告，我就仍旧爱她。但半个月前，我发现她并没有去法国，却真的成了钟表广告人，成了一个钟表人。我感到了绝望，于是，我就想自杀了。因为我这次真的把她推开了。"

"为什么你要痛恨钟表？难道你有精神分裂症吗？"

"不，"我果断地说，"我是一个正常人。但钟与表已经奇迹般地覆盖了我们的生活，人类的生活。时间由钟和表度量，并且规定着我们的一切。人们生活沉闷无趣的主要原因是不知不觉成了钟表的奴隶。我要做一个抵抗钟表的人。"

"那么你真的是个疯子了。这可能吗？你想让我们都别戴表，像原始人一样生活？"

"难道你们就感觉不到分针和秒针在时刻不停地把我们推向死亡吗？大家能不能都不戴表，彻底生活在表盘之外？只有这样，我们的生活也许才是真正的生活。"

"我认为你疯了。你会再死一次吗？"一个听众不客气地在电话中说。

"不，我不想再自杀了。因为在医院时一个护士说我其实是个软弱的人。我想坚强地活下去，仍旧主持这个节目，同时找到在做某种装饰表广告的过去的女友眉宁，告诉她不要再成为钟表人。这就是我要做的。"我在我的节目结束之前最后十秒钟这么回答。

我果真成了一个不戴表的人。我只靠生命自己的节律来生活。我体内的生物钟准时极了，这样我觉得我又重新成了自然人。我以这种方式来反抗现代城市生活对我的威压。我不想生活在表盘上的分秒和小时之中。可是有一天眉宁给我打了个电话："我听了你的节目，柳待，我想和你谈谈，你也许真的疯了。你一定是因为我离开你而被气糊涂了。我们干吗不聊聊？"

"你在哪儿？"

"在台湾饭店咖啡厅。"

我立即赶到了那里。眉宁依旧那么漂亮、迷人，穿着开胸很低的裙子。"你为什么没有跟那个法国人走？"

眉宁眯起眼看我："法国人有什么好？除了做爱的激情大一些——说句玩笑话。你的节目我听了以后震动很大。我已经成了一个钟表人。可是，在这样一个表盘一样转动的城市中，不成为钟表人能行吗？钟表人将成为所有人的形象。柳待，我很爱你，可你是一个神经质、一个精神分裂者。作为女人，我是一个现实主义者，我可不想遵从你对世界的哲学判断来生活。"眉宁爽利地从手袋中掏出了一沓外币，并且把它们一一展开。我看见它们是美元、德国马克、法郎以及日元和意大利里拉。

"我现在有钱了。我依旧恨你，因为你把我漠然地推给了那个法国人而伤害了我。你为什么不坚持留住我？难道我不值得你坚持下来吗？"眉宁突然咆哮起来了。

我懦弱地耸了耸肩："我该走了。"然后我离开了咖啡厅。

我听说眉宁被谋杀是在一周以后，报纸上报道了这个消息。有六个穿黑色西装的男人闯进了位于亚运村的眉宁的屋子，用表带勒死了她。他们是一些什么人？钟表人吗？我为这样的消息感到了震惊与悲伤。我到达医院太平间时，她仍旧躺在一个冰柜里。在守尸员的帮助下，我轻轻地掀开了覆盖在眉宁身上的白布。她脸色青中透白，我看见她的脖子上的确有被什么勒过的痕迹。是谁杀了她？我褪下了我手腕上的那块表，把它放在了她的胸口，然后我离开那里。我想我必须找到那些用表带勒死她的人，并且用同样的办法处死他们。我到今天才明白我是多么爱眉宁啊。

我必须给你描述一下我生活的这座城市，这座被钟表覆盖的城市。这座城市向四面八方展开，灰色的尘埃浮起在广大的楼群之间。这里的生活节奏如同秒针走动，城市以钢筋混凝土构架，以饭店、商场、俱乐部、美容院和停车场构成了其主要特征。人们在这里展览舌艺，交换货币与梦想。人们像流沙一样不知道在向哪个方向流逝。人们日趋变得麻木，即使拥有了快乐也短暂得如同一场雨、一首歌、一句话，在说出之后旋即被忘却。我竖起衣领，孤独地走在这座城市之中，怀念着眉宁。可这座城市里到处都是钟表人，没有钟表他们根本就没有办法生活。我们戴着表是为了活得更累吗？我一点儿也想不明白。

　　后来我在贵友商场抓住了那六个钟表推销人。他们和眉宁一样，浑身上下到处都戴着表。我想我一个人对付他们的确有些困难，我跟着他们进了洗手间，然后把门锁住了。

　　他们一同转过脸十分认真而又疑惑地看着我。

　　"你们杀了我的女朋友。"我说。我的声音听上去在颤抖。

　　他们都愣住了。从他们的眼睛里我读出来他们以为我是一个疯子。可是我不是，我是一个电台节目主持人，专门与人讲心里话。可我的女友莫名其妙地死了。这事儿我不能袖手旁观。

　　"我们从来没有杀过人，我们只推销钟表。"其中一个平静地说。

　　"可就是你们杀了我的女朋友眉宁。有人看见你们杀死她后从她的寓所里出来了。"

"我们只卖给了她很多表。她是一个钟表收集者，我们只给她卖过一些表。"其中一个认真地说，"不信，我们可以一起去找警察。"

我们那天一起去了公安局。这六个钟表推销人没有任何问题。凶手已经被抓住了，凶手是一个盲流、一个农民。他是在钟表推销人向眉宁推销了他们的钟表之后闯入了眉宁的屋子，勒死了她并且抢走了她所有的表。就这么简单。喜欢什么的人就会死在什么上面，这已成了一个真理。我一个人在秋风中走着，我一直在想眉宁为什么非要成为一个钟表人？

我仍旧在电台上班，但自从眉宁死后我突然发现我的生物钟已经非常不准确了。我不再在早晨六点三十分准时醒来，有一次做节目还迟到了半小时，就连在听听众讲他的心里话时我也显得心不在焉。城市以它钟表走动的声音影响了我生命的节奏。我想由于我的软弱我没有留住两个女朋友，一个走了一个死去了，这也许都是我的错。可这应该把账算在这座城市身上。这座城市像分针和秒针一样把人无休止地推向茫茫的前方与死亡。台长在我一次神思恍惚的迟到之后对我大发雷霆。我想也许我应该离开电台，因为我已经没有心情听别人讲心里话了。我的心里话又能去对谁说？

我开车路过东单时，依旧看见眉宁做的那个钟表广告。她笑得像柳絮一样轻松，手臂上全是那种名贵的时装表。汽车经过海关大厦时我忽然看见了海关大厦上面悬挂着的一个兴许是全市最大的钟。我凝视着它，我想也许我要干些什么了。

很多人都听说了一件奇怪的事情，那就是有一天海关大厦上面的那个巨大的钟表莫名其妙地掉了下来。我得承认这是我干的。我干这一切用了整整一个月侦察与准备，然后用一个夜晚就干成了。我用的是一种锋利的电锯。我不喜欢有一个大钟表永远地悬在我们的头顶，给我们指明时间、规定节奏。在这座摇滚节奏的城市里我们因为钟表与时间已活得非常累了，我们干吗还要一块表高悬于我们的生活上方从而成为影响我们生活的阴影？

警察没有抓住我。我在大街上驱车狂奔时嘴角浮起了快意的笑。我以这种方式来祭奠我在这座城市的流沙式的爱情，你觉得好笑吗？

我又一次从梦中醒来。我又听到了城市钟表一样嘀嗒走动的声音，那是一种吞食一切的轮盘转动的声音。这座城市时刻准备着要叫我输个精光。我看了一下表，六点三十分。我准时起床了。在我刚才做的梦中我在追杀一个杀人犯，那个杀人犯杀死了我的女朋友、钟表广告人眉宁。而且我还梦见我在一个挂满了钟表的长廊里没命地奔跑。我还梦见我爬上了海关大厦的顶楼，将那枚本城最大的钟表锯了下来叫它掉在了地上。我洗漱完毕，喝了一杯浓咖啡，然后给眉宁打了一个电话："喂，眉宁？"

"嗨，柳待，是我，眉宁。"

"这次的钟表广告做得如何？"

"棒极了。你猜我挣了多少钱？三十万！哈，我们可以去万科城市花园买一套房子了。我已经给他们打了咨询电话。"

"好的。我马上去找你，一起去看房子。顺便说一声，我最近老是在做怪梦，梦见到处都是钟表，而且——而且你还被人杀死了，我还锯掉了海关大厦上的那块大钟表。"

"这太离奇了。也许是你生活压力过大在梦中出现的幻觉。好啦，我们去看房子吧。我们马上就要过上小康生活啦。我想你是不是做主持人听别人讲烦心事儿太多了？"

我放下了电话，心想作为这个城市的白领之一，我终于将拥有自己的一套好房子了。我下了楼，钻进我的尼桑车内，把它驶出停车坪。这座城市每天都是新的，对于我今天尤其如此。一周以前一个法国佬要带眉宁出去，我说："你留下来吧。"于是她就留了下来。我们终于过上了有车也有房子的中产阶级生活了，这是我一直梦想的。这一切仅仅靠为钟表做广告和天天在午夜听人讲悄悄话就可以办到。我心满意足。我的车上了国贸桥时，旁边那幢巍峨的中国大饭店和国际贸易中心的大楼便迎面撞来。我从汽车后视镜中忽然发现有一辆面包车在跟着我。我看清楚了，他们似乎一共有六个人，他们全穿黑色西装，扎着领结，他们难道是我梦中出现的那六个神秘的钟表推销人吗？他们为什么要跟着我？我所遇到的一切究竟是在现实之中还是在梦中？这座城市为什么让我穿行在时间的表盘之外，成为城市梦境中的一个逃亡者？我紧张地将车加速前进，因为眉宁正在前方的希尔顿大酒店大堂等我，我们要去买一套万科城市花园的房子。在镇定之中我解下手腕上的表，将它扔出车窗。可那辆装着六个黑衣钟表人的车依旧紧紧相随。这时候我想起了我梦中的所有细节，我想也许我永远也逃离不了钟表人的追踪了。

沙盘城市

有时候我觉得北京是一座沙盘城市，它在不停地旋转和扩展，它的所有正在长高的建筑都是不真实的，我用手指轻轻一弹，那些高楼大厦就会沿着马路像多米诺骨牌一样依次倒下去，包括五十二层高的京广大厦和有三百米高、八十八层的望京大厦。毫无疑问，我的这个想法是个恶狠狠然而也显得无可奈何的想法。每当我行走在楼群的峡谷间和三层立交桥下，听着城市庞大身体微微颤抖和喘息的声音，我都会下意识地伸出中指和拇指，轻轻一弹，接着我就会恶毒而又带几分傻气地笑起来。

那天我骑着我那辆花三百元买下的二手山地车，沿着长安街一路骑了过去。我要找一个叫陈灵的人，因为他偷走了我的房东家的钢琴。当初我一见到陈灵就多少有些不信任他，因为他肯定是那类城市流浪汉，这类人在北京还为数不少。我每一次骑车走过长安街，都要看看那像怀抱一样的妇联大楼盖好了没有。我注意到这座像女人怀抱一样让我产生温暖想法的建筑已经成形，成吨的脚手架正在被拆下来，在它的边上，是另一幢正在建造的大厦，那恐怕是交通部的办公大楼，我约莫听说过。刚才我说我有些不信任陈灵，是因为陈灵十分有艺术家的灵气，只是这家伙长着一双闪闪烁烁的眼睛，好像总在躲避着什么。这类人是天生的总在干亏心事的那种人，我一看就知道。我家房东是一个十分善良而又轻信他人的电气工程师，当初陈灵背着他那像婴儿的铺盖一样小巧的行头敲开房东的门时，电气工程师立刻就可怜起他来。他说他是从山东海岛边的一座城市艺术学院毕业后来到这里的，他想教钢琴——给孩子——他在经过这幢公寓楼时听到屋里有琴声。刚巧我的房东的八岁的孙女十分需要老师，于是，我就和陈灵这个杂种住在一块儿了。我们住在房东很大的一个套间里，这整个是两套单元房，约莫有八间，还不算那些该死的厨房和厕所什么的，所以，陈灵就成了家庭钢琴教师啦。

我经过海关大楼有些怪里怪气的大厦边上，穿过建国门立交桥，向右一拐来到了凯莱大酒店门前。我估摸陈灵这家伙兴许躲到这里来了。因为这里有十分有特色的西贡苑，传说所有的服务员也都是越南小女子。有一天晚上陈灵和我躺在床上聊天，他告诉我他做梦都想找一个越南女子做情人，因为他哥哥在越南战场上见过被打死的越南女兵赤裸而又美丽的乳房。那一年他哥哥只有十八岁，所以十几年来经常面带忧伤和神往地说起那一对美丽的乳房，以至于让他也染上了西贡乳房憧憬症。这家伙还有些异想天开地告诉我，他想和西贡女子在钢琴上做爱，一边运动那钢琴一边发出奇妙的响声，"那才是最绝妙的后现代音乐呢！"

我想起电影《最后一班地铁》中男女主人公在钢琴边躺下去的情景，不由得有些羡慕他这些奇妙的想法。没准儿他肯定能实现呢，因为在北京到处都是梦想家，也到处都是梦想成功、脸上挂满喜气洋洋的表情的人。

我刚停好自行车，把墨镜摘下来，打算走进凯莱大酒店，却发现在一边的大柱上，有几个约莫有点儿像海外华人的人在干着什么。我走了过去，嗨！我看见一个街头女画家在给人画像。原先我听说过美国才有街头艺术家来着，可现在中国也有了，我不由得有了一丝兴奋。那个画家也是一个小女子，也戴着一副紫边的太阳镜，头发有些黄，懒散地披在肩上。从她抿住嘴唇的架势看上去，这个女孩儿我认识。她竟然是我的中学同学！上高一时，她就坐在我的前排，有一段时间我非常喜欢她那一头褐黄色的头发，一直想伸出手摸一摸，可三年中我都一直压抑了自己这在当时看上去有些大逆不道的想法。后来生活的水流便把我们推开了，我听说她去南方上了大学，学的是工艺美术专业，可她为什么来到了北京？我想起来她叫林家琪。林家琪是一个漂亮的女孩子，高中三年有不少狗屁男孩都想骚扰她，可没一个成功的。

我干咳了一下，看着她画完一幅素描画像。那是一个珠光宝气的老太太，虽然满脸的皱纹里填的都是化妆品，可毕竟挺慈祥的。她拿到画时十分满意，给了林家琪一张五十元面值的人民币。她接过钱，看上去十分高兴，道了声谢后，那一帮"高等"华人便坐出租车走了。这时我说："嗨，林家琪，你好啊。"

她着实有些发愣："怎么会是你……山羊？你是山羊吧？"她摘下了她的太阳镜。她依旧很漂亮，牙齿白白的。

我承认我过去有这么一个绰号，我笑了："你来这儿干吗？你从哪儿来？要到哪儿去？"看上去，她有些疲惫，而且比过去显得老一些了。岁月的脏手干的，我想。

"四处流浪。我刚从深圳过来。我在那里待了八个月，我不喜欢那地方。节奏快得你随时都在跳舞似的，而且还是迪斯科。何况那里又显得小，不像北京，铺天盖地的。"

"在那你靠什么活着？"我琢磨她也许总不至于卖身。

"给一个又一个的酒吧和舞厅搞装潢。他妈的那可没劲透了。"她说了一句粗话，"可我是一个艺术家，艺术家不来北京就不对劲了。我要在这里成名。"她凶狠地说。这倒吓了我一跳。她是变多了。"你呢？"她问我。

我告诉她我在《精品购物指南》报当记者。"像这座城市里所有的商场、购物中心的各种品牌的日用品，我都能指导你如何去购买，比如妇女用品什么的，我就知道哪里又便宜又好——我天天都干这个。"我自我解嘲地说。

"哈，"她笑了，她有一个迷人的下巴，"尽干这个？真想不到。中学时你可从不爱说话。记者可是属于包打听那一类叫人讨厌的角色。你住哪儿？"

"我和一个冒牌钢琴家一同租住在一个电气工程师家里，他家的房子有八九间之多，像迷宫一样。报社没房子。你呢？"

"我住在一个地下室里。我来北京半个月了，现在还没工作。我表姐给找的房子——在北京我有个姑姑。你来这儿干吗？"她眯起眼睛瞧我。

我这才想起来我是出来找偷钢琴的人的。我对陈灵恨得咬牙切齿，因为这个杂种不知道藏在这座巨大的城市的什么地方去了。我到哪儿去找他？我给她说了来由，她又乐了："陈灵那个人还挺有趣的。跟我一样，也是个流浪艺术家？不过他不该偷走房东的钢琴。你在想他会躲在凯莱大酒店里？我刚才还在西贡苑陪一个英国小伙子吃饭，那里没有一个人看上去像你所说的叫陈灵的那个人。"

我有些沮丧。"我还估摸他会在这儿呢。你一天挣多少钱？"

"有时候挣几百块钱，有时候一分也挣不上。"

"经常来饭店？"

"这里有钱人多。外国人也多。昨天晚上在世界大饭店，我还看见有一个中央乐团的提琴手在给一个party伴奏。这有什么稀奇？为了生存呗。"她打了一个漫不经心的哈欠。

"我要走了，我还得找到陈灵。"我说，"把你的电话留给我，我们改天再聚。我有一堆像你这样飘荡的朋友。"

"我没有电话，只有BP机。哈，我永远在路上，我是街头流浪人。"她又戴上了太阳镜，收拾好画具并把它背在身上，她一边给我留下BP机号码，一边有些茫然地四处张望，有些心神不宁的。"见到你非常高兴，真的，山羊。"她脸上带着一种几乎要哭的表情，"下回再见面，我给你做新疆烧烤——我手艺棒着呢。"她向一辆黄色面的招了招手，车子开了过来，她一缩脑袋钻了进去。"再见。"她挥了挥手，车子便钻到一条车流中消失了。我站在那里觉得有些伤感。我看见了不远处国际贸易大厦的巧克力色的躯体，然后我伸出了中指和拇指，弹了一下，接着我又带着几分傻气地笑了起来。

　　我琢磨陈灵这家伙兴许在火车站，因为他要带着钢琴逃离这座城市的话，一定只能在火车站。我来到了火车站，我在蚂蚁般的人群中走着，搜寻着陈灵那像一棵白杨树一样的个子。在人群中四处张望，我忽然变得有些焦躁了，因为这里到处都是人，都是我不认识的人。他们来来去去，同样带着自己内心的秘密与焦躁来到这里。他们像候鸟一样出发，对他们来说，这里是驿站也是起点和终点，他们像水流一样从不间断。火车站一定是一个他妈的叫人伤感的地方，因为我看见有一对恋人在大庭广众之下有些装模作样地哭。我想陈灵会带着一架巨大而又精美的钢琴躲在哪里呢？会在货场吗？我神色不安地来到了货场，然后我发现有许多人在那里搬动钢琴。没错，装在包装箱里的全是钢琴！陈灵这个家伙也一定躲在这些人当中。我冲了上去，我揪住一个推着手推车的搬运工的手，说："你见过一个鬼鬼祟祟地要托运钢琴的小伙子吗？他是贼，我要抓住他。"

　　"没有，没见过。这些都是星海牌钢琴，是要运到外地去的。也许你疯了？谁会把偷走的钢琴拿到这里来？"他身上散发着汗味儿，不屑地看着我说。

　　"嗨，我见过那个人。他在锯木厂。那家伙长着一双闪闪烁烁的眼睛对不对？我昨天还在锯木厂见过他，他正在一堆木片中间疯狂地弹着钢琴。我想他首先是个疯子。你刚才说他是个贼吗？"一个铁路工作人员走了过来。他有一脸像康纳利那样的白胡子，简直棒极了。在接下来的谈话中，我确认那家伙就是陈灵。我十分兴奋，当即回到了大街上，在车站邮局乱糟糟的街边上拦住了一辆面的，叫司机朝东郊那座巨大的锯木厂开去。我到达那里十分顺利，我在一堆原木的边上见到了陈灵。这个小疯子已经睡着了，睡相很像一只傻里傻气的鸭子。那架德国产的价值一万元人民币的钢琴就在他边上。然后我叫醒了他。

"停停，老Q，我正在做梦，梦见我在大西洋的海底弹琴，在我身边游走的全是色彩斑斓的鱼，简直太有趣了。"他擦去了口边的涎水，神往地说，他可没注意我的脸色十分不好。

"可是你是贼，"我生气地说，"电气工程师已经气得半死了。我想不明白你有这么大力气会把钢琴偷到这里？你为什么要偷钢琴？"

他像个孩子一样笑了。"找搬家公司呗。那天你们都不在家，我一个电话就把他们找来了。为什么偷钢琴？因为我是一个艺术家。你知道约翰·凯奇？后现代音乐的大师，他最有名的作品《4分33秒》，上台坐在钢琴后面待上4分33秒什么也不干然后再走下台。他娘的，从电视上见到这镜头我兴奋得要发狂。他有个关门弟子也叫陈灵，陈灵上周曾来中国，还在中央音乐学院打算演一场来着，可他妈的不知为什么没有到场。他现在把钢钉、木屑和石子儿夹到钢琴发音部位，叫它发出不规则的天籁。你懂吗？这叫后现代艺术！所以我就把钢琴搬到这里来，为的是用不同的木片夹进钢琴来作出不同的曲子，我几乎试过了所有的木头：松木、桦木、檀木……你说我是贼？滚你的吧。"他生气地推开我，然后掏出黄色背包里的干面包啃了起来。我立即原谅了他，因为他也许真的是个艺术家。那天我们又给利康搬家公司打了电话，然后我们就把钢琴又运了回去。在他的道歉和我的说情下，工程师原谅了他。因为他兴许真是他妈的艺术家。

在这座巨大的旋转着的城市中生活，我们每一天都感到兴奋。世界上任何地方都没有北京叫我这么动情，虽然它现在还像个后娘似的拒绝我入怀，可我死活得扑进它的怀里去，像亲儿子那样撒娇，我有这个信心。陈灵这家伙可不像我这么自信，因为他没有北京户口。林家琪同样也没有，这样的人多了，我不停地安慰他。有一天我的大学同学、在一家饭店当部门经理的齐燕给了我几张舞票，我便呼了林家琪，叫她去太平洋饭店门口等着我和陈灵。太平洋饭店是北京十几家五星饭店之一，那里的迪斯科舞厅倒挺不错的。我和陈灵赶到舞厅时，林家琪已经等在那里了，她穿着一条大概拖到脚背上的长裙，那条裙子实在漂亮。我和陈灵朝她走过去时陈灵赞叹了起来："她真的很漂亮，她真的是你同学？"她也发现了我，有些欣喜若狂地傻乎乎地扑了过来，裙子带起一阵风。

"介绍一下，艺术家陈灵。"我说。

"啊哈，偷钢琴的人，很高兴认识你。"她当真十分高兴，伸出手来叫陈灵握了一下。

"我没偷钢琴，只是借了几天。你这条裙子真漂亮，真的，你像是一只花蝴蝶。"陈灵上下打量着她。

"是吗？谢谢。这条裙子才一百二十八元，是三八购物节时我在北展买的。我们进去吧。"她胸前的一件小玩意儿晃来晃去的。我们沿着旋转门走进去。大厅里到处都是衣冠楚楚的人在走动，有几个外国妞走过来都看了几眼林家琪的裙子。我不能不承认她十分懂得装饰自己。我在心中有点儿喜欢她了。她走路的样子既快捷又洒脱。我们坐电梯来到了底层，在快餐部我们吃了台湾牛肉面，林家琪还要了一份俄罗斯意粉。我们吃完，看看时间已到，就穿过铺有厚厚地毯的一号厅，来到了迪斯科舞厅。灯光有些暗，音乐的声音巨大，所有的人都在像遭受了电击一般地狂跳着。"你穿的裙子太长了。"我责备她，一边走向人群。

"不，这样看上去更好。跳起来的话，兴许还能看到你的尊腿吧？"陈灵认真地说。我捶了他一下，然后我们就跳了起来。我觉得空气有些沉闷，就把领带扯松，我感到仿佛受到了什么指令，身体不由自主地扭动了起来。所有的人都是木偶或是皮影，在灯光变幻中变换着动作。我想这个世界的确是他妈的有些发疯了。我约莫跳了半个小时，才大汗淋漓地钻出人群，坐到边上去喝点儿什么饮料。我看见林家琪也坐在了那里，正用吸管在喝着什么。她两个眸子亮晶晶的，仿佛在观察着什么。

"你为什么不跳了？"

"我突然感到了孤独，我害怕我会发疯，因为这座城市不是我的，它根本就不信任我，不接纳我。何况我也没有北京市户口。他娘的。"她阴郁地说。

我突然有些怜爱起她来，她楚楚可怜，像一个盲目的人一样来到这座城市。"你会得到信任的，只是需要时间。"

"我已经待了一个月了，可我还找不到一个固定的工作。即使是装饰那些该死的舞厅和酒吧也行。现在我在想，谁收留我，我就嫁给谁。"她顿了一下，又说，"你会收留我吗？"

　　我突然感到一丝紧张，冰淇淋呛住了我。我再一次地回忆起了中学时代。噢，她那一头褐黄的头发。"恐怕，恐怕我还没有这个能……力。我没有房子，而且，我一个月才挣六百元。"我结结巴巴说了实话。她扑哧一笑："我在跟你开玩笑，山羊，我们太熟悉了，我不会爱上你。"

　　"你得学会依靠男人，我想，嫁给一个有钱人，最好是懂艺术的那种，这样你就会被养起来，安心作你的画，成名成家。"我这次说的是真心话。她愣了一下，下巴翘了一下："算了，咱们还是别谈这个了，去接着跳吧。"她站起来，我们又走进了人群。

　　等到我和陈灵再次回到桌边喝点什么的时候，我发现林家琪已经悄然失踪。对她的离去我的确有些突然之感，也许艺术家都是这类情绪捉摸不定的人，幸亏我还没有娶她做老婆，我想。陈灵却到处张望着找她。"我想我已经爱上她了，真的。有三年了，即使我在西藏接受过一个藏族少女的爱，都没有见到她这么令人激动。她非常迷人，有一种神秘的东西吸引了我。哦，我没有抢你的生意吧？你一定不要和我抢她。"他在哀求我，"我正在创作的《天籁》系列，要为她而作。"他的两眼放出光来，令我害怕。我忽然感受到了忧伤，它不是时候地袭击了我。我想到了我在这座城市中一无所有，我同样没有资格去拥有很多东西，包括爱情。"你不会得到她的，真的，"我真诚地告诉陈灵，"因为你一无所有。女人的外表只是一个符号、一件外衣，你不该看重这些。你会被伤害的。"

"我倒要试一试。把她的BP机号码给我。"他执拗地说。不久以后，因为电气工程师害怕初学钢琴的孙女染上了后现代钢琴艺术的"瘟疫"，而终止了陈灵的教学指导，他失业了，他不得不搬了出去。因为工程师已经害怕见到他，原因在于他几乎把所有能找到的东西都夹到钢琴的发声部位。他搬到了城市西南角一个艺术家出没的地方，而我则到处找人给他联系工作。我多少有些喜欢他的后现代音乐，尽管听上去完全是乱糟糟。我起先在一个地下咖啡厅替他找了个弹钢琴的活计，可他弹一晚上才得到二十元，他嫌太少，就跑了。连我也不知道他去了哪里。这座沙盘一样的城市照旧在旋转，在长高，我也每天忙于在越来越商品化的世界里奔走，悉心打听各种内衣的最新时尚。林家琪不定时地给我打打电话，我得知她在给一家又一家饭馆和酒吧搞装潢，我还知道她还在广告公司、公关公司、点子公司，以及各种五花八门的公司干过，她就像跳迪斯科一样在各个地方跳跃。"这座城市依然不属于我，我恨它，我该怎么办？我什么时候才能安定下来？"她有一天在电话中问我，我无言以对，我的确有点儿想收留她，可是我没有足够的钱。在这座见到钱才能眉开眼笑的城市面前，我口袋空空。我有一种深深的自卑心理。有一天，陈灵也给我打了电话，他告诉我他在给一个靠发行黄色书刊发了财的家伙教钢琴来着。"那家伙原来还是个诗人，但他再写下去就要被饿死，于是改弄黄色书刊了。他悟性不错，我一开始就从约翰·凯奇教起。另外我还请林家琪吃过两次饭，她只能归我所有，昨天在约她去看英国友架剧团演的话剧时她还握住了我的手。我已为她发了狂，真的。"他喜气洋洋地告诉我。也许他是有福的，他也许会得到她，可是我却不会也不能了，我的脑海里出现了沙盘一样的城市，我满怀仇恨地伸出中指和拇指，在半空中重重地弹了出去。

后来很长一段时间，我都没有再见到陈灵和林家琪。间或有他们零星的消息传来，有时候他们也给我打打电话。每个人都是那么忙，那么孤独地跳着舞步。我还听说有一段时间他们俩同居了，我既伤感同时又为他们感到幸福。因为在这个一切都是破碎的时代里，两个流浪的人拥有一片坚实的天空是多么不容易。据说他们租住在城南的一间地下室里，而且陈灵和林家琪把这间地下室依照他们的想法装扮成了地狱的样子：黑暗，超现实，而又令人恐惧。有一天我忽然想去看看他们的"地狱"时，我接到了林家琪的电话：

"陈灵和我分手了。他疯了，他拿着他的《天籁》组曲到处演奏和推销。我们打了一架，我想见见你，在这个城市我没有别的熟人，我的姑姑也不愿意帮我了。我能在西单地铁站口和你见面吗？"

我来到了西单地铁站，我发现地铁站口也许就是通向地狱的入口，人们蜂拥而入又蜂拥而出，他们就像是这座沙盘城市的细沙一样渺小而又众多。我见到了穿着一身黑色裙子的林家琪。

她似乎又老了一些，这座城市总是在让漂亮女孩变老，这座恶毒而又可怕的城市。

我走向她，她面目严肃而又焦急："陈灵已经失踪了。我对他说我要嫁别人了的时候他一下子就发疯了，他打了我，揪着自己的头发跑出了我们的'地狱'。你能帮我找到他吗？"

我听到她的话，有些吃惊："你说你要嫁别人了？不是陈灵，是谁？你要嫁给谁？"我当真瞪大了眼睛。

她笑了："嫁给一个有钱人。我越来越觉得这座城市是那么可怕，我一无所有，我唯一能合法出卖自己的方式就是通过婚姻。他今年五十岁，他是一个茶叶商。怎么，听说这个你很震惊是吗？这没有什么奇怪。他能收留我，能带给我房子、钱和安宁感，能让我安心作画。你不是也曾劝我现实一些吗？你不是还告诉我，有一个南方来的三十岁的女作家，为了在这座城市里留下来，嫁给了一个快七十岁的老头儿？你说呀，难道我不对吗？陈灵什么都不能给我对不对？"她流泪了。我冷冷地看着她。在这一刹那，我突然明白了女人的确只是一个符号，男人和女人只是因为互相需要才在自己的眼睛中高看对方。其实谁都是平淡无奇的，人就是物，女人尤其如此。当她终于那样做的时候我反而不承认她了。但她是真实的，而我却猛然显得多么不现实。

"那么好吧，祝愿你幸福。什么时候举行婚礼？"我感到呼吸不太通畅。

"三天以后。你来吗？"

"不来。"

"为什么？"

"因为他娘的我不想来。"

"为什么不想来？"

"……你的选择是对的，你走吧。"

"那我走了。你千万要找到陈灵，我怕他会自杀。"

"不会的。"然后我们各自转身离去。地铁里所有的人都在蜂拥着走向地狱。她没有错，但所有的人都是狗娘养的，我想。

后来我终于找到了陈灵，在昆仑饭店的迪斯科舞厅里。他并没有发疯，只是失去了林家琪后他学会了揪着自己的头发跳舞。他成熟了，他明白了爱原本就是不存在的。我们相对着跳了约莫三个小时。这时已是凌晨两点，舞厅里还有许多深夜不回家的人在跳着舞。他们为什么不回家？是因为染上了城市孤独症吗？然后我们坐下来喝冷饮的时候，陈灵开始对我说了：

"她浑身都是珍宝，她叫我明白了女人是物质和精神的绝妙结合。在我像个疯子似的爱上她时，她突然要回到现实中去了。因为我不能给她带来安全、物质和舒适。女人原本是最需要这些的啊，可我已经绝望地爱上了她，她浑身都是珍宝，她的峡谷与丛林，她的月亮一样的乳房，她的湖底和瀑布使我要被爱淹死了。但她突然明白了什么，扔下了我，她回到了现实当中，她嫁给了一个茶叶贩子。这多么有趣，我失去了她，失去了她……"他像个蠢货那样抱住我的肩膀不知羞耻地哭了起来。这时我忽然发现音乐声已经停了下来，很多人都静下来朝这边张望，听着陈灵的呓语，良久，他们为他，为一个因爱而哭泣的人鼓起掌来。

我们走在午夜的大街上时，感到有些寒冷，我仍能够清晰地听到这座城市嘎吱嘎吱转动的声音。失去爱情，这有什么稀奇的，我想，在这座沙盘城市中，什么都是一场流沙、一座沙堡，什么都是脆弱和不真实的。陈灵这时又像傻鸭子一样唱起了台湾歌曲《午夜牛郎》。这是一首下流的曲子，听到他唱这首歌我知道他已经明白了这座城市的真谛。我们沿着大街一直向前走，一直到走近黎明；一直到生活教给了我们越来越多的东西，直到我们不再去真正地爱了，成了自身消耗自身的单面人，在沙盘城市里跳着机械的舞步。我和他一起向大街的深处走着，我伸出了中指和拇指弹向夜空，听见那一座座高楼依次倒下去的巨大声响，感到了复仇般的安宁和快乐，是的，这座城原本就是一座沙盘城市。

飞越美容院

　　这座城市已经变得越来越不真实了。费力站在百叶窗前对我说。那时候我们的公司还没有倒闭，正在制作一系列的狗食广告。传说这座城市已经拥有了六万多条宠物狗，几乎抵得上一个军了，费力诙谐地说。城市在我们的视线里无边无际地铺展开去，灰白色的灰尘浮在半空。到处都是虚假的东西在泛滥和生长，而且我还注意到美容院像雨后的春笋一样冒了出来。你知道吗？现在这座城市的人流行上美容院，女人们流行使用假臀、假乳、假睫毛。你告诉我，什么才是真实的？英俊的费力突然有些发狂似的揪住了我的衣领。

　　我用力甩掉他的手。我们在一幢大厦的旋转餐厅吃东西。费力是恒达影视广告公司的创意部经理，而我则是他唯一的下属和搭档。几年前我从建筑系、他从哲学系社会学专业毕业，在国有企业干了两年，我们便双双辞职下海了。我不得不佩服费力精明的商业头脑，也许他天生就是一个能把别人口袋里的钱安全地掏到自己口袋的人。或者，这得益于他的社会学专业知识？在恒达广告公司，我负责画面的创意，而他则负责文字创意。我的画若配上他的分行文字，再经由摄像机拍摄出来简直是珠联璧合。但我内心里的愿望是当一个画家，我可从来都没想过要为狗食广告而操劳一辈子。每天回到我们共同租住的高级公寓，关起门来我就大画我的画。我的作品有点儿像亨利·梭罗的绘画，散发着原始的梦幻气息，不同的是我都取材于在四川盆地我儿时的经历。至于费力，这时恐怕就在隔壁和女孩子做爱了。他觉得生活中最重要的莫过于此，尽管他总在以社会学专业的口吻抨击据说是日益在下降着的道德水准。由于给恒达公司带来了巨额利润，公司总经理——一位香港人，破例将一辆马自达929型汽车配给创意部，具体说就是让他和我来使用。这辆深紫色的泛着暗银色光芒的家伙叫他十分兴奋。可是我却不为所动，我想的是如何成为一个最伟大的画家，就像亨利·梭罗获得的成功。我和开了一辆汽车就激动得发疯的费力不在一个层次上，尽管他的确会出点子赚钱，因为每一次大企业的广告创意招标会上，都是他的创意与花言巧语得胜。

这会儿我们站在大厦顶上的旋转餐厅，沉默地看着这座巨大的城市。我们都非常热爱它，尽管它像胃癌一样每天都在长着多余的肉。"想好了画面没有？"费力又问我，"怎么样才能叫养狗的人一看广告就为他的小宠物而大掏其钱？"费力盯着我看。我的脑海里出现了群狗狂吠的画面，但没有一个能打动我的画面出现。我说："让我再想想。"

"可我的词已经写好了。"他说，"你得快点，否则你将被炒鱿鱼了。听说你想当画家？"他向我露出狰狞的脸相。地主向贫农催租时露出的脸相兴许就是这样的，我想。我否认了他这种说法。"那么，我们去做一次美容吧。北京春天的风太他妈的大了，我的皮肤干燥得像是旧纸板。"他说。我们一同乘电梯下了楼，钻进了马自达929，我这时候便又成了司机。汽车驶向快速车道时，我的脑海里众狗在涌现，但奇怪的是，我却有一种要创作出家乡的土狗和野狗的伟大绘画作品的冲动。去他妈的狗食广告创意吧，我悲愤地想，一边向后视镜中伸了伸舌头。车像箭一样在路上疾驰。

"停一停，笨蛋。"一直做沉思状的著名的广告人兼骗子费力这时却盯住窗外大街边上的一点什么吼道。我把车拐入了便道停了下来，他自言自语："丽尼美容院，丽尼？丽尼？我得去看看。"他推开车门，扣好了他那件杰尼亚牌泛着隐隐光亮的西装，大步朝美容院走去。我慌忙把车停好，锁好了车，追了上去。我们刚刚走到美容院门口，从里面走出来一个打扮入时的太太。与此同时，一条像是一头小型奶牛，有着花白相间的花斑的狗，冲上来就咬费力一口，正咬在他的小腿肚上。他痛得哎哟叫了一声，那条奶牛狗又猛然窜回了美容院。费力这时龇牙咧嘴的样子简直就像是地狱的看门人。我感到自己有些失职，立即冲上前去，推开美容院的玻璃门。"谁的狗？谁的狗咬了人？"我冲着一屋子的男女大嚷大叫。这时费力已经吃力地站在了门口，不耐烦地示意我闭嘴。那条小型的奶牛狗——我还不知道它是一种什么狗，正蹲在发廊的一角呜呜地表示着道歉。

"我的。怎么啦？它会咬人吗？天哪，它可老实极了，比猫还乖。我看看到底怎么了？"一个美妙的声音银铃般地响了。我不能不为之一动，因为她身材太苗条，一件套衫随便地绑在脖子上，脸盘白皙，沉静，美丽，只是眼角流露出乖戾的神情。她穿一条白色的裤子，喇叭裤，屁股也很好看，浑圆而又小巧的那种。费力不作声地提起了裤管，那里有几个狗牙齿印的青痕。

"嘿，果然是西巴这家伙干的。"她吸了一口气，小鼻子一皱，她这一招十分动人，"我来包扎一下，好吗？或者送你去医院？"她细眯起眼睛看着费力："去打一针防疫针。"

费力突然咧开嘴笑了："不必了，我想我不会得狂犬病。"他朝四周看了一圈儿，那些在两边理头烫发的人赶紧把目光收了回去，费力才说："不过丽尼是什么意思？我倒想知道。"

"丽尼？她是我的老师，也是原先的老板，她教会了我，把这个美容院就卖给了我，然后她就又去别处了。我叫吕雯。要不免费为你们做一次护理怎么样？"她吐气如兰让我陶醉。

"那么好吧。"费力潇洒地抖了一下肩膀，向我示意了一下，我便紧紧跟进了。我们一同来到了四周都镶了大镜子的美容室，在椅子上躺了下来。然后，我们领受了美妙无比的全套皮肤护理。忽然我听见费力呻吟了一声，我问："怎么啦，经理？"

他说："你瞧，天花板上。唔……老天爷。"

我得承认我看见的东西应该是被称为诗的东西，尽管它已被物质世界冷落了很多。它似是黑体字，很大，一共只有五行：

在井中相聚，我们的语言不会潮湿

而青苔是延伸出的花纹

井壁的声音，是岩石的父亲

这时我们停止旋转，抬起头

许多鸟掠过幽深的井口与天空

"这是……唔……"费力发出了仿佛被击中了胸部的呻吟。吕雯正在悉心地给他按摩："哦，那是丽尼贴上的。传说一个负心人抛弃了她，而这些句子，正是那个人写的。你不知道，她在城里开设的所有的美容院的天花板上都留下了诗句。她是一个非常好的人。她是一个几近完美的女人。"吕雯充满怀念地说。我正被另一个有些胖的女孩操持着，我这时多么想叫吕雯来给我做美容，可我知道这是痴心妄想。整整两个小时里，我都在诅咒着被一双美丽的小手服务着的费力那张俗货才有的脸。上帝有时候总是上错了弦，我这么认为。

我们终于做完了美容，我感到我的脸像新生婴儿第一次面对空气那样新鲜。我愉快地和吕雯道别，并不失时机地握住她的手不放，尽管她在轻轻踢了西巴一脚之后，目光始终在费力身上。费力突然十分沮丧，他头也不回地向前走，我跑过去打开车门，钻进去发动汽车时，发现费力哭了——我当真惊呆了，他呜咽着说："我就是那个，那个抛弃丽尼的人。那天花板上的诗，是我写给她的。我要找到她。你这笨蛋为什么不开动车？"他突然又冲我怒吼起来。我赶紧开动汽车，并且以商量的口吻对他说："去苏珊娜舞厅跳跳舞怎么样？通宵迪斯科，你需要发泄。"

"好吧。"悲伤的人擦着眼泪说，"我一定得找到丽尼。可她会在哪儿？噢，那首《重聚井中》。老天爷。"威尼斯商人要扔掉他的钱袋了？我不无快意地想。

那天我们在苏珊娜迪斯科舞厅跳了五个小时的迪斯科，其间一向温文尔雅的白领经理费力还失态地把啤酒泼在了一个小伙子身上，两个人打了起来。我们狼奔豕突地回到住处已是深夜两点。也就是在那天，费力给我讲述了千篇一律的他的负心故事。他抛弃了和他青梅竹马一起长大的丽尼，连同她腹中还未出世的孩子。他哭得像个泪人一样，而我却无动于衷，虽然我得装出一副感动得热泪盈眶的架势。我有时候也丑态百出，我这么以为。

那天晚上，费力一反常态地突然写起诗来，他回忆并向我朗诵了那首在天花板上写着的诗的下半部分：

重聚井中

所有的言辞都抵挡不住寂静

所有的歌都不如哑了的喉咙

我们是两枚水滴，离水最近

下陷到清纯最深

没有一丝混浊的风

能够把我们和井水带走

也就是在那天晚上，我做了一个梦，梦见我像一只大鸟一样飞在城市的上空，我飞遍了所有美容院的上空。我在帮助费力寻找丽尼。可是她总是刚刚离去。她为什么要不断地开创美容院，留下诗句而又离去？那天晚上我的脑袋里乱哄哄的，那些四川乡间的土狗和野狗的形象神奇地消失了，代之出现的是各种各样、千奇百怪的宠物狗，在我身边轻跑和嬉闹。我脑海中的美妙狗食广告创意不断涌现，以至于一大早，我醒来的第一件事就是高兴地冲到费力的屋子里，告诉他令我得意非凡的几个梦中所得的狗食广告创意，但我看见桌子上留着费力的一张字条：

  我去找丽尼了。别管我。搞好你的狗食广告创意吧。

  这小子一定是疯了，也许发了财的人都要这么疯上一次？我想。

  从费力失踪的那一天起，我便担当起恒达影视广告公司创意部代经理的职务。大权在握，我才明白了它是个什么美妙滋味。我又雇了两名年轻的小伙计。我关于狗食的广告创意层出不穷，而且在电视台播放出来效果棒极了。不信的话，到了夜晚，你打开你高层公寓的窗户，这个时候你就可以听到和主人一起生活在这座城市的宠物狗们的低声吠叫，那几乎类似于大海的涛声，或者是风刮过树林时发出的声音。狗的美妙的微鼾和人的鼾声一同构成了城市的美好睡梦，这一切，我的狗食广告起的作用可大极了。有一天，我收到一份材料，说这座城市的宠物狗已经增加到了八万多条，这在很大程度上得益于我的广告。

我在宽敞明亮的经理室里，惬意地坐在转椅上，用手托着下巴在思索。我发现我同样是有经商的才能的，只是原来没有表现出来而已，另外，我可不想坠入爱的陷阱，我只想征服一个女人。每周我都去一次丽尼美容院，叫吕雯给我做一次全套皮肤护理。她美妙的小手如今只在这张充满了热情的脸上运动着，我高兴得心花怒放。我要得到她。我已经把亨利·梭罗忘到一边去了，去他的贫困艺术家吧，既然我已经彻底拥有了那辆马自达929，而且，我正在施行着我的一个巧妙的计划，那就是，如何叫恒达公司的钱不露痕迹地都落进我的口袋。有一天出于冲动，我握住了吕雯的手，说：

"嫁给我吧，我是爱你的。我自己有一辆马自达929。"

可爱得如同美丽的公主的吕雯这时没有收回她同样可爱的小手，而是把脸放在了我的胸部。

"带我去兜兜风，一直开到海边去，"她说，"用那辆马自达。"我想我得到她了。女人都是现实主义者，这话没错！

没过多久，我和吕雯已到了双宿双飞的地步，而她每天免费给我做的护理，都让我觉得我像是一个新生的婴儿。我对生活充满了信心。我彻底地砸碎了我那套简陋的画具，叫它们沿着垃圾道一直落进了地狱的底层。我同样施小计叫钱都入了我的账号，从而使账目上显示，恒达影视广告公司的业务一天比一天差了。终于有一天，我的香港老板决定让公司破产，以便专心致志地去搞他的房地产生意和期货买卖。那辆九成新的深紫色马自达

929仅以原价的四分之一卖给了我。我想，从今天起，我自己给自己当老板了。难道我的梦想只限于做个艺术家吗？！

有一天，我心急火燎地赶到美容院，一把抱住吕雯就吻，把她吻得花枝乱颤。我答应投资三十万再次装修已属于我们俩的美容院，吕雯却有些惊慌地说："刚才丽尼来过了。看来费力根本没有找到过她。丽尼还是那么美丽，她是一个几近完美的女人。她把天花板上那些诗换上了新的，亲切地询问了我业务的发展情况，然后就又走了。她要再去发展美容院。我多么喜欢她！她是一个几近完美的女人！"

我走进内厅，看见天花板上那些诗句是这样的：

> 在井中我们下沉
>
> 下降到记忆和少年的深度
>
> 那时候你青葱鲜嫩
>
> 比黎明和梦都更清纯
>
> 你是枫林的女儿，琴的妹妹
>
> 我们沿着井壁盘旋
>
> 歌或哭都是天使在云层中的回声

可怜的费力，我想，他会到哪里去了呢？后来，很多人都给我说起了费力，说他像个疯子似的在寻找一个叫作丽尼的兴许压根儿就不存在的女人。他在城市和城市之间奔忙，有时候就背着吉他在大街上唱歌，唱他自己作词作曲的歌，他成了个行吟歌手。他一直没能找到他的丽尼，要不然他肯定会回来了。一天夜里，我搂着吕雯美妙的身体，抚摸着她，一边想着这个世界的确十分奇怪，一条奶牛般的宠物狗咬了一口费力，从而使得我和他都改变了命运。他变成了一个行吟歌手，寻找就是他的命运。原来我是他的跟班，现在我彻底抛弃了也许只能给我带来贫穷的画笔，我拥有了一辆深紫色的马自达轿车和一个美丽的女人。这世界是怎么啦？

与此同时，我创立的八达影视广告公司业务蒸蒸日上。我赚了很多钱。我成功地制作了狗食广告、液晶屏幕广告、加湿器广告以及各种妇女用品，诸如"五一"妇乐、碧丽丝棉条、美尔柔卫生巾之类的广告。现在，我做一种家用自娱型全自动电声乐器的广告。我听说费力在一次和流氓的打斗中，一只眼被打瞎了，他成了一个独眼的歌手，他还能找到他的丽尼吗？

有一天我忽然觉得，如果把独眼费力找回来，把那首《重聚井中》改成歌曲，由他来操练那种电声乐器，他那漂泊和哀伤的样子一定会打动很多人，这会让我得到一大笔广告费。可是到哪里去找他呢？我开着车，和吕雯一起疯狂地在大街上寻找，可是却没有他的踪迹。你们谁要是找到了他并把他给我送回来，我一定给你很多钱，真的，很多很多钱。

乐器推销员

　　我干上乐器推销员是不久以前的事儿。那时候我在这座城市里当邮递员，我总是骑一辆浑身都快要散了架的绿色邮政自行车——对于一个刚毕业的大学生来说，我可不配骑着摩托去送信——穿行在古老的阳光仿佛凝固在墙上的胡同里。有时候我也飞快地骑着车子，在高速公路边的自行车道上疾驰，路边是一幢又一幢像变形金刚般的高楼，不免产生出很多奇怪的幻觉。我把我的那辆自行车命名为袋鼠，原因是它有两个绿色的布袋，里面装满了挂号信、汇款单和包裹单之类的玩意儿。当你当上一个邮递员的时候，你才会发觉，这个世界忙乱得不得了，似乎全世界的人都在写信。有一阵子，每周我都要送一封信到一条胡同里一个根本就不存在的门牌号。经过打听，才知道那里有一座宅子，在二十年代就被毁掉了。传说在那里住着一位清王朝的大太监——想想看，这事儿要是追根溯源起来会有多奇妙。你完全可以猜想，会有一位宫女什么的，躲在美国的爱达荷州的一个农场在给她早已不存在的老情人写信，那个情人就是那个太监。这事儿想起来会有多奇妙啊！可是每一回我都得把那封贴有美国红色飞鹰邮票的信退回去。干这工作我足足花了两年时间，直到有一天我的女朋友何麦香突然消失。

这话说起来有些长了，我和何麦香在大学时代里可是很多恋人学习和钦佩的榜样。因为整整三年我们都一直在一起，不像那些走马灯一样地谈恋爱，连他们自己都记不清交了多少朋友的家伙。麦香的身材像是一条鱼，一条光滑流畅的某种淡水鱼。到了晚上她的身上还有一种荧光，隐隐地在血管里闪动。我非常喜欢她的身体，她的身体简直处处都是宝藏。这几年里每一回睡在一起，海潮般的做爱狂欢过去之后，我都要把脸埋在她的胸脯上，仿佛把脸浸入了铺满鲜花的山谷。麦香同学可不是一个简单的姑娘，那会儿在大学里我还是个小有名气的校园歌手。有一次英国路透社一个叫唐尼的记者采访我，麦香在我身边竟然能做到同声翻译。她做梦都想当居里夫人。我追她追了半年，每天晚上都到她所在的实验室外面为她唱歌。有一天我声嘶力竭，嗓子都充了血，终于打算退场时，在黑暗之中她却像火苗一样飘出来，笑眯眯地挽起了我的手说："我答应做你的女朋友了。我们一起去跳舞吧。"

我爱她爱得发疯，因此当邮递员时几乎每天都要通过邮局寄给她一件什么东西。我想等我攒足了一笔钱，就把她娶回来算了，可我又想我在这座城市里连房子也没有，结了婚总不能睡在大街边上，用报纸盖在身上吧？想到这一点，我又沮丧得要命。当你是一个好小伙子，而且虽然身无分文仍想娶一个好姑娘时，你一定和我一样惆怅和感伤得要命。

可她却失踪了。大学毕业她留校当了老师，拥有约莫八平方米的小屋。可我前几天去找她时，她已杳无踪迹。几条空荡荡的裙子挂在敞开的衣柜里。我用手搂住裙子，期望能搂住我心爱的麦香那鱼一样的身体，可我只搂住了一把空气。裙子像海草一样在衣柜里飘动。我蹲在那里想，她会到哪里去了呢？我着急地跑到她的实验室里，发现那里除了那些透明的各种瓶瓶罐罐以外，也没有她的影子。我再次回到她的宿舍，突然发现她那把红色小提琴不见了。她会拿着红色小提琴跑到哪里去呢？

你要是在大街上看见一个人蹬着三轮车，三轮车上堆满了各种各样的乐器，比如吉他、电子琴、长笛、小号、圆号、沙锤、定音鼓、大提琴、中提琴、小提琴之类的各种乐器，你不要吃惊，因为那个人就是我。我想我得找到我的麦香，在这个轮盘一样转动的城市里。我知道这很困难，但我当邮递员已经练就了能钻遍全城所有的胡同而不迷路的本领，我想我一定会找到她，要不我会孤独死的。所谓孤独就是你必须一个人忍住恶心在三个小时里吃掉你最讨厌吃的东西，现在我算是充分地尝到这种滋味啦。

"请问你要买乐器吗？我的乐器又便宜又精美，简直棒极了。要一把小号怎么样？"

我对一个从中国音乐学院大门里走出来的少妇说。她领着的孩子，一看就知道是痛苦的琴童。"有笛子吗？我想要一支笛子。这家伙死活就是不学钢琴，只愿意吹笛子，这么没出息的东西，吹笛子怎能在考试中额外加分？可是我也没办法。"她唠唠叨叨地数落着她的约莫有五岁的小儿子。小家伙满不在乎。她买了一支笛子，这时我问她："请问你见到过一个拉红色小提琴的姑娘吗？她留一条油黑发亮的大辫子。"

她的眼睛亮了一下："见过的。她曾经在凯宾斯基饭店拉过小提琴来着。我还以为她是个音乐学院出来挣钱的学生呢！你找她干吗？"她的话音没落，我收过钱，已经蹬着三轮车跑远去了。我得赶紧去找到她，可这条该死的美丽淡水鱼干吗要跑到凯宾斯基饭店去？那里可不是我们这等人去的地方。我想我去了那里，一辈子挣的钱也许在一个晚上就会被花光的。

我来到了凯宾斯基饭店，我为它的五星级的装饰而震得眼花缭乱，我欣赏着屋顶上各式各样的吊灯。我听说有时候在进餐时间会有音乐伴奏，可我一边吞咽着汉堡包一边左顾右盼，并没有看见有人拉琴。我找到了大堂经理，我问他见到我的麦香了没有。他用温和而又警觉的口气问我是干什么的。我告诉他，我曾经是邮递员，但现在是乐器推销员，他一下子笑了起来，说想不到中国还真的出现了乐器推销员。要是我认为他不太失礼的话，出于怜悯和同情他愿意买一面鼓，在晚上没事儿的时候敲着玩玩。我立即给了他一面鼓，他说："你要找的那个姑娘已经不在这儿了。她好像去一家新开张的合资餐厅拉琴去了。那家餐厅十分有趣，至少与计划生育还有点关系。不过我没弄明白你干吗要去找她，有这时间开一个乐器直销公司该有多棒？你还不了解女人，老弟，你看来已经被抛弃啦。"

我被抛弃了吗？我有些想不通。在找寻那家与计划生育有关的合资餐厅的路上，我的脑子里纷乱如麻。我想我也许还有些保守，我一直以为唯一跟我睡过觉的女孩就一定会嫁给我的。可现在她却离开了我，只剩下了那些空荡荡的裙子。她连她的居里夫人也不当了。她像个影子一样走动在这个乱哄哄的城市里是为了什么？

我找到了那家与计划生育有关的酒楼。我不得不佩服那些经营者们，他们赚钱的办法总是别出心裁。我心情沮丧地吃了一顿饭，并且心惊胆战地在进餐过程中了解了艾滋病和如何预防性病的种种办法。我想这个世界真是精彩极了。我吃完了饭，见到有一个不到十二岁的姑娘企图在大厅里演奏，结果被人拉走了。我看清楚她不是麦香。我赶紧找到了酒楼的副总经理，询问他是否见到过一个留着很独特的大辫子的拉红色小提琴的姑娘。他眨巴着大眼睛，拽了一下他笔挺的西装："见过。她想跟我们签一个月的演奏合同。但我们不需要演奏手，生意照样红火。我们避孕餐馆的人数将比麦当劳要多得多。"他微笑着递给我一盒十分精美的避孕套，上面还用红丝带扎着。"欢迎您再次光临，带着你走失了的大辫子女友一起来。"他微笑着和我握手告别，"你干吗不去香格里拉找找看？"

我走了出去，来到了护城河边。我感伤极了，看见远处有人在放风筝，风筝像凝止的鸟一样飞在空中。我顺手就把那盒避孕套扔到了河里，看着幽绿的水把它托着缓缓带走了。我想，我没有了麦香还要这些避孕套干什么？我悲愤地转过脸来，发现我的周围人声鼎沸、车水马龙，世界一天比一天变得热闹，可它于我却越来越陌生了。我冷漠地打量着乱哄哄的世界和城市，我想，你们干吗要把我的麦香藏起来。

我想，我的麦香也许已经发生了变化，至少在这个转瞬即逝和追名逐利的时代她已经放弃了做居里夫人的理想。我想什么促使她发生了这样的变化呢？是因为她那挣钱不多的教师职业吗？她可不应该是这么庸俗的女孩子。我赶到香格里拉饭店时是一个夜晚，那里灯火辉煌，看上去像是一座镶满了钻石的山峰。我走进了大堂。我饿坏了，先坐电梯到餐厅里吃了一顿西式自助餐。那天有韩国烧烤，我吃得很带劲。隔着那巨大的玻璃窗，我可以看见窗外那绿色的草坪，在地灯的照耀下放射出毛茸茸的光芒。吃完饭我来到了大堂，发现那里真的有人在演奏！我几乎要跳起来，在我赶过去的时候已经听出来那是一首四重奏。我看见有四个穿黑色晚礼服的人，三男一女，正坐在那里演奏着一首曲子。他们演奏得非常专注、动听。屋顶上的枝形吊灯在他们身上铺上了一层非常柔和的光。我听得入迷了，就站在那里一动不动。过去我听麦香拉琴时也是这样，我们总是找到校园里最安静而又最美的小树林，听她拉琴。我回忆起了那些甜蜜的时光，不由得有些想哭。"先生，请问您想听什么曲子，我可以叫他们为您演奏。我是饭店公关部的经理。"一位小姐大方地站在一边对我说。我赶紧道了歉。我说我是个乐器推销员。我还告诉她，我要找我失踪的女朋友，她带着一把红色小提琴消失了。她认真地听着，一边叫那位女小提琴手给我演奏一曲圣桑的《天鹅》。优美而感伤的小提琴独奏使我的情感显得有些滑稽，我想这个时代是不需要抒情的，我干吗不走呢？"要是你不介意的话，我个人想买一支长号。我平时倒也吹吹号，挺有趣的，是吧？你的女朋友我似乎见过一面，她好像来这里演奏过几个晚上，但她后来又走了。我也不知道她去了哪里。你干吗不去音乐厅找找？她是不是不想当科学家而想当个演员，当个专业小提琴演奏手呢？"她笑眯眯地对我说。

后来，我又来到了音乐厅。我来到这里时歌剧《鬼雄》已经开演了。《鬼雄》讲的是霸王别姬的事儿。我一个人坐在后排的座位上，隐在黑暗里朝下看。演出地带除了演奏手、合唱手，就是主唱和指挥了。我瞪大了眼睛，在演出人员身上搜寻，企图发现隐藏在他们中间的兴许算得上是调皮得有些过分了的麦香。可是我很失望，我没有发现她。这时候，项羽已经唱起来了，声音雄壮，气冲牛斗。我突然被这似乎来自古代的声音给震动了，雄浑的歌声影响了我，把我内心的沮丧之情一扫而光。我被抓住了。霸王项羽仿佛穿越历史的尘雾，向我凝视，他没有嘲笑我，但他也许觉得我有些可笑。我已经深深地融入剧情当中去了，我的心律随着歌剧的节奏起伏不止。忽然一个在江上划舟的渔夫在悠远的地方唱着："蒹葭苍苍风雪骤，英雄叹息美人愁。顺应天时藏羽翼，莫待浪急无归舟。"然后是项王与虞姬分别，虞姬自刎，项羽悲歌。这伟大而古典的千古绝唱的确在那一瞬间感动了我。我不禁觉得现代人生活得多么琐碎和庸常啊。为了一条金项链，有的女人就能出卖肉体。项王倒地了，我的心忽然空了。走在大街上，西单方向传来的城市热风猛地打在了我脸上。一路车辆飞奔，灯火通明，一个醉汉摇晃着和我撞了一下。这个城市是那么大，到处都是梦想、欲望、叹息、眼泪与欢乐，可麦香你躲到哪里去了呢？我踩着我的影子飞奔了起来。

有一天我路过亚运村一幢非常漂亮的白色公寓楼时，忽然听到楼上某个房间里传出来托赛尼的一段曲子。我的心立刻悬了起来，因为托赛尼是我和麦香都喜欢的音乐天才，尽管他一生贫困潦倒。我兴奋得发疯。我下了出租车，静静地站在楼下，在风中倾听着动静。可那仿佛是天籁一般的曲子不知道已经被哪一股风给带走了。漂亮的公寓楼此刻像是以沉默来拒绝向她表白的女人一样拒绝了我。我看见有一个保姆模样的人冲出了公寓楼，她手中拉着十几条绳索，每一条绳索都拴着一条宠物狗。那些宠物狗在草地上乱跑，保姆在后面追赶。我突然对这个城市产生了厌倦感。后来我离开了那里，因为我一直没有再听到托赛尼的曲子从中飘出来。

我去拿了一把小提琴，我还买了一台很大的扬声器，我再次赶到这幢楼下时夜幕已经降临了。我猜测麦香一定躲到了这里。我在星星的注目下在楼下架好了扬声器。我想我得亲自演奏托赛尼的《小夜曲》，就像当年我追求麦香时那样。我像个疯子似的在夜幕下拉起了琴，托赛尼的《小夜曲》通过扬声器被送入了半空。一些屋子的灯亮了，有人在听。我一遍又一遍地拉着而不知疲倦，在全世界的人都着迷于短暂的游戏和快乐的时候，我却要专注于永恒的寻找。我动情地拉着，直到有人兜头从楼顶泼下来一桶凉水，我的琴声立刻哑了。我想当时我狼狈极了，像个落汤鸡一样站在那里。过了一会儿，我默默地朝回走，内心像冰凉的河水在流动。

有一天，我在地铁过道里看见两个弹着吉他、拉着手风琴的盲人。他们都不到三十岁，显然他们是夫妻。可他们同时又是不幸的盲人，身边的人来去匆匆，很少有人注目忘情地歌唱的他们。他们自己给自己伴奏，自己给自己喝彩，他们的脸上挂着一种痴迷的笑意。人们也许给他们施舍了金钱，但他们同时也给这个世界施舍了音乐。有一瞬间，我站在那里，觉得他们这样的人才得到了真正的爱情与幸福。他们都失明了，但是仅仅有乐器和歌声，他们就能携手走遍大地，比项羽悲伤绝望的爱情来得平易，来得更动人。我站在那里几乎都要流出眼泪来。我想我得赶紧找到我的麦香，告诉她我的游历及所思所想，可我会在哪里找到她呢？

我几乎垂头丧气地走在大街上。我的乐器在寻找麦香的过程中已推销了大半，可我的麦香却依旧没有踪迹。我有一天路过二环路口时，发现这座城市又有一家餐厅开业了。我一看不禁乐了，这竟然是一家"厕所餐厅"！也就是说在这里进餐与在厕所大便时所采用的姿势是一样的。我古怪地笑了起来。我想这个世界真是万般奇妙，就走了进去。

我坐在马桶般的椅子上（当然没有褪下裤子），用手纸一样的餐巾纸擦了擦嘴。我听见马桶椅子下响起了第一阵抽水声，小姐开始给我上餐了。油炸香蕉看上去真像是焦黄的大便，我不由得乐了起来。但当我刚刚把油炸香蕉塞进嘴里的时候，我看见了一个人——确切地说，那个人正是麦香！不同的是，她那条油黑发亮的大辫子没有了，代之出现的则是披肩的鬈发。而且她穿一条超短裙——她再也不穿她那些美丽的长裙子了。我站了起来，这时她也发现了我。她怔住了。

"我一直在找你。"我咽下香蕉说。

"哈，是吗？这家餐厅是我开的。有人出钱，我当经理，怎么样？"麦香的笑容，我觉得过于恶俗和陌生。两个月她发生的变化令我无法相信。我的确感到震惊。

"老实说，炸香蕉味道还真不错。"

"是吗？那就多吃一点吧。"

"可你为什么要离开我？为什么只剩下了那几条空荡荡的裙子？"我愤怒地嚷嚷起来，仿佛动物园里被停止供食的大猩猩。

"……我是自由的呀。我突然不想过书斋和实验室生活了，就干起了自由提琴手。而你也是我过去生活的象征，我没法不离开你。"麦香低下了头，"再说，你好像甘心一辈子做邮递员。"

"可我到处在找你。我已辞去了邮递员的工作，我现在是个乐器推销员，而实际上是为了借机找你。我找了很多你待过的地方，可是……"

"你现在是乐器推销员？"她的眼睛亮了，"那你应该开一个乐器直销网络公司。告诉你吧，我现在想当中国最大的快餐网络公司经理。人人都要上厕所，因此人人都会对我这种经营方式感兴趣。这是人类的弱点。这是德国人想出来的点子，可我要在中国推广它！同时，三年内打到美国主要的州去！当然，没有我的男朋友麦克斯帮助是不行的。对了，我的新男友叫麦克斯，是美国快餐业的行家，想认识一下吗？"

我想我这会儿可不是项羽。我说："那么，那么，好吧，祝你的大便餐厅旗开得胜。"我扭头就朝外走去，我又停了下来，转过脸，问她："顺便问一下，那天晚上在亚运村一幢公寓楼下，是不是你朝我头上泼了一桶凉水？"

她不动声色，目光幽深地看着我。突然她哭了，她说："是的……可是……"

我扭头就走了出去。我一把拽下来三轮车上仅剩的一面鼓，大步向公路上走去。我叫了一辆面的，坐进去时仍旧异常镇定，车子开始漫无目的地在城市中穿行，所有的人群、道路、楼厦都在我的眼睛里迅速后退。我不停地敲着鼓，坐在后车厢里，我用异常平静的目光打量城市与世界。夕阳在下沉，鸽子在空中旋飞。我在想我是否真的应该开一个乐器直销网络公司，抑或卷起铺盖躲到深山老林里去？汽车在高速路上飞奔，我坐在车里像个镇定的疯子那样敲着鼓，一刻也不停。我们的车就这样在环行高速公路上疾奔。我的鼓声一定比暴风雨还动听，因为在我的眼睛里，城市里所有的高楼大厦都在微微晃动。

化学人

　　大约在不久以前，我过上了令人称道的稳定的婚姻生活，
这是我真正地结束了二十七年的独居生活，开始了过两个人的生
活的时期，一种橘黄色的温暖的幸福感包围了我，使我终日像过
冬的熊那样惬意和慵懒。我想男人也一定有自己独特的生理时钟
与生理周期。在此之前，我早已习惯了漂泊的生活，我全部的家
当用两只皮箱就装好了。我几乎在这座城市的各个角落生活过，
我可以在除去床的任何东西上、任何地方睡着觉。有一次我还试
着在铁轨的中间睡过一夜，那是一条并不繁忙的铁路线，结果一
个晚上有七八趟经过的列车都未将我吵醒。只是在早晨的时候，
一辆货车在经过时，它车厢底部的一根小铁丝剐破了我衣裳，并
在我的左胸部划上了一道血痕，疼得我当时就醒了过来，我睁开
眼睛，耐着性子仰面看着列车一节节经过，我对它以如此粗暴的
方式吵醒我而大为不满。之后，我站了起来，这时正值旭日东
升，在我眼前浮起的是魔方般的巨大的城市岛屿，我立即精神抖
擞地迎着它而去。

　　这就是我在这座城市中漂泊着的生活的象征，我像候鸟一

样在庞大的城市中迁徙，并且尝试了各种职业。像我这种"80后"青年是相当没有单位归属感的，我蹦来蹦去，像个跳蚤一样在这座城市的各幢高大的写字楼里都待过，我干过保险推销员、调酒师、赛马饲养者、广告人、乐队鼓手、迪厅DJ，以及饭店保龄球场的工作人员，对于我来说，我已经完全可以自由地选择我自己的生活，我自己掌握我自己的命运，我拿着不薄的薪水，我租住着带家具的房子，我夜伏昼出，生活在这座城市最繁华的地带。但后期的迁徙，使我最终心力交瘁，当我遇到江枫的时候，我就断定了我将和她成为夫妻。这是一点儿也没有办法的事，因为据说，凡是命中注定要成为夫妻的人，天生大都带着夫妻相，即两个人看上去是有一些相像的，我和江枫就有些像。那时候我真的对独居生活厌烦透顶，当我在午夜呆坐在美洲风格的乡村音乐酒吧的高高的吧椅上喝得两眼迷离、酩酊大醉的时候，我突然意识到我应该有一个家了，我比以往任何时候都想有个家。

　　由于我看不见的上帝总是在我生命的各个时期给予我想要的东西，如同我说"我要上大学"，于是我就背井离乡上了大学；而当我说"我要来到大城市——北京"，于是我就来到了这座嘎吱作响的亚洲最大城市之一的北京。我现在喝得半醉时嘟囔着："我要结婚……"于是也许正打着盹的慈祥的上帝——在我的想象中，他也许是一个慈祥的爱打盹却警觉异常的老头儿，就立即叫我遇见了江枫。当然这是第二天的事了。

　　那天我已打算从丽都饭店的保龄球场辞职，我决定为一个匈牙利人开的贸易公司当中国代办，因为这个中欧佬（他长着一张红脸）答应在皇宫花园小区为我买一套房子，并每个月给我三千美元的薪水，条件是我要跟他签订两年的工作合同。鉴于我良好的外语和广泛的人际交往（我在这座城市的朋友多得像汛期的鱼），不太懂中文的他对我颇为依赖。对于能拥有一套房子我当然相当高兴，我当即与他签了合同，而且他也立即去为我办理购买一套七十八平方米的皇宫花园小区的宿舍的手续去了。我心情极其舒畅，我来到了东城区一条胡同里转悠，我发现我来到了一家画廊门口，于是我就走了进去。

这里正在搞一个现代雕塑展，我一进门，吓了一跳，因为那些极其逼真的雕塑全都是婴孩造型，它们仿佛是刚生下来就被摆在了这里，它们姿态各异，表情如同凝固了一样，它们大多数的表情都是扭曲和变形的，我几乎没有看到一张安详的婴孩的脸。这里如同是一个很大的育婴堂，而且它好像正是如此布置的。我进去以后发现我来到了一个奇异的世界，这是一个有关生命的世界，那种生命原始的模样打动了我，我被震撼了。等到我看完了这些如同易碎的制品的婴孩雕塑以后，我转过身，这才发现画廊里只有我一个观众，而一个身材颀长的女孩，正凝目望着我。一看见她，我的心忽然变得安详了，这些易碎的制品般的婴孩的生命世界让我紧张的元素已然消失。她的头发很长，脸也是那种长形的脸，一双带着善意的眼睛很大，下巴正中有一颗黑色的痦子——与我长得非常接近。我问："这是你的作品？"

"是呀，"她说，她的声音也像某种易碎的东西，清脆而又好听，"你喜欢？""我非常喜欢，"我十分肯定地说，"不过怎么这里就我一个人？"

"很多人一进来就被吓住了，我的雕塑令他们感到紧张，结果很多人只是转上一圈儿就赶紧溜走了。他们无法面对生命原始意义上的真实裸露——你真的很喜欢？"她似乎有些不相信地问我。

"当然，"我说，"艺术是从人的表层生活去表现人类的隐蔽生活的一种活动。你正是表达了人类的这种隐蔽的生活。在你的世界里，生命是易碎的，生与死都是在圆圈上的一个点，起点与终点是重合的，总之你的作品叫我震撼。不过，它们也反映了你内心的焦虑与紧张。"

她睁大了眼睛，几乎都要流出眼泪了，因为我读懂了她的作品，或者更进一步地说，我读懂了她这个人。她因被理解而略微有些颤抖，而我，恰在这时，似乎听到了一个老头儿在我耳边说："就是她，你快去抓住她的手吧。"紧接着我的左半边屁股一阵剧痛，我知道丘比特不失时机地射了一箭，正中目标。

总之事情就是这样的，我和江枫的关系进展如此之快，一个月后，我和青年雕塑家江枫就结了婚。我就是这样过上了我的婚姻生活的。身材颀长、面容姣好，下巴上虽有一颗痦子也掩盖不了秀外慧中的气质的江枫也决定结束她颇有些幽怨的独身女性的生活，与我睡在了一张床上。江枫早年毕业于中央美术学院雕塑系，她可能是那一届中最具想象力的人了，但她的以婴孩为艺术原初造型的现代雕塑并不为大多数人理解，而且她还被呕心沥血带出她来的学院的导师斥为"离经叛道"，这使她非常伤心。由于酷爱现代雕塑艺术，她几乎把她所挣的所有的钱都用在了制作并展览这些面露挣扎之色的婴孩雕塑上，嫁给我时，她只有一只皮箱内装的三条裙子和两条牛仔裤，但我是多么爱她，爱她像鳗鱼一样温软、颀长的身体，爱她永远醒着的敏感的灵魂。我们就这样开始了我们两个人的生活。

　　但是当她把她的这些作品布置进我们的新房里时，我还是感到了紧张，因为假如你每天都生活在面露痛苦和紧张之色的婴孩中间，过不了多久你就会发疯了。而且，婚姻生活立即使我们的开支大大增加，当然，这种经济方面的重担几乎都压在了我的身上。女人是相当爱花钱的，她们简直就是一个热衷于购物的种族，我的家里摆满了各种没有用过几次的最新产品，而且江枫看上去好像对任何新鲜的玩意儿都抱有极大的热忱和好奇。大约在我们结婚的三个月之后，各种加湿器、红外线取暖器、矿泉壶、榨果汁机、吸尘器、草坪修剪机、微波炉、健身器、制冰机、搅拌器，以及各种大件的电器，几乎像一支军队一样进驻我的家，而且令我暗自不解的是，江枫每买进一样新东西，都要扔掉占着相应的地方的她的那些美妙的婴孩雕塑，也就是说，随着这些各种最新产品的日益进驻，她的雕塑作品都在退出地盘。又过了三个月，江枫就彻头彻尾地变成了一个热衷于逛商场的家庭主妇，她几乎每隔一天就要花半天的时间去逛商场。而且，这座城市新开的购物中心、大型商厦已经越来越多，江枫，她从一个职业艺术家（只会花钱的）变成了一个商场与购物中心的忠实的顾客

（同样是只花钱的）。对此我当然有些遗憾。我还太年轻，一点儿也弄不明白婚姻是如何一点点地消磨人的，以及婚姻如何像含有某种化学物质的空气一样进入两个人的呼吸。起先的时候，那当然是在我们刚刚结婚的时候，我们几乎是整夜在一起做爱、谈论艺术，尤其是谈论现代雕塑，但现在她天天谈论的却是最新式的抽油烟机和自动制冷空调，而且，她再也不做她的那些雕塑作品了。她只留了一件正在痛哭的婴孩雕塑，把它挂在我们的床头上方，并且还自言自语说某一天也要把它扔掉。

看来她最终将放弃做一个艺术家的梦想了，这是福是祸？我想一定是婚姻生活改变了她，这是一种安定的幻象，幸福的陷阱；这是一种美妙的消磨，惬意的自杀；这是一种善意的谎言，温暖的囚牢；这是一种放心的毁灭，清醒的遗忘；这是一种寂静的疯狂，安全的恐慌；这是一种丰富的荒芜，妥协的任性；这是一种彩虹般的绳索，镜子中的蝇眼；这是一种背叛的忠诚，飞行的停止。我想，江枫，一个痛苦的先锋艺术家，一个内心焦灼不安的雕塑家，一个漂泊但不乏幽怨的女人，自从和我一起建立了稳定的婚姻关系以后，她内心的焦虑与紧张、痛楚与幽怨是否都已经消失了？是什么使她失去了创造的原动力，从而使她变成了一个疯狂购物的女人？然而这种蜕变仍在继续，我在想，她的这种变化也许正是有其合理性的。我为在我们的床的上方悬挂着的最后一个婴孩雕塑的命运忧心忡忡，我想它也许会为一台最新式家庭影院放映机所取代。我是因为它们才爱上了她的，而那个江枫却正在消失。江枫早已打算将这屋内的最后一个婴孩雕塑请出门外，因为她已经不止一次地皱紧了眉头，说我和她睡在如此痛苦的婴孩雕塑下，我们在将来也会生出这样痛苦的孩子的。她为这一可能的结果而情绪恶劣，这同样也吓了我一跳，我当然也不希望我们生下来如同她的雕塑一般焦灼痛苦的婴孩。她如此热衷于提高我们生活质量的举动从某种程度上也感动了我，不论怎么说，她满意和我的婚姻，我们一同结束了漂泊，在这个老虎机一样的城市里建立了安定的生活，并且我们也满足于，尤其是她更满足于这种生活，我不应有什么说的了，况且我也很忙。我像个自动玩具一样在公司里忙碌，回到家里就有可口的饭菜等待着我，我出门都是她精心为我选择领带，每天都不同，我的确应该满足。既然有着这样和谐美妙的生活，那么一个内心焦灼的艺术家的消失又算得了什么呢？

有一天，江枫拿着各种大小包装袋从外面回来了，看来她又一次进行了她满意的采购行动。一进门她就冲我笑了起来："我不再当一个职业购物者了，我有一个新工作：去品尝各种最新式的食品，而且我的薪水比你的还要高一倍！"事情原来是这样的，由于她相当频繁地出入各大商场和购物中心，这些大型的超级商场与购物中心决定聘用江枫为品尝最新食品的人。由于最近食品业的激烈竞争，电视上的广告战几乎到了两败俱伤的地步，所以无论食品加工者还是商场都希望能找到一个站在消费者——顾客的立场上的公平的判断者，于是商场的经理们就天天在商场中悄悄地物色着这样的人选，经过他们仔细观察与暗中统计，我妻子——职业购物者江枫在各种食品部和柜台边流连的时间最长，挑选最仔细，购物的品种与数量都最丰富，这是他们经过了两个月的累积观察精确地算出来的。

"他们让你品尝最新上市的食品？"我当然有些吃惊，而且我吃惊的还在于江枫居然为此而兴高采烈。"如何品尝？那样也许你会变胖的，"我忧心忡忡，"你可要考虑清楚。"

江枫欢欣鼓舞，她一点儿也没觉得不好。"这是一件多么轻松的活儿啊，只要我每天去品尝食品——各种最新的东西我只尝一口，然后说出我的意见就行了。我很乐意去干，而且……"她走过来，温柔地搂住我的肩膀，"什么东西好吃，我就会给你买什么，我一定会教你健康地生活，我的大宝宝。"她满脸笑容地去干别的了。

我一个人坐在那些各种新式的物品中间，忽然想起来我看过的一个日本作家村上写的一篇小说，在这篇小说里，一个公司生产的一种叫"三角酥"的食品需要由该公司养的"三角酥乌鸦"先生品尝，如果"三角酥乌鸦"品尝后哇哇大叫说不好吃，那么这家公司就不会去生产这种东西。从某种意义上讲，我的老婆江枫，是不是正在担负着"三角酥乌鸦"先生的责任？这使我觉得既好笑又有一些不安，但这种不安旋即被江枫担任品尝师后给我们的生活带来的变化给冲淡了。

从根本上讲，结婚以后我才发现江枫是那种情感表现非常强烈的人，喜怒哀乐几乎可以在极短的时间内在她身上依次体现。她时而狂喜时而忧郁时而大怒时而哀伤，那种变化是千变万化而又毫无规律的。但由于我的以"不变应万变"的策略，我和江枫的生活总是处在多云转晴的状态。一开始我就说过，一种橘黄色的温暖的幸福感包围了我。的确，在结婚接近半年的时候，我有了这种体验。生活，绝对是一种消磨人的温和而又甜蜜的游戏。但是有一点，自从江枫担任了最新食品品尝员后，她便有更多的机会将她品尝的各种最新的、最热上市的东西带到家里来。比如，各种费尽心机的方便食品、机制速冻饺子、熏肉、火腿肠、沙拉油，她几乎要把各种最新的化学工业下的产物都带回家里来。可我只要一尝它们，就会呕吐不止。和我妻子江枫的表现刚好相反，我对她品尝的各种最新式的食品都有一种强烈的过敏反应。我的精神状态尚可，但我却越来越瘦了，因为我无法进食任何经机器再次加工过的东西，我一旦闻出来这些食品中所含有的防腐剂、消毒剂、色素、工业味精等，就会哇哇大吐。可越是这样，江枫越是对我关怀备至，我们后来都发现，我只能吃绿色食品，即各种蔬菜、水果和未被二次加工过的五谷杂粮，以及必须是手工宰杀的牲畜。而我妻子，则渐渐喜欢上了她品尝的任何一种加工后的食品，比如各种曲奇饼、巧克力、奶油面包、火腿肠、通心面、速冻食品（冻饺、冻虾、冻肉）、脱水干菜、特制营养酱油、口服液、干果仁……我和她一边幸福地生活，一边在饮食习惯上完全对立，对立而又统一是我们甜蜜生活的真实写照。她还获得了本市"最佳食品检验员"的称号，并入围"十大杰出青年"的评选。又过了一个月，江枫在一次去医院的妇科检查之后，回来羞涩而又幸福地告诉我她怀孕了。

我要当爸爸了！这一令人欣喜若狂的消息使我觉得我的人

生又进入到一个全新的境界中，我在本世纪的最末几年有了自己的孩子！我，作为人类的一员，完成了人类生命链条中一环的使命，那就是我将成功地复制与再造一个新的生命。我的欣喜几乎溢于言表，我的匈牙利籍老板也特地为我加了一百美元的薪水，为的是叫我去购买足够多的美国产最新最好的尿布和荷兰高级婴儿奶粉。我还买了很多如何当爸爸的书，那些都是像砖头一样厚的生活百科全书，里面记载了一个孩子从生下来到十八岁的过程中将会遇到的各种问题，以及对付各种问题的办法。我几乎背会了这些内容。当我合上书本的时候，我胸有成竹了。

但这时，江枫却发生了一些奇妙的生理变化。一般孕妇恶心、呕吐，爱吃酸的。这些表现书上也都写了，而我也有了应对的准备。可江枫不，她变得像一个贪吃的小孩一样，食欲空前地增长了，由于她身怀六甲需要静养，所以在怀孕三个月后她就辞去了食品检验员的工作，安心在家养身体。当各大商场听说他们最为信赖的优秀食品检验员将要当母亲的消息后，每天仍旧将即将上市的最新食品成箱地送到家里来，使我们家几乎都快变成一个大仓库，而我妻子江枫的食欲也就是在这时突然增加的。开始我对这种变化并没有产生疑虑，我发现她可以一口气吃掉十碗王师傅牛肉面、鲜虾面之类的方便面，外加八根火腿肠和六瓶八宝粥。后来变得更加能吃，其数量有些吓人，我根本就无法说出口来。但她的精神状态却相当好，没见特别不正常的地方。我悄悄去医院咨询了医生。

一个年轻的嘴上无毛的看似实习医生的大夫听了我的讲

述，眼皮向上翻了一翻：

"哦？那她排泄正常吗？"

"正常，而且大便的量也相当大，只是略少于进食量。"

"她是否在短时间内体重迅速增加？"

"没有，她不算很胖的。吃那么多，并没长胖。"

"那就没事，"那个大夫眼皮向下耷拉着，"也许是正常反应吧。没事的，要不，你不放心，我给她开上几服泻药？"他那张嘴上无毛的脸凑了过来，突然向我说。

我多少有些放心，因为我一向是信任大夫们的。我听从了那个医生的意见，悄悄地在她的食品中加进了一些泻药，但这仍无济于事，排泄得多只会叫她吃得更多。到了她怀孕六个月以后，她的肚皮已相当大了，从形状上判断，生下来的不是双胞胎也是巨型的婴儿。我暗自祈祷，但这时候，我妻子的再度变化使我乱了方寸。

她突然开始吃起了色素、食盐、味精、防腐剂、糖精、保鲜剂这些东西，也就是说，她只需要进食那些工业制成食品的各种添加剂就可以了。我看见她一边仰脖猛喝金鱼牌洗涤剂，一边嘴里冒泡泡，脸上畅快地笑着，我吓坏了，立即叫来了公安人员、救火队员、急救医护人员。因为我情急之下几乎拨打了所有的紧急电话。经过医院专家的多方会诊，他们一致认为我妻子没什么大问题，这只是饮食习惯的改变而已。一个头发花白的协和医科大学博士生导师对我说："也许你妻子是人类饮食变化的先驱适应者，没有关系，有人还以吃玻璃为生呢。你妻子肯定会生个健康儿子的。"

于是我的妻子就这样天天吃色素、食盐、工业酒精、糖精、防腐剂、清洗剂、保鲜剂……到了她怀孕八个月的某一天，她生下了我们的孩子。

一直到了一九九九年，我才有勇气告诉你我的家庭情况。我妻子生下的早产儿的确是一个巨大的婴儿，他足有十公斤重，只是他一脸痛苦的表情，与在我和前雕塑家妻子的床头上方墙壁上挂着的那个婴孩雕塑作品一模一样，只是他一边号哭着，却发不出一点儿声音，因为他是一个天生的哑巴。他的眉头紧皱，因为他的眼睛永远也睁不开了。他四肢乱蹬，但骨头却都是软的，他什么都听不见。而经过医生的检验，他体内的化学成分与细胞构成已发生了变化，与我和妻子的不一样。他的食品是各种食品添加剂和防腐剂，有时也得喝一点汽油。我妻子江枫在生下这个化学儿子以后，她的饮食习惯一下子变得和我一样了，我们只吃我们自己种植的各种花卉植物的根、茎、叶。只是我们有了一个化学儿子，我们天天在家抱着他，给他喂他想吃的任何液体。我们过着令人称道的稳定的家庭生活，我们是一个标准的三口之家。是的，这也许是二十一世纪人类家庭的一个样板，我们一边幸福地生活，一边这样想。

剪草坪

要是我戴上耳机听"齐柏林飞船"乐队的歌,那别的我就什么也听不见了,我是说当房间的电话铃响起来的时候,我是根本也听不见的——那电话声是我在一首歌与一首歌之间的break(间歇)时听到的。

"嗨,你好。"我懒洋洋地说。可电话那边没有声音。过了片刻,伴随着一阵奇怪的电流杂声,传来了几句对话:

"……咱们就在那草坪上干掉他,我已把工具准备好了……"

"然后呢?"

"……然后把他扔进旁边的一口管道井里,我已经看过那个地方了,蓝天小区的管道井……"电话突然断了,我也吓了一跳,难道我听到的是一次预谋杀人的对话吗?但电话已经出现忙音了。

我挂断了电话,准备去厨房煮一点俄罗斯意粉吃。我正在忙活,电话铃又响了。我连忙跑过去又拿起电话接听。这次是一个女孩的声音。

"刚才为什么不接我的电话？我给你打了起码不下五十次的电话，为什么你不接？"

"你是谁？"我很诧异。

"你是在《生活指南报》上登了广告吧？你说你是一个自带机器的剪草坪工，还留下了这个电话，我就打过来了，可你为什么不接？"

"我从来也没有登过什么广告，喂喂，你肯定打错了。"

"这怎么可能？"话筒那边念了一段话，与我的个人情况一样，而且电话号码也的确是我的号码。

"你先等一下，我的俄罗斯意粉煮沸了，我要去看一下锅。"我连忙跑到厨房，关掉了煤气。然后我接着打那个电话。

"你是谁？"我问她，"你的声音怪好听的，可抱歉的是我真的不是剪草坪工。我是一个室内设计师，我正在煮俄罗斯意粉呢。而且刚才我接电话时听到一段有人要在蓝天小区干掉一个人的对话……"

"我就住在蓝天小区！"电话那边，那个女孩尖叫了起来，"我不和你说话了，我要去报警了！"她挂断了电话。

我把俄罗斯意粉端上桌，撒上了盐，加了番茄酱、肉酱。同时我还拿出了六必居的酱菜，我的早餐总是中西合璧的。我现在一个人过，女朋友已经离开我一年了，因此我每天自己做早餐，煮通心面、意粉、牛奶、麦片粥、咖啡，还煎鸡蛋。可今天早晨的电话打乱了我的生活。电话铃响了几十遍。因为我养的一条特别讨厌电话铃声的热带鱼——鱼缸就在电话旁边，被电话铃吵死了。接着我听到了一段预谋杀人的对话，然后就是一个女孩错把我当成剪草坪的小时工了，这一切弄得我这个早晨了无头绪。而且，这个女孩刚好也在蓝天小区，她会不会出什么事？

我开始紧张起来，而且，从这个女孩子的声音上我判断她是一个漂亮女孩，她会怎么样呢？也许她真的会有危险，怎么办？我是否真的应该当一回剪草坪工呢？

我真的当了一回剪草坪工。第二天，我去买了一台剪草坪机，又买了一套咖啡色工作服，挑选了一顶棒球帽，找了一幅本市的地图，查找到蓝天小区的位置，就出发了。

蓝天小区是一个高档社区，这一点我从其中进出的人就可以看出来，他们穿着整齐，大都有私家车。这样的社区按说既有人操心剪草坪，也会有人保卫安全，怎么会没有人料理草坪呢？我到了那里，却真的发现草坪上的冷季型地毯草已经长得很高了。原来这里的物业公司因管理纠纷，被业主们赶跑了。

我想着应该从何处下手最相宜。老实说，自从听见了那个女孩的声音，我便迷上了这个声音。她说话的声音有点像我小时候玩的弹子球沿着刚结冰的湖面滚动的声音，简直妙极了。倘若有这样美妙声音的女孩将遇到不测，那是我最不愿意看到的。再说我有半年时间没事儿可干了，我一向喜欢草坪，假如我能够当上一个剪草坪的小时工，这倒也不坏，每天和绿色草坪打交道，这真的一点儿也不坏，你说呢？

我决定从A区开始干起。蓝天小区一共有A、B、C、D四个小区，分公寓和别墅两个部分，全部是那种德国、荷兰小镇和瑞士阿尔卑斯山区度假饭店那样的红砖房子，很好看。这是新兴的富人阶层住的房子，可为什么这样的小区没有人来剪草坪，还有人要把另一个人干掉，并且扔到管道井里去？这算是高档社区吗？

真的，嗨，原先我从来也没干过剪草坪这类事儿，因此我一开始干的时候有点不在行。我像个刚出道的理发师，把草坪弄得像狗啃的馒头一样，可不一会儿，我就掌握了诀窍。我干得很开心，有不少主妇招呼我喝一点饮料，我就很大方地进去喝上一杯。在这些主妇的家里，我见到了我从来没有见过的那么大的客厅，巨型水族箱和厨房中巨大的冰箱，当然还有好喝的番石榴汁、好吃的美国提子和南方的山竹。她们好奇地问我是个什么人，为什么要到这里来剪草坪，是来做义工的嘛。我含笑不答。

如果你的生活中一直没有梦想和期待，那一定是一件十分麻烦的事，我至少过了有一年多这样的日子。我过去的女友是一个登山运动员，而我恰恰患有恐高症，可想而知我们会怎么样了。一年多以前她要去爬喜马拉雅山的一座不算高的山峰，出发之前说好了分手，就再也没有回来。按理说如果我爱她，我该心里期盼着她回来才对，可是我有一种预感，就是她这一去再也不会回来了。

我指的当然并不是她会葬身冰山雪原，我指的是她会和一个不恐高的男人——也许就是一个和她志同道合的登山运动员，哪怕是业余的，从此携手走天涯，再也不回来了。她走了以后，我就对生活没有什么期待了，直到昨天。那个女孩的声音在电话中响起来的时候，我一下子就又有了一种期待。

我期待看见她，有弹子球滑过寒冬刚结冰的湖面般的嗓音的女孩子。我一定要见到她。我在家中无时无刻不在期待着电话铃声响起来，可我每一次拿起响铃的电话，不是催收煤气款、保险推销员，就是婚姻介绍所的无聊推介——不知哪一天，我被好几家单身俱乐部盯上了，几个业务员轮番给我打电话说服我入会，可我就是不想被当作商品推销出去。

哎，要是能当上一个永远有活儿干的剪草坪工，那仍是一件快意的事儿。从那天起，我天天去蓝天小区剪草坪，因为我重新有了对生活的期待。期待和那个女孩会面，而且，还有人在预谋杀人。我总在草坪上干活儿，他们也许就不会有机会杀人呢。有一天我终于又一次接到了她的电话。

"谢谢你，戴棒球帽的男孩，你已经剪了我家门前的草坪，谢谢你。"

"喂喂，"我估摸她要挂断电话，"我已经剪好了你家的草坪？你住在哪一家？告诉我，我会去看你的。"

"如果我不告诉你呢？"

"那我就一直剪下去，把所有的草坪都剪好。"

"可你的确不是剪草坪工，我看出来了，所以我一直过意不去。只是我不能见你，因为我很冷。"

"你很冷？很冷淡吗？很冷漠吗？"

"不不，是我的身体。我在一年多以前得了一种病。我浑身冰凉，凉得像北极的寒冰，没有人能靠近我。"

"不，我可以靠近你，"我突然觉得自己已经爱上她了，"我可以靠近你。"

"你别来了，不用再剪草坪了。"她挂断了电话。

在我剪草坪的时候，她是看得见我的。我已经剪完了A区和B区的草坪，她一定住在这两个区的一幢房子里。她病了，没有人来剪草坪，一定也没有人帮她做别的。

我仍旧在剪草坪，凡做事一定要做彻底。我非要剪完那里的草坪不可。整整干了两个月，我终于剪了草坪。在这期间，她再也没有给我打过电话，我期待着和她的会面。

我这次有些累坏了，一个人坐在台阶上擦汗。我收拾好剪草机，它像个听话的牧羊犬一样待在我的脚边。我喝了一罐汤力水，站起来，决定离开这里了。也许从来也没有什么女孩，没有什么预谋杀人，只有一个高档社区里混乱的物业管理和混乱的草坪。但今天，我已经使草坪恢复了整齐，我可以离开了。

就在我要离开小区时，在A区的一幢房前，有一个穿着一身素白的女孩笑吟吟地向我招手，我走了过去，我确信她就是那个给我打电话的女孩。

"要吃意大利通心面吗？我已经煮好了。"她伸出了手，拉我进了屋子。

她的手当真是冰凉冰凉的，凉得像一块冰。她说的没错，一年前她的父母出车祸双双亡故后，她就变得冰凉，她不能吃热的，所有的东西都要放在冰箱中冰凉后她才可以吃下去，这真的是一个奇迹。只是她完好如初，依旧十分健康，除了不能出门，别的都还能做。

我们相爱了。

但首要的问题是她浑身冰凉像一块冰。一开始我和她待在一起时，我在夏天都要穿对襟大棉袄。我决心让她的体温慢慢地恢复正常。我知道这需要时间，正如所有不是轻易得到的东西都需要时间一样，我得让自己用心来使她恢复正常。

在房间里她所待过的地方，有水的地方总要结出一些冰霜来，这房间之冷就可想而知了。一开始我要用冰箱做一些雪霜，用来揉搓她的双手，然后再按摩她的脸。她长得很美，只是有些苍白、瘦弱，而且要命的就是她周身寒冷。一个人走到哪里，哪里的水都会结成冰，你可想而知这是多可怕了。

但是我并不怕。因为我已经爱上了她，因为有了她，我对生活又有了信心和期待，我决心使她恢复正常人的体温。

有时候我仅仅和她拥抱了一小会儿，我就差一点被冻成冰棍了。但我仍旧紧紧抱住她，为的是使她能恢复体温。

和一个浑身冰凉的女友在一起，我的心却是热的。这很奇怪，有时候，生活中总是有那么多阴差阳错，我有恐高症，可我偏偏会摊上一个喜欢登山的女友，而我的心那么热，却又和一个浑身冰凉的女孩子相恋了，总有这么多对立的事儿叫我诧异。

但她真的一天天在好转，因为有我温暖的怀抱，她的身体正在变得温暖。她一点点地变暖，这个过程就像一块冰在春天里融化一样。这个过程是如此神奇，连我也感到吃惊。

而那荒废的草坪又长高了，我又开始戴着棒球帽去剪草坪了。而她，则在家中煮通心面。她的体温一点点地恢复了过来。从这年的夏天到深秋，我一直在打理那片草坪，却没有发现有人在草坪上杀人，管道井中也没有人。有人总在不停地剪着草坪，你说还会有人在那里杀人吗？而且，最重要的是，她的体温在第一场雪覆盖了那一片草坪的时候，变得正常了，和我一样了。

当我们深深地接吻并紧紧地拥抱时，我在她耳边问她："要是我不来剪草坪，你会怎么样？"

她说："那我会一直冷下去，直到有一天变成一块真正的冰。"

一座钻石山那么大的饭店

从远处看上去，尤其是在夜幕低垂的时候，那座饭店矗立在夜空中的身躯几乎是通体明亮的。更多的一粒粒璀璨的灯光闪亮在它的边缘，它真的就像是一座钻石山。每天，有无数辆高级得要死的汽车，从莫名其妙的四面八方载满尊贵的客人来到这里。有一次一位太太的一条美丽的蝴蝶犬在进旁侧的旋转门时，过于调皮，被夹住了，引发了太太伤心欲绝的尖叫，惊动了不少人。除此之外，这座饭店看上去都是那么有尊严、高贵不失气派，不失分寸地向有钱人张开了怀抱。此外，它美妙的草坪和餐厅里巨大的玻璃窗也是著名的，加上它前厅大堂中夜晚的四重奏或是五重奏，都促使我和万哥满怀向往地要在那里吃一顿饭，谁让它看上去像是一座钻石山。

万哥是一个十分有趣的家伙。这小子属于著名的厌学派，考上了人民大学的新闻系，却因当时迷恋上了模仿高更而休学一年，只拿到了大专文凭。毕业后他先是在一家广告公司搞形象创意，后来又不满意于公司里工蜂般忙碌的生活，便辞职到一家四星级的饭店，给一个台湾人开的画廊当看画人。"那个老头儿简直疯了，他把他那些该死的藏品展览在那里，一幅也不卖，即使你的眼神里流露出想拥有它的一刹那的想法，他也会毫不犹豫地呸你一口。我每天就坐在画廊里，盯住那些一没人注意就会把手伸向不属于他们的东西的人。后来我才发现，那个台湾老头儿竟然是一个走私犯！他专门倒卖文物。由于接触过多的缘故，有一次一不小心，或者说是我的耳朵过于主动地听到了他试图弄两个兵马俑的梦话，当真有些心惊肉跳！他也发现我有些察觉，就流露出企图辞退我的念头，要知道他每个月给我五百美元，只是让我坐在那里就行了。没等他开口，我便主动溜走了——还拿走了他的据说是西班牙大师达利根据他夫人查拉的形象画的一幅中世纪宗教画原作。当时我可真是狗胆包天，可后来我拿到美院一位油画鉴赏家那里，他一看就乐了，说是一幅伪作，因为那幅画所用的画布是1986年生产的，怎么可能在这样的画布上画上四五十年前的画？所以，当真是道高一尺，魔高一丈，我也就原谅了自己出于尊严和愤怒而仅有的一次偷窃行为。"万哥说。

我们下了车，侍者站立在饭店门口的样子有些滑稽可笑——无非是将石狮子换成了人而已，自动门开了，我们昂首阔步，走了进去，像是童话故事中给皇帝做新衣的两个骗子。万哥一进大厅就直奔电话台，我则坐在大堂沙发上，瞅着壁顶上的枝形吊灯发愣。大堂里金碧辉煌。一帮洋人瞪着蓝莹莹的眼珠从我身边走过，使我想起了少年时代我的维吾尔族邻居大娘养的波斯猫。我干记者这一行时间不长，所以对什么东西都保有着探究与好奇的心理。万哥认识这家饭店的公关部经理琳达小姐。"请我们吃一顿饭，今天我饿了，此外，"万哥一边打电话一边瞅了我一眼，"我还带来了一个新朋友，就是你曾一字不漏地背出最后一段的那篇美术评论的作者——林格。OK，太棒了，我们就在大堂。"万哥满意地放下电话，冲我说："咱们来得正好，正赶上吃饭时间，我的时间观念不错吧？"

不到一分钟，从大厅东头的台阶上下来一位先生和一位小姐，小姐身穿橘红色西服套裙，她的个子很高，又穿着高跟鞋，因而和旁边那位西装革履的先生几乎一样高。万哥像是见了亲人似的冲上去，我也站了起来。"这是林格，名记——哈哈不是名妓的那个名妓，这是我的琳达小妹妹，这位是联络部吴文澜先生，同时也是该部经理。"

吴先生三十出头，显得异常精明干练，脸盘方正，额头饱满，下巴刮得发青，从他走路的姿势能明显看出他曾经也以同样的步伐在纽约的大街上溜达过，而且不止一年。果不其然，他真是美国密歇根大学的电影美学硕士学位获得者，这是后来我们在餐桌上得知的。

"今天想吃什么，中餐还是西式自助餐？你的胃口可是有名的。"琳达笑眯眯地说。万哥脸有点儿红，扭捏着说："随便，哪样都行，他也一样，从不挑食的。"他指了我一下。我得承认，这会儿看上去，琳达的鼻子很漂亮。

"那就去吃西式自助餐吧，今天有马来西亚椰汁奶饭，非常有特点，好吗？"吴先生建议道，他把手交叠着放在前面。

"OK！"我和万哥一齐说。

我们便乘坐电梯，来到了地下一层的西式自助餐厅。当真是五星级饭店的气派，我为它巨大的能看见外面绿莹莹毛茸茸的草坪的落地玻璃窗而傻里傻气地惊呼起来。一些巨大的盆栽植物矗立在座位与座位之间，有些人已坐在那里，一边吃一边低声交谈。墙上挂着几幅抽象水彩画，约莫有170厘米×100厘米那么大，后来我被告知是意大利人的杰作。吴先生把手背在后头，领我们在食品摆放台转了一圈儿，然后，我们挑了一个可以吸烟又能看得见外面的草坪和网球大厅的位子落座了。我们打开餐巾，把它铺在腿上，从纸袋里取出刀叉。吴先生在要饮料的时候建议我来一杯冰水，我说："不，我要喝啤酒，有什么啤酒？"侍者说："生利、青岛，还有汉尼肯牌啤酒。"琳达探过身来："林格，汉尼肯啤酒产于荷兰，是行销世界的好啤酒，我建议你来这个。"

　　"OK，"我说，"吃西餐一般得开胃吧？"我登时发觉我这个问题很蠢。吴先生点了点头："走吧，咱们先吃开胃菜。"我们几个又鱼贯而起，向食品部而去。我发现了涂在薄面包片上的鲑鱼子，这可是难得的好东西，此外我又要了一点萝卜丝、番茄片，往上面涂了一些沙拉，就回到了座位。我们开始吃了起来，并为"伟大的聚会"而干了一杯。汉尼肯啤酒的确不错，我感觉我仿佛喝下了一堆冰凉的星星。万哥已经开始大谈起他六岁时在兰州学说土话的经历来。我们不时发出细细的笑声，有节制的那种。我很快就喝完了那罐汉尼肯，侍者小姐又上了一罐。"我得再开一次胃，我一般得开三次胃才行，这会儿我的胃显得很倔强。"万哥抱歉似的说，他的吃相过于粗野，挥动刀叉的样子只能让人联想起屠夫，要是在巴黎他露出这样的吃相，保管会叫哪怕是最下等的小餐馆给轰出来，一直给轰到大街上离餐馆三百米远的地方不可。他的确又开了一次胃，但这还不够，他就又开了第三次。他起身的次数十分勤勉，因而显得可爱极了。我和吴先生每人喝了三罐啤酒之后，话就立即像啤酒泡沫一般多了。吴先生已经动情地追忆起他的穷困的少年时代和他在东北四年的痛苦而又甜美的经历："所以，我最爱吃的其实是玉米面饼和猪肉粉条，再加上油炸知了和白菜豆腐清汤，不带油腥的那种。我们这一代人什么都赶上了，还赶上了洋插队，在美国也吃尽苦头，在最下等的餐馆打工，受同是华人的老板欺负。回国三年，感觉不坏。咱们的发展也很快，连股票也有了，多么大的进步啊，不过，上周我太太的十万元股票算是被套牢了，深沪的指数一直在下落，我敢打赌明年也不会起来。"吴先生说了很多，气氛变得十分轻松，我起身去吃第三道菜，我跑过邻座时，看见有不少外国人在用餐，听到一对四川夫妇小声讨论五金产品的规格价码，还有两个长得又黑又漂亮的马来西亚小孩在跑来跑去的，我像他们那么大还在垃圾堆和墙头上蹲着呢，我不由得羡慕起他们来。我这次吃了主菜，我吃了法式香煎鳟鱼、荷兰青豆，以及味道奇特的猪背肉。我端着盘子走回座位，听到万哥正在不无感伤地谈论着他最近的两次失败的恋爱，逗得大家都笑了起来。当侍者第二次过来问"吃好了吗？"时，吴先生说："叉子不能向上放，如果你没有吃完的话。你应该把叉子头朝下放着。另外，美国人一般是左手拿叉，右手拿刀，边切边吃，而欧洲人则相反，用刀切过后就不再用刀，只用叉子用餐。"他说到这儿，万哥看上去脸又红了。他原先可从来都不知道什么叫作脸红。琳达突然赞美起我不久前发表的那篇美术评论文章起来，而且果真一字不差地背诵了颇有才气的最后一段。一时间我有些飘飘然起来，说起了我的一次难忘的经历："我曾经采访过南太平洋某个国家的前总理，那会儿在他下榻的饭店区里，我四十八小时没有合眼，以便随时瞅准可以抓到的机会冲上去采访他。凌晨的时候我终于找到了一个机会，趁守卫不注意，我溜到了前总理房间的阳台上和他问早安，并和他愉快地交谈了一个小时，冲下楼时我都高兴疯了，用饭店的传真机发回了报道，就在大堂的沙发上躺下来，一睡就是十小时。"我对自我形象的推广引起了吴先生和琳达的赞赏。万哥不以为然地消灭着他的鸡腿："你有一次曾借采访，企图与一个漂亮女孩搭讪，人家可没理你，还说你是流氓来着。"

"万哥，你在攻击他，你最近在干什么？打你偷了那幅假画之后？"琳达问。

"我？"万哥把鸡肉咽下去。"我做新闻噱头，就是发动新闻界的哥们儿共同吹捧一个能掏得起数目可观的宣传费的企业，尽管这生意不好做。你还好吧？孩子几岁了？"他问琳达，"上次见她还不会说话呢。"

琳达看上去可不像个结过婚的女人。"我最近要离婚了。我和丈夫过不到一起。他不懂得生活的乐趣，一点儿也不懂。我琢磨也许我应该嫁给一个艺术家、画家什么的。"

"天哪！你们可是青梅竹马长大的，他还在开出租车吗？你疯了，琳达。"万哥叫了起来，"千万别离婚。"

"而且，艺术家大多是不可靠的，贫穷不说，而且情感还不专一。"我补充道，"我采访过北京很多流浪艺术家，他们中很多人层次太低。可别上当受骗。人总是对已经拥有的东西毫不在乎，这是人类的弱点。再说，你可是白领阶层。"

"不，我是经过深思熟虑的，我得离婚。"琳达坚定地说，她的眼圈儿有些发红，"活着太累啦。"

这时，从刚才四川夫妇坐着的位置上传来了一记响亮的耳光声，餐厅里所有正在用餐的人都放眼望去，只见那个胖胖的男人发着呆，脸上有几个清楚的手指印。女人则偏过头去看别的，也许他们为如何计算批发五金器具的折扣发生了争执，我想。内部冲突。

"琳达，放松一点，我看咱们应该去尝马来西亚椰汁奶饭了。"吴先生侧身关切地对红了眼圈儿的琳达说。万哥约莫已吃了五道——加上三次开胃，这会儿再次兴致勃勃地起身。我吃到了椰汁奶饭和油焖鸡翅，以及马来西亚青菜。

这时，黑夜的大幕已完全地盖了下来，玻璃窗外一粒粒的地灯亮了，映得草坪发出了幽暗的绿光。有一刻我们都没有说话，只是在这样宁静的环境中起落着刀叉。远处响起了托赛尼的《小夜曲》的小提琴独奏，我感到这个夜晚是那么美好。我还从来没有享受过吃饭，时间显示，我们已经待在这里三个小时了，时间简直像高明的小偷一样，溜走得让人无从察觉。我们每一个人都发着愣，在恍惚中各想各的心事。吴先生一定在琢磨如何叫老婆手中的十万元股票不被套牢，重新焕发出水涨船高的活力。琳达在想她的离婚问题，并且也许在认真考虑着我的关于不要嫁给艺术家的劝告，当然如果她想学十八世纪法国爱才的贵妇人，那倒另当别论了。万哥在想着他的下一次企业形象策划以及推广会。至于我，我则在欣赏我们面前玻璃杯上反射出的光亮，那种美，就如同几十年前川端康成先生在一家饭店的玻璃杯上发现的一样。我为这样美好的夜晚而陶醉了。

接着，是万哥嚷着要吃餐后点心和水果。我则要了一杯冰水，坐在那里听从大堂处，或者随便哪个鬼地方传来的德彪西的无标题音乐。万哥吃了三道餐后水果，这才心满意足了。

"今天是我这几个月来，吃得最好，心情也最好的一次。"万哥满意地宣称。我也点了点头。我们便起身离开餐厅，在吴先生签单之后。

来到大堂，我看见五个身穿黑色礼服、扎着领结的乐手在那里演奏一首五重奏。我听不出来是谁的曲子，但感觉不坏。"他们全是××乐团的一流乐手，怎么样，曲子不坏吧？"吴先生说，"为了活着，搞艺术的人最好来装点一下大饭店，我们互相都需要。"我为他这句话感到很生气，却听见一阵类似洪水咆哮的吵闹声传来。我们放眼望去，只见几个黑人正被几位保安人员在往外"请"。吴先生耸了耸肩："肯定是靠吃联合国救援生活的非洲骗子。"我发现一个非洲男人看上去简直就像暴君博卡萨皇帝，有一瞬间我真这么以为了。黑人们被礼貌地"请"到不知什么地方去了，因为他们肯定有赖账和欺骗的行为。

"不久之后，美国的杰克逊大歌星可能要秘密地来中国，就下榻在这里，到时候我一定通知你们。"琳达笑眯眯地对我们说，我们告别，然后向大门走去。琳达的微笑也很美，我想，如同这个夜晚窗外草坪上的地灯。门外有一辆红色的夏利出租车，万哥打着恶俗的饱嗝拉我进了车。"地狱的入口。"他对司机咕哝着。他要的红葡萄酒这时发挥了效力。"地铁站，"我补充说，"最近的。"车子从平台上开了下去，拐入了高速路的车流中。我看见不远处的大饭店，正在夜幕下烁烁闪光，浑身仿佛镶满了钻石。我这时在想能不能做个玲珑剔透的饭店模型放在我的肮脏的住处，靠着它坚定我对美好生活的期待与信心？

车子很快到了地铁入口处，我去掏口袋，却发现除了身份证、工资卡，我一分钱也没带，我捅醒了万哥，叫他掏钱，他掏了半天，掏出来一堆类似碎银子的东西，总共加起来有一块八毛七。我慌了，结巴着对司机说："今天刚好……我把身份证押您这儿，您瞧我的工资卡，我明天一定……"

"滚吧，在大饭店吃白食的穷鬼。真恶心。"他瞪了我一眼，充满鄙夷地拉上车门。车迅速开走了。远处，我们仍然看见那座钻石山一样的饭店在闪光。"他妈的，假如琳达嫁的就是这号人，的确应该离婚！"万哥愤怒地说。两个一共持有一块八毛七分钱的人，在小雨中向地狱的出口和入口，向地铁站大步走去。

第三天早晨，我刚赶到报社发了一篇稿，就接到了万哥打来的电话："告诉你一个坏消息。琳达自杀了，就在昨天夜里，她砸破玻璃杯割破了动脉，血流了很多。正在抢救，也许能活过来。"

"为什么？！"我大声地质问着，我几乎要疯了，因为这简直像小说一样不真实，我想起了那些我和川端康成都从中发现了美的玻璃杯，那些兴许有些该死的玻璃杯。

"也许出于对生活的厌倦与绝望。好了，我们不谈这个了，顺便说一下，有一个中国企业质量评估会，你来不来？几百块大洋呢。另外，股市昨天突然疯了似的指数猛然升了起来，要不要把我们那一万两千块的股票抛出去？"

我还在想那座钻石山一样大的饭店，我呆愣在那里反应不过来，我的眼前浮现出琳达苍白得如同蝴蝶翅膀的身体，我说"算了吧"，就挂断了电话，然后我发狂似的冲下了楼，去买了两盒共十二只美丽的高脚酒杯。我曾在上面发现了美，我想我得找琳达谈一次，好好跟她谈谈这些玻璃杯，告诉她从玻璃杯上发现的东西，它可并不是教她用来自杀的。我就这样一边想着那座钻石山一样的饭店，一边坐上出租车，向医院而去。

苜蓿花环

　　我坐在暗处的像莲花一样的沙发上，慢慢地吸着一杯扎啤。啤酒很凉，喝下去仿佛是一堆的碎冰，感觉很好。我觉得有点儿累，那主要是刚才跳迪斯科动作过猛的缘故。我从我的泰国产花格衬衣的上兜里掏出一支烟。舞厅里有点儿乱糟糟的，到处是烟雾、人的低语以及人们躯体舞动时发出的声音。我每周都要来这里跳一场舞，在这座城市里，我的朋友不多。这家舞厅来的人很杂，门票不算很贵，所以各种各样的人都在这里出没。最好笑的是刚才正在跳着舞，有一对恋人忽然在舞池里给了对方一巴掌，大家像触电一样抖动的身体都停住了，那两个有点儿朋克打扮——他们每人都穿了一套挂着丝丝缕缕的棉丝的牛仔服，头发也吹得像悬崖一样耸起来约莫有一尺高。这对恋人竟又跟没事儿似的手牵着手走出了舞厅。在这座无边无际地扩展开去的大城市里生活好几年了，我忽然对城市情感的游戏规则发生了怀疑。到处都是哭哭啼啼而又啼笑皆非的转瞬即逝的爱情，那么，我们还能抓住什么永久的东西？

　　我想起我的同班同学老齐。老齐四年前和我一起从南方一所大学毕业来到了京都，两年前"入赘"本地籍的一名长着一双美丽的猫眼的女子家里，当上了上门女婿。一年前老齐的老婆就去了日本，她又用了半年时间把老齐从中国办到了日本，然而就在东京国际机场明亮宽敞的大厅里，老齐那打扮得像一棵圣诞树一样的老婆接到了他，递给了他一个信封，叹了口气说："我已经和别人同居了，我们离婚吧。这是我对你尽的最后一次义务——信封里有一个月的生活费。你……"她的声音黯淡，身上挂着的各种"圣诞装饰"叮当作响。"就自己找活路。"

据说老齐那天在机场傻愣愣如同一个木桩，他咬了咬牙骂了一句什么，看着老婆的背影消失在大厅外面白花花的阳光里。他走了出来，看见外面的世界很陌生，他手心里攥着那个装了有几十万日元的信封，头晕得厉害。他看着远处又有一架飞机自空中降落，他在想着是否再回中国，但他的脚已经踩在了异国的大地上，老婆仁义地抛弃他让他无法发泄怒气。一辆出租车停在了他的跟前，他机械地钻了进去，就这样扑入了东京的怀抱。

　　我还想着从背死人干起呢。日本人死在高层公寓里是不能乘电梯下楼的。我在国内就听说过这个行当。我手里的几十万日元屁事也不顶，但后来我没有背死人，反而在一家台湾人开的面馆打上了杂。台湾老板十分吝啬，但待我不错，于是我就落下了脚，活了下来……

　　老齐迄今给我的唯一的一封信中这么说。直到现在又快半

156

年了我也没有收到他的信，但我确信他在日本已经能活下来了。一想起他我就犯晕，我就不得不考虑起爱情婚姻之类严肃的问题，可我一无所获。在对爱的寻求途中我也满身都是伤痕，我还能企望什么？

我坐在那里喝扎啤。这时我忽然看见一个女子的侧影。她在我右侧的暗影中的沙发上坐着，她在吸饮着一杯类似于冰水的玩意儿，她的头发很长，呈流线型披在肩膀上。她好像穿了一条深色的裙子，也许是火红的颜色。我的心在轻跳着，像兔子在雨后的草地上碰落了那些挂在叶子上的水珠。我确信我在哪里见过她，她的眼睛、鼻子、嘴唇都是我所熟悉的，也许我还爱过她。可我在哪里遗落了她？我皱起眉头想着，但记忆的栅栏里什么也没有。这时候我很痛苦。我在这座乱哄哄的充满了各种怀抱梦想和野心的人的城市里生活了四年，我已记不清我遗失了什么了。

我站了起来，端着玻璃杯朝她走过去。我坐在了她的对面。"嗨，我好像在哪里见过你。你很像我过去的一个女朋友，只是……"

她轻轻放下手中的装了冰水的杯子，目光幽深地看了我一眼。这一瞥之下同样也是那样熟悉，她笑了："可是你并不像我过去的男朋友。不过认识你很高兴。"

我的目光有些迷茫，这一刻我拼命地从记忆中拨弄着她的影子，可我就是想不出来。"真的，你真的像我过去的一个女友，我在说真话……"我喃喃地说，声音显得游移不定。该死的记忆。

她又笑了，夹杂着善意地揶揄："我相信这也许是真的。不过说老实话，我是一个广告人。搞广告创意的，我看你也像，对吧？咱们能不能谈一点专业问题？"

我说："对，我是大墙影视广告公司创意部的。我专门……"

"我看过你们制作的广告，创意很不错。有多少是你的功劳。"她笑着问我。"小姐，再来两杯橙汁吧。"她招呼说。

"百分之四十。"我盯着她那张生动的脸。她脸庞的曲线也是我所熟悉的，她嘴唇里散发出的气息——我曾经像第一次吃草莓那样吻过她的嘴唇，我确信这一点，可我却无法从记忆中搜寻出证据从而证明这一点。我十分痛恨自己。"他妈的这座城市。"我骂道。

"你在说什么？诅咒这座城市吗？不，它多伟大啊，这座城市到处都是机会，以及创造机会的社交宴会。我非常爱这座城市，它给了我一切。我已经有一辆皇冠车了，是我自己的。我喜欢这座像轮盘一样转动的城市，你只要敢下注，说不上哪一天你就会赢个大满贯的。"她的脸那么亮丽、姣好，在黑暗中依旧有着灼人的光华。她是优雅的、美丽的、自信的，现在她接过两杯橙汁，将一杯推给了我，我怔了一下，道了声谢谢。艾尔顿·约翰的曲子响了。我听到她说"皇冠"这个词。这时又一个词也立即映入了我的脑海——花环。"皇冠——花环？苜蓿花环？对，是苜蓿花环！"我兴奋地说，"苜蓿花环？"

"什么苜蓿花环？它是什么样的？好看吗？"她饶有兴味地问我，"也许可以是一个很好的创意。"

我这下几乎是用肯定的语气说："我曾经把一个我亲手编的开满了紫茵茵的花朵的苜蓿花环戴在了你头上。你那会儿是我的女朋友，那会儿我们都还一起在新疆的草原边的一座城市里生活……你十七岁，我十九岁……"

她仰脸哈哈地笑了起来。"你真逗，非要说我是你的女朋友，还有什么苜蓿花环之类的。我可没在新疆待过，不过你这人倒挺有趣。我在想，我们既然都是广告人，也许我们可以好好合作呢。我刚好要去新疆——第一次去，在沙漠里拍一个广告片，在这个推销儿童食品的广告片中，我要让八百个裸体孩子一齐从沙漠中的沙丘上奔跑下来。为此我要赚他们一百八十万元的广告费，我对赚钱更感兴趣。如果你愿意帮我——我再次申明，我可不是你的什么过去的曾戴过你的苜蓿花环的女朋友，我们明天一起飞往新疆，去拍那个广告片如何？"她用手指轻轻弹了弹眼前的玻璃杯，"你也可以去找你的苜蓿女孩。"我眯起眼睛凝视着她。她的头上曾经有过一个花环，但现在不在那里了。谁夺走了它？我或是她自己扔了？我说："好吧，我和你一起去。八百个裸体孩子一起从沙丘上奔跑下来可不是闹着玩儿的。"

"太好了。我们走吧。"她说。

然后我们走出了舞厅，她坐上了一辆出租车，在此之前我们约好了第二天直接去机场，我踩着一路的霓虹灯向公寓走去。我想我必须把苜蓿花环这个谜弄清楚。难道她不是我的女朋友，那又是谁呢？

飞机在强气流中猛地晃动了几下，我睁开了眼睛。我可以从舷窗看见与飞机平行的白云。我要了一杯饮料。她坐在我旁边，她正在闭眼微睡。我可以闻到她头发上散发出来的清新的香气。她很会化妆，口红的颜色恰到好处。她的睫毛很长，依稀与我记忆中的她重合。有一瞬间我甚至想用手去摸摸她的头发，去寻找那失落了的苜蓿花环的痕迹，但她忽然睁开了眼睛，冷静地看了我一眼："你在看什么？我化的妆很丑是吗？"

我有些尴尬："不，不不，我在想……"

"我刚才一直在想这笔广告费的预算。我到底能赚多少？而且一下飞机就得赶到天山电影制片厂去租各种器材，我和那里的几位朋友都联系好了，我们一下飞机就立即行动。这是家台湾公司的大活儿，我们得好好赚他一笔。"

"我想问你一个问题，你赚了钱干什么？"

"干什么？有钱了，怎么花都行。也许我会盖一幢以我的名字命名的大厦。也许，买一个苜蓿花环戴在脑袋上。"她狡黠地冲我挤了下眼睛。

我愣了一下，开始给她详细地谈我的广告创意。同样是八百个裸体孩子从沙丘上奔跑下来，但画面如何组接，我又提议需要租一千只鸽子和一百匹马来共同完成这个广告。在飞机航行途中，作为老广告人，我大谈了我的广告创意，直到她双眼发亮："这个想法太棒了！"这时飞机已开始降落，我感到心在加速跳动，因为我看见我熟悉的天山山脉，头戴白色的冰雪王冠的博格达峰，已经出现在我的视线之内了。

我不想仔细地描述我们这次拍摄该死的有关那种儿童食品

的广告片的过程，总之我几乎动用了我全部的智慧和聪明劲儿来帮她。现在我可以告诉你她叫苏玫。在这座最有中亚文化特点的大城市里我有很多朋友，我曾经在这里生活了好多年。我是带着疑问，在八年之后又回到了这里。我一方面帮苏玫策划，另一方面每见到一个老朋友，我都会掏出苏玫的一张照片，叫朋友们辨认她是否过去曾出现在我的生活中。我那该死的记忆毁了我，我只好靠朋友们了。但每一个朋友都既不肯定见过她，也不否认见过她，说她身上总有某种东西是我们所熟悉的。在那座像迷宫一样的拥有着多座清真寺的城市里穿行，我甚至认为时间发生了错位。人人都在忙着赚钱，可我却在找着我给她戴上苜蓿花环的女孩，我是不是疯啦？

苏玫是个风风火火的女人。在协调和组织各种人力物力方面她真是个行家里手。我实在有些想不通，正是她这样一个有些娇弱的女子竟然能用一长列卡车，拉上过去从未离开父母哪怕一天的八百个金童玉女，以及一百匹伊犁马——它们大都腰臀有力，腿关节修长，打着响鼻甩着马尾，以及一千只鸽子和一大堆的食品、衣物、摄影器材，像一支远征队伍向沙漠进发了，而苏玫正像是这支队伍的将军。她坐在一辆被漆成黑色的越野敞篷汽车里，戴一副墨镜的架势很像美国女将。我们在路上颠簸了一天一夜，才到了古尔班通古特沙漠的一角，找到了适合我们拍摄的巨大沙丘。我不想详述拍摄过程，总之，在我的具体设计操作下，有关那种儿童食品的广告片拍成了。我敢打赌，所有看了这个广告片的家长不立即掏钱为他们的孩子买这种食品才叫怪呢。

三天后，我们完成了拍摄，回到了乌鲁木齐。

可是我却忽然沮丧得要命，我是来干什么的？我问着自己，走在乌鲁木齐维吾尔族人聚集区时我像个魂不守舍的人。我是来证实那个苜蓿花环，我曾把它戴到了一个少女的头上，可如今我却遗落了她和它。在回到乌鲁木齐的那个下午，我坐车一个人来到了郊外，来到了我曾经在那里嬉戏的地方，我找到了那片一望无际的苜蓿地。是的，那真是一望无际的苜蓿地，绿油油的苜蓿在风中抖动着身体，像一片巨大的绿缎子一样有韵律地起伏着。我悲伤地蹲下身来，用手抚摸着那些苜蓿，它们都还没有开花。远处，有一匹忧郁的黑马正在向我奔来，它是来寻找它的骑手吗？这一切与我记忆中的景象那么接近，只是苜蓿没有开花，戴着花环的姑娘躲到了哪里？我悲伤地回到了饭店。

苏玫在餐厅角上的咖啡座上正等着我，看上去她兴致很高，因为我们的拍摄十分成功。她已经换上了刚刚在这座城市买的非常艳丽的丝绸衣裙，斑斓美丽得如同一只大蝴蝶。我们喝着咖啡，过了一会儿，我们去吃西式自助餐。"嗨，明天我们就飞回北京。怎么样，找到了你的戴苜蓿花环的姑娘了吗？我猜她一定藏在了这座城市的某个角落里不想见你。很悲伤吗？"她望着我眼中的火焰说，"但我很高兴。啦啦啦——"她一边夹着烤鸽子肉一边轻轻哼着。"回到北京，就可以拿到另外一半钱啦。我得盖个玫瑰大厦什么的，怎么样？"

"OK，你这想法真不错。"我说。我吃的全是开胃菜，但胃却一直没有被打开。我想我的故乡行是一次失望之旅。

这天晚上，苏玫像一条鲤鱼一样溜进了我的屋子。她扑进了我的怀里："我喜欢你，谢谢你帮我。人人都不再相信爱情，你傻得可爱却在找着你的戴苜蓿花环的姑娘。"她轻叹着气，吻着我。我忧伤地拥抱着她，我们像两条鱼一样在黑暗和欲望的海里不懈地游着，用片刻的巨大冲动和激情拥抱着那一刹那生命相遇的永恒景象。然后，我睡着了。

……我睡了，我感到大地在转动，仿佛在大洋之上漂浮。我忽然闻到了淡淡的花香，我站起来，我拉起了她的手。我们像是两条裸体的鱼一样走出了房间，来到了外面的田野上，风在吹拂，花香在弥散，黑暗中花香在疯狂地合唱。我感到脚下很轻，我拉着睡眼惺忪的玫轻轻地奔跑着。哦，灿烂的星光下，白天还没有开花的一望无际的苜蓿地，此刻全都举起了淡紫色的小花，在风中轻轻抖动。我和玫手拉着手，仿佛回到了很久以前的清纯时代，那时候她像梨子一样清纯甜美。我们在广阔的苜蓿地里奔跑，笑着，像两只马鹿。许久，我们跑累了，我坐下来，用心地编了一个苜蓿花环，花环上许多星星般的紫色苜蓿花在歌唱。我拉着玫的手，我们都赤裸着身体，像伊甸园里的亚当和夏娃那样，我把苜蓿花环戴在了含羞低首的苏玫的头上。我们吻了起来，彼此都吮吸到泉水的滋味。我在她耳边轻轻地说："如果你是玫瑰，如果你爱我，就把你的刺，深深地留在我的肉中！"她抬起头看我，说："我要做你的新娘。"她琥珀色的眼睛里燃烧着幸福。黑暗的天空中星光闪烁，无边的苜蓿花在盛开，如同海洋。我们手拉着手，如同纯美的少男少女，在花海里轻轻飞奔……

　　我睁开眼睛看着她。飞机平稳地降落。首都机场上空没有飞鸟。我从她的头发上摘下来一朵干枯的紫色的苜蓿花瓣，我的举动惊醒了她。

　　"你——在干什么？"

　　我把手中的花瓣递给她。她愣了一下，又肯定地说："你疯了，我可不是你的花环姑娘。我们只是生意合伙人，不是吗？你不会放弃你的酬劳，对吧？"

　　我沉默了。飞机与大地相遇时机身震了一下，在迅疾地减速。透过舷窗，我仿佛又看到了京都转动着的城市楼厦，这里到处都是欲望、机会和转瞬即逝的爱情与合作。这是一座同时拥有古筝和摇滚乐的城市，一座轮盘城市。每一个人来到这里都要下好自己的注。我知道我和苏玫一下飞机，就会各奔东西，各自扑入自己已经形成的快节奏的生活。弥漫在我们之间的将是忘却，如同我忘却了给谁戴上了那个苜蓿花环。我已经听到了这座城市的各个部位的齿轮的响声。我手里捏着那枚花瓣，停了一会儿，我松开手，扔掉了它，如同扔掉了昨夜在乌鲁木齐我们之间的激情与爱欲、狂欢与黑夜大地上的奔跑。也许那只是一个幻觉，一个梦。我盯着她的眼睛说："我不会放弃我应得的酬劳的，小姐。我们是合伙人。"

爬着城市玻璃山

现在我住在一幢高层公寓楼里。这是一套一居室的房子，虽说有点儿旧，但因此租金便显得不太贵。我听见外面的市场很热闹，可是我不想出去。我在约莫四个月以前自己给自己炒了鱿鱼——从一家位于市郊的巨型化工厂不辞而别，然后找了一家中外合资的蜡像公司，干了三个多月的公关人员。昨天，公关部经理把我叫进她的办公室谈话："现在公司人浮于事，很多人就像蜡像一样闲着没事干。当然你的工作很努力，不过，这次，只好请你另谋高就了。"公关部经理二十五岁，她皮肤有点儿黑，胸部丰满，而且老爱穿黑色的长筒袜，这样的长筒袜最爱叫我想入非非。上周由于误闯进她的办公室而忘了敲门，看见总经理正把脸埋在坐在办公桌上的她的胸部上——我还是第一次目睹办公室内两相情愿的性骚扰事件，而此时，显然由于我的疏忽，她为报一箭之仇，辞退了我。就这样，我失业了。

我躺在床上，脑子里像沙滩一样空茫。偶尔有什么念头像小鱼一样蹦上沙滩，但我旋即又失去了抓住它们的机会。从我的窗户我可以看见本城最高的一幢楼，有近百层，像个三面体的幽蓝的大柱子一样耸入天空。这座大楼通体幽蓝，将近三百八十米，满身镶满了蓝色的遮光玻璃。我躺在那里觉得它就像是一座巨大的玻璃山，我躺在那里痴痴地想，假如我沿着它爬上去，我会看见什么呢？死亡和末日的眼睛吗？生活在这座玻璃山里所有人的隐私吗？我忽然又觉得，这座城市到处都是玻璃山一样的大厦，应该组织一个自愿登山队，去爬一爬这些城市玻璃山该有多棒！我兴奋了起来，我猛然又想起了我所喜爱的美国佬巴塞尔姆的短篇小说《玻璃山》，我从枕头下面取出来念了一段：

1.我正试图爬上那座玻璃山。

2.这座玻璃山矗立在十三街和第八大街的街角。

3.我已登上山坡的下段。

4.人们正抬头望着我。

5.我在这一带地方是个新人。

6.然而我有些相识。

7.我在两只脚上用皮带绑上铁钉助爬鞋托，每只手紧握一只结实的橡皮吸碗。

8.我在两百英尺的高处。

9.风刮得正烈。

我放下了书，感到有些紧张，我连忙把目光从窗户转射出去，想象自己吊在这座山上时，风猛烈地吹打我的身体的情景，不禁抖起来。我惧怕这座城市，它到处都是玻璃山，逼着每一个来这里碰碰运气的人爬一回。谁要是爬不好摔下去，那就活该了。城市是没有怜悯之心的，城市为什么要怜悯那些失败的人？比如我，现在就是一个失业者，失业的感觉就是一大早你醒来之后发觉突然无事可做了。那种滋味可难受极了。我想，我得等我女朋友王英的电话。现在，我不再去看那座玻璃山，而是坐起来，坐在写字台前。我打算翻译巴塞尔姆的短篇小说《我们当中某些人一直在威胁我们的朋友考尔比》。这是一个十分有趣的故事。下面就是我的译文：

　　我们中有人不厌其烦地对朋友考尔比的所作所为提出过警告，可他都一意孤行，走得太远，以致现在我们不得不对他施以绞刑。考尔比争辩说只因为他走得太远（他并不否认他已走得太远），并不应被判处绞刑。"走得太远，"他说，"其实是每个人有时都在所难免的。"我们对他的辩白不屑一听，只是问他，在行刑时喜欢听什么曲子。他说他会考虑这件事，但必须给他一点时间。我们向他挑明他必须马上做出回答，因为乐队指挥霍德还要赶着排练乐曲，如果连演什么曲子都没谱，他将无从下手。考尔比说他十分钟爱艾夫斯（Ives）的《第四交响曲》。霍德指责这完全是一种拖延战术。众所周知，艾夫斯的作品难于演奏，为此要花掉几个星期的排练，而且庞大的乐队和合唱队也将耗费巨额支出。"还是实际些。"他对考尔比说。考尔比就答应说可以随便找首曲子。

电话铃响了，我扔下了笔，扑向了那台电话机。我想这一定会是王英打来的。"你在干什么？"她问我，"喂，你猜我在干吗？"她的声调十分愉快。

我拿着电话，心想我可猜不清你在干什么。我的目光一直停在窗外那座玻璃山的高处："我猜不着，你知道我在干什么吗？我在翻译巴塞尔姆。"

"巴塞尔姆是谁？我一定不认识。"她的声调显得十分快活，"你猜我碰到了谁吗？我过去的男朋友梁朗。他现在，嗯，就在我们饭店的咖啡厅里，我们在喝咖啡。"

我感到了一丝不自在。她跟我说过梁朗，一个一向自命不凡的家伙，从来都是想着把世界玩弄于股掌之上。王英和他在一起约莫有一年时间，这家伙曾经让王英流过产。我一直奇怪，为什么王英经历了这样的事情依旧像个孩子一样单纯、明净和快乐。"这是我不高兴听到的消息，"我说，"我不愿意看到你和那个杂种在一起。"

"噢，别这样说，毕竟我和他有过一段。他很想见见你，见见我的新男朋友。"

"我可不愿意见到他，告诉他让他见鬼去吧！"我说。我知道梁朗在这个城市混得如鱼得水，先在政府机关谋事，后来又跳槽当了记者，听说现在又下海办公司了。可是我却是一个失业者，就只是因为我不慎看见了办公室中一次两相情愿的性骚扰事件。妈的，我愤愤不平："你能不能离开那里，不要和他坐在一起？"

"乔可，你这样对我太苛刻。"她嗔怪我说，"你知道梁朗现在在干什么吗？他是一家清洁公司的头儿，他自个儿创办的，专门擦洗这座城市中那些高耸入云的大厦。他要和你说话，乔……"

"我不愿意听到他的声音。"我怒气冲冲地说。但电话那头传来了一个很好听的男中音："嗨，乔可，认识你很高兴。我听说王英现在和你在一起，我很高兴，她可是一个不错的姑娘。"

"这话用不着你来说。"我感到心脏要猝地跳出来，这个狗杂种。

"我想请你过来聊聊，一块喝一杯，来不来？"他说。

"不，我正忙着哪。你叫王英来听电话。"

"喂，乔，你这可不太友好。告诉你一个趣事，你猜我前几天在擦洗那幢京银大厦时从一个层间里看到了什么？"

"看到了什么？"

"两个女孩站在镜子前面对面搞同性恋，嘿，真有趣，站着搞同性恋。"他这话听上去似乎很高兴。我不想再听下去了，就挂断了电话。我走到窗户跟前，目光穿过灰霾般的阳光，落在那座本城最高的玻璃山上面，梁朗就是一个天天都爬城市玻璃山的人，可他曾经伤害过王英，我不会同他来往的。

我坐下来继续翻译巴塞尔姆的《我们当中某些人一直在威胁我们的朋友考尔比》，我感到很憋气，心境不太好。我不愿去想象梁朗和她坐在饭店咖啡厅聊天的样子。我把注意力集中在译文上：

　　休夫正在为请帖的措辞而煞费苦心。假使请帖落到当局手上怎么办？绞死考尔比毫无疑问触犯法律，如果当局事先知悉此事必将加以干涉，那样就会把一切搞糟。我说尽管绞死考尔比有悖法律，可我们在道义上有十足的权利这样做，考尔比毕竟是我们的朋友，同我们亲密无间，只是他实在不该走得太远。我们一致同意应该这样措辞以至于收到请帖的人根本无法弄明白他们因何得到邀请。我们决定这样措辞，有关考尔比·威廉姆斯的一次活动。我们选用奶油色纸，然后拿了份名单，写上漂亮的手书。与梅姆斯说他要亲自盯着打印请帖并问是不是要预备些饮料，考尔比说有饮料真是太好了，但他又十分担心花费太多。我们和蔼地告诉他，花费之事大可不必介意，不管怎么说，我们毕竟曾是亲密的朋友，假使他的好朋友都不能一起给他办一个体面的聚会，那这个世界成了什么样子？考尔比问他能否也享用饮料，我们齐声说："当然可以。"

　　下一个问题就是绞刑架，我们谁也不懂如何建造，只有托马斯，他是个建筑师，声言他在一本老书中见过，于是由他担任设计，他所能记起的，就是活动风门十分好用，他说很粗糙，大概花费劳力和原料要多于四百美元。"天哪！"霍德喊了起来，他问托马斯是不是玫瑰木。"不，只是一种上等松木。"托马斯说。维克多问不油漆的松木看上去是不是太粗糙，托马斯说他可以费不了多大事就把它涂成黑色胡桃木的。

我说虽然我也想把一切办得很好，但光绞刑架就花掉四百美元，这还不包括饮料、请帖、雇乐队的费用，无疑这花费太大。为什么我们不借用一棵树——一棵好看的橡树，或者别的什么树？并且我指出，因为时值六月，用树做绞架还会有繁盛的枝叶，这不仅平添了一种回归自然的味道，而且即使在西方，也富有浓郁的传统色彩。正在信封背面设计绞架的托马斯提醒我们户外绞刑有时会遇上讨厌的雨，维克多说他喜欢户外，最好是在河边，离城市远一点，可这又带来了如何接送客人和乐手的问题。

我在想，仅仅因为考尔比走得太远，就应该处死他吗？他到底走得多远？我放下了笔，猛然电话铃又响了起来。我不愿意去接它，我猜想又是梁朗打来的。他看来很想和我聊聊，因为王英已经告诉了他，我曾经在蜡像公司干过。铃声一直响了五遍，我才拿起电话。

"你生我气了，宝贝儿，"我的王英说，"梁朗告诉我，你不想和他说话。"

"你并不爱我，你依旧对他有感情，是吗？"我说。

"不，我如果爱他，我就嫁给他了。一个女人爱上谁就会嫁给他。我是爱你的，乔，你过来好吗？"她的声音听上去很温柔。

"可你却和他坐一起喝咖啡。"

"乔，这不公平，你这样说。对了，他告诉我，他明天要亲自去擦洗城市最高的那幢大楼。他叫那些高楼为玻璃山。"她的声音仍是十分快活。

"巴塞尔姆也这么说过。不过，他要掉下来怎么办？"

"他说他曾经坐在升降机上擦过一次玻璃，他说如果掉下来，会有一种透明的飞向大地的感觉，那种感觉棒极了。好了，你现在过来吧，我想让你坐在我身边，我挽着你，和他面对面说话。他说他有一种预感，他以后很可能再也见不着我了。"她说。

"我想想看，但我认为他仍是一个浑蛋。他伤害过你。"

"你过来吧，我仍等着。"她温柔地说，然后挂了电话。

我想了想，还是决定去看看她。也许我会揪住梁朗的领子揍他一顿的，那个狗杂种。我可不想看到他又来打扰王英。我提着黑色垃圾袋，出了门，装上我心爱的《巴塞尔姆小说集》，锁好门，把垃圾袋扔进垃圾通道里，然后坐电梯下了楼。

我先是骑自行车到地铁站，然后又把车锁好。外面的城市世界永远是嘈杂和纷乱的，很多人从地铁站口冒出来，而我却要钻进去。在地铁通道里，我给一个盲人乐手一枚五角硬币，就买了票下了地铁站台，我在铁轨边上等车。我发觉周围等车的人都很漠然，城市人什么时候变成了橡皮人？我忽然想起来在《中华工商时报》周末版上见到的一篇文章，说是不久前有一个外省上访的农村青年，因为绝望，在这月台上突然发了狂，将一个在身边等车的无辜的女少校推向了风驰电掣而来的地铁列车。想到这一点，我有点儿起疑地看了看四周，还好，没有可疑的疯子在我身后。列车来了，我钻进去，和众多城市橡皮人一起站在那里。这是我失业的第一天，感觉真奇妙，因为我正乘坐通常所说在地狱中穿行的地铁，赶到银河大饭店去揪住我女朋友过去的男朋友，揍他个满脸开花。我站在那里，从口袋中掏出了我的巴塞尔姆，继续读《我们当中某些人一直在威胁我们的朋友考尔比》：

　　这时所有的人的目光都集中到了哈瑞身上，他从事汽车租赁业务。哈瑞说他想这点事包在他身上没什么问题，但司机不能白忙。"那帮司机，"他说，"可不能指望他们比商人和乐手们更有奉献精神。"他说他大约有十辆用于承办丧事的轿车，而且他还可以向同行再筹集一打数量的汽车。他说我们决定在野外行刑，我们最好筹划带上帐篷或别的什么，至少要把刑具和乐器遮好，不然真的遇上雨就会令人很沮丧。至于用绞架还是用树替代，他本人无特别偏好，但他认为选择权应留给考尔比，因为是他受刑而不是别人。考尔比说大家有时都走得太远，难道我们不也有点儿过于残忍吗？霍德毫不客气地说这些我们没什么好商量的，到底是用绞架还是用树代替？考尔比问能否安排鸣枪仪式。"不，"霍德说，"这不可能。"霍德说鸣枪仪式不过是考尔比胡乱吸定最后一口香烟的自我旅行，其实考尔比根本无须添加不必要的戏剧效果就已经够风光的。考尔比说他非常遗憾，其实他没这个意思，他情愿用树代替绞架。托马斯听了，愤怒地把正在设计的绞刑架图纸揉成了一团。

　　我忽然感到有什么东西顶住了我的屁股，我转过身，看见了一张类似于女人的脸的男人的脸。他的眼神中带着一种奇怪的神情，我嘟囔了一声，向门口挪去。地铁到站了，我下了车，我感到他在我身后赶了上来："哎，我想和你认识一下，我很想……"我确信我碰见同性恋了，妈的，要不是白天人多，他都要掏出那家伙在白天把我强奸了似的，真叫我恶心。我转过身，恶狠狠地对他说："你快给我滚，否则我会一把掐死你！"他那张女性化的脸立即变了颜色，赶紧朝一边跳去，我发现他有一副水蛇一样的细腰，一扭一扭地消失在人群之中了。我感到饿了，就买了两个庄园汉堡包，一边大口地嚼着，一边想着王英。那会儿，王英刚刚大学毕业不久，总是爱到中国大饭店的迪斯科舞厅里跳迪斯科。有一天，我在那里发现了她，我发觉有几个流里流气的小伙子企图勾引她，但被她严厉地拒绝了。她坐在那里不停地喝着"黑风"，她要了好几杯，我猜想她一定有什么心事。我走上前去，我说：

　　"要是你不介意的话，我想今天晚上送你回家。"

　　也许是我非常男人气的诚朴表情打动了她，那天晚上她叫我送她回家。在路上，她忽然哭了，把她的头靠在我的肩膀上。然后她给我讲了她伤心的爱情的故事。"昨天我刚刚替他流了产，那冰凉的器械伸进我的体内，扯得我好疼。我后来坐起来朝塑料桶里看，可我什么也没看见。我想看清它是什么样子，可我什么也没看见。"

自然，王英就成了我的女朋友。她先是在一家技术性公司干了一段时间的公关小姐，后来又到银河大饭店当上了公关部的副经理，这期间我也从那家巨型化工厂辞了职，我同时也被他们开除了公职，我成了个自由人。可现在，我却失业了。我的心情并不好，我沿着大街朝前走，可以看见银河大饭店像银白的山一样高高地耸入天空。在这座城市里生活，我常常有一种错觉，我觉得我只是一粒细小的石子儿，在城市的一面大鼓上随着那激烈的节奏机械地跳着舞。我走进了饭店大堂向左拐，上了一个小台阶，来到了咖啡厅。这里有很地道的意大利咖啡，我站在入口处，看见王英，她穿着一套橘黄色的西装套裙，一个人坐在那里。然后，她也看见了我。

我走过去，她迎了上来，用胳膊挽住了我："你怎么才来？我等得急死了。"

我左顾右盼："梁朗——你过去的男朋友呢？"

"他已经走了。他等不及你来，他说他明天要亲自去擦本城那幢最高的大厦的玻璃，他得回去准备准备。"

"他要是在这儿，我会揍他一顿的。"我说。

"唉，你呀。"她把手背贴在了我的脸上，幽深地看着我，"是不是今天特别不好受？"

"你知道我失业了。我除了你没有别的东西了。"我把那杯不加糖的咖啡一饮而尽。

"别急，会找到工作的，明天就去参加一个招聘会，好吗？我请假陪你一起去。"

"刚才梁朗和你说了些什么？他还想把你带走吗？"

"他倒是这么谈来着。不过他真的没有结婚，但他倒有不少情人。我不会跟他走的。我有你呢。"

"可他毕竟，"我喘着粗气，"毕竟是你的第一个男朋友。"

"好啦，乔，你别再吃醋啦。我想嫁给你，在今年。"

"可我连一点钱都没有了，我在这个城市什么都没有。而且，这几天房东就要把我从屋子里赶出来。"

"那搬到我那里去吧，"她的眼睛突然发亮了，"和我住在一起。然后几个月后，我就嫁给你。我现在可以供得起我们俩。"

我不由得有些感动。这的确像童话一样美好，可这又的确是真的。我握了握她的小手，她疼得尖叫了起来。咖啡厅里的曲子很舒缓，她拉了一下我的手："我们跳一会儿舞吧。"

然后我们站了起来，就在咖啡厅的中央跳起了两步舞。有几个人看了看我们，又接着喝他们的咖啡了。我搂着她，切实地感到她是属于我的。这个破碎和解构的时代里原本没有什么爱情，可我却确信拥有了它。"明天就搬过来，好吗？"她仰起脸对我说。

"好的。"我说。我们的舞步很缓慢、柔曼，我们的脸贴在一起，我们原本就是恋人，为什么不该亲密地跳上一曲？

我们又回到了咖啡座上，我要了一杯杏仁露，给她要了一杯椰奶，我问："还是忘不了梁朗？"

"他明天要亲自去擦洗那幢大厦了。我想他也许会摔死的。"

"这个城市其实就是一座玻璃山，我们每一个人来到这里都爬一回，但大部分失败的人都将跌下来。他们爬不上那些玻璃山。"我说，"明天我就搬到你那里去？"

"对，明天。"她笑着又拍了拍我的手背。

天刚亮，我就坐起来继续翻译巴塞尔姆的《我们当中某些人一直在威胁我们的朋友考尔比》：

接下去就是雇用刽子手的问题。彼得问，难道我们真的非要用刽子手吗？如果我们用树做绞架，那么只要把绞索调到适当的高度，然后叫考尔比踩在椅子上，而且，彼得非常怀疑是否能找到一个充当绞手谋生的人。我们一致同意考尔比要踩着什么东西。打扮得非常时髦的托马斯别出心裁地建议，让考尔比站在直径十英尺的橡胶圆球上，他说，这样既可保证充分的下落距离，而且也防止考尔比在跳下后突然改变主意。自然大功告成主要取决于考尔比本人，虽然考尔比本人是个信得过的人，绝不会在最后时刻对不起大家，但人在这种时刻难免优柔寡断，直径十英尺、橡胶制的圆球会收到极好的效果，完全可以替代绞手，直至最后关头。

一直沉默不语的汉克突然脱口而出，他奇怪为什么我们不用电线代替绳子，这样效果会更好。我没有因为这个主意而责怪他，用电线代替绳子也太令人恶心，你一想起它，就会引起一阵痉挛。我想此时此刻我们欢欣鼓舞地陶醉于托马斯的橡胶圆球。而对汉克的话，我说这个问题不用考虑，因为这可能会伤害树，当电线承受考尔比的全部重量时会折断树枝，在这个日益重视环境的年代里，我们不希望这种事情发生。考尔比的脸上充满了对我的感激之情。商量便就此结束。

行刑那天一切顺利。（考尔比最后选择了一首埃尔格的大众化的乐曲，霍德和他的乐手们把这支曲子演奏得精妙绝伦。）也没有下雨，人到得也很齐，没有半点麻烦。直径十英尺的橡胶球被漆成了深绿色和田园式的风景画。在整个过程中有两件事令我刻骨铭心，一是我谈论电线时考尔比的感激之情，二是从此以后没有人再像考尔比那样走得太远。

小说结束了。他们就这样不动声色地绞死了考尔比？我放下了那本小说集。我在想城市以及城市人的情感是多么奇特，以那样一种黑色幽默和十分冷静的态度就绞死了自己的好朋友。

王英来了。她穿了一套牛仔服，头发束在脑袋后面，她从后面搂住我的脖子："收拾好了吗？"

"差不多了。"我说。而实际上，我的全部家当，除了装满了衣物的一个大皮箱和一箱子书之外，就再也没有别的什么东西了。这时电话铃响了。王英拿起了电话。

"啊，是你梁朗，你在哪儿？在大厦外面的升降机上！噢，天，我看见你了，你说你要擦擦这座玻璃山？要当心啊！好吧，我把电话给他。"她把电话递给了我，"梁朗要和你说话。"

我接过电话。"嗨，我在大厦的顶上，我坐着升降机马上下去。你猜我看见了什么？"

"你看见了什么？"我问。

"我看见地上的汽车全是甲虫，而人都是小蚂蚁。"

"你没有理由俯瞰人类。"我说。

"啊，自然。不过，站在高处的确有趣。你会对王英很好吗？我听说你失业了，一分钱也没有，你怎么会对她好？"

我顿了一下："可我会挣些钱的。"然后我挂断了电话。

"他都说了些什么？"她问我。

"那个狗娘养的让我对你好点儿。"我说。然后我走到了窗户跟前，看见那架升降机缓缓地沿着巨大的、通体反射着蓝天的玻璃大厦向下降。上面那个小黑影正是梁朗。他在城市一千多万人的头顶，俯瞰他们，我想他需要的就是这样的感觉。可我却因为走得太远——辞了职，因此而失去了一切，不过没被绞死罢了。王英也站在了我身后，看着那架升降机起落着。然而，一场惨剧发生了——直到今天我都不知道这是不是梁朗自己的选择，他忽然在升降机上像一片树叶一样跃了起来，然后，头朝下向大地落了下来，在空中划过了一丝小巧的弧线。王英啊了一声，用手捂住了嘴，然后许久，一声非常微小的脆弱的撞击声响了。

我们大约愣了有一分钟之久，然后飞快地奔下楼梯。我们冲向大街对面。已经有警车到达了那里，那个场面非常惨，梁朗的身体局部地变成了一张厚纸片，铺开在地上，像一只被钉在地面上的蝙蝠。他全身粉碎了。王英在哭。我想是否因为梁朗也走得太远，从而从这座城市玻璃山上摔下来？我搂住了发抖的王英，离开了那里。

我们到了王英的住处，天已黑了。我们的情绪非常郁闷。梁朗的死震动了她，也同样震动了我。我一直在想着那座巨大的城市玻璃山，以及这座城市里的其余的玻璃山，梁朗、我和巴塞尔姆笔下被绞死的考尔比。我弄不清这几者之间的关系，但总之这个世界是有些什么法则得由我们必须去遵守的。我打亮了屋子里的灯，王英的脸色煞白。她扑入我的怀里，哭了起来。

"我以为他在开玩笑，昨天他说过他有可能再也见不着我了。可他却真的掉了下来。他为什么要掉下来？"

我没有吱声，扶她坐在床上。我忽然看见茶几上摆着一堆没吹起来的气球，然后我吹了起来，吹起来一个扎紧一个，让它们弹入半空。王英也不哭了，她和我吹了起来，气球一个个地被我们抛到半空，不久，屋子里到处都是气球，气球浮落了一屋子。我伸出手去拍一个气球，它啪的一声爆炸了，然后我又用手去拍另一个，也炸了。王英笑了，她也用手去拍那些气球，气球一个一个地爆炸，我们笑着在屋子里追逐着那些气球，我们跳起来，用手掌去拍它们。碎气球落在我们的身上，我们笑得疯疯癫癫的，就这样把那些气球都拍碎了，然后我们拥抱在一起。我说："我不会惧怕这座城市。我明天就去找工作。你不用陪我去。"我想我一定要爬上那座玻璃山，那座可以摔死人的玻璃山。我想，如果我会被摔死，也会有王英一个人站在玻璃山下看着我的下落；如果我可能登上去，在不断地攀越当中，哪怕绳索都已消失，也会有她在那里等待着，只有这一切是不可改变的。

注：文中所引巴塞尔姆短篇《我们当中某些人一直在威胁我们的朋友考尔比》系作者和冯宗智合译。

两个人与城

　　林和檀刚刚来到这座城市之后，他们的关系已经岌岌可危。林和檀已相爱两年，在南方那所花园般的终日为鸟鸣所覆盖的大学里，很多人都认为他们是天生的一对儿。林英俊、潇洒，喜欢穿休闲式的西服，不喜欢扎领带，而檀则长得高挑，显得有点瘦。他们走在一块儿时，檀的身体总是稍稍倾向林，仿佛一直有一阵风在把她向他身边吹，非常和谐亲密。两个人在大学分配时都努力了，而且都来到了这座仿佛是漂浮于大海之上的城市。

　　林一来到北京某机关，就被分配到乡下锻炼去了。那是一个依山傍水的村落，山顶上有逶迤而去的长城，林在那里挂职副村主任并兼现金会计。中央国家机关还配给他一辆北京212吉普车来供他在锻炼时使用，因为山沟里村子和村子之间的路可远着哪。林是怀揣梦想来到这座城市的，他可没有想到会被安排到乡下去待上一年，他孤独极了，方圆上百里，据说只有他一个大学生，在大学里那股子天之骄子和公子哥儿做派全然丧失，他心里所咀嚼的却是第一次走上社会的苦涩。每天晚上，他孤独一人站在夜空下的乡间大地上仰望苍穹，他头上星光飞舞，孤独的河流在他的内心之中奔涌，他在这至少要待上一年，一个月才能回城一次，他在想着檀现在在干什么。

而现在檀正在像一只气球一样远离他。檀可不是一个简单的姑娘，作为新闻系的系花，她在大学四年级上半学期在中央人民广播电台的实习中已露出峥嵘。谁也不知道她通过什么门道，竟然在几个月时间里采访到了二三十位上至部长下至大歌星的王牌名人，从而给她所在的节目组增添了很多光彩。她明白机会就是与人接触才能得来的。有一天她去采访一个归国的著名青年科学家、青年博士、×大学博士研究生导师。传说他能让植物结出的果实具有各种家禽家畜的滋味。在他宽敞明亮的办公室里，她就坐在他的对面。他有一脸的美国西部牛仔模样的大胡子，看上去不像个科学家，倒像个拳击运动员。他用美国人惯有的手势做辅助，给她大谈未来科学的发展以及他未来的设想。她几乎像是个崇拜者那样仰脸看着他，眼睛里焕发着异样的光彩。青年科学家时下在国内正是大红大紫的时候，几乎所有的传媒都盯着他。檀觉得有些美国化了的科学家是那么可爱，她忽然觉得林简直没法跟他相比，他才叫男人，三十多岁，事业有成，还有宽敞的住房和一脸美好的大胡子，发亮的深色高级西装，鲜艳的真丝领带，而林不过是个毛头小伙子而已。在那天的采访结束之后，青年博士笑吟吟地请她去吃晚饭。她想了想，就答应了。檀隐隐觉得机会的飞鸟正缓缓地落向她的肩膀。他们一同下了楼，外面很冷，已经下了雪。他领着她走到一辆汽车跟前，先到右边打开车门请她先上，然后又从左边坐上车。檀非常兴奋和激动，她问他："这是什么牌子的汽车？我在街上很少见到。""宝马。这车在欧美也是年轻的富豪和花花公子喜欢开的。我喜欢宝马的风格，气派、活泼，线条流畅。你喜欢吗？"他一边发动着汽车，一边侧脸问她。"不知道，我还是第一次坐别人的私车呢。"她淡淡地说。

他们来到了一家叫作"小洞天"的川菜酒楼。"这里的盖碗茶很不错。"他说。他点了一桌子菜，一边吃一边和她聊天。约莫过了三个小时，她浑然不觉天已黑了。她喝了几杯啤酒，有点儿醉。她恍惚听见他在说："I love you."在饭吃完时他又说了一句"I love you"。等她坐进车后，他已经把手环在她的肩膀上，嚼过口香糖的嘴里有着一股好闻的气息，他亲了她一下，令她猝不及防，笑着说："我尝到了草莓的滋味。"她的脸红了。他又凑到她的耳朵边说："I want you."就这样有些昏昏沉沉的她被他带回到他的寓所。他替她解开衣服的时候她并未拒绝，她觉得他让她动心，何况自己还有点儿醉。在他进入她身体的一刹那，她看见了他贴在天花板上的一幅约翰·列侬的巨幅黑白像，约翰·列侬戴着墨镜无声地看着她，她惊叫了起来，指甲深深地陷入了他的脊背。

几个月后，由于他的帮忙，她被分配进北京海淀区一家中外合资的公司里，她如愿以偿了。和林一同在七月夏日的蝉声中登上北上的火车，她紧紧地握住林的手，手心里都是汗，她想她已经背叛了林，到了北京，她会怎么样呢？

两个月后，已经带着一身的乡土气息的林回到了城里进行三天的休息。汽车开进北京，经过亚运村一带开阔的立交桥时林心旷神怡，他热爱这座城市，尽管它实际上像是一个精明的商人要把所有来这里的人的口袋都掏光。他叫司机开着车在二环路上疾驰了一圈，像个君王一样可笑地"巡视"了一番，虽然并没有警车开道。当天晚上，他和檀见了面。

两个人坐在一家临街的咖啡馆里，林和檀相对而坐，檀穿着一条火红的开胸很低的裙子，叫林多少有些不习惯，但林感到沮丧的是，他在农村里至少还要待上十个月，他在那里都快给憋死了。他絮絮叨叨地给她讲述着如何想她，如何孤独。她柔和地看着他，眼前却浮现出那辆闪现着幽深的美丽光亮的宝马，停了好久，她开口说：

"我不想听这些，你在学校里叱咤风云的劲头呢？那会儿你可是校学生会副主席和校刊主编。你太让我失望了。生活其实还没叫你尝到真正的苦头呢。"

林听她这么说，把头抬了起来："你在指责我。你蔑视我对吗？"

檀淡淡地一笑："林，我很爱你，我希望成功，我不希望看到你懦弱的样子，我错了吗？"

"可你说话的口气变了。而且你裙子的开胸也变低了。"他的话中带着嘲讽气息。

她的脸突然红了："你是一个浑蛋。"

他怔住了："你说什么？"

她冷静地看着他："我说你是一个浑蛋。我不想和你在一起了。"

他抓住她的手，却又把手放了回去。"这么说，一定有个男人闯进你的生活了？你说出来我就退场。"他严肃地说。

然后她给他讲述了那个青年科学家。他叫她嫁给他，他有钱，而且还是美元，他有房子，并且还有一辆宝马。她说。

林的目光一下子变弯曲了。"我什么也没有。我不是一个成功的男人，"他喃喃地说，"好吧，再见！"他抓起桌子上的公文包，放下一张大额人民币结账用，就走了。

檀目送林远去，她透过巨大的落地玻璃窗看着她那么熟悉的林的黑色身影消隐在城市的人群与灯光中，一些泪无声地涌流出来。她的心情十分复杂，她想自己在刺激林叫他成功，而结果却失去了林。她是爱他的。但仅有爱，够吗？

林连夜就开着吉普向他的乡村赶去。汽车在日益发光膨胀的城市中穿行，林却感到力量在凝聚。城市，我会努力打败你，或者叫你接受我。他有些悲愤，但更多是自责。他想檀是没有什么错的，而他却不是个成功的男人。人人都要追求幸福的生活，谁的选择能有错呢？

不久檀与青年科学家同居了。青年科学家每天忙得像竞走一样，而檀在公司里也是像钟表一样忙碌。后来檀就养了七只宠物狗，这些狗每天在家中都把一切搞得乱糟糟的。离开了林，扑入了成功男人的怀抱，檀的心境却日益地纷乱了起来。起初她还有兴趣收拾家居去购物中心购买各种她喜欢的东西，像个购物狂一样地把它们都搬进家中。但后来，她觉得她在丧失着什么，在第二年春天到来的时候，她忽然决定逃走了。她打算离开青年博士去寻找真正属于自己的角色与生活。她为自己的错误选择而感到深深的羞耻。她怀抱着一只蝴蝶犬，把其余的狗都赶出了屋子，并且，把青年博士从美国带回来的、有七种颜色的美丽的避孕套都扔到了垃圾箱里，悄然离去了。

四月的风吹得大地泛着青绿。林在农村锻炼了八个月后回到了城市。他面对着京广中心的伟岸身躯悄悄说："我回来了，你得给我一个位置，城市。"他恶狠狠地说。不久之后，林就打了个辞职报告，离开了他的大机关——"清水衙门"。他先是和一个比他高几届的校友去南方干了半年的房地产，主要给那家房地产公司搞形象推广与广告设计。他干得不坏，赚了一点钱他就回到了北京，和另一个朋友合伙开了一家中式快餐店。不到三个月，第二家连锁店又开了起来，他的生意越做越火了。但他内心之中一直有一种强烈的怨恨情绪，但他想抛弃和背叛他的檀是无辜的，这座城市也是无辜的，它有它自己的游戏规则。而他自己也是无辜的，那么他该怨恨谁？他的钱像金字塔一样在堆高。但他又感到需要转移阵地了。他把快餐店的经营大权让给了一个朋友，他只算一个股东，不再经营，转而把所有的精力都放在了写一部三十六集的室内肥皂剧剧本上。他整整写了两个月，然后他怀揣着他的剧本，在城市之中穿梭，找遍了合伙人、导演、电视台和企业家。有人花大钱买断了他的这部不错的剧本，然后，作为制片人之一，他又拉了一大堆企业来投资拍摄。他成了影视界活跃的年轻人之一。

有一天晚上，他和一个同样冉冉上升的漂亮的年轻女影星睡在了一起，他把脸埋在她深谷一样的胸脯里，享受着狂热之后的宁静。他在心里嘲笑着自己，他想也许他一直在和檀斗气，他想自己终于明白了一个道理，这个道理再也简单不过，可是直到今天他才真正有所体会，那就是：什么样档次的男人得到什么样档次的女人。他有些凄楚地想哭。女影星发现了他的异常举动，问他："你怎么啦？刚才用力过猛闪了腰了吗？"她咯咯地笑了起来。

　　"不是的。我突然觉得我像个气球一样在飘离大地。"他说。他在想檀现在在干吗。

　　檀怀抱着一只蝴蝶犬离开了公寓后，走在城市的大街上神色迷茫，像一件不知所归的漂浮物。她在想，其实林在心中一直是蔑视她的。她决定要用自己的力量来挽回自尊。我已经卖了自己一次了，我不能再出卖自己了，否则我什么都没有了。檀走着，走累了，她就站在那里东张西望。这座城市于她是陌生的，她忽然有些怨恨起这座城市来，她想你会把我改造成什么样子？我已经越来越不像我自己了，我还会变成什么？

　　檀不久就找了一家四星级的饭店，担任联络部的职员。她干得很卖力，很快就升任副经理。在这里刚刚站住脚，她又跳槽了，到一家新加坡人开的五星级大饭店直接做公关部经理了。她的收入已跨入了城市白领层，她在一个漂亮的小区租有一套两居室的房子，她还买了很多约翰·列侬的大幅黑白像，贴满了房间的墙。她忘不了她背叛林的那一天约翰·列侬是如何看着她的。

我要每天和他对话,她想,让他改变对我的看法。她叹着气。有一天在大街上,她把怀里的那只蝴蝶犬放在了大街边的人行道上,让它自己向前走,再也没去管它。她想它就有点儿像她,在这样一个城中渴望被人收留,可付出的比得到的要多。那条狗钻入一片花坛了,她飞快地跑回了公寓楼,心乱跳着,她想狗呵,你还是自谋出路吧。

林像个被伤害的人那样怀着复仇心理在这座城市中顽强生存着。他像个主动出击的拳击手那样主动出拳。他认识了混迹于这座城市的各种各样的人。有一天在城市东部靠近使馆区的地下酒吧喝饮料时,他认识了一个意大利籍的女子。她叫奥莲娜,长着一双淡蓝色的眼睛。他发现她时她正独坐在吧台前喝着一杯黄颜色的酒,脸上有几颗泪珠。他感到也许自己有必要去安慰一下她这个异国女子。他端着杯子坐到了她的旁边。

"你怎么啦?需要帮助吗?"他用英语问。

她看了他一眼,抱歉地笑了笑:"我想我的哥哥了。我的哥哥在墨西哥当记者,墨西哥城是一个伟大和混乱的城市,我不知道他会怎么样。他从不洗袜子,只是不停地买新袜子,我对他很不放心。"她用汉语说。

他笑了起来。外国佬有时很可爱,他想。奥莲娜的胳膊上细细的金黄色小绒毛在灯光照射下十分好看,他们俩愉快地攀谈起来。

在随后的几个月的交往中,他们之间的关系也迅速地拉近了。两个拥有不同文化背景的人可以交流吗?当然!她和他相爱了。她在中国攻读梵语，她告诉他，在意大利有百分之四十的大学生都喜欢修梵语这门课。她说她热爱伟大的西藏，她想生活在西藏。

"不，我更想去墨西哥。我喜欢拉丁美洲人，他们热情、豪爽，是一种情感型的文化，我喜欢那里。"

"那我们就去吧，"奥莲娜的眼睛里流露出兴奋的光芒，"在那里生一堆小孩。"

林沉思了一会儿，他说："好吧，我们就去拉丁美洲。不过，先去意大利你的祖国看看吧。"

有一天，一个台湾的客人站在檀的面前盯住她看。这是在饭店的大厅里，檀在服务台边上正与一个人说话，被他盯得有些不好意思。"你是叫檀吧？"他问。他五十岁开外，很有艺术家的气质。"对，我就是，请问先生有何吩咐？"她走上前来问他。

"我想给你算算命。我一看见你就知道你是檀，因为是你给我订的房间。我想给你算算命。"

"好吧。"檀说，"咱们坐到那边的沙发去。"

坐下来以后，他握着她的右手算开了。"你命中缺木，你必须跟一个姓名中有巨木的男人在一起，否则近期就会有大难。"台湾人说。

巨木？她有些疑惑，突然她想起"林"这个字来，她心乱如麻，感到头晕。"谢谢，我有些不舒服，再见先生。"她匆匆扶着额头离去了。

她坐在出租车里发愣。现在她去贵友商场买东西。她从汽车后视镜中看见有一辆车在跟踪着她，已经有几分钟了。后来她在车拐弯时把头探出车窗，方才看清那是一辆宝马，正是青年博士的那一辆。她想她不辞而别已经有一年了，他在哪儿跟踪上她的呢？

　　汽车在商场门口停下来，她付了钱钻出了汽车。青年博士已经挡住了她的去路。他戴着深色墨镜，他不动声色而又怒气冲冲地说："你好啊檀，我想知道你这一年都跑到哪里去了。"

　　"我？"檀嘻嘻地笑着，"我嫁人了，嫁给过去的男友林，你没听说吗？"

　　"没有。不过我对你很生气。"他说。

　　"那没办法，人人都有追求生活自由的权利，对吧？"

　　他猛地扇了她一个耳光。檀捂住了自己的脸，她想这一巴掌打得真好。然后他钻进了那辆宝马走了。

　　檀站在阳光之下和风中。她漠然地望着移动的人群，脑海里乱哄哄的。

　　檀总是喜欢在夜幕降临的时候掀开窗帘去看外面的城市夜景。夜晚的城市犹如宝石在山洞中处处射出了光华。她有点儿恨这个城市，它让她没有了自尊。她喝了好几杯马爹利，打开电视看的肥皂剧正是林编剧的。她的头有些晕，她热极了，脱得只剩了三角裤和乳罩。林，我爱你我也恨你，她看见电视屏幕上的林的名字没来由地说。然后她一个人在房间里跳起舞来，她旋转、轻跳，如同一只落水的天鹅……

檀到处打电话找林，她想在这座城市里已经三年没有见到林了，她想如果见不着他她真会死的，她越来越信那个台湾人的话了，因为有时候在夜晚，她可以听到她心脏的跳动忽快忽慢，时而急如骤雨，时而又缓若撞钟。我要死了，她想。她买了个橡皮模特儿放在她床上，她给它起了个名字就叫林。每天晚上她都搂着它睡。她终于打电话找到了他。

　　"你是林吗？我是檀，我想见见你，否则我会死的。"

　　"……算了吧。我没工夫，我马上要去意大利了，继而我要去中美洲。"林冷冷地说。

　　"林，我到现在发觉我仍是爱你的……"

　　"不要谈这个了好吗？"林有些不耐烦起来。

　　"难道不是因为我离开了你，你才获得了现在的成功吗？"檀忽然哭了，"况且我已经背叛了你，我只好背叛得彻底一些，所以就离开了你。"

　　林冷笑起来："从某种意义上讲是你塑造了我。不，其实是这座城市塑造了我。"

　　檀嘻嘻笑了起来："现在我买了个橡皮模特儿，每天我都用针扎它。你知道吗？我给它起了个名字叫林。我现在就扎一针。"她恶狠狠地说。

　　在电话听筒这边的林忽然感到胸口猛地一疼，他生气地挂上了电话。檀，你疯了，他在心里对自己说。

　　在缓缓走向那架国际航班的巨大的波音747飞机的队伍中走着林和奥莲娜，林的神色很不好。他拉着她的手，可以感到她的手像是一条鱼。天空中乌云翻滚，他们缓缓地向飞机走去。

忽然，林松开了她的手："我要回去办一件事，我要把那个橡皮人从她身边拿开。"奥莲娜问："你在说什么？"这时林已离开了队伍，开始向回飞奔。奥莲娜尖叫一声，也随后追赶他来。机场缓缓登机的人们都惊诧地看见一个穿风衣的男人像一只大鸟向入口处飞跃，一个黄褐色头发的外国女孩在追着他。飞机引擎声巨大地轰鸣着，机场保卫人员也从几个方向向他们围拢过来。

高速路上的滑板嘎浪士

　　我和钟星走过那座高高的过街天桥时，看见了那一群在高速公路上的人。他们有十几个，模样看上去都比我们年轻，只有十七八岁，他们都在玩滑板，我看了一会儿明白了他们简直是在玩一场死亡游戏。他们滑得如此自如，大呼小叫的像与白人征伐的印第安人一样乘滑板穿梭在那些飞速行驶的汽车之间。这是北京一条拥有六条车道的高速公路，我们立即在天桥上停下了脚步，对他们发生了兴趣。因为我还没有看见过以生命当游戏筹码的人，可今天我们见到了。我们站在桥上，远远地望去，看见他们都穿着那种洗得发白的牛仔服和绣有各种奇怪图案的T恤衫，发出了鸭子戏水一般快活的怪叫，驱动脚下的四轮滑板，像是找死一样冲向那些飞速行驶的汽车。我看到其中有一对男女，手拉着手，像在表演冰上芭蕾一样优美地在高速公路上飞奔。那个男孩长发飘飘，那个女孩穿一身火红的衣服，像一对鸟儿一样带着其他的滑板勇士们在汽车之间穿梭。这一刻，我忽然被一种什么东西给抓住了。

　　"看见了吗？他们叫作嘎浪士，是城市中新的一族，他们既不同于雅皮士、嬉皮士，也不同于白领、蓝领和朋克青年，他们是嘎浪士——青春与活力本身的代名词。他们真的比我们年轻，而且还比我们快活，你不这样觉得？"钟星忧伤地对我说。

我并没有理会他，我知道他并不比我更有资格对这座城市发表见解。这时候我忽然看见在前方起伏的立交桥上浮现出一辆警车，而且它呼啸着开了过来，那些滑板嘎浪士们则像敏捷的鹿一样飞快地翻越了护栏，在那个戴墨镜的长发男孩的一声呼哨之下，他们立刻就消失了。只是消失以前，我看见了那个红衣女嘎浪士那张异常漂亮生动而又冷艳的脸。他们的消失如同被风刮走了一样突然。

"他们真快活，嘿，"钟星伤感地对我说，"你不觉得我们已经老气横秋？"

其实钟星并不比我老多少，他才只有二十六岁，来北京时间还不长。钟星是那种天生偏执和耽于梦想的人。这个来自山东的家伙自称是个自由人体艺术家。我要告诉你他如何表演艺术活动，保险叫你大吃一惊：他把自己浑身涂满了青铜色的柏油，从而把自己打扮成青铜像似的玩意儿，摆成从米开朗琪罗到罗丹的所有的主要雕塑，一动不动地站在那儿——他以自己的人体来表演雕塑大师的雕塑作品，所以他是一个自由人体艺术家，难道他不是吗？

我第一次见到他时，是在王府井麦当劳快餐店的门口，那时候他像个青铜像似的摆出了罗丹的《思想者》的架势。我刚要进去吃巨无霸汉堡包时突然发现门口多了这么个雕塑，吃了一惊，因为罗丹作品展在北京举行之后我并没有听说他的《思想者》留了下来。于是我好奇地走过去，蹲下来，端详这尊雕像，却忽然发现"它"的眼珠转了几下，老天爷，这原来竟然是一个活物——于是我就这样认识了自由人体流浪艺术家钟星。

　　从某种意义上讲，我和钟星是一类人，我们这种人都怀揣着野心来到城市中打算捞上一把，因为我们太年轻了。可这座城市在你刚刚来临之时简直对你不屑一顾，恨不能像对待一条无家可归的狗一样对待你。比如钟星，他只有连续一个月在麦当劳餐厅门口表演人体"雕塑"思想者，他才能挣得三个月天天吃汉堡包的饭钱。对于没钱的家伙，这座素以包容性和宽容著称的城市也同样显得十分吝啬，但尽管如此，凭借种种撒娇耍赖等手段我还是待了下去。我起先是一个电脑推销员，可有些时候我卖掉一台电脑才为公司挣一百元，连一个菜贩子都不如，于是我又改行干起了做书生意，也就是我摇身一变，成了一个书商。我在走投无路、差一点儿饿死的时候突然想起了香港的一位武侠小说作家，那时候我在安定门到积水潭的护城河边徘徊了三天，到底还是没有勇气跳下去。我给那个武侠小说家写了一封信，以一个自杀者的口气请他帮忙。结果他在一周之内给了我两部武侠小说的大陆发行版权，这可真是救了我的命，我立即先进行征订，来了一手空手套白狼的功夫，拿批发商的预付款印了书，然后像滚雪球一样，在一个月之内我竟然赚了十五万块钱！当我拿着这么多钱时几乎都快发疯了，我立即找到了钟星，那时候我也才认识他两个月，我请他在凯宾斯基饭店的Paulaner啤酒坊狠狠地过了一把啤酒瘾，而且我们除了聆听了席间两名德国乐手的手风琴演奏之外，我还拍了一个穿德国裙子的侍女的屁股，那可真是我最快活的一天。

在那一段时间里，自由人体艺术家钟星却经常挨饿，看来这座城市并不太喜欢那些雕塑大师的冒牌作品，或者说他们还不懂得他的人体艺术。尽管我在表面上对他冷嘲热讽，可我内心之中却仍旧十分钦佩他。他有连续两天不动不吃饭地表演《被缚的奴隶》的经历，在这个时代还有哪个艺术家能如此彻底？每一回，他在那些星级饭店、游乐场、俱乐部表演时，总是受到截然相反的待遇，但大多数人都把他看作是一个怪物，他们通常都以观赏人类近亲——大猩猩的热烈目光来观赏他，可他得到报酬太少了，也许是他身上的柏油涂得太多，以至于叫珠光宝气的女士们看不太清全裸处的原因吧。但我知道他在大约半年时间中，表演完了古希腊、罗马和欧洲十九世纪主要的雕塑作品。那天我们在啤酒屋喝得乐不思蜀，钟星发自内心地对我说：

“我得找一个女搭档，我已经把单个儿的男性雕塑作品全部表演完了，我要找一个和我一样热爱人体雕塑的女孩，来表演罗丹的《吻》。”

“没有这样的女人，”我醉眼惺忪地想再去拍一下侍女德国裙子里的屁股，但她敏捷地闪开了，这使我更加失望，“你，你了解女人吗？在这样的时代里，一切精神最终都换算成了物质的东西。你找不到这样的女人。”

“不，我一定会找到的，我要让水变成油——让一个物质化的女人变成像我这样的精神产品。"他说，"这个时代，这个城市，还有女人不会拒绝我的艺术。"

"算了吧你。"我说，"狗屁艺术，你只会是一个饥饿艺术家。"

我们摇晃着站起来，啤酒使我们脚下发飘，也使我们兴奋异常。这时候钟星忽然发疯似的对我说："嗨，乔可，你看，所有的人都是树木，你不觉得所有的人都已经变成了树木吗？就连我们，也是城市中的树木，孤独的漂浮的树木。谁会把我们伐倒？"他嘶哑着嗓子问我。我们走了出去，又一次感到了脚下的城市在战栗，我们乘坐一辆出租车打算去看看城市夜景。我们的车像水流中的漂浮物一样在高速公路上奔驰。这样的夜晚像黑暗的幕布，所有夜晚出行的车都已经上路，车太多，以至于在高速公路上我们的车速也快不起来。

这时我和钟星都看见有一队蛇行穿梭的队伍，飞一样在匀速行驶的车流中穿梭，一边打着响亮尖厉的呼哨，一边向前飞奔。"嘎浪士！"我尖叫了一声，"是那些嘎浪士！"

"对，他们也是树木，他们是滑动的树木。在我眼里，所有的人都是树木。"钟星说，"嘎浪士，嘎浪士！"他叫了起来。

我一直在搜寻着那一对年轻的嘎浪士的身影，我在黑暗之中看见了他们。他们像一对亲密的大鸟衣袂飘飘地驱动滑板，带领着所有的滑板嘎浪士消失在黑暗中的高速公路上，身影是那么美丽、飘逸、漠然而神秘，他们是这座城市中的顽童吗？

在我还没有赚到那么多钱之前，我和钟星共同租住了一套房子。在钟星的房间里，四处都摆满了镜子，每天我出门时，我都看见他开始往自己的身体上涂上那些深色油彩，然后在镜子面前成为一尊雕像，他只有在屋里练好了才敢出去。但是当我在惠侨饭店为我新做的一本关于某个野战部队的军史的书做宣传时，钟星像个疯子一样地呼了我好几遍，我立即给他回了电话："怎么啦？今天你不是在中国大饭店大堂里表演《天使安琪儿》的吗？"

　　"嗨，我找到了一个女搭档，哇，乔可，我简直要发疯了，你猜她有多美？她长得就像美神阿芙罗狄蒂的雕像。你知道阿芙罗狄蒂吗？她与维纳斯一同被视为司管爱情的女神，我是今天上午发现的她，当时我在中国大饭店的大堂里表演《被缚的奴隶》——我并没有表演《天使安琪儿》，结果她——她叫杨晶，站在我面前，足足看了我五分钟，然后她哭了，她流出了眼泪，在那一瞬间，我立即就爱上了她。你知道，在中国大饭店的大堂里出没的是些什么人吗？他们来自全世界，每一个男人都衣冠楚楚，每一个女人都珠光宝气，可他们甚至都不看我一眼。只有她，我的阿芙罗狄蒂，在看了我五分钟之后流下了眼泪。于是立刻，我由《被缚的奴隶》变成了《天使安琪儿》，这会儿我幸福极了。你干吗不请我们吃一顿晚饭，有钱人？我口袋中一分钱也没有了，但我确信我找到了可以一起表演罗丹的《吻》的人。"

　　我沉吟了许久，我想这也许是一个奇迹，也许是一贯耽于幻想的钟星的一厢情愿的想法，但我还是说："好吧，我请你们吃一顿德国美食，我去接你们，你在中国大饭店的门口等我吧。"放下了电话，我倒突然沮丧了起来，对于爱情，我已一天比一天失去了信心与渴望，因为今天的爱情已变成了超越情感的欲望游戏，但我还是为钟星感到高兴，拥有爱情当然是幸福的，如果世界上还真的存在着这样一种空气。我驱车赶到了中国大饭店，果然在那里见到了喜气洋洋的钟星和他的阿芙罗狄蒂，她果然美丽异常，而且那种清纯动人的美丽的确能打动所有看见她的人。她的脸像一枚橄榄，眼睛里的笑意像水波一样浮动。她伸出纤纤素手和我握了握，那手柔弱无骨简直都快要了我的命，我疑心只能在罗马发现的阿芙罗狄蒂，竟然在中国也能发现了？

我们乘出租车向天伦王朝饭店而去，我打算在那儿请他们参加一个德国巴伐利亚举行的美食节，尤其是那种烤小牛肉，一定对饥饿艺术家钟星的胃口。可是在车里，疯子钟星就开始和杨晶大谈起他打算和她表演罗丹的《吻》的计划，而且他打算在北京火车站和天安门广场来表演这个作品："我一直想找一个好搭档，我终于找到了，我太幸福了。"他握住杨晶的手，颇有些得意地看着我。

吃饭的时候，我突然对那种巴伐利亚小牛肉感到了厌烦，我只是听钟星和杨晶在热烈地交谈着。我得知了杨晶刚刚毕业于服装学院，是一个模特儿，但她非常憎恶模特儿职业的肤浅，她宁愿当个服装设计师或者行为艺术家。她说当她看见钟星的《被缚的奴隶》时情不自禁就被打动了。她说她明白了钟星就是艺术的奴隶，而这样的人已经越来越少，她和他后来互相对望的眼神都已经不对了，只有我一个人食之无味地吃着德国小牛肉。

一周以后，他们便同居了，我也搬出了那套房子。

今年是反法西斯战争胜利五十周年，因此所有的人都会关注军事题材的书，我做了两本有关军史的书，结果销路不错。不久以前，我花了好几万元在全国建立的发行网到处传来的都是好消息，于是我赶到北京郊县的一个印刷厂，叫他们拼命加印。当我口袋中的票子像洪水一样涌来的时候，我非常高兴。然而，有一种沮丧也抓住了我。当生活因为现实而变得越来越具体的时候，那种梦想已不再给我动力。我说过我是怀揣着野心与梦想来到城市的，当我的梦想一步步变成现实的时候，我反而有点无所适从了。拥有了钱再蔑视钱！我像个仇人似的开始胡乱花钱。我在亚运村附近租了一套好房子，有一天我让房间里充满了气球。各种颜色的气球在房间里飘浮，我在一边傻呵呵地笑着，我当然很开心。此外有一天晚上，我包下了丽都假日饭店二十个保龄球道，我像象棋大师一次与二十个人对阵那样，一个人打二十个球道。我在每个球道边都掷出一个球，大厅里空空荡荡，只有我一个人在抛球，我的动作坚定有力，目标被十二磅、十三磅或十四磅重的保龄球击中时，我心中有一种摧枯拉朽的快意。城市！我把城市当作了我的对手，只有到了今天我才能以棋逢对手的心态面对它。我一个人在保龄球大厅里来回走动，我哈哈大笑，我非常开心，因为，我用了不长的时间就在这座城市中找到了位置。

可我仍旧感到内心空茫，我需要爱情给我以清新的力量，但这已是一个欲望的世界，情感的背后只是欲望。我在昆仑饭店和和平宾馆中总是遇到那种打算叫你掏钱才和你睡觉的女人，我和她们逗了半天，就把她们打发走了。我一点儿也不喜欢以掏钱的方式来干那种事。我想原始人的性交也一定是基于彼此的愉悦与喜欢，他们并不以支付贝壳货币为代价。我当然拒绝当一个花钱的嫖客。我需要的是爱情！当我走在大街上时，我一天比一天强烈地这样想。可我接触的女孩子都另有所图，因为我很早的一个女友就告诉我："你看过《白毛女》吗？我如果是喜儿，在这个时代里我就会嫁给黄世仁，当小老婆我也愿意。大春又穷又土，我怎么可能嫁这种男人？"也就是她的这一句话，使我背井离乡，来到了北京。可当我的钱一天比一天赚得多的时候，我期待的爱情反而在离我而去。

我在"电脑洗车酒吧"喝得酩酊大醉，这是一个名字很怪的酒吧。我在那儿喝了六扎啤酒，才摇晃着走出酒吧。春天的北京空气中有一种乙醇的气息。我摇晃着来到了工人体育场车站，我突然看见了那一群滑板嘎浪士，他们像是勇士一样从黑暗的蓝岛大厦方向冲来。我叫他们："把我也带上！把我也带上！别把我留下！"

他们停了下来，那一对飞鸟一样的首领乘滑板来到了我身边："你是谁？为什么要叫我们把你也带上？"

"我，我是个孤独的人，"我摇晃着说，"一个心碎的人，我找不到活着的方向了。"

"那就跟我们走吧。"那个冷艳的红衣女子对我说。她的红色紧身衣在夜晚灯光的映衬下闪闪发亮，她可真性感，我想，那个拉着她的手的嘎浪士的首领异常俊美，他说："给他一副滑板，我们上路吧！嗨，你要振作！"

我踩在了滑板上，一开始我并不会滑，但我很快就学会了。我一直跟在那个冷艳女孩的后面，因为很久以前我第一次和钟星在天桥上见到她时就喜欢上了她。可我的酒喝得太多，我连脚都站不稳。我们像一队幽灵一样在城市的大街上潜行，而他们都比我年轻，我们的队列驶上了高速公路，这时所有的嘎浪士都兴奋了起来，他们像冲浪运动员那样一次次冲向高速行驶的汽车，在汽车之间穿梭，并嘲笑司机们，他们不喜欢警察，因为他们不喜欢规则，这就是比我年轻的人过得快活的准则吗？我摇晃着跟在后面，我差一点儿被汽车撞死——我的滑板竟向一辆汽车迎面冲去，而关键时刻，那个冷艳的女嘎浪士，松开了她男友的手，飞速地过来把我从死亡的手中推开了。我滑向路边时跌倒了，我听到了警笛的声音，但我喝得太多，无法再站起来。我只是看见了远远地消逝的女嘎浪士火苗一样的背影。

"起来！你这个制造交通混乱的家伙！你就叫作嘎浪士？醉鬼嘎浪士？！"一个警察在我的耳边吼了起来。

后来我当然被放了出来，因为我还不是嘎浪士。在我酒醒时候，我连站在滑板上都不行。而且我真的不行，我奇怪，为什么那天晚上我却能踏上滑板，与所有年轻的嘎浪士一起在高速公路上狂奔？"你既然连他们是谁都说不上，你不过是一个过路人罢了，你不是嘎浪士。"一个警察把我放了的时候说，"回家去吧。"

"我当然是,是嘎浪士!"我申辩说,"我当然是。"

"不,你不是,你什么也不是。"那个警察不耐烦地放开我说。然后他回去了。

走在大街上,我心情越加烦乱,我在报摊上买了一份晚报,我忽然读到了一则消息和两幅照片,愣了半天。

自称人体艺术家的一男一女在火车站被拘留

(本报讯)有一对自称是人体行为艺术家的青年男女今天上午在北京火车站被拘留,此前他们浑身涂满了某种凝固的青铜色颜料,在火车站中心广场上当众裸体表演罗丹的著名雕塑作品《吻》达五分钟之久,后被警察拘留。据目击者说,他们在表演时造成了广场上的局部混乱,以至于有四趟火车因秩序问题迟开。此事件为人为破坏还是纯艺术行为,目前警方正在调查当中。

我读完了这则消息,却感到了振奋,我想钟星仍旧是一个梦想家,他一直在坚持着他的理想,我非常钦佩他。我在第二天的晚报上又读到了一则消息:

人体雕塑艺术家获释

(本报讯)昨天在火车站被拘留的一对以人体表演罗丹的雕塑作品《吻》的青年男女已被释放。据公安人员声称,在这一对分别叫作钟星和杨晶的青年男女坚持自己是人体艺术家的情况下，警方于今天上午分别请中央美术学院院长、中央工艺美院院长、中央美术馆馆长等十位著名艺术家进行鉴定，结果艺术家们一致认为是艺术行为。因而警方立即释放了钟星和杨晶。

（又讯）据悉，读到昨天本报消息的第六代著名导演吴××今天在派出所外见到了被释放的杨晶，打算请她出演他即将执导的后现代影片《弯腰吃草》的女主角。人体雕塑艺术家钟星对此颇为不快，但对女友的选择未加阻拦。

隔了一天，我在《北京新报》上又读了一则消息：

人体雕塑艺术家的请求未被批准

（本报讯）以人体表演罗丹的雕塑作品《吻》而闻名的艺术家钟星，请求在天安门广场纪念碑下表演罗丹的雕塑作品《雕塑》当中的克罗岱尔，其请求未被有关部门批准。据悉，他的请求未被批准是因为担心引起交通堵塞和秩序混乱。

另据报道，钟星的搭档杨晶已在《弯腰吃草》开机仪式上宣布她将不再与钟星合作表演人体雕塑，钟星对此事仍保持沉默。

我读完了这则消息，明白钟星短暂的爱情即将结束了。我立即去我原来的住处找他们，但已人去楼空，我打电话给晚报，请他们给我提供线索。那个记者告诉我："我们也不知道他去了哪儿，你就天天看我们的晚报吧，他说他如果有新行动，会打电话告诉我们的。"

我在又一天的晚报上读到了他已在五洲大酒店停车场表演了三天人体雕塑《大卫》的消息，我立即赶到了那里。我发现这一次钟星把自己关在了一个笼子里，笼子外面挂的牌子上书"饥饿的大卫"，有不太多的人在观看。我非常冲动，我扒住了栏杆："钟星！你很伤心吗？你为什么要成为一个饥饿艺术家？你应该表演大卫，而不是饥饿！你是在抗议吗？你已经失去了杨晶，失去了你的爱情，对吗？你没必要折磨自己，请你从笼子里出来！你已经饿了三天了，你不能再这样了，你应该出来！"

我喊了许久，他仍旧一动不动。但我看见他流泪了。一行清亮的泪水从他青铜色的脸上滚落下来。这是男人的泪。

"你不是说过，你要把水变成油的吗？你变不了，水从来都是水，而油也从来都是油。这个道理其实你早就明白，对吗？"我仍旧隔着木笼对他说，"请你停止表演，我们去吃饭，好吗？"

"所有的人都是树木。"他说完，仍旧一动不动。看来他已决定当一个表演饥饿的艺术家了。

我在约莫一个月以后听说钟星被送到了精神病院的消息。他执意在木笼里表演《饥饿的大卫》，因饥饿晕倒以后醒来后精神便已不正常了，他只是不停地说"所有的人都是树木，都是树木……"我曾去精神病院看过他，我发现在他的眼睛里我真的已经变成了一棵树，一棵与任何一棵树都一样的树。他已叫不出我的名字。和他在一起的是一个多年以前就已闻名中外的"朦胧诗"派的代表人物，那个诗人同样把一切都看成了树木，他对每一个来访的人（包括我）都大声朗诵他的代表作《相信明天》。谁还会相信明天？在这个所有的人都已变成了树木的年代。

不久之后，传来了杨晶和著名导演吴××同居的消息。看着她的照片在很多的报纸上出现，我想起了很久以前，我曾经握过她那柔弱无骨的小手。但这样的手已经离我们远去了，像一片树叶，在落下之后就离开了树木本身。而我自己，由于和另一个书商共同抢一个选题，在图书市场上的一番竞争之后，我几乎破产了。就像在儿时的跳房子游戏中我被罚出了场外，我又输了，重新变得一无所有。

"你们相信明天吗？相信吗？"我大声问那些嘎浪士。我摇摇晃晃，喝得醉醺醺的，向他们走去。我找他们已经有好多天，在今天，我在这座城市的一个拐角找到了他们。

"相信，但我们也相信今天。今天更有魅力，只有今天才是实在的。如果你愿意，我们上路吧。我叫路青。"那个红衣女滑板手对我说。

"不，"我摇摇头，"我讨厌今天，我也不喜欢明天，我哪儿也不去。我不跟你们去！你们同样也斗不过这座城市！"

路青看着我，许久没有说话，但所有的滑板嘎浪士都已踏上了滑板："我们不跟任何东西斗，我们只是与自己在抗争。"那个男嘎浪士首领对我说。他仍旧那样俊美，在他的一声呼哨之下，他们风一样驰向了高速公路。

我摇晃着走上了高高的过街天桥，我看着他们在汽车之间飞快地穿梭，他们总是比我们快活。但我发现，我在那里凝视着他们五分钟之后，有一辆只有午夜才能通过城市的卡车，将那个俊美的嘎浪士撞倒了，他像一只夜鸟一样飞了起来。我的心在一刹那停止了跳动。

现在我脚下踩着滑板在飞快地跃动。我拉着美丽异常的女嘎浪士路青的手。我已经成了一名嘎浪士，因为我什么都没有，而所有的人也都已变成了树木，我当然爱着路青，自从她的男友，那个俊美的嘎浪士被卡车撞死之后，我就成了他们的首领和路青的新男友。我们总是在午夜出行，在高速公路上玩玩与死亡有关的滑板游戏。我变得像飞鸟一样轻松，即使所有的人都变成了树木，水仍是水，而油仍是油，我和路青带着所有的嘎浪士，在高速公路上与汽车开玩笑，你会是来驱散我们的警察吗？

音乐工厂

梁娜走进了空气音乐制作公司的二楼工作间，去找音乐制作人何可。何可是北京一个著名的音乐制作人，而且他眼光锐利，善于发现音乐的新潮流与新方向，并及时地将这种新的音乐制作出来，以大量复制和立体包装宣传的战术铺天盖地地推广开去。自从二十世纪八十年代后半期以来，他已经包装推介了至少三批明星。梁娜探头探脑地看着制作公司的工作环境，她发现所有人的工作间都由玻璃板隔开了，每一个工作人员都在自己的小方格里工作着。到处都是一副忙忙碌碌的样子，到处都是歌词样本、宣传画、推介设计样图和音乐市场预测曲线图，这里就像是一个工厂一样，制作音乐的工厂。在此之前，梁娜还没有和任何一个音乐制作公司打过交道，但她比任何时候都渴望当一个明星。梁娜属于那种天生的甜美人，她出生在湖南某个山村里，靠着乡间自然矿泉水的天然滋润，她出落得亭亭玉立，甜美可人。而且她那美妙的歌声可以叫树上的鸟儿都纷纷坠落。这是她在一次山间游玩时偶然发现的，当时她只有十七岁。于是在她十九岁那年，她便告别家乡，打算靠她甜美的嗓子和脸蛋去赢一回世界了。她背着小小的行囊，离开了家乡。

她起先在深圳和海口的歌厅里打工，但并无太大的发展——她只是成了一个当地的歌厅女歌手。而尤其令她感到愤怒的是，每当她一个人走在海口的大街上，都会被男人们认为是妓女，而跑过来和她讲价钱。对这样的男人她简直想朝他们的脸上狠狠地啐上一口。我是卖艺不卖身，她想。但她发现在南方那样的环境，一个女人，尤其是一个漂亮女人，只有把自己的身体当作某种标价的东西，才可以以交换的方式换得好的生活，女人靠自己的能力去获得自己想要的一切并不容易。她听说北京是一个包容一切的城市，于是她便来到北京。几个月后，她拿到了一位老音乐人的介绍信，跑来找制造流行音乐神话的人物何可。

她走过那些工作间，直奔制作策划经理室。门开着，这使她一眼就看见何可坐在他那张巨大的办公桌后面，他正和一个女人谈话。那个女人背对着她，但梁娜仍然可以认出那个女人是八十年代红遍中国的一个歌星，只是现在她几乎快要被人们遗忘了。

"你得帮帮我，何可，你是音乐制作界的大腕，现在只要是由你包装推出的歌手就能走红。你必须帮帮我，我几乎都被人们忘记了，这太不公平。"她的声音听上去又气又急，而且还透露出一种十分强烈的无可奈何，"这是我新近自己录的一些歌，只要你愿意做，所有的钱都可以我来出，怎么样？"

身穿休闲装的何可摊开了手："好吧，我要试一试，你知道，现在听音乐的人口味非常难以捉摸，我很难保证……"

"所有的钱都由我来出，好吗？你得帮帮我。"那个女歌星的声音突然变成了哀求的腔调，这腔调连站在门口的梁娜听见了都为她感到难堪。何可站了起来："好的好的，我一定帮你，行了吧？我现在还有点事，改天再谈吧。"

　　那个女歌星道了一声谢，这才转身向外走去，何可送她到门口，目送她的影子在工作间里消失。"一个被人们遗忘的唱歌老妞还想重新获得人们的掌声，这简直比叫男人生孩子还难。而且，她还是一个同性恋，这老妞的忙我可帮不了。"何可自言自语，忽然看见了门口的梁娜，"你找我吗，小姐？"

　　"是的，何先生。"梁娜笑眯眯地递上了另一个老音乐人的介绍信。"我们到屋里谈。"何可匆匆扫了一眼那张字条，叫梁娜进了屋子。何可坐在桌子后面端详着她："原来唱过歌？要知道，我的朋友从不推荐没前途的人来。"

　　"在南方的很多歌厅里都唱过，小有名气。这是我的一盘自录的带子。"梁娜递给了他一盘磁带。

　　"好极了，你都唱些什么歌？"

　　"所有港台的情歌我都唱过，我喜欢唱具有摇滚风格的歌。"

　　何可把目光放在了她的脸上，足足凝视了她一分钟。"你长得非常甜，而且看上去你还有两个酒窝，我觉得你还行。我打算把你包装为一个纯情的甜歌歌手，请专门的人为你谱曲作词，这一切明天就可以开始运作了。请在这个合同上签个字吧。"何可微笑着推给了她一本文案，"如果你真的愿意被包装成一个纯情的甜歌歌手的话。"

梁娜接过合同，她仔细看过了那个文本，她明白她即将被包装成一个新型歌手了。成功与鲜花竟是如此快捷地向她扑来，她激动地签上自己那由于是高中毕业而显得拙劣的签名："我当然，当然愿意，我再也不唱摇滚。"

"我要让我制作的音乐像空气一样进入每一个人的生活，进入每一个人的呼吸之中。谁能够避开空气？谁也不能，所以谁也不能不听我制作的音乐。我就是音乐工厂的工厂主，我要创造新型的大众业余生活！我同样，也要把你制作成人见人爱的大牌明星！你明天就来录音棚试歌吧！"何可像个狂人那样手舞足蹈地说，"我有这个能力，我了解这个时代。"

何可当然是了解这个时代的，这从他和她签订合同的那一刻起，梁娜就这样认为。梁娜在签那份合同时，有一种把自己完全卖了的感觉。她走在北京的大街上感觉到自己更像是一朵飘来荡去的云，而脚下却没有一寸土地是属于她自己的。在那份合同中，她将在两年内完全为空气音乐制作公司唱歌，而且不能以任何方式解约，公司也将为全面包装和推介她而出巨额资金。这包括音带制作、MTV制作、电视台专题节目、各报刊的轰炸性专访以及全国乃至亚洲的巡回演出。空气音乐制作公司已经成功地使好几位大牌歌手以如此的方式树立了起来。但正如何可所说，谁都无法真正了解听歌的人的口味，他们太难以捉摸，因此公司必须随时准备推出新人以代替那些听众不再喜欢的歌手。这就是这个时代流行文化的法则，你就如同快餐一样，一时间所有的人都来吃你，可转眼之间他们又都对你完全厌倦了，因为他们又发现了新的食物，旋即又蜂拥而去。

梁娜对何可把自己包装成一个甜歌歌手并无异议，因为她有一对足以为人所称道的酒窝，按何可的话说，这对"甜甜的小酒杯，足可以淹死所有为她迷醉的男人们"。一进录音棚，她就觉得自己仿佛进了斗牛场。"不不，必须重来，重来重来！你最后的音要高上去，尤其是最后那一个词要高上去！"何可像个疯子一样冲她又叫又嚷，"你自己唱一遍另一首《一世情缘》，第一句最后一个词为什么你能唱那么高而现在却不行？"

梁娜摊开自己的手："我会唱上去的。"于是她一遍又一遍地唱那一句，直到何可那啬啬的笑容向她露出来为止。"好极了，今天这一首录得很棒，这样快的话我们用半个月就可以完成你的专辑《只爱你一个》的制作，所有的人都会惊呼又有一个新偶像诞生了。从你的脸上看，你好像并没有太大的信心？"何可忽然狐疑地打量起她来。

梁娜赶紧收回自己不知道投向了哪里的茫然的思绪，她笑了："不，我很有信心。"

梁娜真的对自己抱有信心吗？对于这一点，她是持怀疑态度的，从根本上讲，她厌弃那些一开始喜欢她而最终又放弃她而去的人。一个放弃初衷的人必定是可悲的，可大众恰恰是这样的人，他们永远都在追逐着新鲜的泡沫，尽管那些泡沫都在明明灭灭地随时破碎着。她大口地呼吸着街上的空气，这时候已经是夜晚了，城市的灯光已全部亮起，她在走过金朗大酒店的时候忽然打算去这家饭店的维克多酒吧喝上一杯，她还不打算立即回到方庄她租的房子。这时候她觉得自己非常孤独，就来到了维克多酒吧。"来一盅司龙舌兰烈酒。"她对侍者说。

她的右手虎口含着一片柠檬，左手端着那杯酒，坐在靠窗户的位子上。她可以看得见外面如过江之鲫一样多的人，他们来到这座城市是为了什么？她想自己还是幸运的，因为她毕竟一下子就被空气音乐制作公司看中，这里头当然有运气在作怪。她正要去咬一口柠檬，忽然看见从酒吧外走进来一个女郎，她戴着一顶红色的帽子，穿一条黑色的裙子，下摆很宽但却把臀部包得很紧，走动的时候胯骨动作非常性感。叫梁娜发愣的是她的眼神，那种眼神像在找什么东西似的在酒吧里快速扫了一遍，看上去她好像非常失望，这个时候她听见有人在对她说：

"杨兰，你是杨兰吗？"

这是梁娜在喊她。她的确叫杨兰，那一瞬间老熟人的相遇的确非常令人激动。她们在中学时代是非常要好的同学，而且她们两个又是班上最漂亮的女孩，一阵惊呼和难以相信的感叹后，她们坐下来，杨兰要了一小瓶贝克啤酒。"你什么时候来的？"

"我来这里只有几个月，"梁娜说，"我很快要成为一个大牌歌手了。我在南边混了好多年，但我发现北京才是我应该来的地方。我刚刚和空气音乐制作公司签了合同。你来这里多久了？"

"一年多了。"杨兰用她那张殷红的嘴去喝小瓶的贝克啤酒，"我他妈的讨厌这座城市。"

"为什么？"

"因为我就是讨厌这座城市。"杨兰忽然变得阴沉了，"你知道我是靠什么生活的吗？哈，我卖身。"杨兰说完，用眼睛盯着梁娜笑了起来。

"你不是很早就嫁人了吗？怎么后来又出来了呢？"

"我丈夫老和我吵架，于是有一天，嘿，卷起我的小皮包，我就跑了，我就这样来到了北京。我先在一家夜总会当服务员，就是那种陪客人唱唱歌，拿上一百元除了上床之外可以叫那种狗男人任意抚摸你的小费，在凌晨三点才在宿舍躺下来，而且天天如此。后来我认识了一个开汽车配件公司的家伙，他说要把我养起来，问我一天多少钱，那天他喝醉了，我说一天三千块就行。结果他就把我包了三个月。自然，你明白这种男人是哪一种人。三个月后，我就再也见不到他的人影了，而且还得我自己去付那昂贵的房租。然后，我想，既然事情已经有了那么一个开头，那么就哗的一下，我就干上了这种行当。你很吃惊吗？"

"吃惊，"梁娜真诚地说，"我们总得有办法才好。"

"并不是每一个女人都有你的嗓子的，你听我的声音，能把夜晚的猫头鹰都吓跑。全是喝酒喝的。我有我的生活态度，那就是把男人口袋中的钱都骗到我这里来。总有一天我要买上一幢带游泳池的别墅，真的，到那一天你会来吗？来我的别墅的游泳池游游泳什么的。开个party，来一大帮子人。"杨兰用那种半认真半调侃的口气说。"那咱们把别墅买在一起吧。咱们仍像中学时代坐同桌一样，我也要成功！"梁娜说。这时她见杨兰的眼睛似乎看见了什么东西而变得闪闪发亮。"我发现了我的目标，"杨兰目光炯炯地说，"再见梁娜，这是我的呼机号码，有事儿你就呼我吧。我在这座城市只信任你。"杨兰深情地看了她一眼，起身向酒吧外走去。梁娜看见有一个中年男人身着胡利奥西装的背影也在向外走去。那个人是杨兰的猎物吗？她一个人坐在那儿心情反而变得越发沉重，是生活叫我们如此改变的吗？

尽管梁娜为杨兰的选择感到吃惊，但她也不会去劝她什么。那是她的选择，因为这是一个选择的时代。而且梁娜发现她听说杨兰在干那种难以启齿的行当时，并没有蔑视她，甚至也没有过多的同情，只有少许感叹而已。梁娜在第二天就忘了杨兰，因为她需要投入精力的事太多了。在何可命名的音乐工厂中，她在依照着何可的全面策划包装着自己。一个月后，她的专辑开始以立体宣传与轰炸的方法向外推介了，到处都是她的海报。在那张很大的彩色画页上，她像一个纯情少女那样在风中眯起眼睛，那种迷幻的美绝对可以叫男人们痴迷。紧接着，音乐电台、电视台、MTV的制作和全国性的巡回演出也开始了。在各种媒介的广泛爆炒与宣传中，当梁娜从南方一座城市飞回北京之后，她发现她已经不是原来的她了。走在大街上，真的很多人认出她来并且立即请她签名，她被无数个人包围着，走到哪儿都是没完没了的签名签名签名。有一天深夜，她下了出租车，看着在西单音像大世界商店橱窗里的她的大幅肖像画，她想，那真的就是我吗？

但是，她已经将自己完全地卖给了空气音乐制作公司，这是她一天比一天更强烈地感受到的。出于对何可的感激心理，她和他上过床，但她和他永远只是契约关系，只有这一点是不会改变的。即使是在她患重病时，她仍旧得按照合约去履行早已定好的计划上台演出，只有这样她才能拿到一笔笔钱。"我们所有的演出都是有计划推进的，只有这样才能保证你的专辑销售量的上升和下一张专辑的上市。这是没办法的。只要没有躺在医院里，你就得上台，去满足所有喜欢你的人的愿望。要知道，你已经成名了。我的音乐工厂已经把你创造了出来，人人都说你是一个甜妹子，是青春本身的象征，你怎么可以在这种时刻不坚持住呢？"何可说。他永远都是对的，是的，他完全正确，因为是我签了那合同。梁娜在临上台之前，终于调整好了笑容。

但是有一天梁娜终于对何可说了"不"字。因为她觉得自己太累了，可何可却非要让她像机器那样按计划操作。"可你说给我的钱也并没有全给我，这样我就不会再上场。"梁娜很坚决。

"那你有胆量从这里离开吗？"音乐制作的何可平静地对她说。

"那好，我当然会走。我们解约了。"梁娜说，"解约了。"她扭头就向外走去："你这个吸血鬼！"

"你完了！"何可在她背后大声地说。在床上他可不是这个样子，她一边朝外走一边想。

她和杨兰坐在维克多酒吧里，她已经记不清她们喝了多少酒。"我的钱已经，已经快够买上一套两居室的了，可他妈的这座城市的房子太贵，要想买上一幢别墅还，还差一百万，我累得双腿都张不开了。"杨兰喝得醉醺醺地对她说。"我在想是不是再回去，再回去，回到空气音乐制作公司去。我离开那里的这两个月中，没有一家音乐公司敢和我签约。他们说我会和任何一个刚刚签约的公司撕毁合同。他们都串通好了，我只有回到空气音乐制作公司去。"梁娜说。

"可我累得双腿都张不开了。可所有要我的男人总要我张开双腿，你说我要多久才能挣到买别墅的钱？"

"永远，你永远也挣不到了。"梁娜忽然对她说，"咱们都得向城市臣服，我算承认我完了，仅仅几个月，所有喜欢我的人都不再谈论我，这就是我要面对的一切，你说我还回去吗？"

"不，既然你已经离开了那里，干吗还要回去？你说我还会变成一个处女吗？"杨兰怪笑着说。

大约在一周以后，梁娜在《北方周末》报上突然见到了一则报道，说杨兰被一个性变态的男人杀死了。她是在自己家的门口被那个性变态者杀死的。那个男人残忍地割去了她的乳房。她是第九个被害者。她被害时的照片和那个年轻的性变态的照片登在一起。梁娜这时感到浑身发冷。"你是梁娜吗？请在我的T恤衫上签个名好吗？"一个男孩向她走过来时说。

她终于决定再回到空气音乐制作公司。她回去了，她又见到了何可，像半年以前她第一次走进那幢由幽蓝的玻璃幕墙所构成的大楼那样。她走进何可的办公室，何可把他那张橡皮人一样的脸从桌子上抬起来。

"噢哈我的大明星，我的甜妹子，你来找我有什么事吗？"

"签约，我要和你再签约。"她说，她连自己的声音都快听不出来了。

"可是我们已不再要和你签约了。因为观众已经不喜欢你了。我又发现了新的人，新的音乐。现在大众喜欢更具个性的新音乐，我又发现了三个男歌手。我们不再需要你了。而且，你看见那台巨大的机器了吗，那台放在录音棚里的巨大的机器？那是我们花五千万元人民币刚刚从美国买回来的。那是一台由非常精妙的电脑控制的音乐合成机器。你只要咳嗽一声，我就可以通过它制作成一首歌，而且正是你唱的。你说我们还需要和你签约吗？不，不再需要了。请你走开吧。"

梁娜看着那台巨大的机器，正有几个人在那里试着那台机器，一个人咳嗽一声之后，立即被制作成了带有节拍的音乐。"我出钱，所有的钱，由我来出，再为我做一盘专辑，好吗？"梁娜抬起头，用饱含泪水的眼睛望着何可说。

何可摆了一下，他走过来，把双手放在她的肩膀上："亲爱的，不是我不帮忙，而是大众真的已经把你遗忘了。仅仅一年，他们连你长什么样都记不住了。这个时代需要新的音乐，需要新的面孔，需要新偶像，你已经过时了，宝贝儿，去干点儿别的吧。既然你已经挣了不少钱，你去开一个时装店吧，我一定会陪我太太去买上一套的。但现在我很忙，有一个把头剃光了的女孩需要和我签约，我对她更感兴趣。我得有新产品才行。我是音乐工厂的设计师，你明白我的意思吗？请你走吧。"

——要是你在北京音乐厅门口碰见一个女人，她虽然已经有三十岁了可仍旧穿着十八岁少女的服饰，请求你为她出一盘专辑，你会理她吗？你会大声地说"滚开，疯女人，别挡着我进去"吗？你会忽然变得忧伤起来，悄声地在你的朋友耳边说"她就是梁娜，几年前我是那么喜欢她的歌，可是她现在都疯了"吗？你会睁大眼睛，去寻找她那曾经有过的一双山泉一样甜美的笑靥吗？

坏妇孩

天还没有黑的时候我和刘晖从建国门地铁站里钻出来，打算到日坛公园的松鹤堂去看一个叫张海儿的人的摄影作品展览。我们忽然都感到肚子饿了，而刘晖尤其如此。我十分了解这个家伙，他从湖北出差到北京纯粹是带着十分好的胃口来的，问题是我已经没有多少钱来供他满足他对后殖民主义饮食文化气息颇浓的北京的外国美食的贪婪兴趣了，于是在我接到"张海儿摄影展"的请柬时，我首先想到的是带上刘晖去那里吃一顿，因为请柬上明白无误地写着"酒会"的字样儿。众所周知，我和在新华社湖北分社供职的刘晖是大学同学，我们在整个大学时代里都是文学的明白无误的狂热爱好者，可大学毕业后，我已经在近三年的努力下让自己变成了一个风格独具的所谓"新生代"作家，而刘晖，则似乎非常满足于他那新华体的湖北农业发展状况的报道。当我在不久以前的《人民日报》上读到他写的《天门市棉花又丰收了》的报道之后，我在北京见到了他，发现他已经变成了一个庸俗的小胖子，我想这一定是以湖北粮食丰收为前提的。出于对我的刻薄和狡猾的敬畏，他对我前几天食言不请他去中国大饭店吃德国巴伐利亚美食表示了有限度的谅解，并虚情假意地表示对张海儿的摄影展更有兴趣："何况还有一个酒会，面对甜点，我的胃口一定非常好。我原谅你了。"

我们路过建国门外那家法式大磨坊面包店的时候，都听到了对方肚腹中发出的震耳欲聋的饥肠辘辘声。橱窗里摆放着的焦黄油亮的面包叫我们紧张，但面包店已经关门了，透过玻璃窗，我们可以看见有一个很漂亮的女人在清点账目。刘晖的双眼发亮："我还没有吃过法式面包呢，我什么时候才能毫无遮拦地吃上一顿？"他扒住玻璃大橱窗往里看。"走吧走吧，摄影展恐怕已经开始了。"我不耐烦地拉住他说。

我们穿越了第一使馆区幽静的林荫大道，我们走过以外贸服装闻名的秀水街，到达了日坛公园的松鹤堂。我们走进去的时候发现那里已经有很多人了，男男女女还有不少外国人，每个人手里都端着一杯不知是什么的玩意儿在喝着。这难道就叫作酒会吗？我十分沮丧，我偷偷瞧了一眼刘晖，我发现他比我还沮丧，因为他满怀期待的甜点压根儿连影子也不见。"好吧，"我说，"咱们可以先来上一杯葡萄酒吧。"我们每人倒了一杯葡萄酒，开始看起了摄影展览。这次"张海儿摄影展"大约展出了他的五十幅作品，全是黑白照片。可他的每一张照片上都有一个小妇人，非常性感，在以各种生活空间为背景之下摆出了非常诱惑男人的姿势。这也叫作摄影吗？我发现他所选择的模特儿尽管以一种期待男女激情的架势坐在那里等着你，可她们的表情却无一例外是冷漠的。我想起了毕加索晚年时期的绘画作品，大都是以

"画家和模特儿"为主题来画的，可张海儿为什么选择的全都是小妇人为模特儿呢？很显然，他想通过他的作品来叙事，但他却什么也没有告诉我们。"这些女人，也许应该被称作'坏妇孩'？你瞧她们那种既诱惑你又拒斥你的架势。张海儿很厉害，他传达出一种非常新奇的东西。"刘晖像煞有介事地说。在艺术评论方面他的确更有见地，我想。

我一边翻阅宣传资料，一边继续观赏。"当人们热衷于追逐构图时，张海儿却把镜头对准了叙事，只不过他将叙事隐藏在质感的表达背后，让影像自己来发言。作品中所有人物之间的关系只是一种猜测，摄影师巧妙地把影像的质感凸现在你的面前，而让真正的叙事性从质感表达的后面跑掉，如果有谁一定要去询问摄影师想要讲什么故事，他可能会说：'我什么也没讲。'"这是宣传资料上的一段话。我一边揣摩着这一段话，一边仔细地看展览。在一幅叫作《画室》的作品中，模特儿、摄影师与拉拉力器的人被摆在同一个奇怪的空间中，而那个漂亮的模特儿面对你的神色冷漠而又妖娆。在《躺着的女人》中，前景夸张的人像与背景斜躺着的男人是什么关系？我饶有兴味地猜想着。

我和刘晖一边走一边看，这时候我突然看见一个女人，她就在我们的前侧，她的侧影像正是刚才我们看过的一组叫作《北京》的摄影作品的模特儿，在那一组照片中，她在一间非常小的卧室中，表情冷漠，袒露着半个性感的肩膀和乳房斜躺在床上看着你。她不正是女作家莫琳吗？在京城的女作家中，只有莫琳算是非常漂亮和性感的一个，她前后共嫁过四个男人，第一个是一

个作家，第二个是一个商人，第三个丈夫是一个官员，而第四任
丈夫则是一个法国人。但她又都分别与他们离了婚。在她所写的
作品中，她对男人充满了失望情绪，发现到头来只有爱自己才是
最可靠的。她的作品敢于大胆袒露内心生活，甚至有一部小说中
详细地描写了自己的手淫史。她的作品与日本女私小说家有些联
系，充满了女性的梦魇、性幻想和死亡意识，因而受到了一些男
性老作家与批评家的非议，有一位老"右派"作家，甚至以《文
学与裤裆》为题写文讨伐之，大有卫一下道义的架势。我听说现
在她一个人生活，在一幢非常高的公寓楼里。可我弄不明白的
是，难道一个女人嫁给四个不同职业的男人就可以对所有的男人
失望，并进一步变成自恋的人吗？

在张海儿的镜头前，她的确传达出了那种"坏妇孩"的信
息。她非常性感，她的脖颈细长，她的大腿纤巧美丽，她喜欢自
己一个人生活。我捅了捅刘晖："看，那个女人就是女作家莫
琳，在张海儿的一组作品中也有她，你刚才没有注意到吗？"

刘晖把头转过去，他端详了一会儿，冲我点了点头："是
她，你看她那种模样，难道不像一个'坏妇孩'？"

莫琳没有注意到我们在观察她。她匆匆看完了展览，就向
门外走去。"跟上她。"我说。刘晖立即表示赞同。对于一个没
有甜点的展览他早已厌烦透顶了。我们走出松鹤堂。早在武汉大
学念书时，我们曾经在从樱花大道到梅园的路上跟踪了很多漂亮
女孩，他现在的女朋友就是那时候跟踪的结果，但看上去，他对
我们俩在北京进行的新一轮跟踪兴致勃勃。我们一跨出屋子，就

发现天已经黑了，女作家莫琳像个影子一样在前面飞快地穿梭。我们都被"坏妇孩"这个词所激动着，何况莫琳还是一个任何人读了她的作品就对她的生活发生兴趣的人，我们像两个特务那样紧紧地跟在后面。出了日坛公园，她沿着大路向建国门外大街方向走去。她走得非常快，而我们还在为谁有勇气上前与她搭话争论不休。路过壁垒森严的大使馆区时，昏暗的路灯、荷枪的卫兵和幽暗的大使馆建筑叫我们哑然无声。卫兵警惕地看着我们，我们神色张皇地穿越了使馆区，来到了大街上，却发现莫琳早已没了影踪。

我们面面相觑，彼此又一次听到了对方饥肠辘辘的声音，从肚子的深渊里发出。刘晖转身朝大磨坊面包房扑了过去，透过窗玻璃，那个女店员仍在点钱，刘晖一边拍打着窗玻璃一边用伤心绝顶的音调对我说："我今天为什么吃不上一顿法式面包？为什么？"

面对他饱含眼泪的滑稽相，我的沮丧一扫而光，哈哈大笑了起来。

我对女人一直抱有着猜测、想象与向往，直到今天我仍旧是单身一人，可能是我对今天的有些女人变得越来越现实，几乎就像个欲望的容器的局面无法接受的原因，我无法再对女性保持持久的敬意。但是我并不了解一个具有精神生活的女性的生活，所以我对莫琳很感兴趣。她在最新的一部小说中写了她幼年丧父，与一个与她父亲年龄相仿的男人相爱的畸恋故事。作品之中那种阴暗的激情打动了我。我喜欢坐在我的阳台上向下望。广大的人们生活在我的周围，构成了城市无比奇特的景观。我向远方看去，城市像肿瘤一样膨胀着。我在那里望了许久，转身回屋继续写我的新闻报道的时候，一阵风从前面的楼群中给我刮来了一件奇怪的东西，带着一声轻巧的闷响，落在了我的阳台上。

是什么呢？我感到了警觉与莫名的欣悦，我推开阳台门，发现那是一顶淡黄色的草帽，在帽檐的左边，还有一朵绸子做的小花，我把它捡起来，发现它做得非常精致，有一种天然的香气升浮起来。这会是谁的草帽呢？我把头伸出了阳台。四周的楼群非常安静，一阵阵城市峡谷风吹荡着我。这样的风从哪里，送来了谁的草帽呢？我有些疑惑。

我带着草帽又回到了房间里，我坐在沙发上苦思冥想。忽然门铃响了，我站起身，打开了门，然后我的的确确吃了一惊。

门外站着的正是女作家莫琳。她穿一条特别短的虎皮裙，一件紧身背心绷出了她浑圆的肩膀和乳房。"你好，请问你见过一顶草帽吗？"她刚刚问完这句话，就看到了我手上的那顶草帽，"啊，就是这一顶，我想这顶草帽正是我要找的那一顶。"她的脸上露出了快活的神气。

我让开，请她进来。"好像是一阵风把它从远处送过来的。"我说。"当时我正站在阳台上眺望，结果一阵风就把我头顶上的它给刮跑了，然后它飞呀飞，就飞到这一片楼群中了。"她说。

我倒了一杯咖啡给她："你就住在附近？我知道你叫莫琳，是一个女作家。"

"你知道我？还看过我的作品？哈，是吗？"她笑了笑，"我跟你想象的有差别吗？"

"好像有一些，"我端详着她，"我在昨天的张海儿摄影展中一组叫作《北京》的照片中，也看到了你。"

她眯起眼看我："我与你想象的有什么不同？"

我说："那次摄影展看完后，我和我的同学刘晖——他是一个尚不知名的小说家，认为你是一个'坏妇孩'。"

"'坏妇孩'？"她睁大了眼睛，露出了非常吃惊的神情，"我只听说过坏女孩，还没有听说过'坏妇孩'，就是坏女人的意思吗？"

"不不，"我说，"'坏妇孩'是指那种通过男人来爱自己的女人。这个词不存在过多的道德评判。"

"你们——为什么会对我有这样的判断？"她仍旧有些吃惊。

"因为，"我在琢磨如何把话说得更为艺术，"因为可能你，嫁过四个男人吧。"

"到头来我仍旧是单身，对吧？"她虎视眈眈地盯着我。

我抬头看了她一眼："你一共嫁给了四个男人，他们是作家、商人、官员、外国人，然后你就变得自恋了，对吗？"

"我自恋？"她的脸上露出了又惊奇又沉痛的表情，"虽然，我对男人是有些失望。只是有些失望，但我并不自恋。我为什么要自恋？我仍旧渴望死于一次爱情。但我不知道我还有没有这样的机会。"

"你认为，男人和女人之间必须通过斗争才能达到妥协与爱吗？"我问她。

　　"在我的作品中，你认为充满了男人和女人的争斗是吗？我们可以从人类有史以来的两性关系来回忆起。"她的脸上充满了与我争论的颜色，于是，我就坐在那里听她从亚当和夏娃谈起。我在整个过程中主要听她在讲，我觉得她并不像三十五岁的人，她身上还是有些孩子气，那种听说自己被命名为"坏妇孩"之后的气恼与任性，在她身上表现得非常充分。听到最后，我问她："你是说，男人和女人从开始就是朋友对吗？"

　　"当然！而且应该友好相处。可你似乎有什么偏见，你，还没有结婚吧？"莫琳停下了说话，放下手中的草帽，打量我凌乱的屋子说。

　　"对，光棍一个。具体说，我很难从我结识的女性那里获得精神方面的认知。在二十世纪九十年代中国社会的强大的商品主义面前，有越来越多的女人变成了欲望和物质本身的化身。在这样的一个时代里，男人有钱就变坏，女人变坏就有钱，道德再也不是一个重要的衡量的标尺，一个男人成功的标志是看他拥有多少动产和不动产，而一个女人，则看她是否性感——母性已不是判断女人的标尺，在这样一个解构的时代中，爱情本身绝对是可以称量的。而砝码则是金钱、汽车、房子、地位，女人的臀部、乳房与腹股沟。爱已变得空泛了，像气球一样脆弱，不是吗？因此你，在结过四次婚后，对男人失望了，而我对女人失望的原因与你一样。于是你在写作上变成了一个新保守主义者，你只是不停地想躲到你的作品中去，你把你的作品变成了唯美的追忆，你进入了个人生活唯美主义的瓮，从而对现实一点儿也不关心。除了你自己，你不关心任何人。这就是到头来我们的结局。你并不大，可已经开始靠回忆来生活了，这难道不可悲吗？"

她怔怔地听着，我的屋子里回响着恩雅乐队的圣洁音乐，忽然她像个孩子似的张开嘴大哭起来。这叫我吃了一惊。她好像非常伤心，又非常委屈地大哭着，她哭得那么放肆，简直像个不知羞耻的孩子，她脸上的泪水像断线的珠子一样往下落，我走近她，简直有些不知所措了。我明白她在为什么而哭，如同我自己一样，每一个男人和女人都有积累的眼泪，直到有一天把它全部释放出来。

我说："对啦，别哭了，你说得对，男人和女人本来就应该好好相处的……"我坐在她身边，这时她伏了过来，我几乎是无可拒绝地拥抱住了她。我们吻在了一起。

大约过了十分钟，我们松开，她带着泪花对我说："我太失态了，对不起。"她又好像想起来了什么似的。"我们一起做饭吧，你饿了吧，小光棍？"

我这才想起来我一天都没有吃饭。我说对，因为我太懒了。我们一起去买菜吧！

当然我们一起去买了菜，我们买了很多我们想吃的东西。这时候，我们两个人都感觉到，好像有一种久违了的甜蜜的情感回到了我们心中。我们像两个恋人那样去买东西，然后回到厨房操劳。我们没有再说话，因为一切都已是多余的。我们做了非常好的一顿饭菜，因为她的手艺非常棒，吃完饭，在斯特拉文斯基的一段曲子中，我们吻在一起，然后我把她压在了床上。是一顶风吹来的草帽诞生了一个结局，我们就像亚当和夏娃嬉戏在伊甸园里那样，开始了我们的追逐。在令人晕眩的时刻，她问我："我是'坏妇孩'吗？"

"不，你不是，你不是！"我大声地在她的耳边说，感到体内的山洪在顷刻间暴发了。

我给刘晖打了个电话，约他去吃意大利比萨饼。他好像对后殖民主义文化的一切特征都非常感兴趣。我们吃得非常愉快。走在灯光辉煌的北京的大街上，刘晖又像发现了什么宝贝似的说："看，那里又立起了一个巨大的M形字母，麦当劳又一家快餐店开业了，后殖民主义文化席卷北京！"

我说："不，你错了。人类已经进入人类共享文明时期，凡是人类创造的一切好东西，我们每个民族、每个国家都有权利共享。像各种外国美食也一样。所谓后殖民主义文化不过是一种幻觉罢了。我们从来没有被殖民，你不要危言耸听，这没有什么可怕的。"

他听了我的话说道："不过，只要叫我吃到好吃的，我也就不再相信什么后殖民主义文化理论了。在今天，东方本来就是边缘的，东方正处于屈服的、解释的、模仿的地位。这毫无办法。我在新华社总社的培训已经结束了，可我什么时候才能吃到大磨坊面包房的法式面包？"他话锋一转，立即对我咆哮了起来。

"今天晚上吧。"我说，"我一定要叫你吃上那种面包！"

我们在夜幕降临的时候再一次来到建国门外的大磨坊法式面包店。但店已关门了，我们像某种猛兽一样扑了上去，透过玻璃窗，看见里面有一个女店员正在点钞票，这个时候我掏出了早已准备好的玩具手枪，猛力地敲了敲窗玻璃。刘晖看我拿出了一把手枪，吓了一大跳。但已无可挽回了，他咬牙打算和我一起干了。我的敲打声让那个女店员魂飞魄散，她打开卷帘门的时候我们已经冲了进去。"靠墙站好！举起手来！"我像个真正的暴徒那样吼了起来。刘晖一个箭步冲上去，飞快地把各种法式面包拾进了一个包装袋。好家伙，那里的面包至少有几十种。等到刘晖全都装好了，我把整整半塑料袋从西单商场七层的电子游戏厅赢来的硬币放在了柜台上，那全是一块钱的硬币，发出了迷人的声响。之后我们立即离开了那里。

我们在国际俱乐部门口打开食品袋，坐在台阶上大吃了起来。几乎所有的外国人都吃惊地看着我们，但我们很快活。"我终于，吃到大磨坊面包店的法式面包了。"刘晖心满意足地说，"你放下的那些硬币，到底有多少钱？"

"六百八十块钱，你这饿鬼，撑死你这个家伙吧！"做了赔本买卖的我愤怒地说。

我坐在屋里写我的新闻报道，我刚刚送走了刘晖，他在临上飞机时还扬言下回来了要重吃土耳其、日本和韩国以及埃及烧烤，我真的服他了。我忽然看见有一个什么东西，带着一声轻巧的闷响，落在了我的阳台上。

我愣了一下，我站起来推开阳台的门，可阳台上什么也没有，只有四周的楼厦像肿瘤一样向四边扩展开去。我觉得奇怪，又返回屋子继续写作。这几天报纸上全是关于北京市一名涉嫌犯罪的副市长自杀的消息，而我正在写一篇关于音乐制作人黄燎原搞的"不插电音乐会"的报道，这时我听见门被敲响了。

我打开了门，门外站着一个穿虎皮纹超短裙的女人，我认出来她是女作家莫琳。我还知道她结过四次婚，对男人非常失望。我和刘晖不久前看过的张海儿摄影展上，有以她为模特儿的一组照片。刘晖戏称她是一个"坏妇孩"。

"你好，请问你看到有一顶草帽落在你家阳台上了吗？"莫琳冷冷地问我。

"没有，什么也没有。"我耸了耸肩说。我刚刚读完了她写的一篇关于抢劫北京一家面包店的奇妙的"私小说"，她是一个把个人生活诗化和审美化的人。

"不会吧，"她用怀疑的目光打量着我说，然后冲了进来，"我看见它被一阵风从对面我家阳台上刮过来，怎么会没有落在这里呢？"她冷漠地逼视着我，来到了阳台上，可那里的确像我刚才发现的那样，什么也没有。

"对不起。"她古怪地看了我一眼，那种眼神充满了怀疑与怨恨，可我想我从来也没惹过她。我于是变得惶恐了起来，目送她走出了我的门，我关上门。

我刚刚坐在沙发上看关于杜达耶夫和叶利钦的战斗冲突报

道，忽然我听到一声脆响，我慌忙走到阳台上，我一下子愣住了，这次是真的，一顶淡黄色的有一朵绸子花的草帽，落在了那里。

偷口红的人

一

　　我离婚了。一年前我嫁给了林，一个四十岁的男人。我发觉婚姻也许是一个幻象。爱存在吗？我深深地问自己。我参加过和男人的十几次"战斗"，但我已全部失败。我原本期望的东西却什么也未曾得到。我是一柄剑，自己砍伤自己。我嫁给林之前曾经十分犹疑，为此我还曾经去过北京，见到了我最早的恋人。后来我还是嫁给了林，因为我当时觉得他能带给我很多现成的东西：房子、金钱、安全感。他是一个事业小成的人。一年前我嫁给了林，一个四十岁的编导。林看上去有些猥琐，但是我爱他。我自己的男人。我发现婚姻也许是一个幻象。经过了一番战斗，我才把他从他老婆那里夺过来。爱存在吗？我深深地问自己。他还有一个女儿，比我小十岁。我二十四岁，她十四岁。我曾经失去了很多，所以我原本期望的东西却什么也未曾得到。我每一次都全身心地投入，可我却空空如也，什么也没有得到。男人都是些什么？有人说他们是动物，我也搞不清楚，他们是动物吗？现在，除了林和陈——我最早的恋人，他们的脸我都想不起来。他们是本来就没有脸吗？不，那不可能，主要是因为我没有记住他们。我是一个装满了水的瓶子，我经常能听见我体内的水在晃。我为什么离婚了？因为婚姻是个幻象。原本是因为爱而结婚的，可是一切都是转瞬即逝，爱的感觉也一样。我和林结婚不久，他就厌烦了我，我也厌烦了他。尤其是他有胃病，他每次吻我口腔里都有一股深深的臭气叫我厌烦，何况他的女儿也厌烦我。然后我们之间老是在战斗，后来我就离婚了。就这么简单。

现在我自己给自己上口红，在最早的时候曾经是陈给我上口红。我在琢磨是不是去找找他。他在北京已经快五年了。听说他还没有结婚。我忘不掉他的脸，我曾经爱过他又恨过他，因为我为他怀过孕。正因为如此我离开了他。他伤害了我，我没有自尊了。可后来我再也找不着爱的感觉了。爱也许原本就是不存在的，是吗？我给自己上口红，然后我背上了背包，就出发了。我坐火车去。

我到达北京的时候是中午，太阳光刺眼，天也很蓝，我戴着墨镜吃着口香糖，我穿着一套发白的牛仔服，我的头发烫得黄黄的，耳朵上有两个大耳环。这使得我看上去像西部女牛仔。我已经有些漫不经心了。一年没有来北京，北京的变化真大，又长高了，还像个轮盘似的转个不停，而且这座城市又有了摇滚节奏。我想着先找到陈，叫他大吃一惊。去年我曾经来过一趟，但是他没有留住我。我就嫁给了别人。我坐在出租车里有些茫然，我不熟悉这里。

我打电话到陈的报社，那里说他已经辞职了，并且告诉了

235

我一个新电话，我打了电话去。

"嗨，陈，是我。我来找你麻烦了。我要嫁给你，要不要？！"

陈在沉默。他说："我去接你，你在哪里？"

他接到了我。他西装革履，手里还拿着"大哥大"。他的头发锃亮，苍蝇落上去不住地往下滑。他开着一辆蓝色的桑塔纳，我坐进去时并不十分舒服。

"在京要玩多久？"他问我，"我想我会陪你几天的。"

"一辈子。"我说，并且又吃了一颗口香糖，这口香糖是巧克力味的，真不错。他真的有些吃惊，他回过头来看我："你离婚了？"

"是的。"我发现在车里看世界很有趣儿。

"为什么？"

"因为没有爱了。"

他笑了起来："哈，爱，本来就没有爱。有吗？你们女人都是现实主义者。婚姻本来就是一种妥协。这有什么奇怪的。我只是奇怪，你这个人总是把一切都弄得乱糟糟的，到头来吃亏的只是你。你这个人到底是怎么回事？"他身上浓烈的古龙香水呛得我头晕。

"我约莫还可以再嫁给你。"我扭头看他。

"我？"他吃了一惊，"你疯了，我们分手已有六年了。当初可是你先离开我的。现在我顾不上这个。"

"那你在顾什么？"

"做生意，发财呗。人人都在干这个。"

"已经挣了多少钱？"

"一百万。这车是我自己的。"

"还想挣多少？"

"这哪有个够。一直挣下去。没想到吧？当初离开我你可犯了错误。"

"现在晚了？"

"晚了。"

"我们去哪儿？"

"去丽都饭店。咱们在那吃晚饭，然后打打保龄球，我有一个生意要在那里谈。"

车子驶进了饭店停车台，我们下了车。戴绶带的侍者看上去有些滑稽。我和衣冠楚楚的陈进去后发现自己的打扮与这里有些不协调。所有的男人都衣着严整，而女人珠光宝气。可我像个浪游的人。我们先来到了快餐部。我要了一份鸡腿饭，我饿了。他只要了一碗汤。他像个父亲一样看着我狼吞虎咽。

"你还是那么，那么……"

"那么什么？"我咬住鸡腿问他。

"那么随意，那么感觉化，那么飘忽不定。"

"你为什么在过去不牢牢抓住我？"

"也许是因为缘分。没有缘分。"

我们吃完饭，来到了保龄球厅。已经有几个人等在那里。

"啊哈，见到你很高兴，黄先生。"陈张开臂膀，和一个看上去像个商人的胖家伙拥抱了。"这位是我的大学同学，名记者，黄宏光先生，香港名地产商。"我伸出手来，被他握着的感觉不好受。我还看见，一个穿着一套约莫是欧迪蕾品牌的裙子的女孩走了过来，她的脸十分漂亮，但不真实，像个塑料模特儿。"我的未婚妻杨虹小姐。这位是我的老同学。"我们互相笑了笑，我们互相审视的目光很苛刻。我不喜欢她。然后我们换上了鞋子，我从没玩过保龄球。我看见陈掏出了口红，给杨虹上了一遍。但那颜色是褐红色的，我讨厌那种颜色。

我抛出了我手中的球。球真沉，只击中了边上的两个。他教我："应该这样。"他打了个全中。当真是摧枯拉朽，就像他当年拥有了我那样。杨虹过来亲了他一下，他揽住了她的腰。

我又打了一个，这次稍好一些。我想哭。这座城市不是我的。但我要打下去，因为杨虹也打了个全中。

"你不行。"陈对我说。

我是不行，我是一个弄不明白一切的女人。我又打出了一个，不行。我不想打了。我走下了台，开始换鞋。

"你要走？"他过来问我。

"对。"

"到哪里去？"

"四处走走，反正不在这个城市。"

"不想嫁给我了？"他有些得意地笑着。

"不想了。"

"其实婚姻原本就是现实的。告诉你吧，杨虹的爸爸是部长，就那么回事。"他的脸变得严肃了。

"祝福你，真的。"我站起来朝外走。胖胖的黄先生打了个全中，杨虹在鼓掌，十分优雅。我有点儿想哭，我体内的水在晃动。

"要我送你吗？用我的车。"他真诚地说。

"不用。"我向杨虹和黄先生招了招手，然后就上了台阶。我发现我已忘了陈的脸。这很关键。

我漫无目的地来到了大街上。这座城市我是陌生的。我感到了茫然和沮丧。我觉得我的生活一团糟，我的行为也很可笑，我不知道我应该去哪里，我体内的水在晃。我后来来到了赛特购物中心。这里也许是全世界高档物品的集合地，我像个浪游的人在其中走动，后来我看见了那一柜台口红。那样多的口红，像蜡烛一样在发亮，我激动得想哭。我走了过去，我伸出手来抓住了它们，然后我跑了起来，这时我很轻，有人在喊："抓住她！那个偷口红的人！"而我在跑，我感到我很轻；我是个瓶子，我体内的水在晃动。"抓住她！抓住她！抓住那个偷口红的女人！那个贼！"他们从四面向我围过来，我偷口红了吗？

二

我又见到了他，一个偷口红的人——在四年前我第一次见到他时他对自己的称呼。我带着十分复杂的感情面对他，我觉得他反而变得年轻了——轮盘一样转动的北京城并没有叫他变老，虽然他已历经沧桑。他中等个子，两只眼睛挨得很近——这是我和他见第一面时就牢牢记住了的特点，国字脸以及厚厚的显得有些憨厚，但实际上并非如此的嘴唇。他在人群之中举着牌子，满脸都是焦躁和期待，多年以前我就已经熟悉了他这样的表情。他的头发因为打了摩丝而变得光亮和整齐，我突然感到了一阵眩晕，我害怕见到他，真的，这时候我觉得我浑身贴满了羽毛，滞重而又黏稠，我想飞离大地但却飞不起来。他已看见了我，他笑了笑，露出了一嘴的白牙，他的脸看上去显得坚毅和玩世不恭。他放下了手臂，把那张写有我名字的纸片扔到了一边的垃圾桶里，像一个泅水者一样拨开人群向我漂来。"你好。"他说。他的声音不是很真实，我觉得我的腿有些发软，是什么在我心中嗡嗡乱响？他不由分说，已经夺去了我的行李。他挽起了我的胳膊，有力而又果断，仿佛我还像过去那样曾经属于他。我感到北京的天蓝得广阔而又可怕，蓝得叫我感到了陌生。在离开N城之前，我的手颤抖着拨响了他的电话，当电话接通的时候我知道我已不再恨他，原谅了他的一切，我听清楚电话那一头他那具有磁性的男性中音。"我要到北京去，我要去组稿，你可以接一下我吗？"他稍微犹豫了一下，然后答应了。现在，我们坐进了一辆黄色面包出租车，他已经给我找到了旅馆："那里便宜，还带有洗澡间。我琢磨也许你们的杂志社出不了过多的差旅费。不过我已经交了一个星期的钱，你打算住多久？"他似笑非笑地看着我。我的确有些想哭，每一个女人看到她旧有的，曾经在她生命中留有深刻痕迹的情人都会想哭。我们之间的战争，几年前的争吵、甜蜜、悔恨与误解一同袭来。汽车驶上了高速车道，北京对于我来说是一个可怕的城市：它高大而又壁垒森严，它傲慢而又冷漠。我注视着更远的背景下的高楼和立交桥，可以闻到他身上的香水味儿和城市的灰尘气息。两年来，他已成了这座城市中的小白领，而我，才工作了几个月，正经历着一种煎熬，因为我打算要出嫁了。

"听说你要结婚了？"他问我。也许他盼望着我结婚，我说："是的。"他又问："嫁给一个什么样的人？"我愣了一下。我无法说出我要嫁的人。也许，那是一个四十岁的男人。我猛然产生了一种强烈的怨恨他的情绪——正是他，使我无法去选择正常的爱情和生活，正是他把我推向了一个没有退路的地步，他带给了我羞耻和愧恨。"嫁给一个比你成熟，比你有钱的人。一个成年人。"我说。

他笑了起来，显得很轻松。他已经完全地忘却了我，忘却了我带给他的一切。"成年人！"他带着疑问看着我，"四十岁？五十岁？你总是干叫我目瞪口呆的事。"他的脸变得严肃了。接着他突然滔滔不绝地谈起了他的记者生涯，以及他对这座城市的感觉。"N城是一座市民城市，那里的生活庸俗不堪。幸亏我离开了那里。"他充满了厌倦地这样下着诊断。也许他是对的，N城是庸俗不堪。N市本来就是一座市民城市，N市永远都无法和北京相比。他说这话还有一句潜台词：幸亏他离开了我。对，他一定是这么想的。车子到了目的地，这是一家位于王府井附近的军队招待所，他领我进入客房里时，我都一直处于那种对他怨恨的情绪中。放下了行李，我刚转身，他已经拥抱住了我，动作有力而又粗鲁，就与几年前一模一样。"什么时候需要我我就来。这是个单间。"他说，他用他那生着胡子硬楂的脸扎了我一下，然后我就哭了，我说："不，不。"

"明天晚上我再来。这里是所有那些在京的该死的作家的电话号码，今天早点儿休息吧。"他松开了我，手在我的腰上停了一会儿。他点着了一支烟："哭什么？应该我哭才是。我们已经不是小孩子了。我走了。"他看了我一眼，并没有再理会我，而是打开门走了。

我心神不宁，在这座城市里我倍感孤独。我发现我也许已经变老了，变成了一个老女人。我身上的皮肤就像是鱼鳞一样可怕。我平躺在床上也不开灯，我让黑暗浸湿了我。我知道我依然是爱他的。我又坐了起来，赶紧给在N市的林，就是那个四十岁的中年男人，我同样地爱着的人打去了电话。他是一个毫无男人魅力的电视编导，他还有一个十四岁的女儿，仅仅比我小十岁。在来北京之前我没有告诉林，北京会有人接我。我过去的男友，让我拥有着隐秘的羞耻的恋人。"你，你好吗？"林在电话中关切地问。四十岁的男人依然像个孩子似的急躁而又热情。听到这样的声音，我仇恨而又哀怨的心情一扫而光："林，我很好。"停了一会儿，他那边开始说起叫我保重的话，然后他说我刚一离开N市，他就觉得茫然若失，他已经不能忍受我哪怕是一天不在他的身边。他是爱我的，我想，我说："我很好。"他突然说他明天就要坐车来北京陪我，他说他担心我会被别人勾走。"不会的。"我温柔地说，然后我挂断了电话。他是爱我的。

　　然而，一种分裂的情感已经笼罩了我。我不知道我该走向林还是走向陈——我的大学时代的恋人。我同样讨厌N市，虽然我自幼生长在那里，像一个市民一样，可我知道它没法和北京相比。也许陈会把我留下来，我想，如果他收留我就会嫁给他。我为何如此飘忽不定？女人难道都是如此吗？电话铃声突然疯狂地响了起来，我猜想那一定是林打来的，因为我刚才告诉了他。我不愿去理。电话铃响了许久，绝望地沉寂了。我的内心中涌上来恶毒的快感。有时候男人也很可怜，我想。我想起了我在北京的使命，我赶紧打亮了灯，开始写下来我的计划，我知道今夜我将前所未有地孤独，我会像途中的浪游者一样前不着村后不着店，我像一艘在海中央犹疑的船，没有岸。

　　然而第二天下午，陈就来了。他穿着一件乳白色的有些稀奇古怪的西服便装，一条青色的裤子，这使得他看上去像个花花公子。"约稿还顺利吗？"他漫不经心地问我，一边剥着一个橘子。屋子里充满了橘子甜蜜的气息。"今天一整个上午，我都在给那帮作家打电话，幸亏有你给我提供的号码。"我说，"他们都答应给我稿子，这样我就可以交差了。"他递给我半个橘子，我接过来，我们的目光像两条河一样相遇了。我从他的目光中什么也读不出来，他会留下我吗？他越来越深沉莫测，就像北京一样令人感到无所适从。我们相互伤害过。他说："我们再也不可能和好了吧？""是的，"我说，"不可能了。而且，过两天林，我要嫁的那个四十岁的男人也要来。他说他对我一个人在这里不放心。"

他笑了起来。"怕被别人勾走？"他走上来拉住我的手，"走吧，咱们上街去。咱们干吗不去王府井转一转？而且我还打算请你吃比萨饼或者麦当劳的汉堡包。"我们一同出去了。在中央艺术学院大门口，我们走过那里时，正有一个长发的画家在和他的女友热烈拥吻。这时天光已暗，黑夜像一块布一样地落下来，我们走在王府井大街上，像是两条漂浮的鱼。各种各样的专卖店，各种各样的欲望，各种各样的人。我能听见我杂乱的心跳声。王府井大街上到处都是外国人，他们的表情看上去就像在自己家里一样。我突然问起他一个问题："这里有妓女吗？"他耸了耸肩："这里没有，通常在大饭店里有，咱们吃完饭去昆仑饭店跳跳舞如何？那里的迪斯科舞厅不错。"我们向前漂浮，人人都像一条鱼。我们进了麦当劳餐厅，我要了一份麦香鸡、炸土豆条和一杯热牛奶，他只要了两份巨无霸。我吞咽着，我注意到周围的人像流水一样流动，旁边盆栽植物的大叶子碰着了我的肩膀。我不太喜欢吃，我老实地说，我吃不惯这种口味。他吃得很快，胃口似乎非常好。我也不喜欢吃，他擦了擦嘴说："咱们走吧。"

我们穿过地下通道，来到了长安街上，他伸手拦住了一辆红色的甲壳虫，我们坐进去。两边的高大建筑已经全都点亮了灯，这座城市辉煌得令人恐惧，我想着，这里和N市一点儿也不一样。和他在一起，我什么话也说不出。他也一样。我们来到了昆仑饭店，那里的舞厅已经有人在跳了。我下了舞池，刚跳了半支曲子就头晕得厉害。"你怎么啦？"他问我，他的目光里隐含着复杂的感情。"我头晕，我要回去。"我说。他扶着我，我们向外走去。

现在，我们重新回到了我的房间，我感到有点儿冷。我被黑暗所包围。屋子里灯光很暗，他看着我，然后他走过来吻了我。我后来推开了他，感到嘴唇上湿漉漉的，他又耸了耸肩，站了起来。他拿起了我的包，拉开拉链，从中取出了约莫十二支口红，把它们一一在茶几上排列开来，就像过去一样。然后他选了一支，我想也许是玫瑰红色，他走近我，慢慢地把口红旋转，他给我上了口红，我轻轻闭上了眼睛，像过去所有我们在一起的日子一样。然后我睁开了眼睛，他轻轻抱起了我，我像一只鸟那样被他托起。他抱着我向床移去，他放我下来，他伸出手要解我的衣服，我的心在狂跳，星星在眼前碎裂，我后来猛地推开了他，我像推开一块巨石一样地推开了他，我尖叫了起来。在静默中，他离开了房间。

在白天里我去那些作家的家里取稿子，我一个人去逛故宫和颐和园。我没有来过这里，我心烦意乱。我是一个乱糟糟的女人，我什么都弄不好，我不会弄好我的事情。我为什么要见他？为什么？我回到旅馆天又黑了。我刚一进门，电话铃就响了，我抓起来，是林沙哑的声音。"我现在在N市机场，我凌晨到北京，是坐飞机。"他说，"我想明白了，我们结婚吧，马上。"我说："要我去接你吗？""不用，"他说，"明天见。"他放下了电话，我觉得内心空空如也。嫁人，我想，每一个女人都迟早要过这一关，我也要过了。我坐在灯影里发愣。这时陈已经飘了进来："我给你买来了一包口红。我是偷口红的人，我今天要给你上口红，最后一次，这辈子最后一次。"他表情严肃地走了过来。"因为你要嫁给别人了。"他说。他拿着一个方盒，取出了一堆口红，把它们像摆蜡烛一样摆开，他拿出了一支。我知道我已无可回避，我闭上了眼睛，我说："他明天要来了，我要嫁的那个人。"我感到我的嘴唇上有轻轻的触觉，我已飘离大地，我是女人，我同样也是土地，是活火山。我被他抱起来。我们的黑色头发飘在一起，和黑夜的颜色一样，我嘴唇上的口红被他吃掉，像所有过去我们在一起的日子那样，我为他敞开了门，我听见我体内的岩浆在晃动，我接纳了他，我心情复杂而又恍惚。我咬了他，他的肩膀鲜血淋漓，在他的呻吟声中，我们一同飘浮深渊里，我们已经无法互相拥有了。

我在阳光中见到了林，林的脸可怜地皱成了一团，他向我走来。"你没有被别人勾走？"他吻了我的脸，"我们下午就走，这里是机票，我们一回去就结婚，我已经等不及了，马上就走！"他那张四十岁的脸因激动而抖动着、扭曲着，蓦然之间我有些感动。我挽住了他的手，我已经打定主意嫁给他，我在犹疑与恐惧中选择了他。如果他不来北京，我也许会留在这里，我已经有点儿爱上这座城市了，因为它像一个巨大的轮盘在旋转，虽然我还没有再次爱上林。在旅馆里我和陈说着话，他急切得像个孩子，他是那么宠我，像宠一只波斯猫。也许女人所需要的幸福就是这种感觉。我的心里升起了一片温暖，我安详地看着他展开为我买的裙子，像展开一幅画。我笑了。飞机飞离地面，升入空中后，我从空中向下望。巨大的城市轮盘在转动，那是陈的城市，我将和他永别，我将嫁人，我的体内还晃动着他的液体。但我将不再面对他，我要真正地忘记他，像忘掉昨夜的口红。四十岁的林把肩膀靠在我身上，像个孩子一样慢慢地睡了，然后，我感到我哭了。

三

我心乱如麻，我没想到情况会是这样。这时候我感到我是一个瓶子，我体内的水在轻轻地晃动，我怀孕了，可是我却只有十九岁。我还在上大学，我还有三年才毕业。我的男朋友陈沮丧得像一条狗。他也没有想到会这样，他那两只本来就靠得很近的眼睛靠得更近了。我听见我体内、我小腹的水在晃。有一个小东西，他是透明的，他在翻跟斗。他是活的，他还没有成形。我应该要他吗？我的心又温柔又消沉，我没想到会这样。我刚刚从医院里出来，陈在外面的凳子上坐着。他在发呆。在冲进医院时我至少鼓了八次勇气，我的脸红得像一面旗。我冲了进去，我说我叫杨虹，我的心跳得那么不规则，我已没有了自尊。医生很平静看着我："到那边躺着去吧。"我躺在那里，我的体内充满了水。医生戴着橡皮手套，我的腿被她分开。"结婚了吗？""没有。"我听见她的手指探进了我的身体。"子宫口合上了，你怀孕了。再化验一下尿。你要人工流产吗？"她那么平静，我已没有了自尊。"是的。"我说。我走出医院时陈沮丧地跟了上来。"怎么办？"他叹着气，"我真没想到会是这样。"我对他又爱又恨。这个时候我出奇地镇定，怀孕了，我要打掉他。我又挽上了他的胳膊，我们低着头向前走，大街的喧闹我们听不到。"我们也许会被开除的。"他说。这时候他像个懦夫。我对他又爱又恨，他是那么优秀，他什么都出类拔萃，我们在一起已经一年了，可他让我怀孕了。我听见体内的水在晃，他在翻跟斗，我也许是喜欢他的。我和陈像是一柄双刃剑一样互相伤害。一年多以来我们之间发生了无数次战斗。也许恋爱就是战斗，异性之间的战斗。现在，我怀孕了。"学校会开除我们的。"他说。我现在有点儿恨他了，我猛然觉得我在他面前没有自尊。我会离开他吗？在我和他相处的一年中，我曾经有两次打定主意想离开他，因为别的男孩看上去也很好，可是我却没有离开他。但他似乎对此耿耿于怀，他不了解我，不了解女孩。当我已决意永远和他在一起时，我又怀孕了，我该怎么办？

后来我躺到了手术台上，我像个装满了水的瓶子被放平了。"别怕，"那个中年女大夫说，"别怕，一会儿就好了。"我的腿被抬起来，分开，被固定住。我小腹的水在轻轻晃，我在想着他在我体内翻跟斗。他已经长出眼睛了吗？他像个小蝌蚪吗？在进来之前，我给自己上了口红。以往全是陈给我上，但他的手在抖，于是我自己给自己上。我上的是玫瑰色。我感觉到冰冷的铁钳伸进了我体内。什么东西在扯着我向下坠？我咬紧了牙齿。我想哭，但我哭不出来，我听见陈在屋外像一头豹子一样来回走，我恨他。我嘴上的口红已经乱了，我呻吟着，我小腹里的水晃呀晃，什么东西在吸着我下坠？我头晕。他也头晕，他在翻跟斗。星星在碎裂，我在呻吟，然后，他忽然没了。他在哪儿？我坐起来，我看着旁边的大塑料桶，里面只有一点血污，那是他吗？

　　我觉得我在陈面前没有了自尊。我不知道我怎么了。我的生活为什么是乱糟糟的？我觉得因为他，我突然远离了陈。我和陈已是陌生人。我们不会被开除了，但我已付出了代价。我要离开他。

　　他哭了，第一次。以前我要离开他时他都没有哭，可这次他哭了。他说他每天早上醒来都发现已经失去了我。可我去意已定。我没有自尊。他让我拥有了隐秘的羞耻，我恨他。当然是因爱而恨，所以我在两个月后离开了他。我又开始了恋爱，我依旧十分投入，后来又不成功，我便接连不断地爱了下去。现在我自己给自己上口红，以前都是陈给我上。我发现我换了十几个男朋友，可我连他们的脸都记不住。我不知这是怎么了，我的生活越来越乱，但是我不服输，我要找到真正的生活和真正的爱情。可他在哪里？后来我有些绝望。我依旧恨陈，我只能记住他的脸，以及他那一双挨得很近的眼睛。他为什么不坚持着留住我？他伤害了我，我也曾经伤害他，可我越飘越远。我离开了大地。我的小腹中的水依旧在晃动，我这是怎么了？

　　他比我早两年毕业后去了北京。那是一个可怕的城市，临别前他对我说，他要在那里扎根。"你会来吗？"他问。"不，我不去。"我说，"我不喜欢那里。"其实我不喜欢他，因为我恨他。我在换着男朋友，我依旧记不住他们的脸，我在想他们都怎么啦，或者说我怎么啦。我不知道。在陈去北京的第二天，我烧掉了我们之间的一切：情书、字条儿、照片和乱七八糟的信物。我想着他的脸，我想我不能原谅他。他到哪里去了？他翻着跟斗跑了吗？我是个装满了水的瓶子，我是个女人，我现在自己给自己上口红。

四

我觉得我像一只小鸟，单纯明净而又快乐，我迈进了大学，发现一切都是新鲜的。我的心中大约有一千只蜜蜂在扇动着翅膀。我是一个单纯明净的瓶子，瓶中的水在晃动。我对新的生活十分好奇，我对八个人住在一起十分好奇，我对穿军装去军训十分好奇，我对逃课十分向往，我觉得班上的男孩子傻里傻气，像呆头呆脑的鹅。我对被高年级的男孩子追十分好奇，我觉得他们的伎俩十分好玩儿，又是献花又是跳舞。生活多么快活呀！我蹦蹦跳跳，我没有什么忧愁。生活展开来像一面缎子，十分漂亮而且还闪着光。我用手去摸它，感到很惊奇。我在饭堂、图书馆和宿舍之间来回奔忙，三点一线，我什么都想学，我参加各种竞赛。我什么都不想输给人家。后来同宿舍的人慢慢地都有男朋友了，我的那一个在哪里？我天天憧憬，也许他要骑一匹黑马来。

他说他叫陈，他生活在大西北，他就有一匹黑色的马。他说，每到夏天，天山的草坡上便开满了花，像一面大缎子，而且还有草莓。红红的，个个都有鸡蛋大。他说他从小就在草原边上长大，他的天空比我的天空高远多了。我猜想他也许在吹牛，不过我琢磨着也许叫他带着去大西北玩儿一定很棒。但为什么他的两只眼睛挨得那样近？他要是再英俊一些就好了，我想叫他变得更漂亮些。但我还要考验他，我为什么要信任他？

他干什么都似乎在跟我较劲儿，他是一个争强好胜的人。他演讲，他写作，他组织活动，他参加竞赛，他干什么都不错。我像是他的陪衬。谁叫他是我的师兄？我不服气，我和他在战斗，我们各有输赢。

他请我去看电影，那部电影叫《偷口红的人》，讲的是一个花花公子如何讨女人的欢心的故事。我还接受不了，因为我刚刚十九岁，对成人的世界我有些惧怕。"你也会是一个偷口红的人吧？"我问他。"也许，但我只偷一个人的口红。你为什么不上口红，你的嘴唇很漂亮？"他说。"也许我不想叫人偷走。"我说。"那么假如真有人十分想偷走呢？"他笑着问我。我脸红了，像个大苹果。我无言以对。这时候我们已经走在了湖边，空中的树枝在下落，周围静得吓人。我们坐在了湖边的石头上，他取出了一支口红。他什么都没有说。他揽住了我的腰。我的心在跳，我是一个小瓶子，体内的水在晃。他给我上了口红，然后他吻了我，他偷走了我的口红，我已经爱上了他。后来他又吻了我的乳房。他以后都是先给我上口红，然后又用嘴唇偷去它，我的脸红红的，我毫无办法。

翻谱小姐

　　翻谱小姐H站在舞台深处看着钢琴家高松年在演奏。翻谱小姐是一种职业吗？当然，在音乐家进行演奏而无暇顾及乐谱时，由一位小姐——自然是懂音乐的小姐，从舞台深处走出来及时为音乐家翻动乐谱。现在翻谱小姐H就在为钢琴家高松年翻动乐谱。高松年是一个三十多岁的男子，他一头长发，黑色燕尾服的下摆隐入了一片灰暗的灯光阴影中。有一束光正打在他的身上，他在弹奏一组门德尔松的《无词歌》，这一组曲子具有歌曲形式，一共八集，每集六曲，有伴奏乐手在为他伴奏。这组曲子的第一集第一曲是《甜蜜的回忆》，第二曲是优雅感伤的a小调，第三曲是A大调《猎歌》，第四曲是A大调无标题，第五曲是升f小调无标题，第六曲是g小调第一号《威尼斯船歌》。H小姐亭亭玉立，她看见高松年忽而像被风吹动的树枝在剧烈地抖动，忽而又像水草一样轻歌曼舞。高松年已完全沉浸在音乐的境界中。那一束从黑暗的音乐厅上空打下来的光照亮了高松年和他的钢琴。四周黑压压一片。观众席上黑压压一片，没有人出声。音乐厅仿佛是一艘大船，或者是城市人聚在一起，进行一个古老的仪式，是沉默的音符中的神秘仪式。但是，祭品是谁？献给音乐女神的祭品是谁？四周黑压压的，只有那一束光，打在高松年身上。

二

那么，城市的要素是什么？是地铁、广场和街道吗？是火车站、写字楼和商厦吗？是快餐店、美容厅和精神病院吗？是花坛、楼房和高空飞艇吗？是汽车、保健品和家用电器吗？是卖花姑娘、盲艺人和体育比赛吗？是银行、加油站和录音棚吗？是音乐电台、居民小区和洒水车吗？是交通警察、会议大楼和大饭店吗？是电动玩具、游艺室和时装模特吗？是芬兰浴、名牌广告和证券交易中心吗？是医院、公园和娱乐中心吗？是酒吧、咖啡厅和剧院吗？是足球比赛、选美和政治角逐吗？是霓虹灯、面具和行为艺术吗？是打工妹、宠物和晚报新闻吗？是暗娼、警卫和公务员吗？是贸易市场、铁丝网和中奖彩票吗？是高尔夫球、立交桥和护城河吗？是明星、环境污染和杀虫剂吗？是墙、门、窗户、通道、玻璃幕墙、对讲机和手提电话吗？不是，都不是。在城市的天空之下，城市的白昼与城市的夜晚之间有一个拉链。

城市只有耳朵，城市没有乳房。城市只有心脏。城市是隐形的，城市是叫喊的。城市是一头机器兽，现在它在喘息。

三

现在是《无词歌》的第二集第一曲降E大调无标题，第二曲降D大调无标题，第三曲e小调无标题，第四曲b小调无标题，第五曲D大调无标题，第六曲升f小调第二号《威尼斯船歌》。有伴奏但是没有伴唱。H小姐从舞台的深处走出来为高松年翻动乐谱。她可以感到有一种气流从眼前拂过，她知道那是他的手，青年钢琴家高松年犹如狂蛇般的手指，那手指，十个异常活泼的手指正在弹动钢琴，钢琴的黑键和白键在他的击打下欢快地跳着舞。高松年完全沉浸在门德尔松的境界中。H小姐向后退去，她看不见观众席上那黑压压的人群，这时她倒想高叫一声。她想高叫一声什么呢？她想喊她爱他或者她恨他。为什么会这样？因为高松年在一年以前的一次音乐晚会上认识了她，那一天她就在为他翻谱。一周以后，在高松年频频的追求下，她投降了，就是在那架巨大的钢琴上，她的身体最终心甘情愿地被他当作钢琴弹奏了一回。她变成了他的情人，她崇拜他，她爱他。但他有老婆，他也很爱他老婆。"我老婆是一个很好的人，很好。我知道她也有一个情人，就是M指挥。但是我不管她，只要她给我自由。"但是她不行，H小姐不行，H小姐的内心之中涌动的是爱情，是一种超乎情欲的爱、圣洁的爱，这爱使H小姐从内心深处产生了一种要独占高松年的强烈愿望。她内心有一种怨恨：在她的心灵没有被高松年攻克并捕获住之前，她对爱情一直是抱有十分美好的憧憬的，但高松年使她对情感，对天使一般纯洁的情感彻底失望。她在想如果不拥有他，她就要毁掉他。这种仇恨在她的心灵之中聚集，并将要开出一朵恶之花。她站在暗处，看着高松年在弹奏，却已想象那架钢琴是一个巨大的祭坛，他躺在上面，他死了，而她则成了钢琴师，在弹奏为他而作的哀歌。她为自己内心深处的邪恶所催发出的想象所惊扰，并禁不住战栗起来。

四

我喜欢这座城市！她和他约会的时候高声说，这座城市像跳动着的玩具，我和你都是玩偶。但我要独自占有你，我要你离婚，我要你娶我！她看着他，他们去西单旁边一家比萨饼店吃比萨饼，后又在一家游戏厅中玩《勇士前进》游戏，她这么说。他看着她，停下了手中的发射枪，你疯了，我老婆对我很好。我不会和她离婚。他想了想，沉吟了片刻说，我给你讲个故事吧。前年我去瑞典参加一次演出，我住在一个很要好的瑞典朋友家里。有一天他的妻子出远门，他便给他的一个情人打电话，她住得挺远，但她开车两小时后来到了他的住处。那是一个四十多岁的女人，很有修养，是一名大学女教授，而我这个瑞典音乐家朋友的妻子则是一家报社的编辑。他爱她，但这不妨碍他再去找一个情人。他们相安无事。他的情人到达时已是夜晚吃过饭后，他走过来，竟邀请我与他们一起上床，搞一个三人派对。我过去只听说过，但从来没见过。他很诚恳，并的确承蒙他看得起我，但我还是拒绝了，我尚不能接受。那天晚上他们的房间门没关（也许有意为我留门？）使我听到了他们那快乐至极的声响，那可是惊天动地。我听见了，我当时的确惊于性能将生命催发得如此欢乐！第二天，他的情人又开车走了。一切都相安无事。我一直在思考，瑞典形成这样一个私人空间和道德标准，经历了多长时间呢？女人一旦与一个男人有了性的关系，就非要谈婚论嫁，为什么不可以像他们，像我的瑞典朋友那样相安无事呢？H小姐沉默着不说话。

五

现在高松年在弹奏《无词歌》的第三集，第一曲是F大调无标题，第二曲是a小调《失去幸福》，第三曲是E大调无标题，第四曲是A大调无标题，第五曲是a小调无标题，第六曲是《情侣》二重唱。H小姐站在大幕深处，她想起了在他讲了他的瑞典之行之后，有一天她走在海淀街上，有一个女人向她兜售三级片VCD。出于对性的探究态度，她买了一盘。在家中，她放了那盘VCD，这的确如那个贩卖VCD的女人所说，是一集把五六部西方（主要是好莱坞）三级片的做爱动作全部剪辑之后的集锦。

她看得心惊肉跳。在这盘"毛片"上，一些男人和女人，以各种方式各种组合，进行了两性的活动。在她的眼前，人已完全变成了动物，发出了动物般的喘息。难道这就是爱的结果吗？情和性是一个值得深深思考的主题，她盯着屏幕，看得眼热心跳。但当她再看第二遍和第三遍之后，那种新鲜和刺激却早已荡然无存。她对那纯属兽类的交配活动已熟视无睹了。

于是她想，这也是人类的行为。是人类的行为，因此，从某种程度上来讲也无可厚非。她抱着一种探究的态度观看这部动作片。也就是在这几天，在她家的附近发生了一件事。有一个老光棍，近四十了还没娶着媳妇，他是一家纺织厂的工人，但最近他却骑着自行车，裸着下身在街上狂奔，自然，他被抓住了，并关进了拘留所。当H小姐听到了这件事之后，她对母亲说，其实倒可以把他看成一个病人。他压抑的性能力得不到释放，因此他就在街上裸奔了。只要给他恰当的心理治疗，给他娶上一个媳妇他就好了。那么，像这样的人，在我们这个社会中会有多少呢？在黑压压的观众席上，从匆匆在大街上走过的人流中，有多少是性的压抑者？她站在舞台的深处这样想。

六

翻谱小姐给高松年翻动乐谱，现在是《无词歌》的第四集，第一曲降A大调《海滨》，第二曲降E大调《羊毛似的云霞》，第三曲g小调《骚动》，第四曲《哀愁地》，第五曲a小调民歌，第六曲A大调《飞翔》。当H小姐听说那个工人有可能被判一年有期徒刑之后，她感到自己有责任帮助他。她开始为他奔走。她想一个健全的社会是应该给这样的人以宽大处理的。她动用了她的全部人际关系，找到了法学家、精神病学家、性生理学家、社会学家和可以对此事发生影响的官员和作家。他们都对此事发生了作用，结果那个男人在拘留了一段时间后被放出来了。她去接的他。他的眼睛有点儿红，是觉没有睡好的原因。当他得知是她帮助了他，并没有流露出十分惊喜的表情。他表情很麻木。你好，H小姐却很高兴，我想和你聊聊，你去我家吧。不，他说。为什么？我又不认识你。我是H小姐，她说，我在音乐厅工作，我还是你的邻居。他看着她，认出来了，对，你在八号楼，而我在七号楼。他笑了一下，你小时候我见过你跳猴皮筋，但我没想到你都这么大了，改天吧。后来，大约是一周以后，她把他带到了她的家中，她说，我们一起看一部电影。他说，是什么电影？她于是把那盘三级片录像带放了一遍。他没说话，但看上去他好像没什么反应。他沮丧地说，我心理上受到了挫折，看这类片子我已没冲动了，生活也没什么意义，我没有什么勇气，我感到我被一个网兜兜头罩住了，我冲不出这个网。你知道现实生活和电影上这类活动不是一码事儿，我没感觉。他回去了，又过了几天，她再邀请他，这次他们聊了很多。然后，她再次放那部片子，她用一种十分柔和的腔调和他说话。突然他说，我硬了。她笑了笑，很好。咱们可以结束谈话了。我对你放心了。H小姐以这种方法将这个濒于崩溃边缘的男人拯救了。三个月后，他与一个下岗女工结了婚，并开了一个小售货亭。H小姐很高兴。她觉得她越过了一条鸿沟。她觉得自己成熟了。

七

在《无词歌》第五集中，第一曲是G大调《五月的熏风》，第二曲是降B大调无标题，第三曲是e小调《葬礼进行曲》，第四曲是G大调无标题，第五曲是a小调第三号《威尼斯船歌》，第六曲是A大调《春之歌》。当H小姐把这件事告诉高松年之后，高松年的脸上露出了惊讶之色。你为什么会这么做？H小姐说，过去，我跨越不过情和性的界限，现在，我终于可以把情和性分开了。比如，我对你就只剩下了情，而性，我则可以自由使用了。是你教会我这样的。高松年阴沉着脸，怎么会这样呢？怎么会这样呢？怎么就不能这样？我使一个在性的深渊中挣扎的男人获救，使他过上了一种正常的生活。这当然好了。她说。高松年不再说话，但在他的内心之中，却真正地、第一次产生出了一种叫作嫉妒的情绪。这是他第一次对H小姐产生出这种情绪。嫉妒，你嫉妒了！H小姐从他的脸上看出来了，她十分兴奋地说。高松年看着她，性是可以用来当工具的吗？他的脸色阴沉。H小姐说，我明白了，你是一个自私的男人，性当然是遵从意愿的共享。他们说这话的时候是在一家比萨饼店里，此时，白昼和黑夜之间的拉链已经拉开了，四周是漆黑并又被无数点灯光咬破的。城市的夜晚沸腾起来了。城市的黑夜是无数头小巧的野兽，一旦夜幕降临，它们就会进入人的体内喘息。高松年感到自己有些心力交瘁，他还不到四十岁，却已在情欲、事业与家庭之间狼奔豕突，感到了狼狈不堪。而H小姐，却感到一阵轻松。她感到生命是一种飞翔的过程，有的人飞起来，而有的人则落下去。她觉得她在飞。她有一个梦想，那就是，有一天她正在为音乐家翻谱，忽然从空中飘摇下来一只大鹰，把她叼起来，带向高空。然后飞越城市、河流、大地、山峦和海洋，一直飞到北极，在一片雪原中把她放下来，她脱掉衣服，一个人躺在那十分安静，没有一个风暴眼形成的雪原的中心。这就是她的梦。飞艇！他说。这打断了她的思绪，他们一起把目光穿越竹帘窗子，看见有一只巨大的飞艇，亮闪闪的，在静悄悄地飞越城市上空。飞艇发出了一阵轰鸣。

八

　　高松年在弹奏《无词歌》的第六集。第一曲降E大调无标题，第二曲升f小调《失去的幻想》，第三曲降B大调《宁静的快板》，第四曲C大调《纺织歌》，第五曲b小调《牧人的怨诉》，第六曲E大调《摇篮曲》。自从知道了H小姐使一个性压抑的男人又恢复了健康正常的生活之后，高松年的心乱了。因为有一天晚上，他妻子对他说，我不知道该不该对你说，我……要搬出去住，因为，因为……他看着她，M指挥！他说，我知道是他，他都对你干了些什么？他看着她。她是一个女中音歌唱家，而M指挥，则是一个声誉日隆的中年指挥。M指挥是一个穿白色西装的家伙。高松年说，是他吧？她点了点头，我的心里有点儿乱，我不知道该如何……他说他爱我，我不知道我应该……可我要搬出去住，我要……高松年给了妻子自由，她搬走了，他却陷入了一种危机。一方面，H小姐因为发现了自己，从而变得不再那么崇拜他。而妻子，却又和M指挥发生了恋情。高松年觉得自己十分苦闷。他仰望夜空，希望月亮与他说话，但那铁制月亮不与他说话。一方面他不想和H小姐说话了，可他的妻子却又离他而去了。这使他十分苦恼。但是，事情起了变化，妻子搬出一周之后，又回来了。她的脸上挂着泪花，原谅我！她说，原谅我，我离开你才发现我更爱你，更爱我们的家庭，更爱孩子。我又回来了……

他立即拥吻了她，因为没有比回头是岸更动人的了。这天晚上他又站到阳台上，希望月亮与他说话，于是那城市上空的铁制月亮和他说了话。他很欣慰，他揽着妻子的腰，说，我们的家庭之舰会乘风破浪的。我们不再迷航了。

九

高松年在弹奏《无词歌》第七集，第一曲F大调《田园风格》，第二曲a小调无标题，第三曲降E大调，急板，无标题，第四曲D大调无标题，第五曲A大调无标题，第六曲降B大调无标题。高松年决定终止和H小姐的关系。他对她说，我的家庭之舰又扬帆前行了，我们……她明白了。H小姐说，你不用说什么，我知道了。她走了，她不希望再见到高松年先生了。她很难过。爱就如同一枚光滑的石子儿滑过水面打起的水漂吗？H小姐觉得很绝望。她回家后左思右想，想不明白发生了些什么。她十分郁闷，一度她曾产生了自杀的念头，但它一闪即逝。自杀在这个时代已不是最好的办法。我摆脱了情与性的束缚，但我仍没有一种依靠和着落感，她想，这时候有一种力量促使她向外走去。爱的幻梦被撕碎了，她信步走在北京的大街上，她来到了护城河边。她仰起脸来看城市上空那枚铁制月亮，希望它和她说话，但它不和她说话。有一种冲动想使她飞起来，或者从这里跳下去，她正在想，如果这时有天神降临……她看见有一只白色大伞从空中降落，眼看着要落入护城河，这使她急得都快要喊出来了，但是不，那白伞却飘向了她。在她旁边十米外落下了。一个人解开降落伞，走到她跟前说，这是什么地方？我怎么降落到这里来了？就这样，H小姐认识了某伞兵部队的C少校。她的眼睛亮了。后来他们就经常约会，一年以后，他们结婚了，他们生了一个胖儿子。到夜晚的时候，H小姐有时会跑到阳台上，看着城市上空的铁制月亮，心中默唱《假如天神降临》……

十

　　那么，《无词歌》第八集第一曲是什么？是e小调无标题，第二曲是D大调《田园风光》，第三曲C大调《骑马》，第四曲是g小调无标题，第五曲是A大调《快乐的农夫》，第六曲C大调，四部合唱似的催眠曲……那么，城市呢？城市仍在黑夜中喘息。而人们，所有的人都在城市中过着幸福的生活。他们应该是幸福的。他们是幸福的吗？

重现的河马

　　我无法不告诉你一个秘密，我一直察觉到我的体内生长着一棵芦苇，它不停地向下和向上生长，只要我停下来，我就能听到它生长的尖锐声。因此我不停地走动或者奔跑，什么时候当它突然钻出了我的脑袋，长成一棵被风抖动的芦花时，我的样子会有多么可怕啊。我总是被体内芦苇的生长所带来的烦恼困扰着，可我是一个害羞的人，我不敢向任何一个人说，哪怕是我认为最亲密和最值得信赖的人。什么时候我才能开口诉说？

　　和我相反的是，我的同学杨峰却是一个大胆异常的家伙，至少他有活活吞吃一只青蛙的丰功伟绩。那还是在我们刚进H大学去军训时发生的事情，当时我都惊呆了，从那以后，我们就成了好朋友。我纤弱害羞般的气质和他形成了那么鲜明的对比。杨峰长着一脸的络腮胡子，笑的时候露出一嘴的白牙。他说话的嗓音很粗，语音干脆利落得像是一把刀子。但他长得丑极了，他告诉我他多么想温柔一些，因为有一首歌叫《我很丑，可是我很温柔》，可是他没法温柔。现在，我们都已经是大学三年级的学生了，可都还没有女朋友，原因是没有一个女孩子喜欢他的粗豪和我的纤弱与害羞。我们两个人是两个极点，而女人总是喜欢中庸和中和的东西，那么，在所有的假日里，在所有为别人准备的欢乐的日子里，我们两个干什么呢？

我们去动物园看河马。有时候尽管不是节假日，我们也会从叫人昏昏欲睡的课堂上溜出去。下了公共汽车，我们飞快地跑进动物园，我们穿过猴山，我们经过两栖动物和爬行动物馆，我们经过高高的长颈鹿笼子，我们绕过懒得只会晒太阳的黑熊和白熊的城池，我们钻进色彩斑斓的水族馆，我们从夜行动物展廊的中间走过，我们走过猛兽园时不禁为它们身上的残忍和血腥气息所震动，后来，我们来到了河马的池子边。

我们的心立刻安静了，因为河马正在水里安宁地游动着。我和杨峰多么喜欢河马啊，河马的身体长得那么笨重，它的四肢短短的，甚至似乎没有力量支撑住滚滚圆的庞大的身体，它在水中游动时两只鼻孔露出水面，发出的噗噗的吹气声十分好听，它的眼睛善意地看着栏杆外纤弱的我和粗豪的杨峰。是的，河马是善良的，而且，和这只河马天天在一起待着的，是一个长得非常美丽的女驯兽员。她一定只有十九岁，她美得叫我和杨峰都能听到心中的蜂翼在扇动。她的眉毛像柳叶，眼睛里燃烧着辣辣的火，她穿一件红色的紧身驯兽服，她的身体因此，嗯，美得像一尊雕塑。纤弱的我和粗豪的杨峰隔着铁栏看着她教河马做各种各样的游戏，在逃离课堂的日子里可爱的河马带给了我们真正的安宁和快乐。

我喜欢上了一个女孩子，欧阳慧，一个动听的温柔的名字，她是图书馆学系二年级的。有一次上公共选修课"现代艺术史"，老师拿出了一幅巨大的带胡子的《蒙娜丽莎》的印刷画，说："欧阳慧，谁是欧阳慧？"阶梯教室里陡然静了下来，因为三百多个学生都把注意力挪到了那带着胡子的蒙娜丽莎的脸上，一个脸色很白皙的女孩子站了起来。"欧阳慧，请你从这幅画谈一下现代主义绘画思潮的几个特征。"

那时候我正好心不在焉地把头从桌子上抬起来，突然为她那张生动的面容吸引住了。我看见她漠然地看了一眼那个长胡子的蒙娜丽莎——她正在表情复杂地朝她微笑着，一刹那她突然脸红了，那是真正的害羞，我是知道的，那是一个女孩子面对长胡子的女人的微笑而局促不安，因此她的脸红得像一朵粉嫩的云，她低下了头，她没有说话，老师和她都有些尴尬，便叫她坐下了。

我的心怦怦地跳了起来，因为，我居然发现了一个还能够真正害羞的女孩。因为那么多的人都学会了伪饰和游戏，而她和我一样还能够为生活和梦想而害羞，这该是一个多么好的女孩子。

在那个季节里矮个子杨峰的脑袋显得很大，他的额头上许久以前就已经有一大堆皱纹了，他的两只眼睛离得很近，而且还是单眼皮，他似乎很少剪胡子，嘴唇显得又厚又结实，有点儿像一个刚果人。他的脸上还点缀了几个粉红色的青春痘。上帝他妈的把我造得太粗糙了，因为，他也有打哈欠的时候，他乐呵呵地对我说，可你为什么要害羞？既然你曾经生长在西北高地那么多年。只有见到了河马，你才变得正常和快乐。你为什么不敢大声地表达自己的心愿？杨峰说，告诉你吧，我马上要去追一个女孩子了，她是法文系的系花，她叫施冰莹。

我知道那个女孩子，她太漂亮了，看上去像一朵隐含了很多刺的花。她有一张鹅蛋形的脸，一头随意地披散下来的头发，小巧而又生动的嘴唇，黑亮而又幽深冷傲的眼睛，一枚玲珑的黑痣点缀在她的下巴偏左处。我还知道她交游广泛但没有男朋友，她的周围有不少男孩，但她好像不想让任何一只爱情的鸟飞临她的肩膀。兴许只有上帝的卫士或是天堂守门人才配得上她？然而杨峰却宣布要追她了，这个胆大妄为的家伙，他的想法不亚于我体内生长的芦苇给我带来的震惊那么巨大。

我们还是经常去看河马，河马笨笨的身体在跷跷板上走着，它还会走过水中的石桥，吃掉石桥边的鲜花。多么可爱和善良的河马！从课堂上逃离的杨峰和我多么快乐。我们也为那个女驯兽员的表演所惊叹，她总是在河马表演一番之后，一边梳理着河马脊背上短短的毛，一边向我们送来一个迷人的微笑，她在我们的眼中就像是一团跃动的火苗。

我能够猜想到欧阳慧一定是在过着冥想式的封闭生活，她就像是在一个精密的茧里。可是，我有足够的勇气去闯入她的空间吗？我有时候悄悄地跟踪她，当她坐在校园里绿荫掩映的石凳上看书时，她一定不会想到，有一双羞涩的眼睛在背后悄悄地打量着她。有时候，在图书馆那密集的书架边上，她一定不会知道，我在书架的另一头，把目光越过那么多大师的遗言，而悄悄地注视她。我的确很害羞，因为我从来不敢正面瞧她或者同她搭上一句话。唯有看见河马，我的心才会平静下来。

可是杨峰这家伙竟然已经开始了他的进攻。一切都是从食堂开始的。那一天施冰莹坐在那里埋头吃饭，她的侧影看上去动人极了，杨峰径直地端着饭碗向她走去，在与她只隔一尺远的地方坐了下来。我在远处看见她抬起头来，她的目光中流露出了好奇和戒备。认识一下，我叫杨峰，我们交个朋友吧，当然，请你原谅我的冒昧。

你认识我？我是哪个系的有什么爱好你是不是都打听清楚了？施冰莹笑着问他。杨峰露出了他那一口值得称道的白牙：你叫施冰莹，是法文系的，身高一米六七体重五十四公斤，我说对了吗？你还爱打打网球，这也许算得上是附庸风雅了。

施冰莹的眼睛亮了一下：你了解得真详细。我住兰园二舍214号，有空来找我玩儿吧。她莞尔一笑，拿起碗走了。

我走近杨峰，听见他小声地哼唱着《我很丑，可是我很温柔》，表情轻松。你应该把战线拉长一些，我对他说。不，我要速战速决！矮个子杨峰对我说，那匹河马会保佑我的。

我和杨峰从两边生满了桂花的坡道上朝下走时，注意到公告墙上贴着的一张纸。啊哈，H大学终于要选美了，而且是决赛。从告示上的十个决赛入围者名单中，我竟然发现了欧阳慧的名字！我吓了一跳。这天晚上，学校里热闹非凡，大礼堂中人流涌动，到处都是俊男丽女。出乎一些人的意料，欧阳慧以温柔典雅的气质和谈吐，以中国古典美与现代女性相结合的风格，夺得了"H大学桂花节小姐"的称号，于是，"第一美人"的声名便传遍了H大学。我吃惊坏了，我咬破了舌头，让甜腥的血在嘴里弥漫，我这是怎么了？

杨峰在那天和施冰莹搭上话之后，第二天便西装革履地出现在她的寝室。她已忘记了他，后来又想了起来。这天晚上，他们一同在校园里散步，杨峰几乎用尽了自己储备的全部知识，还是有些敌不过她。对于她来说，他不过是她的众多追求者中的一个，她在几个人的追求中左冲右突，但挺游刃有余的。很快地，杨峰决定向她摊牌了，这是这个秋天的一个深沉的日子，他约她在校园里一座著名历史人物塑像的脚下，向她表白了爱情，他是那么激动以至于手都在抖动。听他说完，施冰莹沉默了一会儿，说：杨峰，你这人挺好，只是缺乏一种震撼我的东西。爱情的到来好像是一束光芒击中那样的感觉。我没有这样的感觉，你说怎么办？

难道是我长得丑吗？

不，对于男性来说，这很次要。心灵的力量才是主要的。我想我们仍是好朋友，对吧？再见。她说完，转身隐入了一片黑暗。

杨峰陷入了巨大的痛苦之中。然而，还有更沉重的打击在等待着我们，当我和杨峰面色苍白地来到动物园时，我们听到了一个消息：河马和女驯兽员一同消失了！

我们来到了河马池边，然而，再也见不到那善良的河马了——它那笨拙而庞大的身体埋在水里露出鼻孔出气，并且用憨厚的眼神打量我们，它会到哪里去呢？而且，那个美如一团活火的女驯兽员，她为什么会和河马一同消失？会到哪里去？这个世界上到处都游荡着坏人，而她带着一头善良的河马走在广大的人群中，她和它会受到多大的威胁啊。动物园里的保安人员正在紧张地搜查着空荡荡的河马池，可是，既没有脚印，也没有任何迹象表明她和它是如何消失的。那么，难道它会飞到天上去？

我和杨峰都悲哀极了，我们脸色苍白地来到了一家以法国诗人兰波为名的酒店，我们喝到天空被墨汁染黑的时候，才走了出来。我们的心里很难过，因为那个我所钟情的女孩欧阳慧已经抛弃了羞涩而当上了"第一美人"，因为杨峰失恋，还因为河马的消失以及我体内芦苇的隐秘生长。

我们跌跌撞撞着回到了校园。在经过施冰莹宿舍楼下时，杨峰突然一把推开了我，他爬上了一座花坛，他似乎要想干一件什么惊人的事，他把脸仰起来看着四楼那些已经寂灭了的窗户，忽然大声地喊了起来：嗨！施冰莹！我是杨峰！我要告诉你，告诉所有的人，我非常爱你！谁也不能占据我的心除了你！施冰莹，我要叫所有的人都知道我爱你，我爱你……

一些窗户亮了。整栋大楼仿佛是被惊动的鸟巢震动了起来。一些女孩子乱蓬蓬的脑袋探出了窗户。这时候空中正下着雨，淅淅沥沥地打在我们身上，我慌忙把他架走了。

出乎所有人的意料，第二天施冰莹便挽上了杨峰的胳膊。因为，他敢在一千个女孩面前喊他爱她。没有别的男孩子敢这样做，所以，我为什么不接受他？她对别人说。

杨峰笑逐颜开，可是我的心里有些空空落落。自从河马消失和欧阳慧成为"第一美人"之后，我就没有快活过。我该有多么忧伤啊。

　　就在这个秋天骄阳似火的日子，我听到了一个令我绝望的消息：欧阳慧在前一天夜里，像一只鸟一样从四楼的平台上跳了下去……她为什么会死呢？我惊慌地问着自己，在人群中我像气球一样逃离开去。我知道了一些事实：自从她成为"第一美人"以后，她那种平静、内倾的生活立刻被打乱了。那些讨厌的男孩子几乎是排着队地、密集地来骚扰她。每天都有人给她送花，她走在校园里，也被人指点与议论，她成了公众生活中的一个焦点、一个话题，而实际上，这恰恰是她最惧怕的。是她的两个室友，杨小梅和王芳怂恿她去参加竞赛。现在，这两个人日复一日地增强着对她的嫉妒和怨恨，充分地孤立了她，到处散布关于她的流言。

　　但这一切，欧阳慧都忍受了。有一天她和杨小梅、王芳去洗澡，洗完之后她发现自己柜里的衣服不见了。杨小梅和王芳暗自高兴，另外也怜悯地借给了她一件连衣裙，但没有多余的内裤。欧阳慧就这样穿着连衣裙抱着洗具走出了澡堂，紧张地向寝室走去。正在这时，一阵急风刮来，风把她的裙子掀了起来。一些好事之徒看见了这一幕。一切都已无可挽回，她"从不穿内裤"的说法像风一样刮进了每一只耳朵。憎恨者、意淫者、惋惜者、同情者各自发表着自己的见解，一时蔚为壮观。

　　这一切终于传到了她的耳朵里。她突然觉得自己活得那么累而无趣，那么自己干吗不成为一只鸟？于是她就让自己变成了一只鸟，从楼上飞了下去。

就在这一年快要结束的一天，杨峰兴冲冲地告诉我，河马又回来了。我一蹶不振已有两个月了，听到这个消息我多少有些高兴，连忙和他，还有施冰莹一起来到了动物园。我惊奇地发现，河马真的回来了，只是不同的是，河马变小了，变得像是一只小羊那么大了。望着缩小的河马，我几乎无法相信自己的眼睛，我把嘴张得老大，我纤弱的身体在微微颤抖，我几乎都说不出话来。我们还看见了那个女驯兽员，她也回来了，只是她再也没有了原来的娇艳，她脸色蜡黄，苍老得像个中年人。人们问她到底发生了什么事？她却什么也不说，只是一味地摇头，两眼无神，面容苍老和疲惫。

看着已经变小的河马，我突然哭了起来，我嘤嘤地哭了起来，我的哭声在空荡荡的河马馆里回响着，杨峰和施冰莹一左一右地看护着我……这时候我多么怀念欧阳慧，如果她活着也许我已经有勇气向她表白了。她为什么要变作一只飞鸟飞翔在黑夜里让所有的人都看不见她？告诉我杨峰，还有你，你们现在彼此相爱那么幸福，可是谁能来告诉我，为什么河马再也不是原来的样子了？告诉我！

我怒吼着对杨峰和施冰莹说，第一次显得不害羞，也不理智。我像一头豹子那样冲撞着、摇着他们的肩膀，他们不回答我，一句话也不说。

一周以后，我听说了女驯兽员辞职的消息。我一个人来到了动物园，听说她已经于前几天走了，谁也不知道她去了哪里，只是所有的人都猜到她和那头河马一定经历了一场什么，传说她爱上了另一座城市中一个驯狮子的男驯兽师，但他好像不爱她。那么她会到哪里去呢？我倚着栏杆，看着那头变小得像一只羊那样的河马，内心空洞、孤独而且忧伤。而且，我体内的芦苇在那些个日子里终于停止了生长。

云

　　我刚和我女朋友玫分手以后情绪像是大群掠过草地的蜻蜓，总是十分缭乱的。结果有天寻晴和常莉来找我了。她们俩一高一矮，见到我之后脸上浮起了调皮的不怀好意的笑："嗨，林格，女朋友吹那么多天了还没有缓过神？今天放电影《与狼共舞》，请我们看电影，我们陪你散散心如何？"

　　我懒洋洋地躺在床上把烟头掐灭，说："《皇帝的新装》中的两个老骗子，又要叫我掏钱了，要知道，正是因为你们老骗我的钱花，玫才飞走的，我可烦透了。"寻晴和常莉是法文系88级的女孩子，两个小泼皮，在没钱的时候总是来叫我去"撮一顿"然后又唱卡拉OK又玩电子游戏的，结果总是我掏钱，因为她们的裙子上没有装钱的口袋。在她们的眼里我的口袋好像有掏不完的钱似的，以至于她们回到外语学院对所有的女孩子都嚷嚷着说："以后没钱就找老林格。"弄得我女朋友玫——那会儿我们还没有分手——听说了以后急忙用我的钱买了四条裙子，要知道那时候可已经是深秋了呀。女孩子，一群叽叽喳喳的麻雀，真该把她们的舌头全部剪掉才对。

"好吧，我正想出去遛呢。最近没听说过谁自杀吧？"我穿上那件花格子西装，套上袜子穿上了鞋子，把桌上乱七八糟的一大堆书和酒瓶一推，站起来对她俩说。

"你就盼着别人死。你失恋了怎么不自绝于人民？咦，你把你那可爱的小辫子给剪掉了？"寻晴往我的脑袋后面看个不停。是的，我的确剪掉了小辫子。我有一个德国朋友叫柯尔克，他在我们系读了两年汉语回国了，他的脑袋上就留着一条十分有名的小辫子。柯尔克走那天，我们每个人喝了十二瓶"中德"啤酒，后来我就也留了一把小辫子，在校园里走来走去，只是为了纪念我的朋友柯尔克。

"剪了。我们系辅导员说我这是招摇过市。"我说，"再说，有三个教文学史的老师都把我当女同学了。他们也不看看我的胡子。他们还给我起了个名字叫玛丽。"

"听说了没有，最近可有男士在追咱们寻晴呢。"常莉假装不太高兴地说，常莉有一个新闻系毕业的男朋友，新疆人，长得人高马大，今年分配到广播电视部了，他们每周都要打一次长途一诉衷肠。上次他回来曾和我们一起在一个下雨的夜晚在大操场中心那块著名的草坪上跳舞喝酒，我把胡利奥·伊格莱希亚斯放得很响，一种忧伤在我们的心中弥漫。那一夜是否已经在时间的大海里死去了呢？

"是吗？那我可真有些吃醋了。寻晴，要知道你是多么可爱。除了女朋友我就最爱你了，可你居然要被某只可恶的公羊给领走了。"我做出愤慨的样子。她们都开心地笑了。

"常莉是血口喷人,你知道她有了男朋友以后好像特嫉妒别人有男朋友。老林格,我们今天要吃威化饼和奶油巧克力!"我们走出了男生宿舍那幢肮脏和喧闹的六层"蜂巢",沿着一条石砌路向校外走去,瞅着不远处商店里的灯光,寻晴央告我说。女孩子有时候就是有一种天然的可爱劲儿叫我感动。"反正我和玫吹了,她也不会发疯似的逼着我给她买裙子了。你们还想吃点什么,两个欲壑难填的老麻雀?"我掏出一张五十元的人民币对她们说。

那天的电影非常精彩。不愧是奥斯卡金像奖的得奖影片。电影演到一半的时候灯忽然亮了,银幕上打出了"片子未到"的字样,寻晴转动着她那精巧的脑袋,在电影院瞄来瞄去找她认识的人,忽然对我说:"嘿,那不是你的'前妻'吗,老林格?"我抬头看去,看见玫坐在我的左前方四排处的地方,和一个穿着红色T恤、留着长发的小子坐在一块儿,正在兴奋地交谈着,姿势亲密极了。玫这个人干什么都凭着一腔热情,要知道,她和我在一起长达一年半才分手,这已够叫我吃惊的了。我们俩恋爱就像是在战斗。记得分手那会儿她先猛地扇了我两个耳光,然后我也扇了她一个耳光,我们两个人终于像友好的敌人那样微笑着一同握着手说:"两讫了。"之后我们便向相反的方向走去了。玫是一个很容易付出感情的人,看着她甜蜜地和男孩说话的样子,我心中别提有多么哭笑不得。你玩得很熟的一件兵器现在被别人操练着,你会是一种什么样的感受?这时,顾盼生辉的玫突然转过了身,一瞬间她也发现了我——同时看见了我的左膀右臂常莉和寻晴，脸上不禁笼罩上了一层奇怪的表情。我们对视长达十五秒之久，之后，电影重新开演了，四周一片黑暗。银幕上出现了成群的水牛在奔跑的场面。"她吃醋了，因为你坐在两朵花之间，而她只攀附着一棵树。二比一，你赢了。"在黑暗中常莉把嘴唇凑近我的耳朵说。

我常常梦到一朵云。一朵非常奇怪和可怕的云，形状很像一个人的完整的内脏，它的颜色不是白色的，而是红色或者是黑色的，它就停在半空中一动不动，在它的身边，其他的云像是棉花团一样轻盈地在迅疾地流动着。它兴许还长有一双眼睛，它似乎在和地面上的我对视，抬头看见它的时候我非常不平静，我们之间有着一种奇怪的默契和排斥，它究竟是什么呢？

到了春天，校园里的各色花朵开得争奇斗艳，女孩子穿着鲜艳的衣裙在绿草杂花之间蹦跶，大地的确是欣欣向荣的。我们学校的风景秀丽是很有名的，这毫无疑问地吸引了许多才子佳人在这样的季节里像惊蛰后的动物一样四处活动。至于我，却是十分伤感，告诉你，我在这样美好的季节里反而将一堆避孕套扔出了窗口。因为我觉得，我再也不会有爱情了，那朵梦中的奇怪的云伴随着我，我再也没有活力和亢奋了，我有的只是尸横遍野的战斗过的荒野一样的沉寂和平静。

我在这天下午来到了寻晴她们寝室。四个女孩子正在为一只黄毛小狗而激动地乱跑。"嗨，林格，给它起个名字吧。"

"就叫它大鼻子吧。这可是常莉男朋友的外号，这样，常莉就不用老是打电话了。"我说完，常莉推了我一把："被别人抛弃的老袍子，看见谁幸福就攻击谁。"

"给它起名叫'与狼共舞'，如何？对门的欧阳慧就说我们是四条美丽的母狼。"周丽揪着小狗的耳朵说。

"还不如叫'玫瑰花'呢。"寻晴说，"这可是老林格前夫人的称号啊。"

"好了好了，别提什么前夫人了。我来是想拜托你们一件事，常莉，寻晴，我是说，我得找个女朋友，新女朋友了。给我当媒婆怎么样？我要求不高，大眼睛，双眼皮就行了。当然，她的身材得像明代的瓷瓶。"

"哇，好兴奋！我们答应了。"两个傻丫头一块儿说。

我们正说着话，王稚雅和寻晴看见有一只小竹篮子一摇一晃地从楼上坠了下来，在她们的窗口停住了。篮子里好像还有什么东西。我走近发现里面压着一块青石头，下面压着一张字条，我拿起字条念了起来：

> 213寝室的四位小姐，我们是313寝室的四名男士，由于组建了"磁石"摇滚乐演唱小组，非常需要一位女主唱。贵室的那个常在二楼洗衣房里引吭高歌的小姐可否担当？而且，我们还想与贵室结成友好寝室。因为我们特孤独。若同意，请在白纸上做个记号，我们静候十分钟。执笔人：马鹿。

我念到这里，四只老麻雀立刻兴奋得欢呼了起来。"是不是好久没人追求了？看你们兴奋的，真俗。答应不答应？"

我说，"寻晴，你这个走廊歌星居然招来了四个崇拜者，真有一手。"

"那当然要答应啦。我们都魅力非凡嘛。"寻晴乐呵呵地说。周丽和常莉赶忙找出了一张白纸，我取出了钢笔，在上面画了一颗被利箭穿透的心，之后，我放在了篮子里的青石下面，那个小竹篮被绳子牵着一摇一晃地上去了。

寻晴后来的男朋友是在跟313寝室"建交"以后结识的，就是那个马鹿。马鹿是一个非常机敏精明的人，和我们在一起总是略略有些羞涩，尽管他的吉他弹得棒极了。他们不知从哪里弄了几面破鼓，和一个似乎连小孩都会玩的电子琴，就凑成了一个七零八落的"磁石"乐队。当然，他们至少是吸引了四只老麻雀，尤其是寻晴。那一段时间她正被一个长得很像长颈鹿的无线电系的家伙苦苦地追求着，长颈鹿扬言要发明一种定向仪，他可以用这种定向仪随时发现寻晴的行踪。寻晴听说后可吓坏了，她实在不能交上这样可怕的男朋友，于是她就转身投入了马鹿的怀抱，谁叫他是"磁石"呢。

有一天玫把自己打扮得像一棵圣诞树似的来找我，大有重修旧好的架势。后来我们依旧是言语不和，因为彼此都要价太高，无法成交。而且，我受不了她这身圣诞树似的打扮。要知道，她刚和我相识那会儿还朴素得像只白色的小鸭子，怎么现在越变越俗了呢？"你的左膀右臂呢？我发现你和我分手以后每一次出去总是和两个以上的女孩子在一起，太风光了，跟杰克逊差不多了。"玫嘲讽地对我说，她坐在床上又靠近了我一尺。

"别离我太近！"我说，"要知道，三个月前我把那些避孕套全都扔了。"

"是吗，再没有女孩子带给你活力了？只有我能让你荷尔蒙增多？可见，你还是爱我的。"

"说不上。我只是想告别一种生活，一种总是处于战争状态的生活而已。"

"最近我老是做着一个梦，梦中我被一只黑猩猩或是别的猛兽追赶，我不停地跑啊，跑啊。和你在一起的时候，我从不做这样的噩梦，我真想停下来，不再奔跑了。"她有些幽幽地对我说。

"你在生活中也是个好演员，走吧，我得去听一个佛教讲座。告诉你吧，我想当和尚了。走吧，我的可爱的圣诞树，谁也抓不到你，我是说那些梦中的黑家伙，因为你是一个不停地奔跑而且跑得很快的人。"我拍了拍她的脸蛋说。

我依旧不停地梦见那朵云。只是有时候我所处的角度不同，在一个梦中我是在大海的中央抬头看云，周围一片透明的蔚蓝，静得连声音都不存在，水只是无声地涌动。那朵黑云或是红云悬在半空，我们就这样互相对视着，我们之间有着一种奇怪的默契。还有一次，我梦见我是站在一座山顶上看云。那朵云依旧停在半空，仿佛在注视着我，我总是感到一丝恐惧和惊讶，因为这朵云像是动物的内脏一样，它究竟象征着什么呢？

嘈杂的蝉声宣告着炎热的夏季来临了，更多的鸟降落于树的枝头，在树枝间蹦跳和鸣叫。我来到了寻晴她们寝室，是想告诉她们我梦中的那朵云，它究竟是什么呢？要知道女人的第六感觉总是非常发达，她们兴许能告诉你宝葫芦里的秘密。那么多的叶在加深，这个夏季来得叫我毫无准备。

"昨天我给晓南打电话了。他在电话中得意扬扬地告诉我，说单位上有好几个女孩在追他，还请他看毛片。"常莉忧愁地告诉我。哈，《皇帝的新装》中的高个儿骗子，你也有伤脑筋的时候。

"你别理他，你说，实际上你已经另有选择了，既然他离你这么远。"我把放在她床上的一只玩具长臂猴拿起来，把它的胳臂绞成了麻花。

"我说了。可晓南在电话中笑着对我说你自便吧，天下没有不散的筵席。我恨死他了，他居然再也不宠我了。原来我平时怎么拧他他都不吭声，我最喜欢他那副受虐狂的样子。有一次我们一块儿看《沉默的羔羊》，电影中那个变态的杀人狂把我吓坏了，出了影院才知道他的胳臂被我拧得一片青紫，可他一声不吭。还有一次，他给我带来了一块奶油蛋糕，我把它从窗户扔了出去，我说，我爱吃的是奶油巧克力，而不是该死的奶油蛋糕！他一声不吭地又跑去给我买回了奶油巧克力。那样的日子多么叫我感动啊，可是现在居然有女孩子请他看毛片，我好伤心。"

常莉说这话的样子总像个台湾少女，声音嗲声嗲气的，半真半假。"那你明天应该坐37次特快去北京，在晚上一点敲开他的门，先扇他的耳光，然后接着吻他，吻得热烈一些，你们之间什么事都不会有了，除了爱，深深的爱。"我微笑着出了个好主意。

"那我明天就去北京。寻晴，这一星期的作业你替我做吧，我最讨厌中世纪法语语法了。我非要把他的耳朵咬下来带回来不可。"

寻晴正玩着一个兴许至少用了八百张一分钱叠成的大菠萝，听常莉这样说，她说："没问题。从大一到大三每次咱们缺课都是互相帮助签到的，你放心去吧，只要把晓南的一只耳朵带回来。嗨，林格，今天，嗯……"寻晴用她那狡黠和悲天悯人的眼睛瞄了我半天，"我想告诉你一件悲惨的事情，你听了别太伤心啊，是关于玫的。"

我扔下了那只大猴子，听她说："昨天我和马鹿在葡萄亭，嗯，接吻来着，忽然，听见左边那一片假山石上有人在说话，我一听就知道是玫的声音。和她说话的是个外国小伙子，我听见玫说：'今天的月亮真是亮啊。'那个老外说：'月亮？亮？月为什么亮，不亮是不是月亮？'玫又用英语对他说了一遍，然后两个人便——传来了类似鱼在交谈的声音，当然，那是在接吻了。你有何感想？我是说自从玫被你抛弃以后她就一天天走向了深渊。你这个老坏蛋，老袍子，最坏了！"寻晴紧紧地攥住她的一分钱菠萝对我说。

我突然之间没有了说话的兴致，因为我来到这里是想告诉她们我做的那个奇怪的梦和梦中那朵云，那朵红色或黑色的云，但是，我说什么呢？我十分忧伤地站起身，和她们告别，然后，就走出了房间。

不久以后，我就听说了玫出国的消息。她认了本校一名外教做干爹——那是个红脸膛的白发老头子，然后，她就跑到澳大利亚读高中去了。她是一个很好的运动健将，我打心眼里佩服她。那一段时间常莉也从北京回来了，只是她没有带回晓南的耳朵。因为据她说，晓南由于看毛片学坏了，没有束手就擒心甘情愿地被她咬掉耳朵，而是差点儿把她的鼻子——这鼻子长得非常法国味儿——揪了下来，然后，常莉就一个人回来了。

"别一脸愁云。生活就像月亮，有阴有晴有圆也有缺。重新开始吧，像你原来告诫我的那样，要努力地活下去。"我庄严地握了握常莉的手说。

那些日子寻晴和马鹿的关系却在十分迅速地发展着，几乎就像火车一样快。两个人很快地到了被我们纷纷猜测的"那种程度"，因为寻晴突然改变了发型，把自己涂抹得像个随时准备血口喷人的妖女。"磁石"演唱小组在那年夏天的一次演出中十分壮观，主唱寻晴被迎头扔来的橘子和臭袜子打击得更加增大了嗓门，喜欢"磁石"和讨厌他们的观众在台下分成了两个自然群落，然后开始斗殴了，那场面很像古代部落之间的殊死决斗。后来，所有的观众都在校卫队的电棒驱赶下离开了大操场，只有我一个人从一片桉树林里走了出来，孤零零地站在操场的中央，听着"磁石"乐队的最后一支歌《相拥到天黑》。偌大的操场人都散去了，夏季湿润温暖的风吹动着我的T恤，我听完了寻晴的嘶哑的演唱，之后便是一阵死一样的寂静，接着，操场上响起了我一个人的掌声。在舞台上马鹿疲惫地垂下了他的马鹿脑袋，寻晴哭了，哭得那样空洞而且忧伤。

就这样，一直到毕业我都没有给任何人提到我梦中的那朵奇怪的云。这几乎成了我一个准备带到棺材中的秘密。我告诉谁呢？没有一个人知道它是什么。再说，每个人都在忙着自己的事。毕业后常莉一个人去了南方一座高节奏运行的城市，她来信说她孤独地在摇滚乐节奏的城市中机械地迈着舞步；而寻晴和马鹿，则双双回到了寻晴的老家湖南，而且，从寄来的照片来看，他们不久就要结婚了。我现在藏身在北京一幢四十层楼的第二十九层写这篇小说，在我的四周，这座大城正在吱吱嘎嘎地转动着，到处都是生长和衰败并生的气息。我该告诉谁我梦中的那朵云，那朵像内脏一样的黑云或是红云？

　　几天以后我收到一封信，信是玫从澳大利亚来的。信中说："……我过得快活极了，因为我讨厌黄种人，现在我终于可以和白人在一起朝夕相处了。我要告诉你的是，我的新男友叫马克，他是一个赛车运动员，尽管这三年来他总是在比赛中处于最后一名，可他最终会胜利的。我们上周一同去中心沼泽打了一次鳝鱼，嗨！我开枪打中了它的脖子，当然是马克先开的第一枪，但我至少是打中了它的脖子，真带劲！

　　"可是我想告诉你一件事，这半年多来我总是梦见一朵云，一朵像人的内脏一样的怪云，它是黑色或者红色的，它从不飘动，只是停留在半空之中看着我，它好像还有一双眼睛。我每次梦见它醒来之后总是感到恐惧、恶心和一种奇怪的甜蜜和忧伤。你能告诉我它是什么吗？"

　　谁能告诉我它是什么，或者象征着什么？

跟随象群离去

"斯皮尔伯格。该死的斯皮尔伯格，他为什么要拍这样一部令人恐怖的影片？你看过他导演的另一部电影《大白鲨》没有？那一部更叫人恐怖和恶心。"彭虹问范百黎。现在她们是在自己的寝室里整理她们乱七八糟的衣裙。那些裙子像是一群色彩斑斓的死蝴蝶，凌乱地摊放在她们的床上。在两边的墙壁上贴着香港影视歌星张国荣和台湾歌星童安格的大幅肖像，张国荣笑得像是一个新郎，而穿着闪闪发光的白色礼服的童安格看上去则显得冷峻而又深沉。他们是她俩的偶像，已经有两年了。

"有人说我们是同性恋，哈哈，我们是吗？喂，我说斯皮尔伯格的影片真叫人讨厌，这部《疯狂的追逐》让我今天的情绪坏透了。"彭虹把她的一条深紫色的碎花裙子扔在了床上，"总是被一辆卡车追逐着，影片上只有一个人，剩下的全是脚和在阴影中藏着的脸，我烦透了！"

"是谁说我们是同性恋？又是对门那个天天像鸭子一样叽喳的张玲吗？"范百黎把裙子叠好，放在了打开的皮箱里，"可是我喜欢斯皮尔伯格。他有一脸大胡子，而且，他的眼睛总是被一种奇异的梦幻笼罩着。他是一个伟大的做梦者。他的照片剪样在我那本剪贴集里。”

“可是他净做噩梦。他为什么不给我们拍几个他的美梦？我今天的情绪坏透了，加上同性恋什么的。该死的张玲。”彭虹晃着她的宽肩膀，走到了窗户前，把两只嗡嗡追逐的蜜蜂关在了窗外，“嗨，你看，那些樱花又开了。樱花真是漂亮，像粉嫩的云一样。”彭虹对范百黎说，“嗨，你为什么不说话？今天你是怎么啦？怎么总是我在絮絮叨叨？”

范百黎拽了拽她那条黑色的裙子，把皮箱合上。“夏天快来了，我们都可以穿裙子了，我真高兴。”她说。

“可是我不高兴。前天我们还看了那部《阿姆斯特丹的水鬼》。为什么最近老是在演恐怖片？我有一个好主意，把张玲和长颈鹿关在一起，只要半个月，她就不乱说了。因为长颈鹿不会说话。哈哈。”彭虹笑得灿烂极了。她把桌上的西班牙语课本一一地摊开。

“云。真是花朵的云，真美丽。我说，夏天快来了。”范百黎站在窗前，看着楼下那一排高大的樱花树说，“樱花一落，我们就可以穿裙子了。”

彭虹和范百黎是H大学西班牙语系的三年级学生。彭虹是一个高个子女孩儿，她走起路来总像是一个男孩子那样晃动肩膀，留着一头乌黑发亮的披肩发。她的眼睛异常美丽，有一种水晶的质感，但在看着陌生人的时候相当礼貌而且冰冷，很有些拒人千里的味道。范百黎同样也留着长长的披肩发，不同的是，她总爱把头发烫成丝丝缕缕的，像是一些呈扇面分散开来的钢丝小卷儿。她的个子小小的，脸呈鹅蛋形，她笑起来的时候眼睛眯得十分好看，而且左嘴角居然露出了一颗雪白的小虎牙，两只眼睛像一弯新月一样漂亮。她们都没有男朋友，并不是没有人追她们，而是她们总觉得两个人在一起太好了，以至于谁都无法在她们中间插进来。她们一同上课，一同去图书馆，一同打饭打开水，然后一同仰起脸看海报和头顶如云的樱花。她们俩其中一个人说了一句什么，另外一个人立刻心领神会，她们感到互相之间有着一种奇特的默契，可是，可是，总是没有男朋友，也是不好玩儿的事情，对吗？所以，当班上的女孩子都像小羊被长相滑稽的公猴子们领走之后，她们显得孤立而又卓然不群。那么，她们是同性恋吗？

那天她们俩漫不经心地走在樱花大道上，一边咬着鱼片和锅巴，两个人都很爱吃零食，她们的目光很随意地在人与树之间游移。来看樱花的人很多，多得像鱼群一样荡来荡去，两个女孩子晃晃悠悠地走着，后来她们走到了大操场上，看见大操场中央已经长满了绿油油的草了。"嘿，真棒，我们去草地上坐一会儿。阳光真好。"彭虹仰着脸，把她那一头黑色长发摆了摆。正在这时，一个网球滚到了她的脚边。她和范百黎都抬起了头，看见一个穿运动衫的小伙子正拿着拍子在二十五米外的地方望着她："嗨，我说你把那个网球给我扔过来！"

彭虹冷冷地看着他，没有理会。"别理那个臭小子。"范百黎挽住彭虹的手说。

那个人挥舞着网球拍来到了她们身边。"真是两个聋子，你们难道不能用脚踢一下？踢一下网球就会回到我的脚边的，两个笨蛋。"他笑吟吟地对她们说。她们看清楚了他长着一副宽宽的肩膀，脸膛并不很英俊，但眉骨粗大，而且眼睛很亮，有着一丝深沉的狡黠，脸色黝黑。

"你才是笨蛋呢。只有笨蛋才会把球打到他的手够不着的地方。"范百黎挺起了胸，噘起嘴十分冷静地对他说。他弯下腰捡起了那个翠绿的网球，等到他抬起头来的时候，彭虹和范百黎已经挽着手顺着铁栏杆走到草地中央去了。"喂，你们是哪个系的？告诉我，我会去找你们算账的。"范百黎回过头，听见他这么说，阳光下他的脸十分生动黝黑发亮，笑吟吟地看着她们。

后来那个家伙就推开了她们寝室的门，两个笨蛋居然全在，嘿嘿，连锅端了，他几近于厚脸皮地强行挤了进来，因为范百黎小巧的身体挡不住他。"我叫林格，认识你们很高兴。其实我是来向你们道歉的。"他笑着说完，居然从口袋中掏出了一袋薯片和一袋孜然锅巴，放在了桌上。

彭虹和范百黎都十分宁静而又有分寸地退到一边，并排靠在桌子边，用清澈而又有距离的目光看着林格。林格大方地找了一只凳子。"我得喝一杯水。"说完他自己去拿起暖水瓶为自己倒了一杯，然后，他用手撕开了鱼片和锅巴袋子，"二位小姐，请吧？"

范百黎抬头看了彭虹一眼，两人轻轻一笑。她们的笑容十分复杂，仿佛是暗中有所预谋一样，意思是：哈，有一个男孩子企图挤入我们中间来了？他会追我们中的哪一个，抑或两个人都追？

那天她们和林格随便地聊了起来，她们知道了他是哲学系的，而且酷爱足球。她们俩也酷爱足球，立刻说起了刚刚举行的一场意大利米兰队和巴西队的交锋，她们还谈了许多别的。林格注意到了墙两侧各贴着的张国荣和童安格的巨幅照片，他走的时候在想，她们各自崇拜他们中的哪一个呢？他走下布达拉宫似的连体大楼的五十二级台阶时闻到了樱花的清丽的香气时，还在想着这个问题。

一场雨下来，樱花几乎被扫落一空，地上到处都布满了潮湿的花粉气息。春天在加深，而夏天的确快来了。夏天是女孩子的季节，因为，她们又能像蝴蝶一样穿着色彩斑斓的裙子在校园里招展了。范百黎和彭虹想到这一点十分兴奋。她们走在去电影院的路上还在谈着已有的和将要有的裙子。她们是去看道格拉斯主演的《黑雨》，这部影片的另一个主角是高仓健。

"我最讨厌施瓦辛格，他主演的那部《魔鬼终结者》，有一个镜头是他用拳头把一个人的肚子挖开，掏出了一颗心。"

"我不讨厌他。我还喜欢威廉·史泰龙。《第一滴血》是一部多么好的片子，只可惜我没有看过第二集。好像张玲说过第二集中拿导弹打他都没有打中？真是越来越神了。"

街上的灯光都是橘红色的，夜空似乎在轻轻颤动，春夏之交的空气潮湿而又滞重，她们都感到了头发被风吹得晃来晃去。两个人一边走着，一边嚼着鱼干和朱古力豆。H大学看电影的人真多。是不是一到三年级大家就都不爱上课了？你瞧他们像一群群鱼一样都跑出来，寻找新的水草了。走在路上，彭虹指着人头攒动的人群对范百黎说。

忽然，暗影之中有一个人飞快地骑着自行车在她们的旁边刹住了车："彭虹，范百黎，你们好！是去看《黑雨》吗？我这里有两张票，你们谁去？票已经卖完了，可是我却只能请一个人去。"黑暗中可以看见林格高高的身影跨在自行车上，他的白牙齿在灯光下闪着亮，他的脸庞看上去挺英俊的。

"你去吧。"彭虹推了推范百黎。"不，你去。我不喜欢高仓健。你去。"范百黎笑着推了推彭虹说。

"走吧，再有三分钟电影就要开演了，快点儿，我说你们到底谁去？"林格有些不耐烦了，他摆动手臂的样子好像要随时准备击回去一个网球似的。

"我们都不去了。谢谢你，林格。"彭虹说。

"不，你去。"范百黎猛地把彭虹推向了林格，转身向回走去。她走得非常快，几下子就融入了黑暗以至于彭虹甚至都来不及说些什么就找不到她的影子了。她没有追过去，而是坐上了林格的车后座。在林格带着她飞快地向电影院驰去的时候，她在心里说，林格真是一个讨厌的家伙。她的确十分讨厌他，可是，她为什么要答应他的邀请？

事实上范百黎扭身往回走的时候非常渴望彭虹能跟着她一同往回走，但是，她消失在许多人的影子里的时候她并没有听到彭虹的急切的脚步声从背后传来。她忽然感到悲伤极了，她不明白为什么有三年之久的那样深刻的情谊竟然叫一个刚刚闯入了她们之间的讨厌的家伙给拆开了。她轻轻地哭着，泪水在脸上向下落着，她像是一只轻巧的飞鸟，白色的裙子在黑夜中飞快地向校园里飘去，她感到伤心极了。

彭虹在电影不到一半的时候在黑暗中对林格说："对不起，我出去一下。"黑暗中林格冲她点了点头。在看电影的过程中他们没有说几句话，林格递给了她一袋椰子软糖，她因此一直不停地吃着软糖。现在，她拎着半袋糖钻出了黑暗的电影院。道格拉斯猫着腰躲在汽车下面，准备开枪了——她走出了电影院，加快了脚步向学校走去。她的黄裙子像一朵睡莲，在风中盛开，她觉得自己对林格一点儿好感都没有，这个人的确是一个讨厌鬼。

她回到寝室的时候发现范百黎已经伏在桌子上睡着了。桌子上边放着半瓶雷司令。她抬头发现，她所崇拜的童安格穿着银色西装的画片已被撕成了两半，扔在了地上。她明白这是怎么一回事了。这时范百黎听到了响动，抬起了头，冷静地看着她。

"你为什么要喝酒？"彭虹竭力叫自己的声音听上去不要过于激动。

"我想喝。怎么，电影好看吗？"范百黎轻轻一笑，问她。

"那你为什么要把它撕成两半？"彭虹听见自己的嗓音突然提高了。一只黑褐色的蝙蝠猛然从开着的窗户飞了进来，而又迅速地飞了出去。

"我讨厌你不再有偶像了。"范百黎说。

"谁说的？谁说的？"彭虹气得声音犹如蜂翼在空气中颤抖，她忽然想起了墙的东面还有一幅张国荣的画片，她走上前一把把"张国荣"拽了下来，使劲儿地撕了一下，没有撕开，她又拿出了自己的小剪刀，用力地剪了开来，眼泪就流下来了。直到把"张国荣"剪成了一堆破碎的鸟翅，她才梨花带雨地转脸对范百黎说："我今天有点儿恨你了。"

范百黎又倒满了一高脚杯雷司令，举起来，笑眯眯地对彭虹说："这下咱们打了个平手，我说，喝一杯如何？忘掉那个黑小子给我们带来的不快。谁也别想插入到我们中间来，对吗？"

樱花像雨点儿一样飘落在地上，很快被人们踩到了泥土里。空气变得闷热了起来。夏天真的到了，所有的树叶颜色都在加深。校园里充满了活力。在这样的一个夜晚，范百黎一个人坐在那里整理她的张国荣的全部照片集子。彭虹去做家教了。她不在的时候，范百黎总是感到内心空空落落的没有依靠。门被轻轻敲响了。

她打开了门。穿着黑色短袖衫的林格一闪身进来了。"你好。"他说，然后他露出了那一口漂亮的白牙笑了。

"彭虹不在。"她说。

"不，我是来找你的。你喜欢草莓吗？咱们校园那座山上长满了草莓，野草莓。红红的，像玉石一样闪光。"林格的笑十分生动，"明天跟我一起去采一些好吗？"

"好吧！"范百黎一下子弄不清自己为何答应得这么爽

快。她抿起了嘴唇，不愿意去看林格的脸。

"那么明天早晨八点我们在葡萄亭见，然后一起去采草莓。再见。"林格一闪身，又出去了。

第二天范百黎如约去了葡萄亭，见到了等候在那里的林格，他们一同爬上了校园里那座十分著名的小山。沿着环山小径，他们采到了很多的草莓，多得数不清，到处是草莓，到处都是。范百黎不停地弯下腰去采摘。林格则在讲着他自己，讲着哲学，讲着从亚里士多德、柏拉图、老子、孔子、庄子一直到海德格尔的所有的死者。最后，他猛地停住脚步。"我多么喜爱这些已经死去的人啊！可是，你还不知道，象群要经过这里了。"

"你说什么？象群……什么？"范百黎专注于一丛草莓，她抬起了头，迷惘地问林格。林格耸了耸肩："没什么，什么也没有。"

这天下午范百黎回到寝室的时候先藏好了装满了一塑料袋的草莓，她刚一进门，彭虹就阴沉着脸问她："今天一整天你跑到哪里去了？乔治·桑的论文你为什么还不交？老师今天点你的名了。"彭虹说到这里，忽然皱起眉头："我怎么闻到了你身上有别人的气味？你一定和一个男孩出去了。"

"不，不不，是它们，是草莓。"范百黎慌忙从背后拿出了那袋野草莓，"你不喜欢它们？"

她们一同去听中文系某个博士生导师所讲的中国现代诗导读。坐在阶梯教室里她们俩的心都安定不下来，因为，夏天真的来了。她们看见有不少蜻蜓和蝴蝶在透明的空气中飞动，撩动那些飘浮着的尘埃，有一种怅然若失的感觉。讲台上博士生导师的脑袋轻轻摇动。"他是在讲徐志摩吗？"范百黎问彭虹。"不，他在讲闻一多。""那么，徐志摩是不是为了去上海看陆小曼的演出，结果飞机失事死去的？"范百黎又问。"是的，徐志摩可是一个痴情的人，一个老顽童。"她们就这样悄悄地说着话，一直到下课，当她们磕磕碰碰地站起来收拾自己的那一堆书时，她们才发现，在她们的后排，有一个穿红色圆领T恤的人，还对她们笑着。他正是林格。

"又见到你们了。"林格走了过来，"我想跟你们说最后一句话。我要送你们一份礼物，就是这副网球拍。你们瞧，我的手受伤了，不能再打它了。"林格突然面色忧郁地举起他的右手，右手上两根指头被白色胶布包在了一起。"而且，象群要来了。"林格咕哝了一句，递给她们每个人一张明信片，上面画着一群大象。然后，林格又耸了耸肩，挟着他的那本海德格尔的《存在与时间》，像一条黑色的鱼一样晃出了教室。

第三天早晨，全校所有的人都听说了象群到达的消息。他们每一个人都像是受惊的鸟一样互相传说着这个消息，说是有一大群象，有许多象，有至少一千头大象，晃动着它们宽阔的、庞大的身体，甩动着它们美丽而悠长的大鼻子，慢悠悠地从校园里穿过去，象群行进得十分缓慢，可是它们看上去个个是那么坚定和亲密。谁也不知道它们要到哪里去，它们也没有理会看见它们的人的惊讶，它们穿过了夏季的校园的草坪，走过了石子儿小径，绕过了未名湖，在一座雕像和一座石碑面前分别地停了一下，之后它们又继续前进了。看见它们的人说象群的到达和离开都是那么悄无声息而又秩序良好，象们源源不断，像是一股灰色的水流一样流过了这块深厚的土地，所有看见象群的人都说，象群的到达和离开都是那么悄无声息、整齐、严密、坚定和温暖。

第四天彭虹和范百黎去哲学系找林格，可是哲学系的老师和学生也都在找林格，因为，他们发现林格失踪了。这个热爱那些伟大的死者、脸色黝黑的、一笑就露出了一嘴漂亮的白牙的人，他到哪里去了呢？谁也不知道他到了哪里。只有一个传说：他跟随那群大象远去了。因为他给了她们画有象群的明信片，他不是跟随着象群离开，他会到达哪里呢？

毕业后彭虹和范百黎被分到了两座相隔很远的城市，这两座城市被两条大河所切断。她们在分手之际的那个深沉的夜晚，喝掉了不知多少雷司令。她们哭了，哭得像黑夜一样单纯而深刻。那天范百黎第一次和彭虹紧紧地拥抱了，像两个真正的老朋友那样，范百黎哭着说：

"我喜欢林格，真的……第一次在操场见到他时我就非常喜欢他，因为他多么像《炎热的夏季》中的那个美国北方的黑人律师。后来，他领我去采了草莓，你知道，我是多么喜欢草莓吗？他领我去采了草莓，那天他跟我说了许多话，他告诉我他真心喜欢你，可是他知道你一点儿也不喜欢他，甚至是讨厌他。他说他发现他一旦介入我们之间，我们就会成为永久的敌人。可是，我见他第一面时就喜欢上了他，我多么喜欢他呀！可他为什么要跟随象群一起离开呢？他要到达哪里？告诉我，是谁在主宰着我们，叫我们各自得不到自己想要的东西。是否，我们也应该跟着象群离开？"

"不不，象群永远不会再来了，永远，不会，再来了。"彭虹喃喃地说，她们拥抱在这个大学时代的分手之夜，哭声像黑夜一样单纯而深刻。

大声哭泣

　　我和老姚绕过两座石椅和石凳，穿过几株大芭蕉掩映下的一条曲径通幽的石子小径——小径上尽是用各种小石子儿组成的动物图案和一些催人上进的古代格言，我们来到了学校的网球、篮球和排球场。

　　我一眼就看见了长头发的梁海涛正在和一帮穿着牛仔服和工装裤的姑娘小伙子们打排球，他那一头披肩长发使得他从背后看上去潇洒极了。要知道，梁海涛可是H大学中文系作家班中最讨人喜欢的家伙了，就在上周六，H大学的狗屁"红枫艺术节"上，他和老姚，还有另外三个写诗的家伙表演了电影《红高粱》上的颠轿舞，把晚会的气氛推上了高潮，以至于至少有三个女孩子将自己的高跟鞋扔到了舞台上。现在，梁海涛一个前滚翻，用手垫起了一个球，球飞向了对面。一阵惊呼，三个女孩子都去救那个球以至于撞到了一起，球还是飞了。

　　"哈，几只笨小狗全碰到一块儿了。"老姚乐呵呵地打趣道，梁海涛听见了，他转过了脸，把额前的长发朝肩后一甩，咧开嘴笑了。他的脸颊像是用刀削的一样平整倾斜，显得很有力度，似乎很像美国某个硬派电影明星。不过，他说话总带江南吴语的腔调——他来自江浙，因此有不少温柔气息，我看见另外几个家伙停下来，表情十分严肃地看着我们。我说："老姚，你骂她们是笨小狗，她们全生气了。""喂，认识一下，剧作家老姚，校园诗人乔可。这几位是日本留学生佐佐木、加藤美智子、黑田三郎、渡边升、山口庆子、村上惠子。不过，我们的确像是一群笨小狗。"梁海涛介绍完了，搓了搓手。

几个小日本一齐冲我们半鞠躬，老姚卷起了袖子，笑着说："再加上两只笨狗，怎么样？"

那是我和老姚第一次和日本人混在一起玩儿。在此之前，老姚在所有的场合都说日本人的坏话，说他们如何没有幽默感，如何刻薄和坚忍，如何过于呆板，工作起来如何玩命几乎像是可怜的工蜂，并老是衣冠楚楚对什么事都好奇却又装作漫不经心。"全是一帮假模假式的浑蛋。"老姚得意扬扬地说。后来，我们很快和这帮日本留学生混熟了，当我听说那个叫村上惠子的女孩子，在日本做了一星期豆腐，就赚到了在中国一年的生活费用时，吃惊得就像是一个老傻瓜。至于另外几个，父母亲一般都是百万富翁，他们来中国除了学习东方古老的文化，还有一个梦想：到西藏去组成一个原始群落，以避开现代社会的嘈杂和喧嚣。我注意到那个叫山口庆子的女孩子笑起来真是纯真生动，她不停地点头示意，脸上忽隐忽现的酒窝显得美妙动人，而且，她看梁海涛的眼神十分热烈。

"雷吉娜，雷吉娜，讲一讲索绪尔语言学中关于语言和言语的区别。"刘教授摸着他那锃亮的光头用教鞭敲着讲桌。

雷吉娜——一个法国留学生站了起来，她显得十分局促不安和害羞，她低着头，让一头金黄的头发遮住了至少半个脸。我就坐在第二排，侧过脸看她。她的长相实在一般，虽然只有二十四岁，可看上去她至少有三十岁了。她总是显得十分忧郁，心事重重的。每次上课她总是在已上课十分钟后才进来，然后就坐在第一排。按说中文系作家班的才子应该早就注意到她，并且向她发动跨国界进攻的，可是至今没有什么风声。要知道，那帮小子几乎追遍了H大学树枝上所有漂亮的小鸟儿。可见雷吉娜的魅力欠佳，至少她看上去没有一点儿青春活力。

雷吉娜用吃力的汉语阐述了语言和言语的区别。"嗯，很好。乔可，考古系的乔可，你来讲一下结构主义语言学的几个构成部分。"刘教授双目炯炯地看着走神的我。我十分流利地回答了。看上去刘教授感到十分遗憾，要知道，他本来打算存心难为我一下的。

下课的时候，我站起来说："雷吉娜，雷吉娜，今天晚上我们系和留学生部一起搞联欢，这里有两张票，请你和朋友们来，好吗？"雷吉娜迟疑地接过了票，有些迟钝地点了点头。

……她说她的家在法国南部的一个盛产葡萄的平原上，那里气候湿润，阳光充足。她的父亲是一家葡萄酒酿造公司的大老板，在地中海沿岸和北非都有分号。"葡萄酒，葡萄，我的生活中被它们填得，很满，满满的。我们家，还有，一座小岛，它在地中海撒丁岛边上。上面有别墅。我们还有一架飞……机和两艘游艇。我们家过、过豪华的生活。"她举起殷红的葡萄酒杯，轻轻对着灯光晃动，"可是，活着，生活，在别的地方。你喜欢一个叫米兰·昆德拉的人写的《生活在别处》吗？那个雅罗米尔，我很喜欢。"

听到一个法国女人谈到她喜欢正在像疾病一样在中国知识界流行的米兰·昆德拉，我感到很吃惊。我并不喜欢他，我想，至少米兰·昆德拉总是把小说写得像差劲儿的四重奏一样令人厌烦！"对，雅罗米尔，他出卖了自己的恋人，同时也找不到自己的方向。他觉得生活在别处，可是他却从来没有找到它。而我更喜欢西蒙·波伏娃的那部《人都是要死的》，我们都要死掉，还干吗老是去关心生活在哪个地方呢？"我反问她。

雷吉娜苍白的脸显得更白了。"西蒙·波伏娃？那个女权主义者？她甚至，连生一个孩子都不要，她，不是一个女人！她没有生活，真正的生活。雅罗米尔有。"她固执地说。

"不。真正的生活就是现在。生活不在别处，在现在，比如现在我们坐在一起聊天，这就是真实的，而且它还会成为回忆。人是靠回忆才生活下去的。"我说。

雷吉娜把杯中的残酒一饮而尽，之后说："我，是靠着梦想，生活的人。你们中国人，很现实，你们不懂我。"她的两只陷得很深的眼睛闪烁着幽暗的光。

那天的晚会十分热闹，几个哈萨克斯坦和俄罗斯的留学生像是一群笨熊一样跳起了好看的中亚舞蹈。边上莲花椅上坐着的几个美国小伙子开朗地大笑着，把杯中的啤酒互相抛洒——我真羡慕他们的无拘无束。我感到和雷吉娜坐在一起十分沉闷，刚好看见梁海涛正和山口庆子、渡边升等坐在一起，我就对雷吉娜耸了耸肩，向他们走去。我看见山口庆子用一根竹签扎起一块菠萝放到了梁海涛的嘴边，目光大胆而又热烈。大家七嘴八舌地在说着东京大阪什么的，我有些心神不定，不知道为什么。过了一会儿，我悄悄把嘴唇凑近老姚的耳朵："喂，你发现没有，山口庆子已是第二次给梁海涛夹菠萝块儿了。"

"梁海涛可是有老婆的人，他无非和日本妞逢场作戏而已。"老姚信心十足地说。

晚会结束时我同时看到了两种背影消失在黑暗中：雷吉娜的身影孤单而又落寞，而梁海涛揽着山口庆子的背影显得年轻而温馨。

我知道至少有几十个女孩子喜欢在留学生公寓出出进进的，因为，这些女孩子都梦想能有朝一日被某个洋鬼子领出国门。我原来的女朋友瑶就是这样一个女孩子。她和我分手之后就梦想找个外国男朋友，然后一走了之。我还记得我们第一次睡觉之后，她突然叹着气对我说："唉，我很爱你，乔可，可惜你是黄种人。我把我的第一次给了你，从此以后，我不会再让任何一个说汉语的臭男孩动我了。"说完之后她大哭不止，我们很快就分手了，她也转到了上海的一所大学去了，据说上海有亲戚能叫她尽快出国。我一直没有听到她的消息，我承认我曾经发疯似的爱过她，可这是一个即时性的时代，人人都在忙乱地寻找和捕捉着他想要的东西，而人人又都像是转瞬即逝的大海的泡沫。

我的宿舍的墙上被我贴上了三幅风景画：一张是灯火朦胧之中的旧金山大桥——这是一个钢铁造就的家伙；一张是俯瞰的日本富士山——与通常仰视角度拍的不一样，画面上的富士山被周围更为广大的自然包围着，显得安详、美丽、神秘和亲切；另一幅是俄罗斯西伯利亚白桦林，有着金黄的树叶的白桦树像是亲密的兄弟一样站立在大地上，那样广阔和浩大，叫我震惊。

我每天都看着它们，叫它们把我带到这些遥远、神奇和美丽的地方。我知道兴许我亲眼见了它们又会万分失望，所以，我是一个在憧憬中生活的冥想者，仅此而已。

不久，我就听说了梁海涛和山口庆子恋爱了的消息。而且，在随后的一天我还目睹了他们之间的亲密。那天我和老姚去他的宿舍，山口庆子正好等在那里，见我们进来，她鞠了一个躬说："梁海涛，等一下好吗？"正说着，梁海涛满头大汗打了饭菜进来了。山口庆子突然高兴和敬畏地站起来，不停地给梁海涛鞠躬，简直就像是见到了上帝。我们算是亲眼见到了日本女人是如何温柔的了。她是那样谦卑，那样投入，心甘情愿地把自己当作一件附属品。能被这样一个女人所爱，真是要幸福死了。那天我和老姚走下楼之后心情十分不好，因为，我们的生活是多么琐碎和烦乱啊。

第二天上课时，我悄悄问梁海涛——他也选了这门唐宋爱情诗词研究，我问他："嗨，老梁，你到底动真情了没有？要知道，山口庆子那么纯真，你该怎么办？你老婆据说很厉害，她会饶了你？"

梁海涛苦笑了一下："其实生命都是过程。我一直想活得轻松一些。再说，我的确爱上了她。但我们之间不会有任何结局，我们只有过程。"

"你不是一个追求结果的人，对吧？"我问道。

"不不，结果是自然呈现的。我深知我们无法抵抗生活中的巨大力量，这种力量随时都会把你推向你不想去的地方。抓住现在，小兄弟，你认识那么多甲骨文，你能告诉我，古代的中国人是如何看待瞬间与永恒的吗？"

"不知道。不过，我知道现在是一个即时性的时代，没有什么值得真正谈论的东西。古代奥林匹亚山峰上的众神已被影视歌星崇拜所代替了，而上帝手中的权杖变成了金钱。有什么值得我们信赖？爱情？一切都是破碎的。"我十分残酷地说。

他沉默了好一会儿，脸色显得很阴沉。"一定有些什么东西，是值得去把握和付出的。"他喃喃地说。

有一天我终于把那些贴在墙上的风景画全部扯了下来，我把它们撕成了碎片，然后扔到了风中，叫风把它们带走了，眼泪在我的眼睛里打转但没有流出来。因为我刚刚听到一个消息，说是我原来的女友瑶在去往广西阳朔的飞行途中，在空中飞机碎成了千万片，人和飞机都没有一件完整的。要知道，瑶是知道我内心的秘密最多的人，尽管她最大的梦想就是嫁给白种人，可是，她死了，我立刻就在心里原谅了她。问题是，她为什么要坐上去广西阳朔的航班？这个不折不扣的疯子。我得承认我爱过她，现在依旧在内心中爱着她，而今天，我把那些画片撕得粉碎，就是为了不再去梦想任何事情了。生活带给我的惊异已经够多了。

三月以后，桃花杏花次第开放，校园里的空气骤然间变得温润起来，似乎所有的眼睛和喉咙都要在这样的季节里复活了。梁海涛和山口庆子的关系到了白热化的地步，而就在这时，山口庆子的父亲突然强行叫她回国了。在临走的几天里，山口庆子和梁海涛日日夜夜都在一起，她发誓要把梁海涛带到日本去，因为她太爱他了，而他也深深地爱上了她。但是，在中国，他有自己的妻子和孩子，他同样也深爱着她们。他不能离开她们而和她到日本去。再说，他到日本干什么呢？卖豆腐吗？因为，他是一个小说家。种族就是命运，他无法离开他已经熟悉的一切。而这时，渡边升、加藤美智子、佐佐木、村上惠子等已经去了西藏，去建立他们的原始村落了。

于是山口庆子大声哭泣着坐上了飞机，飞入了空中。空中的足音、爱情、瞬间的伤痛切入了永恒的记忆。在机场中梁海涛脸色忧郁，刀削一样的脸隐入了大理石柱的暗影里，沉默着不出声。

就在这年四月，雷吉娜突然和H大学基建处的一个工人结婚。证婚人就是秃顶的语言学概论教授刘先生。在十分简洁的婚礼上，在烛火突然被一阵风吹得向一个方向倾斜的时候，雷吉娜猛然扑入了丈夫的怀抱——他是一个体格健壮的普通中国男人，有着中国男人的质朴、自信和坚实——大声地哭了起来，她哭得那么伤心，那样动情，以至于显得那样地真挚而动人。她在那一刻口中喃喃自语，经刘教授的翻译，我们知道了她的百万富翁父亲，在她来中国的时候曾经告诫她，说她干什么都行，就是别嫁给中国男人，否则他会与她断绝一切关系的，而且，她将不再有财产继承权了，那些别墅、游艇、飞机和金钱，都不是她的了。现在，她彻底地与过去的生活割裂了。她兴许真的找到了真正的生活。但她却大声地哭泣着，哭得非常深刻和动情、忧伤和幸福，就连刘教授——他被我们暗中起了个别号"伪君子"——都不停地擦着动情的眼泪。

山口庆子回到日本后，几乎每一天都要从日本给梁海涛打电话。两个人在电话中互诉衷肠，彼此都能听到对方哽咽的声音。山口庆子在电话中大声哭泣着，哭泣声比他听到的任何一种声音都深刻，都令他震动。他让泪水哗哗地在脸上流着。听着远方那曾经刻骨铭心和他相爱的女人的声音，这一切显得真实而又虚幻。山口庆子每月给他寄来十万日元叫他给她打电话，他们就这样在电话中倾听与倾诉，在这个转瞬即逝的时代里恪守着一点点对永恒的期待，互相倾听与倾诉，大声地哭泣着。

很快，梁海涛毕业了，回到了故乡，但山口庆子那大声哭泣的场景和内容，像刀片刮擦着我的耳朵，使我听到了心灵的回声，在真实的墙壁上的碰撞。

也同样是在这一年燥热的六月，我接到了瑶的母亲打来的电话，她告诉我瑶并没有死于飞机失事，而是已经去了日本，现在在一家酒吧当招待，每天工作十一个小时，一个月八万日元——多么廉价的劳动力！在她给她母亲的电话中，她大声哭泣着，说她无时无刻不想着自己的家和妈妈，哭声中含着很多期待和幻想的破灭，她妈妈听得心都快碎了，在电话中，瑶告诉她妈妈不要将她的境遇告诉任何一个人，叫大家以为她已经在那次飞机失事中死掉了会更好。尤其是不要告诉乔可——她在二十年间唯一爱过的一个男孩子。"我甚至恨他！因为他没有坚持着把我留住，不然毕业了我会嫁给他。我还要到美国去，到美国去……"她大声哭泣着，后来她的母亲觉得兴许我会知道该怎么办，就打电话告诉了我一切。可是，在这个转瞬即逝的时代里，我又能安慰她什么呢？谁的生命不是一阵风？

雷吉娜、山口庆子和瑶，在同一个季节里大声哭泣着，成为这个时代的注解与风景。她们大声哭泣着，犹如暴发着这个时代的病症，或是在表达着这个时代的特征。她们是那样真实，她们哭泣着，叫我感到了茫然和忧伤。这的确是一个没有神和上帝的时代。嘘——你在对我说些什么？永恒？

刺杀金枪鱼

　　要是说到金枪鱼，你一定会感到十分奇怪，因为金枪鱼和人很难有什么密切关系的。可是我必须告诉你，我刺杀了一条很大的金枪鱼，刺杀它是因为它于我的根本生活有益，说到这里我总觉得忧伤，因这一切都是大学二年级的事了，我甚至都不想再提它了。

　　那会儿我喜欢留个小平头，穿一件松松垮垮的T恤衫和一条花花绿绿印满了五角星的大裤衩，要知道，H大学就坐落在素以火炉著称的A市，所以，我那会儿和好多因为课程松而无所事事的家伙们基本上都是一个打扮，穿着拖鞋，腰间挎着一台walkman，天天都听麦当娜和莱昂纳尔·里奇的歌，要不就是美国的乡村歌曲，穿行在图书馆、草坪、酒馆、咖啡馆和宿舍之间，晃来晃去，就像是一个可以被感动的稻草人。要是说起H大学，我就要忍不住笑个不停，因为H大学里尽是道貌岸然一本正经的伪君子，尤其是一帮博士和一帮子教授们。戴着眼镜的博士除了每天思考一些比深渊还深的问题之外，剩下的就是在厕所里写下流话了。每个学期我都听说一些博士因为偷看女孩洗澡或是偷取她们的内衣而被抓住的事，我有点儿搞不清楚这到底是为什么，就像我压根儿就弄不明白我为什么会对叶荣昆教授家那条金枪鱼恨之入骨一样。

说到教授们，说实话，我其实打心里特别崇敬他们，因为他们干的都是别人不愿干也干不了的事，比如叶荣昆老先生，他一生的大部分时间都献给了研究海洋中一种绿毛龟身上的一种寄生虫上面，以至于后来居然成了博士生导师，每当他上课时他总是讲得神采飞扬，大家几乎都为他这种精神感动得泪花直闪。所以，当叶荣昆老先生背后听说我给他起了个外号叫"执着"时竟大为恼怒，硬是在那个炎热的夏季里叫我的"生命科学史"以五十九分的成绩过不了关。要知道，每一个文科系的学生必须选修一门自然科学课程，否则，你就待在学校别毕业了。我可不想待在这个到处都是伪君子的地方。就在上个月，我们系一个女孩硬是声泪俱下地组织大家给"希望工程"捐款，后来据说她用这笔钱和她男友去了一趟神农架——为了这，我的肺都快气炸了。真的，你会了解到我是一个多么正直的人。

不说这些了，说起这些我就觉得十分伤心。因为那一段日子我孤独得要死。你一定知道什么是孤独的滋味，孤独就是你一个人坐在餐厅里不得不把最讨厌吃的东西全都吞下去的感觉。告诉你吧，H大学的最大特点是小布尔乔亚气息特别重，尤其是到了圣诞和元旦之类的节日，H大学的伪君子们便全聚在一起了，又唱又跳又玩又闹，再干点儿猜谜语点篝火什么的，或是在红塑料桶里点上红蜡烛跳假面舞，除此之外，你几乎在每一棵树后都能发现一对拥抱着的恋人，所以，天天置身于这样的环境中，而且又被这些小资产阶级恋人包围着，我就想让自己像一棵树那样尽快长到天空里去。我非常渴望爱情，倒并不是没有人喜欢我，因为到后来我发现我是一个完美主义者，我看不上的姑娘可太多啦，就像你摸过的小石子儿一样多。

那个夏天闷热、烦躁，蝉声在半空中胡乱地飘洒叫我心烦意乱，而叶荣昆先生又给了我不及格，我没法快乐起来。告诉你吧，叶荣昆老先生的对手是生物系的另一位博士生导师谭维成老先生。谭维成老先生是研究微生物的，据说有一种细菌已经被命名为谭维成菌了。说到这儿我还想告诉你，谭维成老先生也养了一条金枪鱼，不同的是，谭维成老先生家里那条鱼要小巧一些，但美得异常，不像叶荣昆老先生家养的那条又大又粗鲁，就跟一个没有上过大学的年轻人似的。前一段时间，叶老先生和谭老先生都在国际生物医学杂志上发表了有关细菌和微生物的高见，而且双方各执一词不分高下，以至于年近花甲的两位老先生在系里见了面都是互相怒目而视。只是后来因为叶荣昆先生用了巧计，而使得谭维成先生突然中风卧床不起，丧失了研究与生活能力，才使得叶老先生又一跃成为学部委员。说起这事儿我就非常不高兴，因为，要是谭维成老先生给我们上"生命科学史"的话，就算我给他起个外号叫"精确"，他也会至少给我分的。谭老先生总是笑眯眯的，为人非常和善，讲得耐心细致，尽量把"生命科学史"讲得充满人情味儿，所以我们甚至都对"谭维成菌"产生了亲切和友好感，我想那种小东西也一定和谭老先生一样亲切和善吧。

说到那个夏季的孤独，我不得不回想起我的爱情，我头一次的爱情，你猜我喜欢上了谁呢？我喜欢上了叶荣昆老先生的女儿叶灵珠。叶灵珠是学世界经济的，她特别聪明灵秀，我敢断定给她父亲出的那个叫谭维成先生中风的主意就是她出的。我认识她是在一场英语晚会上，要知道，我口语不错，而叶灵珠那天是晚会主持人。她那圆溜溜乱转的，顾盼生辉的眼睛一下子就迷住了我，叫我在那个夏天里心怦怦乱跳，然后我问我旁边的同学老屁，他告诉我她是叶荣昆的女儿，我当时的感情复杂极了，试想，如果你爱上了一个日本鬼子的女儿，你那当过抗联战士的父亲是什么心情？我就是这种心情，想到这一点我就想哭。

那场晚会叶灵珠以其非常出色的口语和风采震动了大家。晚会结束后我情不自禁地悄悄跟踪她，一直到了她的家门口。她的家坐落在校园里一座小山的半山腰，是一幢西洋式二层楼。她的家在二楼。这幢三十年代的建筑四周都是树木，把天空遮蔽得黑幽幽的，显得神秘和森严。

她刚要进门的时候我喊住了她："嗨，叶灵珠，我刚刚看了你主持的晚会，棒极了，另外，我能不能看看你家里那条金枪鱼？"

"你是谁？"她问我，清凉的月光下她看上去真是清纯得楚楚动人，尽管我知道她是一个精灵鬼。

"我嘛，我叫乔可，是你爸爸的学生。嗯——我很喜欢听他的课。"我撒谎道。我现在撒起谎来竟然一点儿都不脸红了。

"你父亲在吗？他太有威严了，他若在我可不敢进去了。"

"是嘛。那好吧，你跟我来吧，他不在家，他去厦门开会了。"叶灵珠笑着说。之后，我就跟着她进了她的家门。踩着吱吱作响的木质楼梯，我闻到了她身上淡淡的香水味儿。

告诉你吧，那天我真的见到了叶荣昆先生养的那条金枪鱼，就在他家的客厅里。那个鱼缸大极了，像三个方桌并在一起那么大，那条表情粗鲁的金枪鱼在鱼缸里游来游去，眼神恶狠狠的。我终于见到叶先生的宠物了，在玻璃鱼缸外面我对它怒目而视。我弄不清楚叶老先生为什么会喜欢这样一条鱼。"喂，你看它的眼神似乎不怀好意。"叶灵珠目光幽深地看着我。

我赶紧掩饰了过去："不不，我很喜欢它。你瞧，它有多可爱！"

叶灵珠满意地笑了："我再让你去看看那些绿毛龟，它们也非常可爱，就在我爸爸书房里。"

那天从叶灵珠家出来我发誓这辈子不当教授了。因为我看到有那么多绿毛龟聚集在一起实在叫人恐惧和恶心，更何况叶老先生是研究它们身上的一种寄生虫，这就更叫人瞠目结舌了。我已经下定决心要干一件事了，我实在受不了我的"生命科学史"没有过关的现实，我得打击叶老先生。告诉你吧，我听说有一天夜里叶荣昆老先生去拜访了谭维成先生，当谭老先生去倒茶之际，他那条美丽而又小巧的金枪鱼便神秘地翻肚皮死了。这肯定与叶荣昆有关，传说那天夜里谭维成看见了叶荣昆的袖子里藏着一支针管。第二天谭维成就卧床不起了，谁是凶手？

很快，暑假来临了。

一直到秋天的时候我满怀心事，又回到了校园，在假期里我已经处心积虑地给叶灵珠写了三封信，信中先是胡扯一通，从敦煌石窟到西藏的天葬，从赫拉克利特到凯恩斯的经济学，信的末了都是一句话："不知为何我很想见你。"我还收到了她的一封信，信中她告诉我她一点儿都不讨厌我，说我是个聪明的家伙，尽管她父亲已经告诉她我是一个考不及格还爱给人起外号的校园稻草人。我又想哭又想笑，所以这学期一开学，我就和叶灵珠恋爱啦。

在H大学，伪君子们一般喜欢建立各种各样的协会、沙龙和俱乐部之类的组织来让自己至少有个说话的地方，我对这一切烦透了，我的同学老屁就是个非常喜欢举办沙龙的人，每一次都滔滔不绝地把刚读过的书再卖给大家，过过瘾而已。那个秋天倒是班上许多女孩子变得可爱了起来，因为，她们大多都开始了打毛衣，虽然还不知打给谁，但已非常可爱了，因为她们终于明白了将来是要嫁人的，至于老屁，却什么也不懂。

值得一提的是，这学期我又重修了"生命科学史"，而我的老师依然是叶荣昆先生。本来博士生导师是不给我们本科生上课的，可叶老一再要求——他这是为了普及他的学说吧，学校同意了他的屈尊驾临。他的开场白总是："我从今天起给大家讲讲生命科学。生命是宇宙中最伟大神秘而又有趣的东西。从今天起，我就是一个头头，领着大家在半年里经历一下生命科学发展的历史，这如同羊群去寻找新的草地。"然后，无一例外地表情高傲地干咳两声，来提示大家他是一个多么高大的艺术家。然后，我在台下捂住嘴笑个不停。

我想说的是我非常喜欢叶灵珠，因为她聪明极了，而且如果她喜欢你不会伤害你，她倒几乎提防着所有她不喜欢的人。她告诉我她非常爱她爸爸，她说学校里总有那么一些庸俗势力企图破坏她父亲的学术地位与影响。我问："你是指谭维成先生吗？"

她眼珠一转："不不，他们的关系其实很好，你别听别人乱说。再说，谭老先生已经瘫痪了。"

我决定刺激她一下："灵珠，我听说，是你出的主意叫你爸爸去杀了谭老家那条金枪鱼？"她俏丽的脸色一变："胡说！连你也信这种话，我不理你了。"

我揽住了她的腰："别这样，我说着玩的，灵珠，你骂我就是了。"

那个秋天，叶老先生听说了我和她女儿的事，他既没有表示肯定，也没有表示反对。他只是目光炯炯，意味深长地对他女儿说："要用明亮的眼睛去发现事物下面的本质。"叶灵珠给我说了，我却心惊肉跳的。"什么时候再让我去看看那条金枪鱼？"我不经意地问。

"我爸爸说了，没有他在场，任何人都不许看那条鱼。"她对我说。

狡猾的老家伙，我心里想。

那年秋天校园的景色异常生动迷人，我也不再是一个孤独的人了。因为叶灵珠是一个好姑娘，她有许多地方打动我。她学业优秀，据说她父亲打算叫她尽早去普林斯顿大学学习。她却对我说："我才不去美国呢，那个鬼地方到处都是大猩猩。"

她说这话的口气很俏皮，起因于上周一名化学博士生偷偷闯入女厕所而被抓住的事，这家伙的外号就叫"大猩猩"，因为他长得又黑又胖的，所以叶灵珠喜欢把与性有关的男人一律称为大猩猩，弄得我都不敢吻她了。据说有二十个男生在一年内追过她，可都没有到手，居然叫我中了头彩，这个世道是怎么回事？

在这年国庆节的一天，趁着放假叶老先生和夫人一同去上海，我便又到了她家。我和那条粗鲁的金枪鱼隔着玻璃板互相对视着，这家伙恶狠狠地看着我，好像是在警告我和向我示威。我对它恨之入骨。然而我终于没让自己过于冲动，但那一天我没有去看那些绿毛龟。在十分幽静的她家里，我在空旷的房间里走来走去，惊异于这里的安宁幽静。我和灵珠拥抱、接吻，陶醉在一派和谐的气氛中，可我内心中有一个声音在叫喊："赶快做你想做的事！"

你肯定知道我想做什么，那就是，我想杀掉那条金枪鱼，那条我每次去她家都在玻璃缸里和我凶狠对视的家伙，我不明白我为什么要杀它，这原因可能在于我多么喜欢谭维成教授可他却因为小金枪鱼之死而中风了，从此成了一个废人，而金枪鱼可能也是叶荣昆老先生的精神支柱？我忍受不了叶老先生的头羊表情。再说，我也难担保这学期我的"生命科学史"能过关。要知道，叶老先生可是一个一丝不苟而且还爱记仇的人。我夺了他的爱女，他一定已经对我心存仇恨，尽管他什么也不说，我想杀金枪鱼还在于我一直有一种青春冲动，就是想通过一次流血事件而让自己成熟起来，要知道，我多么想尽快成熟起来啊，因为我特别讨厌像老屁那样的人，因为他的形象就是我的形象：幼稚，不成熟，浮夸和变化多端。所以，刺杀金枪鱼的念头那么牢地抓住了我的心，这个想法牢不可破。只有一点，那就是，我害怕这样做伤害了叶灵珠，要知道她是多么爱她的爸爸啊。然而我已经管不了那么多了。

元旦来临了，这个日子叶老夫妇去海南开会度假去了，我来到了她家。和灵珠在她家静谧的环境中拥抱，接吻，我心怀鬼胎，手在微微颤抖，我要干一件事，这件事会成为一个事件而让我的青春有光彩。我和灵珠亲密地说着话，聊天，后来我一把把她推入她父亲的书房，用铁锁锁住了门，我把心一横，我开始动手了。

我先是用板凳砸碎了鱼缸，水哗地流了出来。那条巨大的金枪鱼一下子来到了地板上，屋子里到处都是水，我取出了匕首，现在，我终于和这条金枪鱼处于同一个平面了，我和它开始了一场肉搏战。我们在水流四溢的地板上追逐，厮杀，我手中的匕首不停地出击，它有力的尾部不断地撞着我，有一会儿我被击倒了，我的身体被碎玻璃扎破了，我的身上流出了鲜血，可是我仍旧奋力地厮杀着。在书房里，灵珠大声地喊着我的名字，她哭泣着央告我，要我停下来，可我已经停不下来了，我没有了知觉没有了理性，我有的只是一个念头，杀掉金枪鱼！然而最终，我无力地扔掉了手中的匕首，瘫软在了被我杀死了的大金枪鱼边上，耳边响着里屋叶灵珠的哭泣声。

这个事件很快被许多人知道了，而且，谭维成一下子居然好了，他立即起身站立，不久即投入火热的研究当中，但叶老教授并没有因此而一蹶不振，他找到了我，我躺在病床上，他严厉地对我说："年轻人，你以为你杀掉一条鱼就能打击我吗？不，不不，我不是那种软弱之人，我有着崇高的理想与追求，什么也打不垮我对科学的追求，顺便告诉你吧，灵珠于本月底去美国念书，她叫我转告你，她再也不想见你了。另外，我得通知你，你的'生命科学史'的考试成绩是五十八分，你还得重修。年轻人，姜是老的辣哟！"他说完，拂袖而去。

我把脸埋入了被子，大哭了起来。我哭得那样沉痛，那样伤心，因为我居然什么也没有得到，我伤害了爱我的人，叫讨厌我的人更加讨厌我，我依旧考试没有过关，我仍旧绝望地期待着一切，在那个青春期结束的最后的日子里，我在病床上哭得一塌糊涂，我在哭着我的青春中最为隐秘和生动的部分被撕碎了，哭泣声是那样空洞、茫然，犹如失去了头羊的羔羊。

鸟群到达

"那些鸟会飞来吗？"莹问谭。现在他们坐在阶梯教室里，教室里已经空空荡荡的了。离熄灯时间已经没有几分钟了，可是他们还没有走。

"兴许它们明天就飞来了，大片大片的，很美，美得斑斓而复杂。"谭对莹耸了耸肩，笑着说，"我们回去吧，你明天不是要陪外教逛商场吗？"

"明天要是，要是那些鸟飞来的话，我就不去了。我最讨厌的就是逛商店了。"莹说。

"啊哈，是吗？"谭充满笑意地看着她，忽然把脸探了过来，吻了她一下。莹觉得脸颊立即一热，这有些太突然了。"你吻了别人的女朋友。"莹稍微有些严厉地看着谭。"别人的女朋友，我就不能去爱了吗？天上的鸽子谁抓住就是谁的。"谭说着又将左手圈住了莹的脖颈。莹突然笑了："你停一下，我要给你一个惊异。"她推开了谭的像游蛇一样的手，看了他一会儿，两个人的目光相遇了。莹举起手，忽然把自己的左眼珠取了出来，在手上掂了两下，又放进了眼眶里。

"好玩吧？"莹咯咯笑了起来，因为她看见谭的脸已经一下子变得煞白了。"你好像花容失色了。"莹调皮地对英俊的谭说。"我看我们真得走了。"谭说这话的时候显得很慌乱。之后，他们俩匆匆收拾好东西。"我想一个人再待一会儿，"莹平静地说，"你先走吧。"

莹和谭认识是由于那场校园歌曲演唱大赛。莹是管理学院的，而谭是中文系的，两个人唱的都是各自创作的歌曲。莹唱的是一首《大风之前我要回家》，谭演唱的是一首《伤心的枫林》，他们这两首歌是那天夜里学校最为动听的歌曲。从台上下来后两个人就认识了。谭注意到莹长得很漂亮，只是她看人的时候目光十分尖锐，谭那天下定决心要追莹。谭是学校里的一个小名人，他写的几首歌在H大学和A市的大学校园里广泛流传，他最喜欢的人是美国伟大的摇滚乐谣曲歌手鲍勃·迪伦，他也决心要做一个鲍勃·迪伦，可是他还没有一个女朋友呢。

莹回到宿舍时发现乔可还在等着她。乔可是她的男朋友，他长得又黑又壮，可比她还小一岁，要知道他可是H大学空间物理系少年班的学生。莹和他确定关系已经有一年了。一年来她总觉得和他错过了一些什么，可她又说不清楚，毕竟一个是学理一个是学文，他们俩在根本上是无法沟通的。只是乔可总给她一种非常可靠的感觉，她觉得要嫁人的话嫁给他是最合适的了，但自己也就仅仅是他的妻子而已。加上近来谭老在骚扰她，使得她有些动摇。

"有什么事吗？"莹问乔可。乔可扔下了她那一沓《女友》杂志。"明天我一个朋友过生日，我想我们一同去吧。"

"明天？我有事。我要带外教上街去逛逛。"莹说。她的脸色看上去好像不太好。

"那我一个人去，"乔可不动声色地站了起来，"你早点儿睡吧，都已经十一点了。"他走出房门的时候莹突然叫住了他："我……明天还是陪你去吧，好吗？我不去外教那里了。"莹说到这里，忽然觉得自己很感动，她一刹那间为有着这样坚实可靠的男友感到很快乐。她走到乔可的身边，踮起脚在他的脸上亲了一下："你回去也早点儿睡吧。你的那些什么实验太费你的大脑了，晚安。"

晚上莹躺在床上想起了谭在教室里给她说的那些飞鸟。那应该是一群很大的鸟，它们的颜色非常艳丽，它们都朝着一个方向飞，它们飞得不很高，它们飞呀飞呀，它们在阳光下飘浮在空中，犹如快速流动的云。莹在梦中也梦见了那些鸟，它们飞到了校园的上空，她梦见所有的人都抬起头看着那些飞鸟。

谭行走在校园里的一片青草丛中，这是校园里最为著名的一片青草地，谭慢吞吞地走着，皱起眉头若有所思。他实在无法忘掉莹，当那天莹以十分粗暴的动作取出了自己的一只眼时，着实把他吓坏了，他才知道漂亮的莹居然是一只真眼、一只假眼。他走着走着，一脚踩住了一株百合。百合花从一片青草丛中探出了头，向世界喷吐着素洁的芬芳。谭正想着是否应该给莹写一封信的时候，他忽然听到了一种十分奇怪的声响，他抬起了头，他看见了大片大片的飞鸟正在掠过天空，它们密集地飞越他头顶的树林，它们色彩斑斓，五光十色地反射着阳光，它们的动作是那样地轻捷有力，飞呀，飞呀，它们在飞越安详的树林，它们在叫。仰着头看鸟的谭的眼睛里突然就注满了泪水。他叫了一声，猛地开始在树林里跑了起来，他飞快地跑呀，跑呀，他感到飞过的鸟群正在把他的什么东西给带走了，他哭了。

莹已经忘记了谭，她不喜欢这个复杂而又善气的家伙，莹和乔可情浓于水。她越来越觉得乔可是一个优秀而又可靠的男孩子。乔可已经把空间物理系的所有课程提前一年半学习完了，因此，当她和他躺在校园的草丛中数着天上的星星时，她有着一种非常迫切地想和他进行肉体亲密的愿望，这种感觉还是一年来第一次强烈地抓住了她，她有些害羞地把这个愿望告诉了他。

乔可在黑暗中坐了起来，然后俯身向她，掀开了她的裙子："那么，我就要进去了……"她感到有些疼，这疼极其类似于被蜜蜂叮了一口，但旋即被一种在水流中冲荡的感觉代替了。她感到自己在水中泅渡与浮游，后来，她又像蜻蜓一样跃升入天空。在天空中，她看见了那无比浩大的一群鸟，她向着那群鸟加速地追了过去……

"你真有激情，乔。我爱你，刚才我都快死去了。我要用一生一世来爱你，乔可，我的乔可。"周身弥漫着青草香气的莹喃喃地说。

"那你告诉我，你和谭是什么关系？"黑暗中乔可整理好了衣服，突然阴沉沉地问了一句。

"我……和谭？和他，什么关系也没有。"莹恨恨地说，

"你到底在胡说些什么？"

"是吗？我看不像，你们，一定也在这草地……"

啪的一声，莹狠狠地扇了乔可一记耳光。"你无耻！"她站了起来，她感到屈辱的泪水已经流了出来，她开始飞快地朝宿舍区跑去了，她痛恨自己，她甚至还可以感觉到乔可留在她体内的那些因他那可笑的冲撞而射进来的液体，她恨透了乔可，她没有想到会是这样一个结果。

许多人都听说了著名校园歌手谭变疯的消息，这消息就像春天的麻雀一样飞满了校园里每间宿舍的窗口。他们纷纷传说谭在变疯那天看到了一群鸟，一群异常奇怪而且色彩艳丽的鸟，之后他就手舞足蹈，变得疯疯癫癫了，而且他居然开始大量创作歌曲了，每天都能写一首，有几首歌几乎闪耀着天才的光芒，很快被一个叫"拖拉机"的城市摇滚乐队演唱后流行开了。

莹听说了这个消息后感到非常吃惊，她想起了那个夜晚，在那间阶梯教室里，她和他的关于鸟的谈话：

"我冥冥之中好像一直在期待着什么，最近，每天我都被这种期待所牢牢抓住，后来，我明白了，我在期待着一群鸟，非常大的一群，它们飞呀，飞呀，它们飞越了那些茂密而安详的树林，它们向我飞了过来，它们在向我呼喊，它们可能是想让我和它们一起走，可是，我却没有翅膀。我记得它们的颜色都非常鲜艳，它们飞呀，飞呀，它们越过了天空，飞进了十分透明的空气，而且，我预感到它们明天就会飞来。"那天在阶梯大教室里，谭就是这样热情地看着她，对她这样说的。

"嘻嘻，我真的看见了那群鸟，就是我上次跟你说过的那群鸟，我真的看见了，而且，它们还带着我向前飞了好一阵子，它们用它们的翅膀带着我，后来，它们撇下了我，自己飞走了，再后来我在草地上摔倒了，直到现在还没有彻底睡醒，我只是刚刚醒来。"谭十分激动地、忧伤地对她说。

莹平静地端详着谭，他们是在学校的医院里。医生刚刚给他打了一针镇静剂，这样谭看上去老实多了。莹一直沉默着，她并不相信他的话，后来她忽然开口说："你真的看见那群鸟了？"

"当然看见了。"谭的嘴里嘟嘟囔囔的，"当然，看见了。怎么，连你也不信任我了？他们都说我是个疯子，你说我是一个疯子吗？我什么也不是，我只想成为一只鸟，可我也没有成为一只鸟，我什么也不是，我更不是疯子，对吗，莹？我是爱你的，我多么爱你呀。"谭的眼睛里冒出了火焰一样的热情，他几乎是机械地抓住了她的手。这时，一个表情很冷的护士走了过来，她严厉而且粗暴地扯开了他的手："快，回到你的床上去，躺着别动！"她对莹说："你快走吧，病人现在需要休息！"

莹站了起来，她整理了一下自己的黑裙子，她转身正要离去的时候谭忽然又叫住了她："莹，别走，我也要给你一个惊异。"

莹转过了身，她看见谭正在似笑非笑地看着她，忽然脱下了裤子，用手掏出了一件东西。莹看了一眼，嘴里禁不住地"呀"了一声，忙转身向屋外跑去了。她的脸涨得通红。

莹走在校园里，她感到似乎有什么东西在捉弄和嘲笑她，她觉得自己非常尴尬。一切都是因为那样一群鸟，兴许它们压根儿就不存在，只存在一些在地上活着的平常的男孩和女孩，她愤然地想着，她烦躁地走来走去。正是因为那群什么鸟，她和乔可分手了，而那时正是她最爱乔可，并把自己完全给他的时候。同样，谭也嘲笑了她，他居然掏出了生殖器吓她！当然，他是一个疯子。她愤愤地走着，一边注视着校园上的天空。她忽然想最好去买一挺机关枪。如果有那群鸟飞来的话，她就举起枪把它们全都打死，叫它们掉到地面上。

乔可在那个夏天的一天来找她的时候脸上一片愁云。"莹，莹，我是爱你的，我恨我自己居然那么愚蠢和多疑，我甚至是在你最爱我的时候推开了你。我们和好吧。"

莹把她那些像蝴蝶一样的裙子叠好，放进她的一个大包里。宿舍里就只有他们两个人。

"不，我永远都不会再理你了，在你的面前，我已没有了自尊，"莹说，"而且，我一直觉得我们之间错过了什么，那一次是彻底地错过了。我再也不会爱你了，真的。"莹说着说着就哭了起来。

"你别哭，我爱你，莹，我爱你，别哭，你别哭。"乔可像只笨熊似的在屋子里走来走去，他又是搓手又是叹气，不知说什么好了。他后来去拥抱莹，可是莹把他推开了。

"你滚，滚开。我再也不想见到你了。我伤心极了……"莹坐在床上，把脸扭向了窗外。过了一会儿，她没有听到声响，她转过脸来，发现乔可已经走了，屋子里空空荡荡，只有她一个人。

几天后大家都听说了空间物理系乔可跳楼的消息。这个小道消息像雨后的蘑菇一样在校园里迅速滋长。莹听说了这个消息后并没有吃惊，她甚至都没有去医院看乔可，因为乔可并没有摔死，只是摔成了瘫痪，全身瘫痪。莹知道乔可肯定会这样干，她了解他。但她只是每天都咬牙切齿地等待着那群鸟出现，可是那群鸟还一直没有出现，她，已买了一把打霰弹的猎枪，她一心一意地等待着那群鸟飞来。

那群鸟最终到达了吗？

——至少有八个人向我诉说上述关于莹和谭，还有乔可的故事片段。我们都知道真实与谎言和虚构往往只差一步，就像大学校园里每天都在发生着那么多的或忧伤或快乐的模棱两可的故事。究竟什么是真实的谁也无法说清，犹如那群鸟最终抵达了没有。只是我知道谭最后被送进了精神病院，在里面依旧创作着天才的歌曲并据说已被七个叫"公共汽车厂"的乐队全都花高价买去版权。乔可瘫痪后不久退学回到了故乡，多年以后可能会成为一个优秀的修锁匠。而莹，则去了海南岛，像是一只水鸟那样去了水草茂盛的地带。而且，许多人都看见在毕业的时候，莹坐上火车时，肩上背着一杆猎枪。她还是想打下那群鸟吗？她打下它们了吗？

我是风

　　"我是风。"有一天檀对林说。"你是风，哈哈哈哈，那么我可不是云，"林对檀说，"你不像风，你更像一朵乱飘的云，可是你为什么要飘到我这里来？你找不到你的家了吗？"林问檀，这时檀就猛然陷入了一阵空白一样的沉默与遐想。

　　檀是女孩而林是一个男孩子，两个人都是大学三年级的学生。林有一副宽宽的肩膀，一口漂亮的白牙，他的舞姿有些笨但动作坚强有力。他还是一个小有名气的校园诗人，他那时候几乎为一切女孩子写作，后来终于也打动了檀的心。檀的脸长得很冷，胸部耸得很高，从腰到臀的曲线过渡十分优美，因此可以判断她是一个性感的女孩子。半年前檀答应了林的求爱兴许主要因为他是一个诗人。檀可以说是H大学外语学院众多花朵中的一朵。外语学院可以说是H大学花朵最多的地方，漂亮女孩子犹如杂树生花，在枝头争奇斗艳，因此林必须为其中的一枝花写诗也是理所当然的了。

　　林为檀写诗的时候眼睛总是为一种狂热的谵妄所燃烧着。"正是因为看见了你眼睛里的火苗子我才答应了你。""不不，我和你相识是一种机缘，爱完全是一种机缘，再说我又不是只为你一个人写诗的，因为我那时为一切漂亮的女孩子写诗。"林这样说的时候檀看上去倒并不生气。

问题是，后来他们之间出现了一些什么。两个人也说不清楚，年轻人的情绪多变，两个人天天在一起时间长了兴许就会心烦。他们感觉之间好像出现了一些什么，犹如春天里冰层下的水流在激荡。

在学校里总是晃动着一些陪夜游魂，这都是一些孤独的人，是一些没有其他人陪伴的人，是一些黑暗之中独自舔着心灵的血痂的人，是一些黑暗天空下的流云和飞鸟。后来林也成了他们中间的一个。

H大学的夜生活主要的应该说是跳舞了。校园里的一座小山坡上有一座葡萄亭，这亭子没有顶盖，算是一座小型旱冰场。春天、夏天里几乎每天晚上都有人在这里举办烛火舞会。蜡烛是燃放在红色的塑料桶里的，因此光线朦胧，很有情调也很够味儿，于是夜晚无论是情侣还是游魂，都在那里相聚了。

那天林走到葡萄亭的时候他刚好看见了一颗流星。流星流星，他在心里喊着，感觉到了一丝惊奇，接着水流一样的舞曲声淹没了他的思绪。他看见有许多年轻人的影子在暗红的灯影之中晃动，一些春夏之交的花粉气息和女孩子的脂粉气息混合的香味扑鼻而来，他于是加入了他们的队列，他捉住的是一个留着一头卷曲的钢丝头的女孩子。

人群突然炸了开来。"血，血！"有人惊呼着四下散开，舞曲声却依旧还在响着，林放开了那个姑娘，这个时候他看见一个穿白裙子的女孩子躺在亭子的中央，而另一个穿黑色西装的小伙子捂着自己的胸口跌跌撞撞地扑了过来，以至于险些要扎进林的怀抱。林首先闻到的是一股烟味和力士香皂的气味儿，借着昏暗的烛光他看见了一双疯狂而又绝望的眼睛。这双眼睛中燃烧着蓝色的火苗子。"我爱她，我才把她杀了。"那个小伙子的嘴唇像要死的鱼一样喋喋而动地对他说。接着，他就扑倒了，一股血腥气弥漫了开来。

第二天事实变形之后的传闻像鸟儿一样在校园里四下飞开了。基本的事实是，那两个人相爱已有两年多，女孩子在学校里又有了新朋友，于是男的从外地赶来把女的杀了。一出从古到今一直上演并且长盛不衰的爱情悲剧。林对檀说："你有何感想？"

"哈。也许有一天你同样会杀了我。因为我说过我是风。而你却说我是云，就爱飘忽不定。"檀阴沉地说。

林露出了他那一口漂亮白牙。"近来我的情绪总是十分低落，我已经有一个星期没有上课了，总想到死亡。生命太沉重了，我总觉得我是在下坠。"

"不，生命很轻，我总觉得我是在向上升。"檀坚定地说。

"你能不能给我一些新的感觉？我需要这个。我们已经交往半年了，我什么时候荷尔蒙增多你都知道。可是我觉得生活就像是橡皮，难道不是吗？"

檀突然奇怪地笑了："好的，会给你一些新的感觉的。"

在通往樱园的土道旁，几十年前日本攻占A市时，曾把校舍作为后方医院并且栽上了两排樱花树。现在不是花期，但这一天树干上被拴上了许多东西。人们走过去都要把脸仰起来看。檀那一天穿着一件黑裙子，这使她看上去像是一个幽灵。她也发觉自己走路都好像没有发出过声音，只是在轻轻地移动着。她把脸仰起来，她看见树上拴着的全是照片，黑白照片。是一个叫唐朝和另一个叫原田一郎的日本摄影家的作品。檀感到自己很轻，像一只黑色的蝴蝶一样飘在人群中。人们在议论着这些作品，话语和声音像水波一样在荡漾。她觉得一切似乎很陌生。那些照片以中国南方水乡和西北高地的风貌为背景，背景中人们的脸上表情坚忍沉重。而原田一郎的作品大都是日本大都市背景下的青年男女，他们的表情古怪沉静，就像是居住在都市中的羊群。檀注意到唐朝的照片是唯一的彩色照片，照片上他赤裸着身体，强健的肌肉隆起，皮肤如同古铜色，背对着摄像机，长发披肩，另一只手中握着一根木棍撑住地面。原田一郎的脸隐在一片黑暗之中，只有一个下巴，你看不到他的眼睛。一个回避让别人观察到自己眼睛的艺术家，是一个什么样的人？檀陷入了梦境之中，恍恍惚惚了起来。

林和檀坐在校园里一片小树林的小石凳上，身边是一棵巨大的银杏树。林在说着他的梦想与绝望，眼睛里有梦境的飞鸟在飞来飞去。

"我昨天去当摄影模特了。"檀忽然对林说，"我找到了艺术摄影班的唐朝和留学生原田一郎，他们给我拍了不少照片，其中还拍了一张裸体照片。我躺在天鹅绒幕布上，感觉自己像是一只白天鹅。你会生我的气吗？"

林的眼睛里掠过了一片片落叶，金黄闪亮。"你只要给我带来新的感觉就行了。我已经好久没有写出诗来了。我只想喝掉满满一游泳池的啤酒，然后从楼上飞下去。当然，只是想一想而已。"

檀忽然有些幽怨地对林说："那么，你是否还爱着我？我是说你是否还视我为你唯一真正关心的人？"

林耸了耸肩："当然。我们是连体人，可我们的头却是两个，我们得想办法把身体和头脑都还给自己。"

……她回忆起她躺在黑色房间里红色天鹅绒幕布上拍照片的情景。她看不清唐朝和原田一郎，她在闪光灯映照下摆出各种姿势，那天她只觉得自己就像是一只鸟，一只异常自由自在的鸟，或者引吭高歌或者俯首低鸣，她又重新找回了自我。我的身体是我的，是纯粹自然的，她想。她躺在那里让身上的珍宝展现在黑色的背景下。天鹅死了我才会唱歌。这是林对檀说的一句话。檀感到自己已变成笼中鸟，被林带入了迷梦的森林。林如同一面可以照见她自己的镜子，可她如今要躲开镜子。我们之间互为锁子，锁中之锁，还是一面镜子吗？究竟什么是爱的意义，什么是生命？闪光灯在闪烁着，她让自己像大鸟一样旋转与舞蹈，然后轻轻飞翔，她快乐极了。包围着她的黑色空间无边广大，她像鸟一样飞翔于海洋之上。

那么，这时候的林已经在游泳池边认识了一个女画家。她的名字中有一个"波"字，我们就叫她波吧。波是一个二十八岁的女人，离过婚，在建筑系任教。林从游泳池中钻出来，向着栏杆爬去，他发现有一个身穿红底白色斑点游泳衣的女人坐在礁石上。"你在干什么？"林看了她许久，发现她一直盯着水面不动，她的眼睛很大，嘴唇微颤，身躯十分饱满，像是一只熟透的桃子。"我在看水波。你注意到了吗？水波几乎是最为生动的运动，就像是一根棍子无穷无尽地折断下去一样。"她说。于是林也开始呆呆地看那些奇异的水波。

　　檀和两个摄影家的关系传入了林的耳朵，传言檀经常和那两个长发小伙子一同在湖边的几个酒馆里喝得酩酊大醉。她已经成为一只鸟了，这给我带来了新的感觉，他想，我感到了嫉妒与痛苦，但是让她好好飞吧。

　　林很快就看到了檀的美丽的人体摄影照发表在《摄影》杂志上。林的好友也知道了这件事，拿着那本载有轻纱下的人体的杂志找到了林，问他为何毫无反应，因为女友的身体已经上了杂志了。

　　"我认为你们还不懂爱情，爱情应该有一种让人飞起来的欲望。我和檀都想飞起来，但我们又没有分手。人是自由意志的产物。"林说。

　　是的，林已成为波的亲密的朋友了。他们用奇特的词汇和语调说话，坐在四壁都是油画的画室里，林感到自己如同一尊雕像，沉静而且美好。波的画充满了女性神秘的经验，十分抽象犹如大海黑暗处水草的摆动。而且，她所有的画都与水有关。每一次和波进行了奇异的辩论之后，他们便分别成为发呆的雕像，各自陷入了沉思。林在想他和檀在做着向上和向下相反的运动，他渴望坠入大地，她则像羽毛和飞鸟一样渴望飞翔，他们都在寻找新的内容。

但是，有一天檀忽然很想哭，她想自己是否在丧失着自己。"现在，我已经找不到原来的我了。"这一天她站在教学楼内的一面大镜子前，眉头皱成一团，她十分认真地看着自己，对自己发生了怀疑。她渴望从一种女性对自己的禁锢中走出来，现在，身处边缘，她又觉得自己面目全非。望着镜中之人，究竟我曾是谁？她痛苦地想。现在她从内心深处有着一种需要林的愿望。在寻找的迷茫之中，她需要固定下来的东西。但现在，她感到自己在加速飞行，然而重返土地，这是可能的吗？现在林到哪里去了呢？檀咬牙切齿地想，我要找到他。

林从波这里感受到了母性的神秘力量。犹如德尔沃的《访问》，画面上一个裸体少年进入屋子，面对一个成熟的裸体女人。他们常在波的画室里交谈，现在，他们的话题已经涉及宇宙中的不可传达之物，人类的神秘经验，巫术和原始的光明与邀请，他在波这里找到了坚实的东西。

有一天波的画室被敲响，进来一个大胡子男人，他手中提着一个密码箱。波有些慌乱地从画架后面站起来，她的声音空洞恐慌。林知道了他是波原来的丈夫，是南方的一个企业家。不久，他便把波带走了，带到了南方某个城市，那里为物质的狂欢和亚热带阳光所包围。林就一个人站在空荡荡的画室中，听到了自己身体内部钟表的走动声。过了一会儿，他哭了，他感到自己是一只气球，向空中飘浮了起来。

檀在路灯下飞快地走着，她甚至害怕看到自己的影子，因为影子也在追着她。她要离开，现在她感到自己踩在一片虚空之中，她想哭。林，她在呼唤着，林，林，你在哪里？在校园里所有林有可能出现的地方，她都找不到他。

的确，谁也找不到他，因为林有一个梦想，那就是喝掉一游泳池的啤酒，他潜行到了本市最大的一家中德合资的啤酒厂。每天晚上他都悄悄地潜入啤酒厂，在大啤酒罐前拼命地喝着，他整整喝了一个月，直到把那个大罐给喝空了。一个安静的下午，他回到了校园，从一幢有着飞檐斗拱的三十年代的建筑上纵身跳了下去。

檀听说林从楼上跳下去之后，慌忙地赶到了医院。奇迹是林并没有死，他只是摔断了两条腿，但是他还是有些神志不清。他躺在病床上，一见到檀走过来就十分高兴地说："哈。我是风。我是风。"

檀一下子哭了，她伏在林的病床前，把头埋在他的胸部。"不。不，不。不……"她脸上的泪水哗哗地淌着，她只想说不，她轻声地痛哭了起来，耳边林兀自快乐地说着"我是风"。

究竟谁是风？

地图爱好者

在城市的地图上，城市被显示成平面的形态。城市的空间被压缩了，被分割成了不同的色块，交通线、饭店、道路和居民区被用不同的符号标示出来。如果你要进入一座城市，这座城市是你并不了解的城市，那么你就需要这样一张地图，然后，你进入了它。

城市地图，以及任何其他地图，都是一个咒语，一句"芝麻开门"。但是，也有依靠地图进入一个区域而迷失方向的，很多人本以为能够依靠一张地图而进入一座城市的核心，但他在其中却会迷失得更深。

那么，做一个地图爱好者呢？地图爱好者应该是秘密的勘探者和发现者。他从平面的地图上，可以复原整个立体的城市，他进入它，在里面找到他想要的东西，但他想要什么呢？

有一个地图爱好者，叫谭甫雄。这是一个高个子青年，他今年三十三岁，但还没有结婚。他大学毕业后一开始在这座城市的市政厅门口站岗当交警指挥车辆，后来，出于对喧嚣的厌烦和逃避，他进了一家图书馆当了一名图书管理员。现在，他可以安静地生活了，这是他梦寐以求的事情。他来到这座庞大的城市，就是为了能够在一个安静的地方静心生活的。

当他在图书馆中扎下根来，他就可以安心地当他的地图爱好者了。他搜集了很多地图，在不同的时期。在上中学时他就迷恋地图，对于他来讲，地图就是整个世界，面对一张地图，你原地没动，但实际上你已经游历了那里，你已经了解了那里，因为你读懂了它的符号标志，读懂了构成它的内容，你进入了它，而后又离开了它。

他展开了那些旧的藏品和新的藏品，那些城市地图。中国的每一座城市都有它的地图，在面对一张张城市地图的时候，他就仿佛游历了它。但重要的是，实际上他原地没动，只有心动。这如同禅宗中的一句偈语，他依靠地图进行着他的另一种生活。

确切地说，他开始用地图来回忆，来进行可能的生活。在他的经历中，尤其是学生时代，他一共喜欢过三个女孩，如今，这三个女孩就隐没在他面前的这一大堆城市地图里了。而且，这三个女孩无一例外都是社会活动能手，她们一定像候鸟一样穿梭在这些城市中，有的，甚至还短暂地飞出了这些城市所寄居的褐黄色大陆。从这一点上看，他就无法把握和想象了（他从不存外国地图），他不断地想象着她们在这些城市中的生活，渐渐地，在他那虚幻和朦胧的视线中，他的确看见了她们。她们一个个地分头出现在他的视线中，她们在道路上行走，她们工作，与人交谈，购物，睡眠。后来，他看到了其中两个姑娘的结局，她们都已经结婚了，对婚姻生活淡定随和，像一只候鸟终于停留下来，变成了一只居家鸟一样，和另一个男人（为什么不是他！）生活在一起。

　　面对地图，他看到了这些。这使他痛苦，因为他觉得他是一个孤独的人，在不同的时间段中，他爱过她们。但似乎缘分未到，他又相继地失去了她们。但是他还想着她们，尤其是在工作了一段时间，当了几年的交通警察后，他就更加怀念大学时代，那是他激动而又纯净的时期。在想象中看到了自己喜欢过的两个女孩的结局之后，他又看到了另一个女孩，她像一头活泼的马鹿一样在城市之中跳跃，她从不肯停歇。而且，这个女孩，也和他生活在同一座城市中。

　　因此，现在，在阅读了很多城市地图之后，他就把他生活着的这座城市地图铺开在自己的面前，他每天都在阅读它，想象着它的立体模样、它的扩展。他生活着的这座城市是一座很大的城市，有几百平方公里，而且像某种地衣一样仍旧在向四周生长。他把视线放在地图上不同的色块中，他希望自己能看见她的身影，苏叶的身影。苏叶是一个个子很高的姑娘，她活泼可爱、能力非凡，她学的是经济专业，因而她可能在这座城市的银行或者证券部门工作。但是，有可能通过地图，在这座城市中找到她吗？

　　他出现在一些城区中，而在地图上，这些城区是被不同的颜色、符号、线条所标示出来的，他在寻找她，在期待她。他像一道影子穿越了城市，他要找到她。但是这座城市太大，你很难在街上碰见一个你认识的人。

因此，在白天的寻找中他更多的时候都是无功而返，这使得他在夜晚加倍地注视地图。凝视地图，地图上的一切会因此而动起来，变成光线、汽车尾气、城市噪声、风动的旗和城市道路，以及涌动在街道上的鱼群一样的人群。这使他有一种忧伤的感觉。由于在图书馆工作，那种缓慢和安宁的气氛使他觉得钟表走得很慢，使他走在繁华街区，觉得这里的时间与在图书馆的时间是不一样的，一处是凝固的、缓慢的，而另一处则飞速流动，"时间像是一条河"，或者时间像是一束不停地喷吐的礼花。在两种时间中生活，在这座城市中，常使他的心跳不规律。

　　但是，一个地图爱好者的愿望就是去证实大地与城市，证实在地图上已经出现的，并且去发现城市中可能出现的东西。比如苏叶，这样一个让他久久不能忘怀的女人也生活在这座城市中，他为什么不可以发现她，并努力地想办法和她生活在一起？他觉得自己应该而且有必要和一个女人生活在一起，这个女人应该是他过去爱过的。让他重新与陌生的女人交往并成为恋人，于他已很艰难。因为热情属于消耗型的，你消耗了多少，它就少多少。他过去消耗过一些，因此他要保存好自己尚没有消耗光的东西。所以，他注定要重新找到苏叶。

　　也许，苏叶也只是他记忆中的一个影子、一道闪电？她从来也没有他想象的那么美好，她不过是一个很俗的女人，她干与金钱相关的行当，她的交往五花八门，他想，那么，在凝视地图，并且在地图上看到了她的影子，就真的有必要去找到她吗？

　　他在城市中穿行，他在寻找。有一天，他坐到了公园中的一条长凳上，他睡着了。他梦见有很多只鸟在一棵大树上聚集，而且越聚越多，鸟的翅膀的扇动和树枝的摆动混为一体，把日光切得很碎。似乎他就是这棵树，这棵正在不停地生长着的树。后来，他醒了，身上落了几滴白色的鸟粪。他揉了揉眼睛，发现他的旁边坐着一个女人。

他愣了一下，因为他并不认识那个女人，但她却正在关注并焦虑地看着他。

"咱们还是回家吧。"她对他说。

"什么？你说什么？"

"咱们回家啊，我在城里找了你一个星期，今天终于找到你啦。"她说。

他看着她，她大约有三十岁，皮肤很白皙，脸上有一种怜爱的表情，仿佛他是她的孩子，他迷失了方向。她的眼睛很大，很幽深，额头上有一些细小的皱纹。

"你认识我吗？"他问她。

"你是我丈夫，我怎么能不认识？莫非，你是得了健忘症还是疯了？对，你是疯了，大夫说你可能有抑郁症，可我正要带你去医院时，你就不见。你让我好找，我找了一个星期，今天才终于找到了你。我们还是一同回家吧。"

他看着她，是的，他在找另一个女人，如同她在找她的一个男人，他们都消失了。在城市中，或者在城市地图中。他肯定自己不是她要找的那个男人，他说："我叫……"

"你叫莫非，"她急促地打断他，"好啦，跟我回家吧。"她牵住他的手站了起来，他只好跟她走。他擦去身上的那几滴鸟粪。

"我真的叫莫非？"他半开玩笑地问她。但她忧心忡忡地看着他："我伤害了你，因此，你连自己叫什么都不知道了。"

"你伤害了我？"他问。

"是，我伤害了你。因为我到医院说我丈夫得了抑郁症，可你认为自己并没有得什么抑郁症，于是你大动肝火，在大夫还没有到家之前，你逃跑了。"

她沉默了。他在被她当成另一个人，进入了另一个角色。但是，似乎有一种不可抗拒的力量，在把他推向这个角色。他说话不多，他只是听她讲，讲他们在一起的生活。他觉得她的精神也许有问题，但似乎又很正常，他跟着她挤上公共汽车，又钻进地铁，然后他们来到了一个居民小区，然后，他来到了她的家。

"咱们又回来了。"一进屋，她似乎非常快活，她哼着歌，整理房间，沏茶倒水，还喂鱼缸里的鱼，"你什么也别干，你一动手，什么就要被你搞坏。"他正要去搬动茶几，却遭到了她的嗔怪。

"不，我要收拾房间嘛！"他忽然进入了这个叫莫非的角色，执拗地说。

"好吧好吧，你干吧。"她无可奈何，"那我去做饭了。"

这一切都像是谁按动了某个开关，然后就按照固定的程序走下来了。他们吃饭，聊天，打扫房间，看电视，即使是沉默，他们之间也有一种默契，仿佛他们真的就是一对夫妻。不知不觉，夜已深了，该上床睡觉了，他才有一些恐慌。她柔情蜜意地把他拉进了卧室，他拒绝着，但是不行，仿佛妻子在要求着丈夫，他必须和她同床共枕。这一夜他是在局促之中度过的，他拥抱了一个女人滚热的身体，但是他对她毫无爱的激情。他感到了自己性格中的软弱成分，或者，也许这个女人有一种使他无法摆脱的魅力，让他扮演着"莫非"这个人？

第二天一大早，他去上班，她忧心忡忡拉着他："你一定要回家来啊。"

他点了点头，目光闪烁地下了楼，在单位，重新面对那些图书，他呼出了一口气。但是，她的体温还留在他身上，昨天那一切都发生了，他有些心神不宁，他又摊开了他最喜爱的地图，发现城市地图在他的视野中漫漶一片、模糊不清，他无法确认他昨天在哪些地方待过，他在哪里见到了这个女人，又和她走了多少路，来到了她的家。他有些心慌意乱，因为他本来是在城市中找一个女人，却又被另一个女人带走了，担当了另外一个角色。在图书的包围之中，他多少有些心安，因为这里是他的世界，宁静得甚至是钟表之外的世界。可他觉得有一些事情打破了这种宁静，比如他居然扮演了一个叫莫非的男人，并且进入了他的生活。他这才想起来在她家中他并没有看到过莫非，也就是她丈夫的照片。这如同一个谜，让他多少有些动心：他真的很像另一个人吗？

下了班，他茫然地走出了图书馆，钻进了地铁，任由地铁把他带走。他走出了地铁站，发现自己又回来了，他又回到了她所居住的地方。

他按响了门铃，门开了，她在门内欣喜地看着他："为什么你不自己用钥匙打开门？"

他愣了一下："……好像丢了。"

"你总是丢三落四的。"她又有些嗔怒，她嗔怒的样子还怪动人的，他想。他走进屋去，发现她已经把饭做好了，长长的餐桌上的烛台上点着蜡烛，有煎好的牛排、拌好的蔬菜沙拉和炒饭，还有葡萄酒。他像主人一样坐下来吃饭，一边和她说话，她在一家航空公司票务部上班（她说的），就和他聊在单位的情况。他们的确已很默契了，吃完饭，她去厨房洗碗，他坐在沙发上打着嗝，打开了电视。过了一会儿，她从厨房里出来，擦干净手，也坐到了沙发上，偎依在他的身边，一起看电视。

这就是当代夫妻生活的一个典型场景，婚姻、爱情，这一切都归结到两个人一边剔牙一边心满意足地坐在沙发上看电视，他想。忽然他像想起了什么似的："咱们的影集在哪儿？我怎么找不到了？"

"在柜子里嘛。"她站起来去找，她找到了它。他的心怦怦乱跳，她和他坐到了一起，两个人坐下来一起翻看影集。他发现，那个在照片上和她有无数合影的男人莫非，和他有些像，主要是神态和气质十分接近。她给他翻看那些厚厚的相册时，不停地回忆当时两个人生活的情景。在她的追忆中，他听清楚了这个叫莫非的人是一个医生，他们生活得很幸福。因为从照片上看，他们去了很多地方，中国的名山大川他们几乎都跑遍了，他们还去了泰国、新加坡、日本和韩国，在这些画面上，那个叫莫非的年轻的医生总是在笑着，而她有时候眉宇间还有一丝忧郁。他一边和她翻阅着，一边进入着他们的生活。夜又深了，他们打算去卧室睡觉，但这时，响起了敲门声。

是的，这时响起了敲门声。她去门边通过窥视孔向外看了一会儿，轻声对他说："像是收水电费的，不管他。"

他们走进了卧室，钻进了被子如同鱼游进了大海，而他是一条冒名顶替的鱼，是一条迷失的鱼。在睡梦中，他梦见了星光熠熠的夜空，这夜空像钻石满天闪烁一般，而他则回到了童年时代，像一只青色的鸟一样向着钻石闪烁的夜空不停地飞奔。

从他和她相识那一天起，他觉得自己在逐渐地进入一种新的生活。起初他还有些紧张，但后来，他越来越放松了。就好像他真的就是那个莫非，还有一个在航空公司工作的妻子，他已经习惯上班下班，吃饭睡觉，他在渐渐地进入这样一个角色。而且，一天天地，他也越来越喜欢她了。这是一个非常能干的女人，她懂得生活，会把自己的生活调理得很好，又有生活情趣。但是，她可能只是失去了记忆，这个叫莫非的男人伤害了她，从此以后离开了她，再也不回来了。她在找莫非时找到了他，他和她开始了一种新的生活。也许生活有它固定的轨道与逻辑，它总是令我们瞠目结舌地发生着也许根本不可能发生的故事。

他坐在沙发上，酒足饭饱之后心满意足地想，但是每天晚上，就在他们要进入卧室休息的当口，都有人来按门铃，都是她去趴到门上通过窥视孔看，然后说他仍是查水电表的、推销员、收废品的、流浪汉和强盗，总之她就是不打开门，让那敲门人进来。他觉得有些奇怪。但是，门是安全的屏障，门被打开，那么那种安全感就会被破坏。可一个在固定时间敲门的人又会是谁呢？如果是真莫非回来了，那我该怎么办？因此，他也不希望打开门。

大约过了十天的时间，他已经彻底地转换了角色，并且决定到派出所把自己的姓名改成莫非。这天晚上，又有人在按动门铃，而且一次又一次在不停地按，这一次，是他推开了她，打开了门。

外面哗的一下子进来了三四个男人，他们一看见她就扑了上去，其中有一个穿白大褂的对他说："你是她什么人？"

"我是她的男朋友……"

"她从精神病院逃出来有十天了，我们得把她带回去。"

她果真是个疯子……

他仍一边看着工作人员给她穿上橡皮衣，一边说话。她的力气可真大，都快把他们打倒了。但是奇怪的是，这个时候他根本没动，因为她是个疯子，他确认了这一点，所以他没动。他们拖着她走出门时，她绝望地看着他，那种目光令人肝肠寸断，但是他仍旧没有说话。因为她是个疯子，现在他知道这一点了。

"她杀了她丈夫，所以她得被我们看着。你的命真大，她没把你干掉。"大夫看着他，然后走了。

他一个人走在回宿舍的路上，这些天，一度他成为另一个人，进入了另一个人的生活，现在他又出来了。路上有小姑娘在向他兜售玫瑰花，他买了一束，却哭了起来。他突然发现他已爱上了她，爱上了那个杀死了丈夫的疯子，而且刚才她看他的那种求助的绝望的眼神也让他揪心。他奇怪自己为什么不上去把她截下来，然后一起逃走。他发现自己是可耻的，也是软弱的，所以他哭了。回到家中，他在卫生间烧掉了那些地图，他不再想当一个地图爱好者了。然后他一边吃着那些殷红的玫瑰花瓣，一边想着那个女疯子，软弱地哭泣着。

急诊室

摄像机

　　摄像机可以是移动的，也可以固定在某个地方，比如固定在屋顶的角落处，或是屋内的墙中央。总之摄像机应该是一种视角，它主要在窥视。窥视是这个时代的主要特征。人人都想了解他人隐私，历史的隐私和国家、人类乃至宇宙的隐私与秘密，因而，我们必须用这种窥视的眼光进入急诊室。急诊室是在这家医院的下部，也就是半地下的地方，它一般在所有的休息日都不休息。急诊室是应急的医疗诊断场所，是一座医院中永不停歇的马达。当摄像机移动的时候，我们可以看见一片忙碌的景象，从一间屋子到另一间屋子，都有穿白色大褂子的白衣天使们在忙碌，他们在聚精会神地对着病人。各种各样的病人，他们被亲戚和护士围在病床中间。病床是不多的，只有几张，上面已经躺满了人，有人快死了，他几乎是在大口地喘着气，他甚至想拔掉吊针，当然他肯定是矛盾的。在急诊室中大致有三种人，三种群体：一种是医护人员，一种是病人，还有一种是病人的亲人朋友。我们先给医护人员来一个特写：我们可以看到他们大多数都是女人，身穿白衣，将那大都已做过母亲的身体裹在白色大褂里。当摄像机定格在他们脸上时，经过几次切镜，我们换几张不同的脸，可以看出这些脸的表情都是一样的，呆板、僵硬、麻木，如同一个模子里塑出来的面具。而且，冷漠是这些脸的重要特征。对病人来讲，他们一生中很少有机会来到急诊室，但对医护人员来说，他们天天生活在这里，他们见怪不怪，没有任何事情包括死亡可以让他们惊奇。因而，特写镜头对准病人的时候，这种反差就非常大了。病人的脸上笼罩着痛苦、恐惧、忧虑、焦躁、阴沉、沉默。这些脸是雕塑中最好的写实作品，如果碰巧有一个雕塑家在场，他会注意到这一点的。第三种，也就是病人的亲戚朋友们的脸，则表情各异了，有焦急、忧郁、愁闷，也有轻松、不动声色、平静和欢快，因为，他们最担心的或者最漫不经心或是最愿意看到的事情终于发生了。作为配角，他们也来到了急诊室。但他们的心态是非常复杂和多元的。此外，摄像机还可以拍到一些医疗器械的放大镜头，针头扎入病人肉体时的高速镜头，染满了血污的棉纱落向污物桶时绚丽的慢镜头，以及各个小房间中的医生对各个病人的诊断情景，在大厅中的几排椅子上沉静地坐着的一排排病人的亲友们：他们的脸像某个音符停在那里不动了。高音就是高音，而低音就是低音。镜头移动到治疗室，那里的病人则在惨叫、呻吟、低声喘气或是说话。那里是极为忙碌的。氧气瓶车的推进推出，人们的走来走去，病床上的病人或激烈或温和地扭动，合作与不合作、劝说与劝阻是同时发生的。

移动的摄像机继续移动，移动到药房，我们会发现药房的人是最安静的，因为他们除了把药发送出去之外，可以有一定的空闲时间修剪指甲、聊天、看书和发呆。当镜头在各个房间里都走了一圈之后，它可以固定在某一面墙上。它固定住一个方位，这时镜头不动了，人在镜头中却是活动的。如果把镜头固定在药房的墙上，镜头中总有很多只手从药房的玻璃窗门洞中伸进来，扔进来一些纸单，药房的工作人员会飞快地抓起纸单，然后去身后的药柜、药架子上取药。这时的动作与场景是一成不变的，总是有手伸进来，然后发药人起身去取药、发药。在药柜和药架子上，堆满了瓶瓶罐罐和纸盒子。在诊断室中，一个大夫坐在一张桌子的后面，屋外的病人排着队等候进入。医生和病人面对面坐着，我们听不见他们说话的声音，但是看上去他们仿佛在密谋，也仿佛是在搞交易。总之最后都成交了，医生总是要在纸上写上字，然后把它交给病人，病人拿起它就走出了房间。如果把摄像机固定在治疗室的墙上，我们所看到的景象就会精彩多了。在治疗室中，人的动作都比较大，有躺有卧有坐有站，还有人不停地走动。如果将一天中所摄录的影像快速播放的话，我们可以看到总有人被抬进来，被放到床上，然后很多人围着这个人忙碌半天，再把他抬出去，之后就又有人被抬了进来，被放在了床上，后来又被抬走。这个过程很像某种流水线工作程序的无限重复、延伸、重播。如同铁打的营盘流水的兵，这个镜头是一成不变的，它固定在那里，但来来去去的人则总是像水一样在流动。如果摄像机是固定在正对着急诊室大门的墙上的，那么，镜头中有两股水流是一直流动着的，一股是进来的人流，他们一进来会先在门内停下脚四下打量，然后才分散开去，而另一股出去的人流则仿佛是被门洞外的某个世界吸纳了一样一下子就消失了。由此可见在急诊室中，出出进进的人很多。我第一次来到急诊室，就是在进来的人流中出现的，我照例也要四下探望，我摇摇欲坠地向前走。我病了，在镜头中可以看到我那张放大的脸，这张脸在镜头中因为拉近距离的关系而迅速变形了，我和镜头短暂相遇之后，我又变小，那是我离开了大厅……

质感与光线

我患了急性感冒，还有些发烧，这一点我自己是知道的，因而我在这个假日走进急诊室时有些发飘，我感到自己像一朵云一样在急诊室中乱飞，或者我还像一棵根部已被砍断的树一样就要倒下去了。我买了一个病历本，挂了一个号，然后在挂着"诊室1号"的房门口坐下来等候就诊。

对于一个病人来说，他看待事物的眼光一定是独特的。我在观察急诊室的时候，发现它的光线让白墙壁变成了蓝色，这种冷色调使我更加寒冷。病友们身着深色衣服的居多，因而使房间中有一种囚室的气息。我忽然有一种感觉，我感觉我周围的人们都像是被长期关押的囚犯，他们一排排坐在那里，沉默着等候检查与再次刑讯。整个急诊室的质感并不是柔和的，而是相当僵硬的。它的墙面平整，墙角的角度十分锐利，都是直角相接，没有弧形的线条，没有波浪的线条，也许一个俏丽的女人走过去，她身体的涌动，像是一段波浪，但由于光线，这是一段蓝色波浪，因而并没有使你感到温暖，相反还使你感到了寒冷。

光线大都是由日光灯发出的，因而非常白，白色灯光映照得白色墙壁发蓝，然后变冷，光线中还有一种嗡嗡的响声。我闭上眼睛尽量不去与那些光线相遇。这种目光与灯光的相遇是痛苦的，它使我在闭上眼睛后眼前总是闪现出红色的光圈，有如眼球被灼痛。

这时候我突然看见从外面抬进来一副担架，担架上躺着一个满脸是血的人。几个警察也跟了进来。

"快，要快，别让他死了。要快点抢救！"有人在对大夫说，那是一个警察。场面一下子由凝滞变得涌动了起来，一些人拥进了抢救室，其中就夹杂着那些穿警服的警察们。场面紧张了，因为大家都在猜，这个由警察送进来的人，会是一个什么人。我站了起来，也走到治疗室门口，在人群中向内望。我看见他已经躺在那儿了，大夫已经解开了他的上衣，在诊断。他的头部有血，已经昏迷了。大夫说："要用电击起搏心脏。他的心脏已经不跳了。"护士们连忙又去拖来心脏电击装置，开始进行电击。病人躺在床上被电击得上半身几乎要弹起来，然后又软弱无力地瘫了下去，电击几次后，抢救无效。大夫经过认真检查后，对警察说："他已经死了，确实救不过来了。"

警察们似乎都很沮丧，他们让大夫把他推走。"本来我们是要把他押送到另一个看守所的，这家伙中途从我们的车上跳下来，撞到马路隔离墩上，没过多久就不行了。大夫你给我们开一个证明，我们好回去交差。"一个警察对大夫说。

大夫全是女的，她们依照程序在办理手续。一个人在急诊室中死了，这使得周围的气氛都变得有些异样和紧张了。警察看到人们围上来看，说："都走开！死了个人有什么好看的？你们也想死在这治疗室里？"病人们一听，吓得一下子四散开了，警察一共有四个，他们的腰上都挂着纺锤形橡皮警棍，全副武装，虎视眈眈地看着大家。他们看上去不像是交通警，而是真正押解犯罪嫌疑人的刑警。他们很快就离开了那里。他们是不会再理会一具尸体的。

我看见有人用手推车推着那具已被盖上白布单的尸体，向急诊室外走去了，我又回到了椅子上，我感到室内的光线暗了下来。

"又死了一个。"

我身边的一个老人嘟囔着。我看了他一眼，发现他的目光漠然沉静。

"难道急诊室每天都死人吗？"我有些不安地问。

"每天都死人，这几天每天都死人。我天天来打针，所以这三天我都看见死人了。头一天是一个女孩儿，她是从楼上跳下来的，是殉情自杀。我看见她的身体都软了，软得像一团泥。我想她的骨头都被摔碎了吧，碎得一块儿一块儿的，怎么能把她的身子撑起来呢？昨天死的是一个老头儿，他在路上被人抢了东西，被人用棍子打了头，还用刀扎了几下，他的肺可能给扎坏了，他的嘴里都是血唾沫，像泡泡一样在嘴上围了一圈儿。"

"总是要死人的。每天城市里都要死人，这是没有办法的事。"我说。

"你是什么病？"他转身忽然问我，使我大吃一惊，仿佛他在询问一个将要死的人。

"恐怕是感冒，我发烧了。"

"当心点儿，最近霍乱、鼠疫都已经在城里一些地方流行了。年轻人，你要注意啊。"他目光炯炯地看着我。

"您是什么病？"我问他。

"眩晕。我不能和灯光对视，和灯光对视我就发晕。可我在这里看这些灯光就没事儿。我打一针就好了。我就是头晕。"我们没再说话。很快就要轮到我去就诊了，这时我看见从外面又进来两个醉汉，其中一个在哭，他的手上都是血。"我的手断了……"他尖叫着。另一个醉汉扶着他，但他更加飘摇。他们尖叫着闯入了治疗室。

声　音

这时候轮到我进诊断室治病了。我走了进去，闻到了一种温热的病室里所特有的气息，我坐了下来，我的对面就是大夫，她是一个三十多岁的女大夫，戴一副眼镜，面部的皮肤非常白皙。"我可能是感冒了!"我说,"我前几天受了风。"她问了我几个问题,用听诊器听了我的心脏,看了我的舌苔,并用压舌板压住舌头让我发声,这一套程序过去我就经历过,现在又经历了一遍。后来,她给我的腋下放了一支体温计,让我坐在一边,我讨好地问她:"我还不要紧吧?"

她脸上带着大夫那种特有的处乱不惊,见怪不怪和冷漠异常:"死不了。以后别来急诊室了。像这种病,明天白天去门诊治也一样。下一个!"她按了一下桌子上的传唤器。

我坐在一边,看见另一个病人进来接受诊疗。这是一个烫伤患者,看来昨天已经处理过了,她一上来就开口要大夫开几种药,显然是个老病号了。

我坐在那里,觉得自己的病变得更重了。在这家医院的急诊室中,我闻到了橡皮的气味,感到它就像一座屠宰场,我正在遭受冷漠的待遇。为什么今天的医院已经变成了一架冷漠的没有人性的机器呢?我在想着这个问题,但我发现我忽然产生了幻听,也就是说,这一刻我几乎可以听见急诊室中各处的人们所有的说话声,那种声音叠加在一起,像是一架在同时说话的机器,那种声音如同有着许多支流的一条大河,这条大河挟带着各种声音的洪流在向前涌动:

"我不要吃那些药,那是要把我治死的药!"

"你要安静下来,要不然我怎么给你打针呢?扎错地方了怎么办?"

"这家医院里天天都死人,太平间的存尸柜一直都是满的。我曾经去看过一个同事的尸首，他被一辆汽车撞了，那里的尸体可真多！"

"你起来！给我们让个位子，没看见这个人喝醉了吗？他的手骨折了，他的手都快要掉了，快点儿起来，让一让！把你的臭脚搬开。"

"爸爸，为什么我睁着眼也什么都看不见？爸爸，为什么我睁开眼还是黑夜呢？你不是说这屋里亮着灯的吗？"

"你去厕所采一点小便，然后到后面的化验室化验一下，你不用太担心，我看你的病不像是急性肾炎。"

"到这里来还带着一条狗，这狗闻到医院的气味儿都会病的，它回去了就会病的。"

"我那老公特别坏，每次过那生活都要咬我的乳房，他咬得我遍体鳞伤的。我老做一个梦，就是梦见我和一头豹子睡在一起，它一醒来就要咬我了。"

"你知道医院是怎么挣钱的吗？他们就是靠卖药。医院里大夫全靠药房挣钱了。此外，一些有手术做的大夫还可以收到红包。每个大夫每月至少要收到几千块钱的红包，没红包也许他们就要把钳子和纱布都缝到你的肚子里去呢。"

"有的医院还把房子租给一些江湖医生，这些人号称专家门诊，都自带祖传秘方，价钱特别贵，医院和江湖医生收费分成。这不和商场租个摊位卖假货一样了吗？"

"大夫，我腰痛，是那种隐隐作痛；我眼睛痛，是皮肤在沙子上磨的那种痛；我喉咙痛，是那种被刺扎了一下的痛；我小腹痛，是那种有一只手在向下扯的痛；我耳朵里面也痛，像是有一只蚂蚁在咬我的耳鼓……"

"你这病要穿刺才能确诊。"

"穿刺真能确诊？"

"50%的把握吧。"

"那不能确诊怎么办？"

"还穿刺！不行就开胸检查！"

"开胸手术怎么做？大吗？"

"不大，就是去掉你两根肋骨！"

"你才来这家医院实习，我告诉你一个窍门，能给那些病人开CT检查就尽量开。咱们全都在吃检查费呢。检查一个人可以收几百元。"

"院长今年又给我们大夫制定创收任务了。去年我就没有完成，工资都没拿全，今天我得黑一点儿。感冒我也要当心脏病来对待。这样下去，我们不都成了杀人犯了吗？"

"我不是不知道妇幼医院在哪儿吗！难道产妇还非得去妇幼医院不成？我家就住在街对面，我老婆疼得路都走不动，找到你们了还不给治，像话吗？你们还救死扶伤吗？"

"你知道吗？我表妹有个三岁大的孩子，也是住的这家医院，本来病已经好了，快出院那天，医生说，还是挂瓶吊针再走吧。结果盐水挂了一半，孩子突然死了。当时只有她一个人在场，她慌乱之际，医务人员早把剩下的针药收走了，证据都没了，后来我表妹也就只好把泪往肚子里流了，没人帮咱老百姓说话。"

"咱们还不能说医院已经变成了屠宰场。要不然我们今天来看病，不是把自己往死路上推吗？我们又不是家畜。"

"又有一个家伙让人开了瓢，快去拿氧气瓶来！他是A型血，快与血库联系，要1000毫升血！"

"妈妈，这里的人脸上怎么都不笑呢？"

影　像

我拿着大夫给我开的单子去划价取药，我感到急诊室中似乎越来越嘈杂拥挤了。刚才我坐在诊断室中所听到的清晰的声音，现在仿佛叠加在一起，变成了一个面团，反而听不清楚了。

在大厅中，来了很多人，那两个喝醉的人在瞎闹，因为大夫，可以治疗其中一个醉汉的断手的大夫，按护士的说法去打一个国际长途了，因而他们就开始撒泼打滚。我来到他们中间，仿佛置身于狄更斯笔下的伦敦下层人的生活场景和人物群像中，在他的笔下，挖煤的、抬棺材的、卖香烟的，各种贩夫走卒之流汇聚在地狱一样充满了烟雾的街道上。在急诊室中也是这样。

这时我已取到了划价单，但我还不是很想离开这里，我想象我按动了一个按钮，急诊室中所有的人都会停在那里，这会是一件多么有趣的事。无论大夫、护士，还是病人、亲友，或者是别的人，比如警察和小偷，他们都一动不动了，都变成了一团影像，一个个雕塑排列在我眼前，让我看着他们，端详着，急诊室也是一个小社会呢。

他们一下子就不动了，一群影像，我可以在他们之间自由穿越，但我又按了一下按钮，他们又开始活动了。

我看了一下我的收费单，简直都不敢相信我的眼睛，我得的是感冒，但那个大夫给我开的药却有287元之多！我闯入了诊断室，那个不动声色的女大夫正在给另一个人看病。

"这药太贵了。我感冒也不能被这么治吧？给我解释一下。"

她拿过了药单："这几种都是进口药，你吃了好得快。"

"不，我不用吃进口药，我宁愿开几袋感冒冲剂。"

她看着我，想了一下，又在另一张单子上重新给我开了一下，我拿着它走了出去。这次我划完价只有18.7元。287元和18.7元，一种病可以这么不同地交药费。我摇了摇头，打算离开急诊室，离开这个我极不喜欢的地方。但这时又发生了一件事，一件和刚才死了一个逃跑的犯人一样大的事。

那两个醉汉，正在驱赶着一个老太太走开，因为他们想躺到一张椅子上去，把连着的四个座位都占着。看来已经有几个人被他们赶走了。

老太太不起来，一个醉汉把她拉起来一推："老不死的，滚开！"她一下子摔倒了。

我走过去把她扶了起来，我又让她坐在了那里："大妈，你别动。你就坐在这里。"

"咦，谁没系裤子把你露出来了？你要干什么？找打吗？"两个家伙嘴里喷着酒气，拥了上来，其中一个上来一拳打在了我的胸部。我停顿了一下，然后用多年以前在体校武术队学习的肘法和膝顶法，近距离地快如电光石火地击倒了一个。肘和膝的力量是相当大的，它们完全可以打死一个人。另一个，断手的那一个拔出了一把刀。这次是真的，我想我不是在写小说，是在北京的CH医院的急诊室中，一个醉汉拔刀扎向我，我将身子一闪，伸出左臂挡住他的肘下，一个反拿擒住他的手，将匕首在我的膝盖上磕掉，然后反背擒拿，将他的另一只手，那只断手一把捏住，然后我把它用力一折，那只断手折成了180度，使他那断手看上去像取下来的手套。他痛苦地叫了声，我把他放倒在了地上。

周围的人全都静默着，他们像一群沉默的影像，也许他们是不存在的，但他们却分明存在着，像一群麻木的家畜。我想如果我被打倒了，他们同样也是麻木的家畜。他们甚至都不敢看我的眼睛。他们沉默着，两个醉汉趴在地上不敢动了，但那空着的一排座位，却仍旧没有人敢坐上去。

两个护士把那个断手的家伙抬入了治疗室，没有人理会我。他们所有的人，对我所做的不置可否，但那些座位却空着，原来坐着的那个老太太都不见了。人们沉默着，他们的确像是一群等待屠宰的家畜。

照　明

　　这是一年以前的一件事，我现在用摄像机、眼睛、录音机重新放了一遍。这是我生活中一段真实的录像，它带给我的是厌恶、痛苦、疲惫和激越，以及麻木。我在急诊室中闻到了橡皮、药棉、血和家畜气息，以及刽子手的温柔气息。现在我让所有的灯都亮起来，让大灯、小灯、聚光灯全都亮起来，让灯头亮得把所照之物照得一览无余，然后在强烈的光线中，急诊室中的人物都将在强光中渐渐地融化和消失。

我在霞村的时候

我在霞村的时候，正好碰到他们买回来那架飞机。

他们是集资买的那架飞机，那是一架海鸟300型飞机，价格是25万元，他们认为并不贵。

他们买回来那架飞机之后，还建了机库和码头，为此又花费了11.2万元，这是我后来知道的。

事情的起因是这样的，一个月以前，镇上几个最富的人，徐庄文、江小涛、卢平、陈大漠在一起吃饭，徐庄文看见"阿庆嫂"餐厅的墙上贴的一幅画，怔住了，那是一架农用飞机在洒农药，他放下了筷子上夹的一块腊肉："你们看那架飞机。"

"哪？在哪？"几个人顺着他的方向看去，然后都不满意了。"球熊，那是一架农药飞机，有啥好看头。"江小涛说。"我有个主意了。"徐庄文涨红了脸，他一喝酒就能把脸变成牛肝色。

"是个什么鬼主意？你要把你养螃蟹的池子送人？"陈大漠说。徐庄文靠养螃蟹发了家，家里至少有50万。

"咱们马河水库那么大，乡里县里都说咱这儿可以搞旅游经济，咱们可以买架小飞机，搞旅游嘛。"徐庄文说。

大家的眼睛一亮。"这种飞机也就二三十万，每人出几万，也就差不多了，咱这绝对是县里头一遭，别人还想不出这个法子哩。"徐庄文夹起了一块鸡腿说，"你们觉得咋样？"

"这个主意挺好的。"几个人都赞成了。陈大漠说："我看咱们成立一个旅游公司，再多拉几个人进来入个股，把韩皮子、庞二臭他们都拉进来，霞村还不是就我们这些个人有点钱嘛。"

我后来听说，他们就这样开始干了。他们一共十个人，每人出了2万至4万元不等，专门派庞二臭——他过去是村里的泼皮，现在种大棚草莓发了财——去北京联系购买飞机事宜。

庞二臭果然不负众望，他在北京与航天工业总公司一个研究所签订了合同，合同上写明白由厂方负责培训飞行员、办理准航证和相关手续。然后庞二臭得胜还朝了。

十天以后，那架白色的水陆两用300型飞机就运到霞村来了。

很多人都围着看，村西头的常疯子也围着看，他还围着飞机转来转去，说着疯话，口水在风中流成一条条的细线。

我就是在这个时候来到霞村的，我也挤进了霞村的村民们中间，和他们一起看飞机。

乡亲们从来没这么近距离地观察过飞机，他们好高兴好兴奋啊！老人、女人和孩子们都在围着飞机说话。

我问他们："这是怎么一回事啊？"

"你去问庞二臭吧，这飞机是他押送回来的。"一个小媳妇对我说。她还向我指了指不远处正在和一个穿绿军便装的人说话的人。

那个穿绿军便装的人一看就当过兵，他是一个开过战斗机的退伍兵，他是霞村请来培训飞行员的教练。庞二臭和陈大漠自告奋勇，要当飞行员。

"球熊，扯球毛还有两手，这飞机是二臭和陈秃子这种人开的吗？"飞机还没有启动，村里已经有人风言风语了。

霞村是个不大的村子，它处在长江边一片大平原上，我来的时候，稻田正绿，一阵风吹来，青青的稻苗迎风摇摆，发出一阵沙沙的响声，仿佛在唱着一首歌。

"徐庄文出了8万元，他是最大的股东。但是他自己不敢开飞机，他怕死，他贩螃蟹挣了不少钱，还惦记着娶二房呢。他为什么不自己开？"一个老人问我。他是劁猪的黄国梁，人已老得快死了。

我想这话要传到徐庄文的耳朵里，他的脸又要涨成牛肝色了。

我大学刚毕业，在大城市工作，趁有空回老家来看看，就碰上霞村的人买飞机了。

徐庄文、陈大漠、庞二臭这些人比我大上约十岁，都是村里最调皮捣蛋的人。小时候我老跟着他们在一起，脱下裤子比个短毛长，偷果园的果子吃，还扒女厕所的墙头看二妮子撒尿，二妮子是霞村最漂亮的女人。

后来她去深圳打工，在一家皮鞋厂做皮鞋，再后来，听说她给一个男人做二奶，不再做工了，还生了一个儿子。他们全都没考上大学，只有我和三妮子考上大学，离开霞村走了。这一走我才回来过两回，没想到这一回，村里都有人买飞机了，买飞机的人，还是小时候领着我比短毛长的家伙们。

他们见到我回来了，都很高兴。

徐庄文说："奶奶个熊，回来得正是时候，这飞机你也帮着人们摆弄摆弄吧。"

"啥时候飞？啥时候飞上天？呜呜——飞上天了？"疯子常大爷拍着飞机又蹦又跳，口水在风中被吹成透明的细线，问庞二臭。

庞二臭啥话也不说，他在听退伍军人刘敬兵讲话呢。

"飞机要这么开。"刘敬兵十分细致地在给他讲解。

"88元一张票，88元一张票，天上转一圈，方圆几百里看个遍，过过上天下地的瘾，一辈子不白活！"江小涛和卢平后来开始在村里挨家挨户卖票时嚷嚷。此外他们在徐庄文家里还摆了一张桌子，由徐庄文瞎了一只眼的老妈卖票，票是一张白纸，盖了集资买下这架飞机的十个人的私章。白纸红字，好看得很咧！

但是他们一共只卖掉了一张票，是庞二臭的弟弟买的。庞三壮是个养猪能手，可他还从来没坐过飞机呢。飞机上可以坐十几个人，可是头一回只卖出一张票。我也想买一张帮个忙，可我老娘不让我上天。"上天入地？听听这话，多不吉利！上天堂下地狱吧？这个飞机不能坐！"我老娘坚决不同意。于是我就决定先不买票了。但是飞机仍旧是要起飞的，这一点徐庄文他们很执着。飞机试飞那天，他们特地在村东头大桑树下烧了一炷香。

几乎满村的人都在马河水库的大堤上，这是在早晨，霞光万道，把水库的水面点染得一片金黄，分外美丽。

我们霞村之所以叫霞村，就是因为朝霞和晚霞特别好看，村子里的人一代代看那美丽的霞光都有好几百年了。

我也是看着霞光，在霞光中的稻田边奔跑着长大的。

刘敬兵、庞二臭和庞三壮钻进了飞机，飞机已经被放到水库里了。庞二臭和庞三壮在飞机上向大家招手。

"要是出了意外，他庞家可就遭罪喽。两个儿子啊，都在飞机上。"我老娘在我边上嘀咕。

但是飞机立即被发动了，它在水面上吼叫着，像一只寻找自己刚下的蛋的母鸡，在水面上转了几个圈儿。村里二百多号人都欢呼起来。飞机开始向前冲去。

它像一道犁一样犁开了金黄色的水面，像箭一样向前飞，又像一只飞速逃逸的水蚊子。它在水面上滑远了。

过了一会儿，它兜了一个圈子，又飞回来了。但还是没有离开水面。"咋还不飞起来？还不飞起来呢？"疯子常大爷的口水流得老长，这会儿他可能十分清醒吧？

"这飞机，说是水陆两用，我看，也就像个快艇嘛！在水面上跑跑可以，飞就飞不起来了。"村长牛奔说起了风凉话。

徐庄文听着沉不住气了，今天他把留了半年的胡子都给刮了，他手里举着一面旗，使劲向飞机挥舞。

飞机仍像一只巨大的水蚊子在水库水面上飞跑。水面渐渐变白了，因为太阳已经跃升起来了。

我看到飞机有两次想飞没有飞起来，徐庄文手中的旗子在我头顶呼啦地摇动。远远地，我们看见飞机一下子就飞起来了。

水库大堤上的人发出了一阵阵的欢呼，飞机终于迎着即将消失的朝霞，在我们霞村飞起来了。这是我们霞村几百年的头一遭。

"以前只有日本人的飞机飞过咱们霞村，还在天上下些羊屎蛋蛋，炸死了霞村好多人。"我娘眯着眼睛看着飞机说。

"现在，咱们村的飞机也飞上天了。"村长牛奔又说，"这是咱村的大事，要写进村志里。"

徐庄文、陈大漠们都笑了，因为霞村的飞机飞上天了。飞机像是摆脱了囚禁的鸽子，昂着头直往天上钻，飞到一定高度，开始转圈了，这会儿它又像个鹞子，正在空中觅食呢。但刚转了一个圈，鹞子就一头往下扎了。

整个大坝上的人的心都提到了嗓子眼儿，他们都发出了一声压抑的惊呼，因为飞机已经一头扎了下来，就像鱼鹰扎猛子一样。

"完了！"徐庄文的脸一下子就变成了牛肝色。这一点我看到了。

但飞机又扭了一个身，拉平了身子，与水面平行了，斜斜地向水面滑去，"哗啦"一声，左侧机翼先着水面，飞机掉进水库了。

"快去救人！"牛奔向旁边待命的卢平下令说。卢平驾驶着快艇，乘风破浪向水库中间的飞机而去。

"主要是我的经验不足，"后来总结失败的经验时，刘敬兵做了自我批评，"我开战斗机好多年，换了机型一时不能适应。开战斗机直上直下，怎么都行。可这飞机完全是个不听话的犟娘们儿，性子还慢，我来了个强行起飞，它就不听话了。"

庞二臭和庞三壮安然无恙，他们两个人都很兴奋，比小时候偷看二妮子撒尿还要兴奋："在天上飞，感觉就是不一样，就是不一样！"我娘后来对我说，那是老天有眼，没有把庞家两兄弟的命给收了去。

飞机就这样在第一次试飞的时候，就从我们霞村的天空中跌下来了。

我还记得飞机下来的那个夜晚，霞村的夜晚比任何一个夜晚都黑。

飞机在第二天就被拉走修理了。徐庄文他们几个脸上都没有光。

几天后，又一架一模一样的飞机被运到了我们霞村，原来他们从飞机制造方那儿又租了一架，他们的旅游生意正式开张了。

"88元一张票，天上转一圈，赛过活神仙，上天又下地，一辈子不白活！"庞二臭领着他弟弟，在几个村子里兜售旅游票。但应者寥寥，有几个胆大的，算是坐了一回，上了一回天。还有一些和丈夫一起坐飞机的，临了又吓得尿了裤子，又下了飞机的小媳妇。

"生意怎么这么不好做？是不是得请县上管旅游的县长给宣传宣传？"徐庄文和我坐在马河水库的大坝上，看着飞机像只大水蚊子一样在水面上跑时对我说。

"霞村都有飞机了，这是多么让咱村骄傲的事啊，所以，你的这个生意，还真得做做广告。上上县电视台，请县里的头儿来一遭。"我对他说。

在飞机里，刘敬兵已经教会了庞二臭、庞三壮、陈大漠、卢平开这架飞机。我在霞村待不了几天了，为什么我不能也开开飞机呢？

"这下好了，我再也不会把这飞机当战斗机摆弄了，我把它全整明白了。"刘敬兵带着卢平他们下飞机，对我们说。

"可这生意不好，乡亲们为什么都不愿坐呢？花几十块钱上上天，多好玩的事物！这些天，倒都是外县市的旅游的人来坐飞机，咱霞村这飞机旅游生意在全国也是头一遭，不能这样半死不活啊！"村长牛奔也急了。

几天后，他们就把主管旅游的县长请来了，还跟来了县电视台、报社、电台的几个记者，霞村一下子沸腾了。为此，霞村一夜就杀了七头猪，招待几十个考察的客人。

"徐庄文这个泼皮，把村里弄得鸡飞狗跳，又是飞机，隔几天还不买个大炮来？他们迟早要坏了村里的风水。"村里有人风言风语了。

"但真理总是掌握在少数人手里，你看，主管副县长都表态支持了，县电视台、电台、报社，都把我们飞机搞旅游当成致富典型，在宣传呢。我们就要靠它发财了！"庞二臭信心十足地对我说。

是啊，电台、电视台、报纸都播出了这个消息，霞村从此失去了宁静。邻县邻乡邻村来了很多人，他们在霞光中用手拍拍飞机，摸摸飞机，可他们就是不买票，他们就是不想乘着朝霞飞上天空，这是为啥？

"有钱人不敢坐，怕真上天堂下地狱了，没钱人又坐不起，你们又不让免费坐嘛。"不少乡亲这么说。

我在村里待了快一个月了，三季稻有一季已经溜黄了，风一吹，黄金稻田随风摇摆，那个好看哟。可我要离开霞村了。

就在这时，县政府派人紧急送来一纸公文。你道为何？原来这飞机没办准航证，属非法飞机。"据民航总局58号令，未经民航总局批准，任何单位和个人不得使用民用航空器从事空中游览活动。"

我们看完了那一纸公文，大家一个个都像泄了气的皮球。"这张纸的意思就是，从法律上讲，在霞村，这飞机是不许上天的。"我说。

"熊！难道只能让这飞机变成水面上跑的快艇？"庞二臭蹲在那里，都快哭出来了。

第二天，霞光初现，有人来把那架飞机拉走了。用的是一辆大型平板车。

我娘后来说："那大车，把咱霞村的道都轧坏了。二臭他们怎么老是弄得村子里不安宁呢？"

飞机被拉走了，霞村的男女老少目送大平板车远去，他们都沉默了。疯子常大爷弯着腰，在霞光中像个老虾米在追那辆平板车："不能把飞机拉走！不能把我们村的飞机拉走！"

那天夜里，我想全村的人都没有睡好。幸灾乐祸的人也因为高兴而睡不着呢。我也没有睡着，因为我第二天就要离开霞村了。仿佛是一个命定：我回来了，飞机也来了；飞机运走了，我也要走了，要去我的大城市继续我的工作了。

晚上我出来活动，看见徐庄文家的灯还亮着。他们十个人一定都在那里吧？他们在商议对策吧？

第二天一大早，我要踏上征程，去和他们道别。他们一夜未睡，卢平送给了我一张纸，叫我看一看。

"有不合适的文句，你给改一改！"执笔人江小涛说。

他们给我的是一张起诉状，起诉飞机提供单位没有按合同履行义务，因而要求赔偿因航空事故造成的营运经济损失8.88万元，赔偿飞机价款25万元，赔偿建机库和停靠码头的费用11.2万元，一共45.08万元。

"你就要回省城了，帮我们呼吁一下，凭什么咱农民的飞机就不能顺利上天？"徐庄文的脸又涨成了牛肝色。

后来我才知道，在不了解有关法规的情况下，贸然买来飞机，进行非法飞行，是不行的。而且，飞机制造厂家还没有生产许可证，也办不下来准航证。大家后来一直都骂庞二臭办事不牢靠。

我和他们握握手，走了，不带走故乡的一片云彩。霞村的朝霞已逝，空气十分清朗，可我却有些伤感。我在霞村的时候，就目睹了霞村的飞机起飞与降落，这意味着什么呢？

他们的官司一打就是一年，这期间，徐庄文和庞二臭来省城找过我，叫我帮忙联系一些人。"自打我们买了一架飞机后，全国有好多人来访问我们，他们也想买飞机。这年月想买飞机的农民还有不少哩！"庞二臭说，"我叫他们一定要把合同签好。"

后来，他们的官司赢了，得了不少赔偿。徐庄文打电话来说："我又干起了养螃蟹的活儿。可我们还是想买一架手续齐备的旅游飞机。你不知道，飞机在咱村的空中飞时，地上的村子、稻田、远山远河和霞光有多好看，要多好看就有多好看！我想让咱村的人都在天上看地下！"我想这时候徐庄文的脸一定又涨成了牛肝色。

我在霞村已经是一年多以前的事了。小时候一块扒墙头的伙伴们富了之后买了一架飞机。这个故事我已告诉你了，可我什么时候还能再回霞村？

金黄色

　　我猜那匹马能赢。为什么不会是那一匹呢？从赛马简讯介绍上看，那匹马是一匹老马，是一匹衰马，可我就是要押那一匹马。你会赢的，老马，你肯定会赢的。我敢说你一定会赢的，因为我也是一个老家伙了。侯部长这样想着。他坐在赛马场的看台上，越过前排一些高大的、兴高采烈的年轻人的头顶，盯着赛马场的发令台看。年轻人兴致高，他们在不停地摇晃着身体，欢呼着。他们的体内那血的澎湃声我都能够听见，侯部长想。他们多么年轻啊，而我已经老了，我昨天办理了离休手续。人事部门的人一天也不耽误，他们对部里每一个人的生日记得很牢，只要到了那一天，他们就会来给你办理离休手续。从今天起，我不再是个部长了。他想，我应该被称作老家伙了，就像那匹马。那是一匹灰色的马，毛色看上去就不好看，但它还挺精神，至少从照片上看它还不错。它已经跑了很多年，有七八岁了吧？应该算是一匹老马了，但愿它的牙口还好，还能嚼动那种特地为它做的饲料，咬动那些豆料。侯部长听见发令员手中的枪响了，一共有八匹马，一起冲了出来。其中有一个骑手还是个女的，她骑一匹枣红色的马，它一下子就跑在了最前面。可对于马来说，路遥方知马力。侯部长想，跑的时间长了才知道你是不是一匹好马。可我已经退下来了，我不再每天都被数不清的文件、电话、会议、来客和数字包围。他想。昨天他在人事部门办理了离休手续，忽然觉得一身轻松，那是一种无官一身轻的感觉。它来得太快、太真实，你来不及去认真地咀嚼，它就已经来了。那时候已是下午，他收拾完所有的东西的时候正是黄昏时分，他离开他巨大的办公桌，走到了窗前。从窗户望出去，他可以看见长安街上流动的人群和车流，以及城市的落日。那是在尘埃之中的辉煌的落日，仿佛那霎时世界静止了，只有太阳受到注目，只有太阳在西沉。地是一种金黄的颜色，那种金黄色辉煌、深厚，还带着一种红铜的光泽。那种金黄色也从他的体内缓缓升起。然后，太阳沉入了西山之后，他用他珍藏的一副军用望远镜，可以看见长安街上的车流慢了一点儿，那是国旗班的队伍在举行降旗仪式。很多人在围着看，人头黑压压的一片，大家都凝神屏气，他也凝神屏气，目送国旗班的方阵扛着降下的国旗，穿过长安街，向紫禁城走去。一些鸽子旋飞在空中，在金黄加些暗红的暮色中浮动，像一些飘飞起来的碎纸片。人群又哗地散开了，侯部长整理了一下头发，拿好了公文包，走出了办公室。他的车停在部办公大楼门口，他在想他以后的日子应该干些什么。他还没有完全想明白这个问题。也许应该和秘书一起成立一个咨询机构？他一边体味着体内那一缕金黄色，一边下了楼。他想不到他离休后干的第一件事就是来赌了一场赛马，是他女儿把他拉来的。他一坐下来就发现自己喜欢看赛马，他觉得他可以赢，他就押那匹老马。现在马队已经跑了好几圈了，你得快一点儿啊，老马！他在心里为那一匹马着急。他买了五百元的彩票，如果赔率是20∶1，那么运气好的话他可以得到一万元。"你押了哪一匹马？"他身边有一个清秀的小姑娘好奇地问他，因为他长了一头银白的头发，这银白的头发在人群中非常扎眼，也很漂亮。"我押的是七号马。"他说。"噢，那是一匹老马了，它可赢不了。"姑娘替他惋惜地叫了起来，"我押三号，就是有一个女骑手的那匹马，那匹枣红色的马。它也许只有三岁吧？"姑娘兴高采烈，因为她押的那匹马仍旧跑第一名。路遥知马力，他想，待会儿就见分晓了，姑娘。马儿仍旧围着围栏在疾驰，一些灰尘在马匹踏过之后浮了起来。"老师傅，你的头发很漂亮，怎么那么白呢？没有一根黑色的。"她对他说。她也许只有二十岁吧？他想。我二十岁的时候正打仗。我正在渡江战役中过长江。一发炮弹过去，我乘坐的小船就翻了。可我不想死，我拼命地向前游，江面上到处都是船，我们的船。子弹在飞，它们撕裂空气时发出了尖锐的哨音。可我不想死。他当时想，我要活着上岸，我要渡过去！于是他真的游到对岸了。他游了有四百米远。他爬上去等了半天，与他同船的十二个人，只有他一个人活着上来了——他们全都是旱鸭子。他想哭，我是回头去找他们还是继续向前走？但他还没哭出声时又有一发炮弹在他身边炸开，水花一下子将他扑倒了。他吓了一跳。滩头上的人一跳下船就向前冲。他不再想他那些被淹死的战友了，端着枪就冲了上去。那一年他二十岁，跟这个姑娘差不多大。可她们现在想的都是些什么呢？天天来赌马吗？他弄不清这一点。他的孙女都十九岁了，整天就爱打网球和保龄球。他的孙女是一个大学一年级的学生，那么小就交好几个男朋友了，可谁也管不了。她说那是她自己的事儿。他发现他押的那匹马朝前移了一名，它不再是倒数第一了。要是每一圈儿都向前移一名，它就可以跑第一了。他想着，兴奋起来。但旁边的小姑娘押的那匹马落后了一名，现在它跑在第二的位置上。跑呀，跑呀，他和她都小声叫着。他的注意力已渐渐地全都移在了马上，马儿疯狂地奔跑，几乎都跑出了它一生的速度。最后，该冲刺了，他的心悬起来。他押的那一匹马仍旧是第七名。他输了。而那个清秀的小姑娘，她押的那匹枣红色马，则跑到了最后一名。"我的运气真不好。"她朝他笑了笑。"咱们的运气都不太好，是吧？"他看着她。"不，我们的运气不错。"女孩怔了一下，但又悟到了什么似的，笑了起来。即使马匹已经衰老，可仍旧有年轻的女孩在快乐地笑着，她们在享受着生命青嫩的快乐。他站起身，眯起眼睛去找那一匹老马，但找不见它了。人群正在散去，有一些人赢了，输的人则把彩票抛向了天空。他走下台阶，好了，我得回去了。他想，今天我很放松，我很快活。

　　回到家里，暮色的金黄和暗红又铺进了他的房间，屋里一个人都没有。保姆去买菜了，孙女和孙子都在他们的妈妈家，他们要到星期天才来这里。这里到了星期天就会热闹得像是一个动物园。他看着铺在他的床上和房间里的金黄色，感到了一丝生命的悲怆。以前他可没有一丁点儿这种体会，但从今天开始，他有了。他为什么在今天才能感觉到体内所漾动的那一种生命的金黄？那是一种水波一样的东西，轻轻地漾开，又如同大树内部的波纹，那凝固的年轮。我感觉到了那种金黄色，那是人生的老之将至，那是即将沉入湖底的一抹阳光。屋子里的巨型盆栽植物，巴西木、橡皮树、龟背竹都生机盎然。他还养了一只背上有白纹的松鼠，那是别人给他孙子的，可孙子又拿来送给了他。"爷爷，你不要放走它，好吗？"孙子的眼睛又黑又亮，迫使他好几次打消了放走这小东西的念头。好吧。他想，他要和孙子最后再达成一个协议，即他不在笼子里养松鼠，而是叫松鼠在屋子里自由活动。孙子也答应了。于是松鼠就几乎成了家中的一员。这是一个调皮的家伙，它一开始有些怕人，后来它就习惯了。他总是叫保姆去买松子儿，可有一天他看见松鼠在吃鸡心，它竟然会吃肉！这使他目瞪口呆。不过他还是能和松鼠友好相处，它想吃什么就吃什么吧。如果家里有客人来访，松鼠会跳到高处进行观察；当它觉得来客可能对主人构成威胁，就会发出一种尖厉的叫声，提醒主人注意。这真是一只好松鼠，全家人都这么认为。就在妻子死前的一天，这只松鼠莫名其妙地非常焦躁，它在屋子里左冲右突，十分惊恐不安。而妻子正是在第二天上午，刚刚坐下来看她的文件时，突然感到胸口一阵发痛，接着就倒了下去，再也没有起来。以后的一切都是忙忙乱乱的。他妻子是市政府的一个局长，他和她已经风雨共沐地生活了四十多年。这一切发生在四个月前，那时候还是冬天，这座城市还是冰天雪地的样子。一切忙过了之后，妻子已然从这间房子里消失。她现在变成了一张十寸大小的遗像，每天从墙上向他探望。他很爱他的妻子，因为在十年"文革"中她都没有离开过他。失去她的几个月中，他经常发呆，感到干什么都静不下心，都心神不定。而且，一个人的时候，他就想哭。他的目光现在又挪到了墙上妻子的照片上，她现在是严肃的，她要向他说什么呢？他不知道。这时，那只松鼠从屋子的某个地方钻出来，嗖的一下就跳到了妻子的遗像上。他喊了一声，但松鼠已将遗像碰得晃动了，那相框摇了一下就掉了下来，刚好掉在硬木小茶几上，玻璃哗的一下子全都碎了。他怒不可遏："捣蛋鬼！"他生气地在屋子里追打那只松鼠。松鼠十分敏捷，在屋内的器物之间穿梭，他拼命地想要抓住它。它跳到了一只白色的瓷花瓶上，他忘记了投鼠忌器，只想要抓住它，就扑了过去。但它又敏捷地一跳，他扑了个空。这时他忽然觉得脚下一软，一头撞在了桌角上。他摔倒了，那个花瓶也碎了。但他仍旧没有抓住那只松鼠，他昏了过去。

等到他再次醒来的时候，他首先看见的就是他孙子和孙女的脸。"爷爷，那只松鼠已经逃走啦。"孙子怯生生地告诉他。他慈爱地抚摸着孙子的头，他发现他已经躺在了医院里，他的两个女儿、女婿，孙子和孙女，一家六口人都在他的病床前。"我怎么啦？"他问大女儿，"我只是想抓住那只松鼠，可我却不知怎么就摔倒了。我一直弄不明白为什么我会那么容易就摔上一跤。"他想坐起来，但却觉得头非常疼，疼得都要裂开了。"爸，你流了不少血。你的头撞破了，血小板指标太低，大夫正在为你化验和检查呢。不过不会有什么大问题的。"大女儿对他说，"我们轮流来照看你。"他点了一下头。他看了看病房，这是高干病房，在他的床头，各种按钮、输氧设备、电话，一应俱全。但我想回家，他想。"那镜框修好了吗？"他问女儿。"爸，我们又买了一个新的，已经把妈的照片又挂好了。"女婿说。"好吧。你们走吧，二女儿陪我一会儿，你们都走吧。"大家与他告别，陆续走了。他觉得自己跌这一跤有些奇怪。他问二女儿："我得的什么病？你告诉我，我都是快七十岁的人了，无所谓的。"女儿有些犹豫地看了他一眼："爸，大夫说，可能是白血病。"白血病！他怔了一下，我刚一退休，我赌的马也输了，我养的松鼠也逃走了，我的妻子也去世了，我又得了白血病，这是不是有些过于惨痛？他看着女儿："真的？"女儿看着他："下午大夫会告诉结果，但极可能就是白血病。"他点了点头。他很镇定，他又感到体内那金黄色的东西在荡漾开来。金黄色，他想。"好吧，你先出去吧，我一个人躺一会儿。"女儿看着他，她很了解父亲，他对什么都能想得通。她出去了。他躺在床上，闭上眼睛，他一会儿就睡着了。在梦中他梦见了他的妻子，那还是在二十世纪四十年代末，他和她都是地下共产党的成员，她被组织派入一个大学生基督教青年组织"团契"中执行统一战线任务，而他则在四十年代中期的国民党搜捕中逃往解放区。那年是腥风血雨之年，那时候他只有十九岁，世界在他的眼中是明亮的，即使有一些血痕也会在雨中被冲刷净。那是一个光明的时代，他从来没感觉到拥有如此向上的力量。那是洪流般涌动的力量，推着他向前走。他和她认识了，他们相爱了。他们在那个年代漫长的雨季里结了婚，旋即他们就被政治运动的风暴所席卷。在他的记忆中，当红卫兵小将把他剃成阴阳头，并把墨汁从他的头上浇下来，一点一点地渗进他的灰色的外衣和白色的内衣上时，他的心如刀割般疼痛。因为她也被同样折磨着。然后是发配外省，去劳动改造。和他在一起的人一个个死去，而他也觉得前途渺茫。突然有一天他收到有人给他寄来的一包食品，那包裹上娟秀有力的字迹证明妻子还活着，于是他坚定了活下去的信心和勇气。一直到七十年代中后期，在历史的天空中重新透露出一丝亮色，他和她再度携手走在北京的大街上，已是历尽沧桑、百废待兴之时。紧接着，更忙碌的生活展开了。从八十年代以来，他们更忙更勤奋，仿佛要夺回什么，但人和世事都已变了，人们不再那么单纯、热烈、明亮，他和她都觉得要跟上时代已经有点儿力不从心。妻子的上司、主管局长自杀之后，有一天妻子坐在家中那株巴西木旁边嘟囔了一句话，但他没有听清楚，他再问她，她却陷入了沉思不说了。那个因贪污受贿数额巨大而畏罪自杀的局长之死给像他们这样的老干部内心造成的影响是非常巨大的。他知道妻子的情绪。他和妻子一辈子都在为某种事业工作和奋斗着，可有一天，你发现离你不远的地方有一个大蛀虫死了，要不是你发现有这么一个蛀虫的尸体你都不知道还会有这样的事。他们愤怒了。有一天他坐车经过海淀区的某地，他特地叫司机开车到据说是那个死去的蛀虫营造的别墅看了一眼。那是一幢豪华的白色宫殿式建筑，就坐落在一个公园里。他去的时候它还没盖好，但已被没收了，变成了市政府的一个培训中心在继续修建。他看了一会儿，张开嘴巴有些吃惊，然后他叫司机把车开走了。一些久远的往事袭来，几十年的风雨，在他的脑海中像落英缤纷。无论如何，船仍是要继续前行的，但事情总不是那么单纯，人也是一个迷宫。当他在夜晚出行，看到这座城市灯火辉煌，各种饭店和娱乐场所越来越多，他想，其实我们期待的生活已经获得或者正在获得。但他总想问妻子听到上司死讯时她说了一句什么话。那好像是一句带有感叹词的话，但后来连妻子都忘了。那句话好像也是他想说的，可她当时是怎么说的呢？他想不起来了。看来我真的老了，他想。一觉醒来，已经是下午了，两个女儿都在他的病床旁。"我得的是什么病？"他问她们。两个女儿也渐近中年，身体也在微微发胖。这就是生命渐老的景象吗？"白血病。"她们异口同声地说，"医生已经确诊了。"他盯着她们："我还有救吗？""还有，只是手术很复杂，要换血，要植入新骨髓来改变你的造血功能。"这么说我的造血功能不行了，他想。"爸，"二女儿顿了一下，"我给在美国的叔叔通了电话，他下周就要飞回北京来看你。""弟弟？我的弟弟。"他喃喃地说了一句。1992年他带队去美国考察，在旧金山见过弟弟一面。他的弟弟已和他分别了十多年，他二十世纪四十年代末去了台湾，七十年代就去美国发展，做各种贸易，如今是一家较大规模的贸易公司的老板。当他在旧金山弟弟的别墅门口与他拥抱时，他感到好像历史和他开了个玩笑。"六十年代时，我以为你死了。可到了八十年代中期，我在报纸上见到你当了副部长。我们分开时还不到二十岁，如今我们都是年逾花甲的老人了。"弟弟当时这么对他说。什么是历史？他都有些糊涂了，他真的糊涂了。他鼓励弟弟回国做生意，弟弟开始没同意，但是后来来了。弟弟也知道我得了白血病，我快死了，他想。他很镇定。可我还想再活几年。白血病是一种什么病？他想，是血液中白细胞数量异常之多吗？成群成群的白细胞吃掉了他体内的红细胞，使他变得衰弱，变得毫无血色。他又沉沉地睡去了。第二天，医院继续给他进行检查，会诊，确定治疗方案。后来大夫通知他，手术在国内要花掉五十万元。五十万！他在病床上听见后几乎要跳起来了。我一辈子才挣了多少钱？他有些悲凉。几万块钱也许还行。这笔钱要让国家掏，他也不情愿。他于是就坚持不做手术了。我本来还想活下去，人一旦老了就发挥不了多少余热了，我看还是算了吧。之后他什么人也不想想。已六十多岁的人了，他这一刻格外想念他的妻子。妻子的死使他流的泪比他在此之前几十年流的还多。后来，他暗暗有了一个愿望：要为妻子出版一本怀念文集。这是我应该做的最重要的事，他想。于是他用了四个月的时间，从部机关借了两个年轻人，他们帮助他采访，整理妻子生前的文章，她的同事、朋友对她的怀念与回忆。这是一个重新发现的过程，他发现自己的妻子是如此丰富、热情、明亮而又勤恳。三十万字的文集出版了，他了了一个心愿。可现在我得了白血病，他想，我不想去治它。算了吧，要做的事我已全部做完。大夫们也都很奇怪，他们猜不透他为什么不想做手术。其实他自己也说不清楚。又过了四天，弟弟从美国飞过来。他拿着一大把鲜花来看他："我要带你去瑞士做手术。

我认识一个朋友，他在治疗这种病方面非常有经验。""那要花多少钱？"他虚弱地问他。"八万美元。不过，这钱由我来出。""不，不不，不行。我不去。"他嘟囔着，"我不去。"接下来的几天中，都是弟弟在做他的工作。两个头发花白的人在激烈地争论，那种情形很有趣。而家人也天天劝他去瑞士做手术。临了，有一天，他突然叫了一声："我想起来她说的是一句什么话了，她说，就连灯下也有它小小的阴影。你们的妈，你嫂子，你们的奶奶是这么对我说的。对，她是这么对我说的！没错，我想起来了。"所有的人都看着他，觉得他也许神经太紧张，以至于都不太正常了。他说完，要下床走一走，把大家都吓了一跳。"我同意去做手术，我同意了。"大家这才高兴了。但是他们都弄不明白他刚才说那句话是什么意思。女儿、女婿、孙子孙女们，还有他的弟弟都在猜想，认为他和他妻子也许有一种奇异的生命约定。他们相爱太深，几十年历经风雨，也没有被时间的洪流冲垮，现在只剩下他一个人，老头儿太孤独了。他们看见他奇异地站起来，走到窗前，他把目光投向窗外。他看见了金黄色在天边弥漫开来。那是深沉的生命的一种颜色，那是一种杂色积淀的结果。没有单纯和绝对的事物，就连灯下也有它的阴影。他想，妻子一定是这么说的。他又感到了体内漾动的那金黄色的液体，一匹老马在夕阳落下的前夕在尘埃中奔腾。金黄色，他想。"你们都来看看这金黄加暗红的天光，它有多美啊！"他转过身对他们说，他们发现他老泪纵横，那是体味到生命之金黄的人所流出的幸福的泪。他们都不知道他在妻子死后的整整四个月中，是如何在心中发现了那种可能使他再度体味生命意义的金黄色。那种金黄色使他终于战胜了悲伤、痛苦、回忆、怯懦、失落、衰老的折磨……"金黄色，"他又对大家说，"你们过来看呀，金黄色，它太美了！"

赞　美

　　一九九六年五月的一个大风天气里，我一大早就来到了北京城南洋桥地区附近的一间平房前，等着小梅出来。小梅是从山西来的女孩，她今年只有十八岁，我一直想与像小梅这样来北京打工的外乡人生活一天，借此为我所就职的报纸写一篇报道。风很大，但天已亮了，风中还夹杂着一些粗重的雨滴，打在脸上很疼。

　　小梅非常准时地出来了。她租住在洋桥地区的一间平房里，具体地说她是一个计时工，每小时能挣两元到三元五角钱不等，一天要为四五家服务，什么都干，每天要干十二个小时左右，辗转于这座城市的好几个地区，有些主顾是一周打扫一次，而有一些则需要每天都去。

　　她是一个面容清秀的姑娘，看上去还有些瘦弱，只是她笑起来还很纯真。她来北京已经有一个月了。我是通过采访一家建筑工地的民工刘壮壮认识她的，刘壮壮也从山西来，看来他很喜欢她，可能还打算娶她做媳妇，所以当他听说我有和一个外来工生活一天的计划时，就主动带我到她的住处，介绍我和她认识了。那都是前天晚上的事了，我们聊了不少，刘壮壮长得很壮，他是一个老实的小伙子，话不太多，但他的目光几乎没有离开过小梅，安心听我和小梅说话。

通过聊天，我大体上知道了小梅生在山西一个很偏远贫困的县，她的父亲很早就死了，母亲的身体也不好，她有一个哥哥和一个姐姐。姐姐早已出嫁，去了内蒙古的一个煤矿。哥哥在一九八三年因为带头哄抢了一车西瓜，还打伤了人，刚巧碰上了"严打"，判了十二年有期徒刑，去年刚刚放出来，但他一出来就发现世道早已变了，原单位早已把他开除了。他也由二十岁变成了一个三十二岁的人，和他从小一起玩大的最懒最笨的家伙都挣到了一点钱，他没工作，所以他感到特别不平衡，于是他就来到了北京，和其他几个从山西流窜来京的人结成了一个小团伙，在春节过后，在北京一个有钱人比较多的小区抢了一次押款车，杀死了押款的保安人员，抢了几麻袋钱，然后劫了一辆出租车就向北逃去。几天后他和另外的同伙都被抓住了，在今年四月份开展的"严打"中从速判决，于一周前被枪毙了。"我知道他已被火化了，他们通知我去取骨灰盒，我不知道心里该不该恨他，他为什么要去抢钱呢？你说他就不知道自己被抓住了就是死路一条吗？"小梅泪雨涟涟地对我说。

我心想他也真够倒霉的，碰上了两次"严打"，把一生中最好的十几年都甩在监狱里了。但一九八三年就因为带头哄抢一车西瓜被判了那么重的刑，也是历史的原因，每个人都有自己的命运，这也许是没有办法的事。

"我就去取骨灰盒，你瞧，就在那儿，"小梅指了指她的小屋一个木柜的顶端，"我不知道该怎么回家对母亲讲，我没办法讲，我真的说了，我妈妈会死的，她其实对他最看重了，可他干吗要去抢钱呢？"小梅又问了一下刘壮壮，刘壮壮干搓着手，脸涨得通红，答不出来。

她脸色有点儿黑，是那种很健康的黑色，我想她在家里一定干过农活儿，或者山西乡村的阳光要更亮、更毒；她虽然看上去瘦，可非常麻利，一边和我们谈话一边给一些简易的筷子包上包装纸。我看出来这种筷子是我在各种餐馆都见过的简易筷子，被成千上万的人使用和废弃，城市人一天会消耗掉多少万双这样的筷子，我不知道，但我知道她包一双筷子可以挣一分钱。一分钱！你现在能想象出一分钱是多少钱吗？

所以一见到小梅我多少就对她很感兴趣，我想了解她所思所想，以及她来到这座城市的目的和愿望。所以我提议说我要和她待一天时，她倒出乎我意料十分高兴。"行啊，我挺爱聊天的，有个伴儿挺好的，有时候我觉得自己在干活儿时挺孤独的。"她说。

"你为什么来北京？是因为哥哥被抓住以后专门来探望他的吗？"我问她。

"不，不是，我是从报上得知他被枪毙的，我哭了整整一个晚上。我一个多月以前就来到了北京，我知道他也在北京，可我不知道在哪里能找得着他，可现在我只能带他的骨灰回去了。我来北京……"她怯怯地看了我一眼，同时又受到刘壮壮的目光的鼓励，就停顿了一下，又对我说，"我来北京，只是想看看北京的天安门，我在山西乡下长到这么大，去年高中毕业，是第一次出远门。我只想看看天安门，可我来了两个多月了，每天都是要从早晨忙到晚上，也挤不出一点儿时间去看看天安门。"

我被震惊了。我想这真的是一个卑微而又伟大的愿望，一个十八岁的打工女孩的愿望，仅仅是为了去看一看北京的天安门！在一九九六年五月的今天，仍旧有人抱有这样的愿望，夜以继日地在打工。

小梅见到我笑了笑，我们去的第一站是一个叫王翼的单身男人的家，他家住在南二环的陶然亭附近的一个小区里，他要她每周六为他清理房间一次。我们是骑自行车去的王翼的住处，她骑的那辆自行车自然是刘壮壮的。那是一幢高层塔楼，这里塔楼林立，看上去像是蜂巢。在门口，小梅用钥匙打开了门。"房主人很信任你，把钥匙都给了你一把？"我问。

"因为这个叫王翼的太忙了，每个周六的上午他都要出去，于是他就把钥匙留给了我。我已为他干了一个月，可我只见过他两次。他好像要躲着什么人似的。他大约有三十岁，戴一副眼镜，但我看见他拿过一把刀，很怪的一种刀，我问他是什么刀，会被当凶器没收吗？他说这是瑞士军刀，就在台基厂买的，还说我也应买一把防身。后来他改变主意要送我一把，我没敢要，我哪儿敢带一把刀啊。"

我们说着话走进了屋子，这是一套一居室的房子，有一些简单的家具和摆设，有电视（老式牡丹牌的）、洗衣机、一块有些肮脏的伊斯兰图案的地毯、一个旧的吸尘器。屋子里相当乱，大约知道她要来，床上已堆满了脏衣服，几乎像一座小山。我听见厕所有漏水声，我打开厕所门，发现地上到处都是水，下水管道看来也堵住了。

小梅把床上的脏衣服抱到地上，嘿，床上可真脏，有"康师傅"雪饼的残渣，"乖乖"奶油椰子的空塑料袋，以及香烟蒂，还有一块带小镜子的女人用的粉饼，我还看见有一袋三只装的日本生产的避孕套。总之看上去这个叫王翼的家伙是个爱吃零食、爱抽烟，偶尔有女人在这里过夜的人。"真脏！我十天前才给他换过床单，你瞧，他又把这里弄得一团糟，他一点都不会生活。"小梅把屋子里的落地窗帘拉开，这使得屋子里一下子亮了起来，这使我看清楚了作为卧室的这间屋子的陈设。我发现我几乎是进入了一个儿童的乐园，墙上贴的到处都是看图识字图片、卡通漫画、动物图片、拼音与视力检测表，地上是各种儿童玩具，有一大堆都是有关儿童和少年智力研究的书，还有整堆的录像带堆放在屋角，这是一个干什么的人？

小梅把肮脏的床单也拽了下去，我一眼看见床单下面露出的一本杂志，这本杂志的封面有一个裸露出乳房的金发女郎。小梅的脸红了，我把它拿了起来，这是一本叫KALA的色情杂志，我说："小梅，你别看，这是一本黄色杂志。"我翻了翻，文字我看不懂，估计要么是瑞典文，要么是芬兰文，总之这是一本北欧的色情杂志，里面的图片证实了北欧色情文化很"发达"的传言，很刺激，也很"动物"。我把它丢在桌头柜上，我说："我去把厕所漏的水弄干净，我要和你一块儿干。啧，这个叫王翼的人是干什么的？"

小梅把洗衣机的插头插在墙上："好像是根据小学课本和中学课本的内容请高级老师讲课，再拍成录像带来进行推销，那他应该算是个拍教学录像带卖的商人吧。"

"他挣钱吗？"

"当然挣，不过他什么东西都带在身上，他自己有一辆叫作'别克'的汽车，他什么东西都带在身上，信用卡、大哥大、首饰——他戴很大的戒指。只是最近好像老有人找他要钱。"

"噢。"我说着，然后进了厕所去弄那堵了的下水道。我先用抹布把地上的水吸干，然后用一根可以弯曲的竹片去捅下水道。我干得很费劲，大约干了二十分钟，我总算把厕所给清干净了，这样马桶漏水，也会漏到下水道里去。我走出厕所，发现屋子已经变得井井有条。洗衣机的声音也轰隆隆地响上了，小梅正在用吸尘器吸地毯上的灰。"帮我把阳台上的酒瓶子扔到垃圾道里去吧。"小梅对我说。她的额头上沁出了晶莹的汗珠。

我去收拾阳台上的酒瓶，阳台上足足有一百多个空酒瓶，我差不多认为王翼是个酒鬼了。不过大多数酒瓶子都是一种叫"亩桂"的桂花葡萄酒，以及一种小瓶威士忌。我把它们都装进了一个大盒子，然后走出房间小心地一个个扔进了垃圾道。

我走进来，发现地毯看上去已焕然一新。这时忽然电话铃响了，小梅接了过来，她顺手关了吸尘器。

"喂？"

"王翼在吗？"声音很大，我都可以听见。

"不在，他出去了。"

"那你是谁？"声音粗暴极了，是个军人的声音。

"我是来收拾房间的小时工。你有事找他我可以写个条子……"

"那你就写，要是在一周之内再不给我，你写再不给L，就是英文字母L，他欠我的十二万块钱，我就用他天天带着的瑞士军刀割掉他的头。"那人说完，就挂断电话。

小梅脸上现出了惊愕，她放下电话，看着我："有人要杀他，这个王翼……"

"不要紧吧。"我不太有把握地说，他死不了，这一定是一个聪明人。

小梅有点儿郁郁不安，她可能被吓住了。我打开电视，开始注意房主人留下的录像带，翻阅他留下来的杂志。小梅一边和我聊天，一边把衣服洗好、甩干，并且挂到了阳台上。这时阳光很强，整个上午小梅主要在洗衣服，我发现小梅干活儿很认真，她总在不停地干着，把房间的每个角落都弄干净了，还在墙角喷了杀虫剂。然后，不知不觉就到中午了。我几乎不敢相信我的眼睛，这间屋子几乎焕然一新了。小梅马不停蹄，做了一点儿吃的，然后留出一大份放在冰箱里，给我盛了一碗，我们就随便吃了一点儿。"王翼他好像总是行踪不定，说不定什么时候就回来了，然后他可以用微波炉再热一下那些饭吃。"

吃完饭，她开始熨衣服，熨到快完的时候，电话铃又响了，小梅有些怯怯地看着我："又会是那个人吧？还是你接吧。"

我沉吟了片刻："不，还是你接为好。"

她拿起电话。

"喂？"

"……是王翼家吗？"

"是的。可王翼出去了。"

"……你是谁？这么说王翼又有女人了？"

"不，我是个小时工，来给他收拾房子的。"

"……你骗人吧？叫他来接电话，我是他的女朋友，当然，不久前我甩了他，我跑到武汉去了。但现在，我有要紧事要告诉他。等他一回来就叫他给我打电话。"

电话挂了。"这个女人的声音很强硬，我看王翼倒挺随和的，为什么会有这么个女朋友？"

"他也够倒霉的了，又是被追杀，又是被抛弃，他的生活真是一团糟。也许他那辆汽车也是来路不明。"我说。

她熨完了那些衣服，然后在桌子上留了张条子："王翼有个自称L的人叫你一周内给他十二万块钱，否则他会杀你，还有你到武汉的女朋友有要紧事找你，请给她回电话。小梅。"然后从桌子上的一个信封里——里面全是两元的票子，取了她的报酬，接着我们走出了房间。

她的下一站是去亚运村，给一个老太太念报纸，读小说。我们走出了地铁，然后又换108路电车赶到了那儿。这是一次漫长的路程，大约走了一个半小时，我们几乎从南到北穿越了整个北京城。在路上我问她："那个刘壮壮好像非常喜欢你，是这样的吧？"

小梅的脸又红了："他是我的老乡。那是大约在半个月以前，我那时候每天晚上都要去照顾一个在一家外企工作的女孩，她是个南京女孩，毕业于南京外语学院。她长得非常秀气，她和一个出版商有那种，那种情人的关系，但那个出版商并不想娶她，因为他有一个非常好的老婆。可她怀孕了，她想生下那个孩子，可他不要，他给了她五千块钱，要她把孩子打掉。她就去了医院，但用的是药物流产的办法。可这种办法好像并不灵，她一直在出血，于是她就再没去上班，请假在家休息。我就是在这个时候每天晚上去照顾她的。她非常伤心，看得出她很爱那个男人，但那个男人却不想娶她。她说她想找人杀掉他，问我用她积蓄的五万多块钱去雇人杀掉他够不够，我吓坏了，不停地安慰她。但在上个月，四月二十二号，我去看她的时候，当我打开门，发现她已经自杀死了。她用菜刀切断了脖上的动脉，我一直想她怎么会有力气来切断脖子上的动脉，因为她几乎连下床的力气都没有。当然多半是由于伤心至极的绝望，可能是对爱的无望，她自杀了。那血一直从床上流下来，流到厕所边上，从厕所里漏出来的水流了一屋子。我一进门，打开灯，发现满屋子都是血红血红的一片。我吓傻了，她租住的是一套地下室，房间平时就很黑，我很害怕，我跑了出去，在路边喊住了我看见的第一个人——他蹬着三轮车，我叫他帮帮我，这个人就是刘壮壮，他和我又回到地下室，他弄明白这是怎么回事后，立即给公安局打了电话，我就一直坐在屋子里，等着警察的到来。她躺在床上，脸色很白，却又有一丝安详，我总觉得她是个小孩，可她就这么死了……"说这些的时候我们正在108路的电车上，小梅看见了亚运村对面的一幢楼，她用手指着说，她就死在那一幢楼的一间地下室里，她的脸色有些黯然："每一次看见这里我就心口痛。"她的眉毛皱起来，倒也相当动人。

我们敲开了门，一个坐着轮椅的老太太正等着小梅的到来。这时正是下午两点。"我准时来啦！"小梅欢快地对老太太说。我也跟了进去。"他是记者，我的好朋友，"小梅冲我挤了一下眼睛，"他是来陪我给您读书的。"

老太太看了我一眼，没有过多的表示，可我发现她只有一只眼，另一只眼却茫然无神，她是一个什么人呢？我在屋子里闻到一股药棉的气味儿，我们很快坐下来，小梅把她推到了屋子里比较开阔的地方。我环视这间屋子，发现这是一间有很多日本风格装饰的家。小梅问："今天读什么？"

"读这一本吧。"老太太递给她一书，我一看，是美国一个物种学家写的，叫作《沙乡的沉思》，实际上是一本有关大自然中的动物和植物的有趣的书。我读过它，我不由得赞赏老太太的品位。我看她约莫有七十岁了吧。

小梅开始给她读了。我也坐在一边。这时候我有一种奇怪的感觉，因为在这间屋子里，时间好像是凝固的一种液体，它就在墙纸上缓缓流动，屋子里的摆设全都散发出一种久远的气息，那是一个七十岁的生命所营造与构筑的氛围。我坐在沙发上，听小梅用清脆的声音在朗读。老太太把目光射向一片空茫，仿佛在谛听岁月与时间。在小梅的朗读中，《沙乡的沉思》这部书中的大自然的光线、动物、植物全然带着一种鲜活的东西，像是世界中活跃的、生机盎然的景象。我也沉浸到"沙乡"的境界中去了。其间小梅嗓子有点儿哑，我也愣了大约半个小时，老太太很慈祥地听着，有时点点头，有时也会停下来与我们聊上几句，但更多的时候在听，大约快到五点钟时，门开了，一个四十多岁的女人走了进来，她拿着一些菜。

"啊，我的女儿回来了。好吧，你们可以走了，今天就到这儿吧。"老太太拿出五元钱，递给了小梅，我们与她们告别，走出了门。

"老太太是个退休的大夫，她丈夫已经去世了，女儿在一家杂志社工作，两年前与丈夫离婚，女儿判给了丈夫抚养，现在就是两个女人一起生活，老太太很寂寞，每周有五天的下午都叫我来给她读书读报，她剩下的一只眼视力也不太好。我曾经问过她的一只眼是如何瞎掉的，她说是动手术时感染的。老太太挺寂寞，女儿的杂志社挺忙，几乎每天都去上班，中午饭也是先做好，老太太自己热一下，两个女人一起生活，她们也并没有更多的收入。每次给老太太读书报，我自己都同样受感染，也觉得增加了一分对生活的信心……"

我们乘坐302路汽车去西坝河小区，小梅要去那儿为一个老作家做晚饭和收拾房间，在公共汽车上我们这么聊着。现在正是下午接近傍晚了，交通时间正是高峰，因此公共汽车上挤得我都快成扁面饼了。我尽力护着小梅。到了晚上六点钟的时候，我和小梅赶到了西坝河小区，敲开了那个老作家的门。

我隐约听说过这个作家，但这几年他再也没写出什么力作，何况青年作家新人辈出，占领了大部分市场，他早已成了边缘人物。我们刚进屋，就听见有激烈的争吵声，原来这个姓顾的作家正和妻子吵架，吵得非常凶，作家的头发花白，手在颤抖，指着一个老太太高声骂娘。看见我们进来，他们停止了争吵，屋子里一共有四个人，除了他们两口子，还有一个看上去有些呆傻的三十岁左右的男人和一个二十六七岁的女人。作家的夫人恨恨地瞪着丈夫，说过几天再找他算账，就领着那个年轻女人走了。我看出来他们是一家人。

她们刚走出去，我就听见作家的儿子对父亲说："瞧她们那×样，我敢打赌，小棠绝对不是你和她生下来的，小棠是个野种！"

作家的白发在空中飘摇。"没错！没错！肯定是个野种，我当然生不出这种女儿来！"他忽然想起什么，"小梅，你快给我们做饭吧，我们都饿坏了。"

"对，对，刚才跟那两个娘儿们吵架，把我都累坏了，我们饿死了，就等你来。"作家半疯的儿子看着我，脸上露出了狐疑之色。

小梅介绍了我是记者，作家眉头一扬："记者？是来采访我的？"

"不，不。"我说，"我是她的一个朋友，和她一起体验生活，对她做一个一天的跟踪报道。"

作家显然非常失望，看得出已有许久没有记者来采访过他了。他招呼我们坐下，但小梅立即去厨房忙开了，我坐下来和他聊天。我发现他的屋子里也是相当乱，这是一个缺乏女人的空间，墙皮在脱落，很多墙纸的角都翘了起来，屋子里很乱。我猜出作家正和妻子闹离婚，而他和儿子、妻子和女儿刚好是两个阵营。后来证实了我的猜测，因为作家很健谈，他什么都说，很快叫我了解到了他生活的真实面目。这是一个落魄的作家，因为他通过写作几乎挣不来钱了，因此他对我说起了对王朔挣了不少钱的怨恨，并对王朔最新拍的电影《过着狼狈不堪的生活》被停演感到快意，连声叫好。

我问："你最近在写什么？"

他摆了一下手，说："我要写一部关于上海三四十年代的长篇，我正在写，可这离婚叫我烦心极了。我怕我是写不出来了。"

我也为他感到悲哀和愁怨，但这时小梅已将饭做好，招呼他们吃饭了。作家叫我们和他们一起吃，于是我们也一同吃了一些。吃过饭，小梅又帮他们整理了房间，并约好明天来为他们拆洗被子。大约在晚上八点钟，我们离开了作家的家。

到了晚上九点钟的时候，我和小梅赶到了刘壮壮的工地。我们从地铁口把自行车又骑了回来，到了那个建筑工地，刘壮壮他们已经吃完了晚饭，开始干活了。小梅把车钥匙交给他，开始与其他几个老师傅做那种钢筋套，这是建筑工地常用的那种钢筋套，需要用铁丝把钢筋套固定住。小梅就这样又开始了绑钢筋套，我也坐下来帮她做。一般晚上八点建筑工地就下班了，可为了多挣钱，一些外地女工宁愿多做一些活儿。我一边做一边和她们聊，经过聊天，我心算出，在这家建筑工地上，钢筋工每人可做上千个钢筋套，一个钢筋套需要折五下，那么一天中一人共折五千至一万下，做钢筋柱的女工每天做三十至四十根钢筋柱，一个钢筋柱由四根粗钢筋和二十三至二十五个钢筋套组成，女工们每天用一千八百至三千八百根铁丝去捆住钢筋……

大约到了十点钟，小梅觉得很累，我们就停下手，我知道她天天都是这样，在回家的路上，我问她："你觉得很累吧？"

"累，有时候我都想倒下去了。但我还没有去看过天安门，我想我这个愿望就要实现了。我这几天会有一个时间去看看天安门的。"

"然后呢？"

"然后，就回家去，带着我哥哥的骨灰回家去。不过，也许我还会来这里的，因为这个城市有那么多人都生活得并不太如意，或不完满，我会用我的劳动为他们带来一点儿欣慰。"

我们走出工地，刘壮壮正在门外等着呢，我们一起把小梅送到了她的住处，她的那间小平房，这时时间已接近十一点钟了。为了安全，刘壮壮在三天前已将小梅的窗户全钉了起来，门内加了好几个暗抽销。"再见。"小梅那像一朵梅花一样的脸在门后闪了一下，就把门关上了。

我和刘壮壮一起转身往回走。又起风了，街上到处都是风沙，打得我们的脸疼。可我却想歌唱，为了劳动，为了平凡的劳动的卑微的人们歌唱，他们和我一起生活在这座城市的手掌的缝隙里。我心情不错，在午夜十二点以前，我回到了住处。

黄亭子50号

　　他坐在那里喝一杯黑啤酒，到了十点以后，这家酒吧的人渐渐多起来。"他们都是些什么人？"他问一个侍者，那是一个长头发穿花格子衬衣的家伙，他长得有些愣头愣脑的，侍者为他又放下了一扎黑啤酒。"来一个生鸡蛋。"他又说。他这已经是喝第三扎了。"您说的是哪些人？"侍者反而问了他一句。他顿了一下。"这些人，"他指了一下酒吧，"我在说这些人。"

　　"什么？您说什么？"那个侍者又问他一句。他生气了："生鸡蛋，明白吗？"侍者说："您说这些人？他们是一些游魂。我不知道他们是一些什么人，但一到晚上，他们就都出来了。在白天，您根本就发现不了他们。他们在这座城市的腿缝里生活。"侍者笑了，他好像为自己的话得意起来，但他到底还是拿出来了一枚生鸡蛋。侍者是一个反应很慢的家伙。他想，他是一个大蠢蛋。

　　黄亭子50号是一家酒吧，开在北京电影学院往北的一个马路拐角。他听说这是诗人简宁开的酒吧，可他每一次去都没有见到简宁。他在一本诗集中见到过他的照片。他现在一个人坐在那里，昏暗的灯光照在如同山洞一样的酒吧之中，所有在这里聚谈的家伙，的确像是灵魂已经出了窍的人。他静静地把那枚生鸡蛋敲碎，叫它沉入那黑色的啤酒之中。他吸了一口，黑色苦麦芽啤酒很棒，他想。吧台边放着美国摇滚音乐，使这家酒吧充满了异国情调。但来到这里的人都是一些灵魂出窍的人吗？他深深地凝望着眼前的人群，充满了悲悯，他们是他研究和试图发现的种群。他们的内心图景是怎么样的？

这时候是夜晚十一点，酒吧里已经满了。我已经三十五岁了，他想。我三十五岁了吗？他发着愣，他有些不相信。我也是一个灵魂出窍的人吗？他又要了一扎黑啤酒，但这次他没有要生鸡蛋，他不喜欢嘴里有一股腥味儿。一个女孩进来了，她穿一件露出了肩膀的白裙子。但这件裙子竟然有些丝质的反光。这是一件什么质地的裙子？他想。他发现她在寻找座位，可这家酒吧里人早已满了，她有些失望，他的目光和她相遇了。

"这里，嗨，小姐，到这里来。"他彬彬有礼地站起来。她看见他的动作，迟疑了一下，继而欢快地走了过来。这是一个小石桌，还有点儿不稳，他坐下来，又重新摆弄了一番。她冲他笑了笑，非常妩媚。他立即觉得眼前如同白银一样闪亮了一下。"这件衣服是什么质地的？它在这么暗的地方也能有光。"他问。

"是一部分绸子，外加一部分其他东西——我其实对此一无所知，我只是觉得它光滑，就买了。你好像观察力很强。"她坐下来望着他说。

他笑了："我是一个编剧——电影编剧。"

"哦？"她露出了一丝感兴趣的微笑，"都编过一些什么戏？"

"你可能看过。"他缓慢地说出了几个在国际上得大奖的电影的片名，"原作非常好，我只是一个编剧。再说，那全是导演的活儿——电影从来不是编剧的功劳。"他又啜了一口啤酒，他感到杯底的蛋黄滑入了喉咙，很滑，很腥。

"你已经引起我足够的敬意了。"她笑了笑。侍者走了过来。"还要生鸡蛋吗？"这家伙问。

真是个蠢蛋，他想。"你要一杯什么，小姐？"

"波旁威士忌，或者那种龙舌兰烈酒也行，我不要加冰。"

"好的。您再来一个生鸡蛋？"侍者又问他。他说："再来一扎黑啤酒，不要生鸡蛋。"

侍者点了点头，忽然把脸凑到他的耳朵边："我告诉你，吧台边那两个男的是同性恋。"侍者说完，又走了。他看了她一眼，她没有听见。"我喜欢你编剧的片子，我甚至多少有些崇拜这几部片子的导演，他简直是一个神，一个美神。"她说。

"不，他是一个暴君。"他陷入了痛苦的沉思。

"当然，他还是一个疯子，我为这部新片子为他干了一年——他叫我整整写了八十万字，把剧本写了几遍，在我写得都快呕吐了的时候，他才说，好吧，还算凑合——现在他正在戛纳参加电影节呢。鬼才知道会不会获奖，但我已知道我解放了。"

他忽然高兴了起来。

"你不希望能获奖？"她问。

"这与我又有什么相干？我只管喝我的黑啤酒。"

侍者把两人要的酒都端了上来。"再来一个生鸡蛋？"侍者问他。"不要，你走开！"他忽然粗暴地喊了一声。

"你好像心情不好。"她关切地看着他。

"是吗？"他带着嘲讽的口气眯着眼睛看着她。她大约有一米六六，但她并没有穿很高的高跟鞋，她的脸是那种鸭蛋形，弧线很柔和，她的眼睛，不大也不小，向后弯着，她的嘴唇很薄，几乎都像有些失血了，他发现自己看见的是一张非常美丽的脸。

"你像在被什么人追赶，你一进酒吧我就这么觉着了。"他问她，他在盯着她那张迷人的脸看。她喝了一口烈性龙舌兰酒，眉头皱了一下："你的观察力的确很强。"

"让我猜猜看，"他忽然饶有兴味地想猜一个谜，"你可能是电影学院的一个学生，你被一个小伙子爱着，但他的性格过于莽撞，不成熟，你们刚吵了架，于是你就走开了，你不想再见他。你在大街上走了很久，你有些急，情绪也乱了，于是你就进来想喝点儿什么。"

她却没有丝毫的表情。"我姓苏，我不是电影学院的学生。您姓什么？"

"我姓卢，你叫我老卢吧。你被什么人追赶着？"他仍旧那样问她。

"没有人，真的。"她忽然冲他迷人地笑了一下，"我只是在大街上走，忽然想进来喝一杯，我就进来了。"

"好吧，"他有些沮丧，他感到自己有些醉意，"来一个生鸡蛋！"他大声地对侍者喊，这次是一个学生模样的男孩拿来了一枚生鸡蛋。他接了过来，但这时她的眼睛却亮了："我可以让鸡蛋立起来。"

"真的？"他把鸡蛋递给了她，"不是啪的一下往桌子上一磕，把鸡蛋碰烂那么立起来吧？"

"当然不是。"她笑着，她拿着那枚鸡蛋，小头儿冲下，立了一会儿，松开了手，那鸡蛋真的立住了。

他有些吃惊，他把鸡蛋拿起来，立了五六次，那鸡蛋一次也没有立起来。"你与这鸡蛋有鬼。"他说。她笑了起来，拿过鸡蛋，她立了一下，那鸡蛋又立住了。

"好吧。"他无可奈何，把鸡蛋打烂，挤进啤酒杯里，"苏小姐，你住哪里？"

"我不知道。"

"你不是这座城市里的人？"

"过去不是，但不久以前是了。"

"好吧，叫我再猜猜你是干什么的。嗯，你是一个时尚杂志的记者？有线电视台节目主持人？动物饲养员？美术学院模特儿？饭店大堂公关部经理？广告人？大学外文系年轻教师？一个不知目的地的旅行者？女书商？教堂唱诗班女领唱……可你是什么人呢？"他一直盯着她，他一边问，她一边摇头，她什么也不是，"那么，你是云的女儿？"

她愣了一下，脸上现出一丝忧伤。"云的女儿，你是说云的女儿？应该是吧……"

他高兴了。她脸上的那一丝忧伤莫名其妙地击中了他，他觉得她身上有一种十分神秘的气息，真的如同云的女儿，他立即对她产生了幻觉，她在云彩之中飞翔，她在飞，他猛地产生了一种冲动，他想与她贴近一些，心灵和肉体都贴近一些，这是一种企图占有一种美丽的事物的想法，他为自己的这一想法而显得激动了起来，这使他有了一种说话的冲动，他看到她的眼睛在闪亮，如同真正的水晶，这水晶比所有的珍珠都明亮，那是一道微型闪电，在一瞬间照亮。他闻到了她身上大海的气息，那是一种温和的强暴，柔美的拒绝。"我知道这首曲子，这是美国'醉生梦死'乐队的曲子，叫《我们在黑暗中躺下》。'醉生梦死'乐队的乐手们沉溺于酒色和大麻，在幻觉之中寻找纯粹的快乐和来世。但他们都死得很早，他们死在青春这种迷幻药里了。"他说，他觉得自己有些喝多了，因为她在他的眼前晃，"我觉得我很想再贴近你，真的，苏，我要再贴近你些。"

"再贴近一些？"她笑了，"我们之间远吗？"

"远，"他严肃地说，"非常远，我不知道你是什么人，你是一个有着神秘气息的女人，你是美的，你一走进这酒吧，很多人的灵魂的碎片都在闪光，你叫我的胃和小肠在啤酒中跳舞。你是美的，因此我想拥有这美……"他觉得又一枚生鸡蛋的蛋黄滑入了他的喉咙，很腥，很苦，他低下了头："我的生活是残缺的，我没有找到完美的生活……"他开始声音低低地给她讲述他的生活，如何写作，如何与一个女人相爱到结婚然后再分手，如何像一片叶子一样飘在这座庞大城市的上空。"我忽然有了一些激情，在遇到你之前我没有这种感觉，这是为什么？"他瞧着她，目光忽然有些模糊，他看到她的眼睛闪亮了，"我不知道你是一个什么样的女人，但奇怪的是在你面前我竟然有一种倾诉欲，我总有话要说……"她只是看着他，如同水中的一张面孔，一个影子。时针已指向凌晨一点，酒吧中的人仍旧很多。

忽然酒吧之中有些喧闹，好像发生了什么事。有几个喝多了的人在扑打着什么。

他们扭过头去看，这时那些人已穿过回廊向他们走了过来，按倒了几把椅子，有一个飞翔的东西忽然落在了苏的肩膀上。

所有的骚动都停止了，这原来是一只鸽子，雪白色的，但鼻子上的一小片毛似乎是红色的，也许它有一个红眼圈？他没看清楚，但这确定无疑是一只鸽子，它咕咕叫着左顾右盼，好像被什么东西追赶。她也愣住了，停了一会儿，她伸出右手掌，去接左肩上的鸽子，那鸽子跳到了她的手上。

鸽子的一跳使得场面更戏剧化了。"这是谁的鸽子？"她问。那几个长发披肩像乐队乐手的人耸了耸肩，转身离去了，这只鸽子也不是他们的。

"那它就属于你了。"这时候，他的目光更加热烈了。他认为这是一个好兆头，因为夜晚的鸽子会带来好运气。她很高兴，因为白鸽子也是一种灵物，它带来的一定是吉祥的消息。

"我们走吧，"他说，"如果你愿意，我要带你去M导演的公寓去玩儿——他在戛纳，但他那房间的钥匙在我这里。"

她盯着他看，那鸽子还没有飞走："……好的，咱们走吧。"他们再也没有谈话，有一种相遇的快活使两个人激情难耐。他们走出了黄亭子50号，看见了乌黑的天空，他向一辆出租车招手，那辆车停了下来，他们进去，车子一路向北开去。在车子里两个人都没有说话，只是相视一笑，似乎两个人之间已经有了一种默契，这是建立在黑夜之上的一个契约。汽车沿京昌高速公路一路向北，不久就离开了在夜晚仍旧喧嚣沸腾的城市。那只鸽子仍旧站在她的手上，它顾盼生辉，咕咕叫着。他们都向窗外望去，外面黑沉沉一片，可以见到农田和一些稀疏的楼层。大约行驶了二十几分钟，他们在一个很大的花园别墅小区门口下了车。

清凉的气息立即包围了他们，他们抬起头，看见了天空之中黑暗的云已经散去，繁星密布，有一种奇异的星光流溢。这是热情之诗的诞生。小区似乎很大，被包裹在无边的黑暗之中。"在这条路的尽头，"他说，"M导演在这里买了一套三百平方米的二层小楼。"他们走在路上。路过一栋又一栋别墅，那些别墅都是没有灯光的，显然没有卖掉。这个小区很大，他们步行了二十分钟，经过了无数幢空荡荡的别墅和高级公寓楼，除了路灯，到处是漆黑一片，连路边一座五层楼高的旋转式分层停车场也没有一辆车，这里似乎是一座空城，因此有了一种奇异的感觉。但他说："到了。"他们的确在一幢小型别墅门口停下。远远地，三个保安在路上巡逻。"上星期这里有一个女人在家中被一个入屋抢劫的人杀了，因为买这个花园小区的房子的人不多。"他说。

他刚打开门，她手掌之上的那只鸽子就振翅飞走了，消失在了黑暗的天空之中，翅膀拍动空气时的唰唰声，也渐去渐远。"它飞走了，"她说，"它会歇息在黑暗之中的哪一个角落？"他们进去了，他打开了灯。房间的客厅很大，有七十多平方米，地面铺的是花岗岩。"没有住人的房间总要住人。"他笑着说。"M导演就在这个巨大的客厅里与他的女明星C跳舞吗？"她问他。"不不，M是个思想者，他不爱跳舞，他总爱支起下巴沉思。"他说。他从一个边柜中取出了一瓶香槟，倒了一杯递给了她，自己也倒了一杯。"这地方真不错，我喜欢这里。这套房子得花多少钱？"她转了一个圈儿问他。"一百多万，"他说，"M从合拍片商那里弄来的这笔钱。你到底是干什么的？"他突然又问她一句。她望着他，笑而不答。但他放下了手中的杯子，揽起了她，他们跳起了缓慢的两步舞。"你是一个神秘的女人，"他在她耳边说，"你是谁？"他闻到了她那如兰的气息。"你说过，我是云的女儿……"他们俩搂在一起，轻轻地旋转，任凭心灵中的旋律带动。客厅很大，他们从这头跳到那头要八分钟。这是午夜相遇的人在午夜的孤独之舞。没有闪电与雷鸣，没有大海的涛声，没有音乐。他们贴得更近了，她很快活，但她也携带着一种浓重的忧伤。这是一个逃跑者的气息，但是，她是从哪里逃出来的呢？

"我们上楼去吧。"他说。他们松开了，沿着旋转梯子往上走，她打开了所有的灯。"从外面看，这幢楼一定像黑暗之中的一条灯光之船。"他说。他们来到二楼的主卧室，这间卧室很大，有一张很大的床，而且还是一张水床。当她去打开灯的时候，他阻止了她，两个人拥吻在一起。他的吻是寻找之吻与发现之吻，丧失了诗意，充满占有的欲望却又含有自卑感；而她的吻，由犹疑变得温暖。他把她抱起来，走向了那张床。躯体压下去的时候水床在晃，如同他们是在大海之中的一条船上一样，这是缓慢的进行曲，有一种渐慢曲的节奏。后来他们就像鱼一样在黑夜中游泳，结伴而行。"我爱上你了，"他说，"我爱上你了。你是从哪里来的？"他问她。她没有说话，她的躯体像波浪在伸展，她敞开，让黑夜涌入她的体内来。

然后，他们躺在那里吸烟，此时已是凌晨三点，四周静得只剩下了黑夜，他觉得自己这几年第一次与黑夜贴得如此之近，进入黑夜如此之深。"我是一个逃跑者，"她说话了，声音像丝绸一样滑，"我是一个逃跑者，我在夜晚就要被梦纠缠。我梦见我在水中向上浮游，但我的头顶总有一张网把我罩在其下，使我动弹不得，使我浮不到水面上，无法呼吸。""为什么？"他问她。这时他觉得自己的思维已经变得很稠，像一种即将冷却的岩浆在流动，他觉得意识之中出现了一片空白。"你做这种梦是有其心理根源的，"他说，"你一定干了什么事？你说，你……怕什么？"他打了个哈欠，他真的对她有热情，他对她有一种占有的激情，他的手在她富于弹性的身体上弹动，很轻，如同钢琴师爱护自己沉默的钢琴。他内心的潮汛还没有退去，他陶醉在生命相遇的纯粹的美丽光环之中。

"我杀了人。"她说。

"你杀了人？"他怔了一下，但他仍无法真正让思维不要像岩浆一样流动，因为黑夜太深，"杀了什么人？"

"我杀了我父亲。"她说，她如同在一个瓷瓶中说话，声音有一些回声。

"你杀了你父亲？"他惊异极了，"真的杀了你父亲？"

"我杀了他。那是在八年以前，我只有十七岁，我杀了他。因为他总在和我母亲吵架，他们总在吵，我母亲由柔和变得一天比一天暴躁。那天他们正在吵，我就上前，在他的前胸推了一把，我父亲就向后跌去，他的后脑撞在了墙上，就那么死了。"

"这不可能，"他有些紧张地说，"头撞在墙上怎么能一下子就死了呢？"

"他的后脑之中有一根血管破了，那根血管破裂是几十万分之一的概率，而我父亲的血管就那么破了。那天我一点儿也不慌，但我母亲吓傻了。第二天警察和法医来了。她不哭了，她说他不小心跌了一跤，就那么死了。法医解剖了尸体，证实了血管破裂。但那的确是我干的，是我杀了他。"她有些阴沉地说。

"警察相信了你们的话？"

"是的，他们相信了。他们认为他是犯了急病死了，脑出血。可我知道是我杀了他。"他内心之中涌上来一些惶惑与不安，但他极力掩饰着，他问："后来呢？"

"我母亲又嫁了一个人。我与继父关系也不好，他们仍在吵架，可我发现这回吵架的主角变成了我母亲，她变得像母豹子一样凶。这是为什么？我不明白。"

他沉默着。"也许生活之中有些东西是复杂的，"他后来说，"人性之中隐藏了多少那种可以随时破裂的血管呢？有一天它就会裂开来。"

"所幸的是后来，也就是第二年，我考上了大学，离开了家庭，然后是工作，这几年，我只回过一次家，我不愿意回家。"

"你自己有个家吗？"

"没有。现在我在一家饭店弹琵琶，就是这样。我在飘浮着。可就是我杀死了我的父亲，你说对吗？是我干的，对吧？"

他盯着她看，但他没有说话。黑夜的大船昂然地向黎明撞去，他困极了，他说："睡吧，咱们睡吧。"

第二天一大早，他们醒了过来，他去买了一份晨报，报纸上报道了M导演拍的新片子在戛纳失败的消息，上面还有一张M导演沮丧的脸。他扔下报纸，煮了牛奶煎了鸡蛋，他把早餐端到床上时她还在睡，睡得十分安详。他忍了半天，还是叫醒了她。

她醒了，笑得很快活："我这是在哪里？这是哪里？"

他耸了耸肩，他看着她吃早餐，她吃得很仔细，没有让蛋汁流出一滴。

"你还记得你昨天晚上说了些什么吗？"他问她。

"我说了什么？"她诧异地问他，"我记不得了，现在几点了？"

"十一点。中午十一点。"他说。

她吃完饭，哼着歌去洗手间，她洗漱，化妆，然后她打扮停当，她在他的脸上亲了一下："我们走吧。我们回市区吧。"

他们出了小楼，阳光十分强烈。所有的别墅都沉默着，如同保守着一个共同的秘密。他也沉默着，他觉得一点儿也不熟悉她了，为什么一到白天，她就变得陌生了呢？坐进了出租车，他们向城里飞奔。她很快活，她在哼歌，她对窗外的一切都感兴趣。"农田！"她尖叫着。"牛群！"她说，"还有大片的野花！"

"不，那是油菜花，"他低沉地说，"你记不清你昨天说什么了？你真的记不得了？"

"我说了什么？"她诧异地看着他，"我说过什么？"

他想了一想："你说你喜欢游泳。咱们过几天去游泳吧。"

看得见的音乐

一

那些剧场的工作人员已经搭好了一个台子，有一面很大的白色画板被竖起来。那块画板可能是拼起来的，长十二米高两米半，法国画家吉拉尔德需要在乐队演奏完《黄河大合唱》之前画完那幅画。这就叫作看得见的音乐，你一边听音乐一边看他画画，他的画就是被你看见的音乐，实际上吉拉尔德画的只是他自己看见的音乐，他画的是他内心的东西。现在，指挥已经走上了指挥平台，这是一个年轻人，他穿一套白色的礼服，他开始指挥了。

二

有两个人，一男一女，他们坐在剧场第七排，他们离乐池很近，他们是一对年轻的夫妇，这是在保利大厦国际剧场，这家剧场是北京比较好的剧场之一，它的舞台灯光布局非常丰富和细致。剧场大约有两千个座位，现在，人们都来了，他们坐满了整个剧场，他们都是来看音乐的，但是，他们都能看得见音乐吗？

三

那个丈夫，他在低头翻看着今天晚上的节目单，他看到今天要演奏的第一首曲子是柏辽兹的《罗马狂欢节》序曲，第二首曲子是小提琴协奏曲《梁山伯与祝英台》。而第三首曲子就是冼星海的《黄河大合唱》，这是一部交响曲，一共分为九个部分：（一）《序曲》（管弦乐）；（二）《黄河船夫曲》（合唱）；（三）《黄河颂》（男声独唱）；（四）《黄河之水天上来》（配乐诗朗诵）；（五）《黄水谣》（女声独唱）；（六）《河边对口曲》（男声对唱，重唱与合唱）；（七）《黄河怨》（女声独唱与合唱）；（八）《保卫黄河》（齐唱、轮唱）；（九）《怒吼吧！黄河》（合唱）。他在翻阅这张节目单时显得有些心不在焉，因为他自己内心的音乐是躁乱的，那个指挥已经在指挥乐队演奏了，而就在来剧院之前，他刚刚和妻子吵了一架。

四

为什么她不同意离婚呢？她说是为了孩子，为了自己的女儿，因为离婚对她们的打击太大了，可我呢？对我的打击难道就不大吗？问题是，我们的关系已经快完了，他说，他和她的关系完全就像是一部交响曲，从序曲开始，一直到今天差不多也有八年了，最早的时候他们都是音乐学院的同学，他学习钢琴，而她则是一个小提琴手，他们从那时候就恋爱了。大学毕业，他们去了巴黎自费留学，因为巴黎是世界艺术之都！所以所有的艺术家都要到那里，最开始，他们住在一间只有六平方米的小阁楼里，因为他们是穷学生，租不起更大的房子，但那时候他们的生活要求很简单，他们同居了，他们过得很幸福，多年以后回忆那最穷的日子，他们仍旧觉得那是他们最为幸福的时刻。虽然他们那时候什么都没有。他们总是忘不了早晨一觉醒来，在阳台（它特别小！）上对早晨的阳光拉动小提琴的那一时刻，那一刻阳光是最美的、最明亮的，像他们的心情，像他们的生命。

五

　　但现在，八年以后，他们拥有了很多东西，有了四处房产（在巴黎市区和市郊各一套，两处在北京，其中一处还是复式公寓）、两辆汽车（一辆白色普通型桑塔纳，一辆银色的皇冠），在巴黎还生下了两个可爱的女儿，她们相差只有一岁，也就是说他们连续生了两个孩子，因为在巴黎，他们丢掉了音乐的本行——它在热闹而又冷酷的巴黎换不来钱，他们开始做生意，把巴黎生产的化妆品向国内，向中国倾销，做贸易，他们在巴黎和北京之间来回跑，她是他们夫妇合开的公司的董事长，他是总经理，这是一个名副其实的夫妻店，他们渐渐地赚了不少钱，即使是和巴黎的法国人相比，他们的生活也是相当不错的了。但是现在，他们的关系不行了。

六

如同所有有裂痕的夫妇一样，他们两个人的生活中间也出现了其他的人，其他的男人和女人，一开始是他，他和一个法国女人，一个香水代理商有过一夜激情，但是不凑巧的是，这件事被她知道了，但是她没有大吵大闹，她怀恨在心，她伺机而动。后来，大约这件事发生一年以后，他发现她在北京有了一个情人。他愣住了，他最接受不了的是，那个男人在他看来是一个流氓无赖，而她，他妻子却仿佛是正经女人遭遇"垮掉派"那样，爆发出了可怕的激情。那个家伙是一个小白脸，用了什么手段迷住了她，他弄不清楚，总之这一回是她爱上了那个家伙，欲罢不能，不能从那感情的旋涡里拔出来。她给那个人钱，还给他买手提电话，总之她不仅给他精神和肉体，还给他钱！仿佛是高处的水向低处流一样，她把感情都流了过去！

七

因此，有些事情必须坐下来讨论，比如他，为什么会有一夜情？是法国女人身上那极具诱惑力的法国香水的气味吗？他为什么能跨出这一步，从而使他们的夫妻关系，迈入了一个新阶段？比如她，为什么隐而不发，韬光养晦，但在回国内做生意时，心甘情愿地委身于北京的一个小混混？谁的更严重？是因为他们之间没有爱了吗？似乎不是，那么，问题出在哪里？面对两个历来知情的聪明女儿，他们内心有愧，却无言以对。但是破碎的热情已经破碎，维系他们的是孩子和夫妻店公司上的生意。后来，他认识了一位法国驻中国大使馆的法语女教师。他们也投入了热恋，情况就是这样，他和她像是两个被某种时代氛围所抽打的陀螺，在情感的旋涡中转动个不停，不能停下来，更不能安静地待在一边，他们疯狂地旋转着，却同对方仍是伸手可及。

八

吉拉尔德上场了，因为《黄河》开始演奏了，吉拉尔德是一个小个子，他穿着一件蓝色白底的竖长条短袖衬衫，一条牛仔裤，他手里拿着一把大刷子，他走到那块巨大的画板前，端详着白色的画布，他低头蘸了一些什么，然后甩上了白色的画布。大家看见那白色画布上出现了一道蓝色的色块，长方形还带着尾巴，这就是看得见的音乐的第一笔！然后，吉拉尔德开始画了，吉拉尔德像是一个油漆匠那样围着那块画布干上了。他又瘦又小，头发花白却又很长，真的很像一个油漆匠，一个法国油漆匠，在前排观众席中，坐着法国前总统戴高乐将军的女儿、巴黎市市长、中国文化部一位副部长、法国航空公司总裁一干人，这是一场别开生面的音乐会，而他们，他们这对夫妇坐在中排座位区的第二排。他现在发现，他内心的音乐与正在演奏的音乐是不一样的，他内心的音乐远比《黄河》要低沉、杂乱。大约在和那个教法语的法国女孩相处了一年之后，他们分手了。因为他发现妻子走得比他还远，因为她都要把公司的业务葬送了，他才突然决定从这爱的游戏中脱身而出，他与那个法国女孩断了联系，但是妻子却无法与那个小白脸断了联系，她说她无法，于是他说："那我们离婚吧！"她想了一下讲："不，因为我们有孩子。"

九

于是他们决定和孩子谈一谈，因为两个女儿都已经上小学了，她们非常懂事，他们和她们谈起这件事时根本就不用过多解释，因为孩子们似乎明白，爸妈的关系不行了，他们要分手了，这是一个现实的境况。"如果我们离婚了，你们跟谁？你们愿意跟谁呢？"他们向她们提出了这样一个问题，结果是一个愿意跟他，而另一个愿意跟她。这两个女儿之间的关系也很亲密，但是她们和他们的关系上却有亲有疏，或者说，一个稍重，而另一个稍轻。她们似乎对他们的分裂并不吃惊，也并不显得悲伤，仿佛她们觉得这事儿迟早要发生一样。这反而使她觉得有些惊心动魄，在一个没有母亲或没有父亲的环境中度过的少女时代，这整个少女时代的成长会对今后的生活发生多么大的影响？对这一点她没有把握，因此她对他说："我不要离婚。"

十

那么赶到那个老问题上了，如果不离婚，又无法和好，这感情的裂缝和伤痕是那么巨大，他们该怎么办？

现在他们彼此背弃，彼此恩怨难解，该怎么办？一开始他们选择了分居，因为这时他们都从巴黎回来了，把公司总部设在北京，因而，他开着那辆桑塔纳，住在市郊的一幢复式公寓中，而她则带着两个孩子（她一个也不放！）住在城里的公寓里，每周六他都去看孩子，孩子跟他很亲，她们喜欢妈妈，但她们都不喜欢和妈妈混在一起的那个比妈妈小几岁的男人，那个小白脸。这种生活过了一段时间，他妻子终于和那个小白脸的感情冷却下来了，她想叫他回来，因为毕竟孩子们需要他，而她又不可能和那个男人结婚，那个男人不喜欢她的两个孩子，而孩子们也不喜欢那个人，他们是敌人。所以，她清醒了一些，后来他回去了，一开始两个人睡在一张床上还有些别扭，他们都尽力不去触碰对方，他们就这样过着无性的同床生活，因为，在他们的身体中间，还留着一个男人和一个女人的气味、声音、身体与液体，这使得他们相距如此之近，却又无比遥远。

十　一

吉拉尔德疯狂了！因为《黄河》交响曲进入了波澜壮阔的演奏部分，在这种音乐的催发下，吉拉尔德像一只敏捷的猴子，手中的大刷子上下飞舞，他把蓝色、黄色和白色颜料涂、甩、抹、刷到那块巨大的画布上去，使颜料布满画布。但是他，怎么看也不觉得吉拉尔德在画着一条河，因为吉拉尔德用的底色竟然是蓝色，这与那条河带给他的感觉不同。黄河所经过的北方几省的地貌，大都是那种土黄色，没有一点蔚蓝，为什么吉拉尔德要用这种蓝色来确定他整个画幅的底色和基调呢？如同他妻子为什么会喜欢上那个北京小混混？她一定是不对劲儿了，倘若她是一夜激情，那他就算知道了也无所谓，但是她不是，她动了感情，她对那个男人动了感情，尽管他们现在又在一起了，因为两个孩子，他们中间的那种离心倾向仍旧很严重。忽然，吉拉尔德在梯子上颤抖了一下，似乎没有站稳，差一点儿掉下来。这时候，她腰间的手机似乎振动了，她对他说："我得出去一下，我得打个电话。"

十　二

　　吉拉尔德又站稳了，这是一个顽强的家伙，他已经把那些颜料涂满了三分之二的画幅，而交响乐队正在表演的是《河边对口曲》。他盯着吉拉尔德的画看，似乎看出了吉拉尔德画的河边的几棵芦苇，但这幅画太抽象了，仍旧不像一条河，尤其不像是黄河。妻子出去回电话，有十分钟了，还没有回来。到第二十分钟的时候，他有些坐不住了，他也走了出去，剧场里没有人走动，大家都看着吉拉尔德在画画，而交响曲的演奏即将进入高潮。他一个人朝外走去，他觉得自己有些沉不住气，他弄不明白自己为什么不可以多等一会儿，既然妻子去打电话，那就让她去打好了，他可以在这里等着，甚至一直可以等到演奏完毕，如果她还没有回来，那再向她发火也不迟。这个时候，他才发觉和她这几年在一起，他的脾气一直很好，他几乎没有冲她发过脾气，因为他是个好脾气，所以他们开的公司她是董事长，而他是总经理，他归她领导。他一边向外走去，一边想她会给谁回电话，是谁能把她叫出音乐厅。一定是那个人，一定是那个小混混，她答应不和他来往了，可他还在纠缠。可问题是，我现在要走到哪里去？我走出剧场找她吗？

十　三

　　他发现自己来到洗手间，洗手间里没有人，他拿出手机，拨通了妻子的手机号码。那边她接了。"我等了你二十分钟，你怎么不回来？你一定是回他的电话了。这件事情总得有所了断，你为什么总是摆脱不掉他呢？"电话那边沉默了一会儿，她说："是，我是和他在一起，我们在外面瑞士中心酒店门前的小树林里，他说他有话要和你说。你也出来一下。"他说："我和他没话，我想要你回来。要不你就跟他走，别再缠着我了。我厌烦这种局面。你现在就回来。"沉默了一会儿："你还是出来吧。"他很生气，挂断了电话。洗手间里没有别的人，他站在洗手池的大镜子对面，望着镜子中的自己，他觉得自己的脸色这会儿很难看。然后他走了出去。

十　四

"我知道你会出来的。"他的妻子站在一棵树下对他说。这个时候月光很好，可四周一个人也没有，才晚上九点钟，四周真的没有什么人，那个家伙也站在那儿，他看见了他。他对他说："你好。"他没有说话，他把脸转向妻子："我要你跟我回去，音乐会还没有结束。我们得把音乐会听完。""你知道发生了什么事吗？她怀孕了，怀了我的孩子。事情就是这样。"那个家伙对他说。他一看见那家伙就讨厌他，他穿着一套黑色的牛仔服，身上有很多口袋和很多银色的拉链，这些银色的拉链在月光下闪着银色的光。他听他这么说，血液沸腾了，但他对她说：

"你要怎么样？把胎儿打掉？"她看着他，这一幕多少有些滑稽，她发现实际上自己也没有什么主见，因为她的心也非常软，心太软！她捂住了脸，哭了起来，她这几年还从来没有在他面前哭过。这使他有些动心了。"别哭，我还是你丈夫，我现在还是你丈夫，对不对？"她一哭，一边点着头。那家伙说："她决定和你离婚，然后和我结婚，就是这样。叫你出来是为了告诉你这个。"那家伙说。他把脸从她身上转向他，他看见了他一副挑衅的样子。然后，他向他扑了过去。他们扭打在一起。过去他发誓自己不打架，因为他被音乐软化了，可现在他朝他扑了过去，他们扭打在一起，忽然，他摸到了那个家伙腰间的一个硬东西，那完全是一个硬家伙，他掏了出来，那是一把匕首，他杀了他，用那个人自己的刀。后来是他一个人站起来，手上的血在月光下看上去完全是漆黑的，像黑色的油漆。他向她走去，因为另一个人躺在那儿不能动了。"我把他杀了。咱们回去吧。音乐会还没有结束呢。"她瞪大了眼睛看着他，然后她尖叫了一声，她还要尖叫，但他把刀也刺向了她。因为她尖叫了，因为她瞪眼看他完全不像是妻子在看他。

十 五

他从那片小树林里出来，向保利剧场走去。他冷静下来了，他觉得事情有点儿不对：他刚才杀了两个人。他看了看手，上面那月光下显得漆黑的血被他擦掉了，仿佛没有了，但实际上它曾经有过。他走过有不少汽车驶过的马路，又走进了保利剧场，他依旧回到原来的那个位子坐下来，只是他的身边还空着一个位子，他知道今天晚上那个位子不会再有人坐了。他坐下来听音乐，发现乐队已经演奏到最后一章《怒吼吧！黄河》，他听得非常激动，这音乐让他激动，他流了一身汗，他现在有些后悔，后悔自己不该杀了人，因为他过去没有杀过人，而且，实际上为感情这种事去杀人完全不值，他犯傻了。可有时候人又是非理性的，这一点他也知道。他就坐在那里等音乐会结束。吉拉尔德已经画完了那幅画，它依旧是蓝色的，他坐在画布下休息，像个老农，因为吉拉尔德画累了。现在，杀了人的他看着这幅蓝色的《黄河》，他多少有些看出来它像一条河了，他觉得今天的生活发生了变化，他得为此付出代价了。音乐演奏完了，很多人起立鼓掌，吉拉尔德也向大家致意，很长时间，人们才散去，也许他们都看见了音乐，但他觉得他还是没有看见。他看着人们在散去，可他坐下来想是去公安局自首还是回家呢？人走得差不多了，他打了一个电话给公安局："我杀了一个人。""那你愿意自首吗？"他沉默了一会儿："我想去和你们谈一谈事情经过。""那你来吧。"那边说，"你来吧，坦白从宽的。"他挂断电话，站起来又看了看那幅画，他觉得它仍不像一条河。他不该用蓝色，也许欧洲的河都是蓝色的？就像我不该杀了两个人。要是他不冲我做鬼脸，要是她不尖叫，我根本就不会杀他们。可现在，这一切结束了。他向外走去，确信自己的生活将发生改变，而这种改变完全是瞬间的事。

十 六

　　实际上，在洗手间里，他拨妻子的手机号，根本就拨不通，她并没有开机，他洗了一把脸，走了出来，来到了门外，来到了保利大厦的门口，抽起了一根烟。他继续拨妻子的手机，但是仍旧打不通。时间已过去快半个小时了，她还没有回来。她是去回谁的电话了呢？他和她的关系岌岌可危，充满了猜疑和不信任，但为了孩子，为了孩子的健康成长，这种关系就得维持下去吗？他有些焦虑，于是他想象着他打通了她的电话，他和他似乎见面了，就在瑞士中心酒店门前的小树林里，他们发生了口角，他想象她怀了那个男人的孩子，他后来怒不可遏地杀了他们，他想象他回到了剧院，又看完了演出，然后给公安局打了一个电话说要去投案自首，他在抽一根烟的工夫里想了全过程，然后，他决定一个人回去，而且一个人回郊区他的家，他决定不等她了，因为她去给别人电话了。他走向自己的汽车，钻进去，发动着，一个人提前离开了。他觉得他根本就没有看见音乐，他的心更乱了，他的车汇入了涌动的车流，一路向北而去。

普尔马斯特会员店

　　"爸爸，没有卡，我们能进去吗？"儿子问他。胡大进在沉思着。现在他们一家三口站在普尔马斯特会员店的入口处。普尔马斯特会员店是一家仓储式的商店，里面装满成箱成箱卖的、世界各地生产的东西，价钱要比其他的商店便宜很多。可问题是胡大进没有会员卡，因此他们一家三口只好站在入口处，看着别人出出进进了。

　　胡大进是灯泡厂的工人，但灯泡厂倒闭了，工厂把地卖给了一家房地产开发公司，给工人每人发了一点钱，就把大家都打发回家了。他老婆叫王芙蓉，是棉纺一厂的女工，也在去年成了下岗工人。儿子今年上初中一年级，正是长身体的好时候，可一家人现在只有几百元的政府救济——最低工资，哪儿有钱买成箱的好东西回家？

　　三个人站在普尔马斯特会员店的入口处伸长了脖子越过关卡般的收款台向商店里面望，东西真丰盛啊！好多人推着购货车，车上装满了他们要买的东西。三个人像把脖子伸出老长的鹤一样。但他们没有卡，所以进不去。

"一定得想个办法进去。"胡大进沉思着，"我们会进去的。"

还有一些人在旁边的地方办新卡。你只要交一笔钱，在这里就会立即给你拍一张照片，然后你就可以有一张会员卡了。问题是他们没有钱，连办卡的钱都一时拿不出来。但人人都要生活，都有权利进入货物充足的商店，你说对不对？

"我们会进去的，"胡大进满怀信心，拍着儿子的脑袋，"一定得想个办法进去。"

"里面的东西可真多啊！"王芙蓉的表情变得十分惊喜，她三十七岁了，可近几年瘦得比白杨树还挺拔。

儿子的胃也在蠕动，胡大进可以听见儿子饥饿的胃蠕动的声音。儿子好像是完全由口腔、胃和肠子组成的腔肠动物，他吃什么都直上直下，饿得可真快。"好多东西我从来也没有见过。"儿子说，"爸爸，我都想吃，我饿！"

"我们会有办法进去的。"胡大进满怀信心。这时候，他趁收款员低头找包装袋不注意，站在收款台外把手伸进柜台，拿了一袋顾客还没有结账的东西出来，在经过解码器时，立即响起了一片警报声，那声音甚至比消防车的声音还好听，呜里哇啦，叫大家都吃了一惊。而胡大进却早就把那袋东西放回原处了。

无论是收款员还是顾客，大家都震惊了，有人偷东西！他们一起向收款台拥过来，想看看小偷长什么样。警报器还在响着，五个收款台的收款员都站起来，连保安也过来了，他气势汹汹，手里掂着个黑棍子。但他们并没有发现谁是小偷。实际上，每一个顾客都在认真地排队交款呢，因为他们都是有身份的会员，对不对？可一时局面乱了，收款员后来归罪于机器出了故障："这个鬼机器，乱叫什么呢？"于是大家才散开，一些顾客又开始排队交款了，混乱的局面不见了。

这时候，胡大进一家三口已经趁乱进去了。他们还站在人群中笑呢！

局面又安静下来，胡大进说："老婆，儿子，我们每人推一辆购货车，开始挑选东西吧！"

三个人非常快活地每人推了一辆四轮购货小车，鱼贯进入仓储式货架了，像摆脱了鲨鱼的追踪消失在深海中快活的鱼。

货物可真多啊！人类真会生产！人类的需要千奇百怪，那么满足人类需要的货物就也是万千花样儿。胡大进走在前头，儿子走在中间，老婆王芙蓉殿后，三个人推着小车，行走在货物的海洋中。把这家商店比喻为热带地区的海洋是完全恰当的！那些摆放在货架上被包装得色彩斑斓的一堆堆货物，就像是异彩纷呈的热带鱼和热带水生植物！当然，他们三个人也是热带鱼，是三条朴素的热带鱼，游走在这色彩艳丽的地带，他们渐渐地变得快活了。

胡大进看见了各式上好的雪茄。他抽烟很凶，于是他扑了过去，一把把几盒英国雪茄抓在手中，放进了购物车。然后，他开始摩挲各种品牌的香烟了。老婆跟了过来，她脸色一下子变得阴沉了："你就喜欢烟！"

"嘘——！"胡大进用竖起的指头放在嘴唇上，"要安静！你和儿子四下散开，拉开散兵线，各选各的吧！"

她看了周围一眼，发现的确没有人出声。但是儿子早已跑到食品货架边上了。于是她也推着车游开了。

胡大进想起来自己有两年多没有进过商店了，平时他买东西，就在他居住的楼下小卖部买点儿日用品，他总是在那里买牛奶和鸡蛋，加上肉，这几样是从来没有断过的，但一下子面对这么多又便宜又好的东西，一向不喜欢购物的他内心之中也涌起了一种狂喜。对物的占有看来真的是人类的天性，他想，不只是女人对物有购买欲和占有欲。他在货架间流连，在自己感兴趣的货物间踌躇，然后在挑选后把货物扔进购物车。他不知道在商场里待了多久，这时老婆推着小车从一个货架后钻了出来，她的小车中的货堆得像山一样高，把他吓了一跳！他的手推车里还没有装满呢。他说："你知道咱们带了多少钱吗？""知道！"她喜气洋洋并且满不在乎，"如果买不起，我连暂时装进车里，推着它走走都不行吗？"

"儿子呢？"

"儿子？不知道！坏了，咱们去找一找他吧！他不会丢了吧？"她这才焦急起来。

于是他们俩就推着手推车在货架中找。他们找遍了这一层，也没有看见儿子。"他会不会在上面一层？"他问。

"不会，上面一层全是一般生活用品，食品都在这一层。"她说。

"那地下一层呢？"

"我们去看看!"她说。

他们两个人又推着手推车来到了地下一层,这里的货架高及屋顶,到处都是货物,多得不得了。很多人都在推着小车选购,他们都是有卡族,而胡大进不是。忽然,他们看见货架前边有个人影一晃,那个人影非常像儿子,于是他们俩推着车子追了上去。

但是那个人影儿很鬼,一晃就不见了。他们就在后面追,可总也追不上,那个人影在躲着他们。"咱们来个围追堵截!"胡大进说,"你从后面追,我从前面包抄过去!"

他们一下子就把那个影子截住了,果然是他们的儿子,只是儿子的嘴里鼓鼓囊囊的,他正在吃什么东西。他的眼神惊魂未定,看见是父母亲,他的表情松弛下来了。胡大进往他的手推车里一看,就知道了,里面有一个烧鸡袋已经打开了。

胡大进四处望了一眼,见没有人,就把脸一沉:"偷吃东西!比小偷还可耻!"儿子一下子眼泪汪汪的,他把东西咽下去,委屈地说:"我饿嘛!"

老婆说:"行了大进,待会儿连包装袋拿去一起结算不就可以了嘛!儿子就是饿坏了,谁让你也下岗了呢?这一年你什么时候给孩子买过烧鸡?"

胡大进一想,觉得也是。"那咱们走吧,都已经七点钟了,咱们回家吧!"他看着老婆和儿子的手推车上,都堆得像小山一样高,"可咱们没有带那么多钱,怎么可以买得下这么多东西,老婆?"

"不管怎么样，咱们先去收款台吧，因为快下班了，外面天都黑了。"王芙蓉说。

他们三个人推着装载得满满的手推车向收款台走去。胡大进在前边，儿子在中间，老婆在后面。他们就像是一支小巧的军队向收款台进发。他们排在了那些要交款的人后面，安静地等待着。忽然，胡大进发现在前面结账的人都拿出了一张小卡片。那是他们的购物磁卡，还是会员卡？他转身对老婆招了一下手，老婆走到他身边，他在她耳边说："看来在这里结账仍旧要用那张磁卡，可咱们没有，咱们不能在这里排队了。"

"那咱们走吧，看看其他地方有没有出口。"老婆信心十足，"也许咱们能从其他地方出去。"胡大进又带着他们，装作还要买东西的样子，又推着小车向货场中走去了。

他们在货架中转着，儿子说："去底层，咱们去底层看看！"

于是他们三个人又推着手推车，向底层走去。他们在下楼梯的时候也很小心，因为在电梯上，要用力把手推车拉平，这样才不至于把满载的东西掉下去，儿子和老婆的车子都太满了。

忽然，王芙蓉看见丈夫挑的货物中间有一样东西，电梯到达底层后，她伸手从他的手推车中拿了起来。"你买这些灯泡干什么？你都干了一辈子灯泡，现在连工作都丢了，你还要买灯泡！我恨这些灯泡！"

胡大进把她手上的灯泡夺过来："这是外国产的节能灯泡，我们厂就是被它们打败了。我要买几个试用一下，要知道，输了也最好知道输在哪儿。走吧，咱们去找不用卡结账的出口！"他推着车子就向前冲。他们三个人都推着车子向前冲。他们在货架中间转来转去，但是真的没有出口。在底层，都是购物者推着小车在选购东西，连守卫也没有，只有成架成架的像山一样高的货物。他们转了一圈，只好又坐电梯上了二层。

"爸，咱们上三楼去看看！"儿子说，儿子现在精神抖擞，他刚刚吃完了一整只烧鸡，精神多了。儿子正是长身体的时候，他太需要食物了，胡大进心疼地看了一眼儿子的手推车，里面装的全都是食品，各种袋装的食品，它们的包装都很漂亮。人们生产了这么多种类的食品，他真的没有想到。到了三楼，他们又发现了一排收款台，但这些收款台，也是要用那种会员卡的。

胡大进他们推着小车在一楼至三楼之间来回转，就是找不到任何一个不用会员卡的出口。后来他们只好待在一个货架下商量，胡大进、老婆和儿子刚才跑上跑下，都累得气喘吁吁，上气不接下气。

"问题是，就算没有会员卡，我们才带了三十块钱，只够买一瓶奶粉的呀！现在，我们只有什么也不买了，把这整车的东西再放回原处去，空着手出去才行。"胡大进说。

"就这一条路可走吗？"老婆忧心忡忡地说，看得出她对把这满满三小车的货再还回到货架上极不甘心，"那咱们当初进来干吗？"

"我坚决反对！再说，我已经吃掉一只烧鸡了！爸爸，咱们还是想个办法冲出去吧！"儿子坚决地说。

"可那就成了强盗了！"胡大进瞪大了眼睛，

"我们恐怕不能那么做。"他看着老婆王芙蓉。她忧心忡忡地看着他，最后表示同意地点了点头："儿子，我们不能那么做。"

"不！你们这些大人，到了关键时刻，就缩手缩脚，爸，你刚才是怎么想办法进来的？既然你有办法让我们都溜进来，你就有办法让我们再出去，对不对爸爸？"儿子在威胁和劝诱着胡大进。

胡大进看着儿子，这一回他摇了摇头："不行，反正我们推着这些装满了东西的小车，不交款是肯定出不去的。"

"那我们就硬往外冲啊！爸爸，像电影上的人那样向前冲，那你们跟我来，我来带头向外冲！"儿子说完，一个人推着小车已经向前去了。王芙蓉想了一下，她突然也结束了犹豫，推着小车跟着儿子走了。

胡大进愣了一下，他也只好跟在他们后面。儿子人小胆大，他也许真的能冲出去。

儿子像一头小豹子一样推着小车向收款台冲去。忽然，斜刺里杀出一个保安，他全副武装，手中挥舞着黑色的橡皮棍子："站住小孩！结账也要排队！你乱跑什么！快去排到队尾！"

他这一声断喝把儿子吓住了，儿子猛然停住了脚步，王芙蓉也跟着刹住了脚步。儿子只好假装去排队，那个保安才走开了。

胡大进跟了上来，儿子有些不满地看着他，他小声说：

"咱们到一边再商量一下，好不好？"

于是他和老婆、儿子推着小车又走开了。在一个僻静地方，他对他们说："听我说，我有一个变通的办法，咱们既不硬往外冲，也不把东西再放到货架上，咱们可以待在里面，一直等到他们下班了，所有的人都走了，咱们再想个办法出去。这很难抓到咱们，就算抓住了，就说咱们被锁在里面了，应该是他们的责任。儿子，你说这个办法怎么样？"

儿子想了一下，点了点头。老婆也点了点头："那好，咱们就找个地方去躲起来！唉，这算是偷盗了！"

胡大进带着老婆和孩子仍旧推着小车在货架间游走。天越来越晚，里面的人也越来越少。晚上九点钟，保安和商店销售人员开始联合检查还有没有顾客，他们一层层地看，然后一层层地关掉大灯。在这期间，胡大进一家三口又从底层跑到三层，后来又躲到了黑暗的底层，只是他们仍旧推着手中的手推车，里面的东西一样也没少。他们发出的声音很小，这种躲藏的技术多么高超啊！他们听见保安锁好了大门并渐渐远去的声音，停了好久，他们三个人在黑暗中才把手都拉到一起，另一只手仍旧推着手推车。他们静静地听见里面什么声音也没有了，才推着手推车来到了停运的电梯旁，坐在了电梯上。胡大进一下子就听到了儿子的肚子咕咕叫的声音，这下他说："儿子，要是你饿的话，可以再吃一只烧鸡，不用等到咱们回家的时候吃了，你现在就可以吃。"他的声音听上去很悲壮。

"那我应该还算乖孩子吗？"儿子有些怯怯地说。

"当然还算!"胡大进说,"老婆,你要饿了,你也吃一点儿吧,因为人都走了,这仓库里就剩下我们三个人了,三个小偷了。"他忽然干笑起来。

她没有动,忽然,她哭了起来,开始是小声地哭着,后来声音慢慢地变大了。胡大进把她搂在怀里:"不要哭嘛!不要哭,我们待会儿就回家,好不好?"四周很黑,但是他还是摸着把她的眼泪擦干了。

"你说咱们能出去吗?"她不哭了,问他。"当然可以出去!"他说,"我也饿了,我也要吃点儿东西。"于是他也伸手取了一点东西,递给了她一些。四周一时就只有他们吃东西的声音。

"你说,咱们这已经犯罪了吧?"王芙蓉胆怯地说,"这东西一下肚,我立即想起来我们还没结账呢。"

大家都沉默了。过了好久,胡大进说:"咱们想办法出去吧!"黑暗之中,他站起来,"儿子,咱们一起回家去!"他们三个人推着手推车,开始找出去的地方。首先是底层,底层只有一个小门,打开后,发现那是放消防用品的小房间。也没有下水道,只有两个胳膊粗的管道通上楼顶,只有老鼠才可以爬出去。二楼的大门紧锁着,而且锁了好几道。门上还安了警报器,一个小红灯一闪一闪的。"千万别去碰它!"胡大进说。他们过去看了几扇大窗户,发现它们早已被焊死了。他们又来到了三楼,出乎他们的意料,在三楼,居然有一面很大的天窗,有一间房那么大,由于灯熄了,天空中那无数灿烂的星光正透过天窗玻璃洒下来，落在了地面上，斑斑点点，非常好看。三个人都站在这面天窗下，仰脸看那星光。"这星星怎么那么多，那么漂亮！"儿子惊奇地说。胡大进觉得也是，他有很多年都没有看过星星了，现在他和妻子专注地看着这些星星，都有些陶醉了。天窗离地面很高，有三人高。即使他们叠罗汉，也够不着，他们从天窗里也出不去。但是他们都看见了星星，它们那么美，就在他们头顶繁密地闪烁着，过去他们从来也未曾注意还会有这么美的星空。"要是从星星那儿伸下一只手，拉我们一把该多好啊！"儿子由衷地说，"多美的星星啊！爸爸！"

但是，星星会从天窗向他们伸出一只手吗？他们是否又找到了别的出口出去了呢？或者，他们在里面待了一夜，第二天把货还到了货架上空着手出去的？也许他们第二天仍旧推着他们买不起又不愿放弃的满载的手推车在里面游走，直至又待了一个夜晚？他们冲出去了吗？他们后来怎么样了呢？

天空中最美的坠落者

　　一个老人躺在床上，看着窗外的一棵树，树上好像有一片叶子，不，不对，树上已经没有那最后一片叶子了。这好像是欧·亨利小说中的一个美妙结尾，一个画家在常青藤攀缘的砖墙上画了一片叶子，身患重病的病人看着那片仅存的叶子又活了过来。但现在呢？这个老人能够确信那片叶子还存在吗？他不能够确认。他实际上看不清楚窗外的那棵树。那是一棵什么样的树？法国梧桐？大山楂？樟木树？黄杨树？胡杨树？百年老柳？老人猜不出来，因为窗玻璃蒙上了一层灰尘，他看不太清。他刚才做了一个梦，梦见自己长了一双巨大的翅膀，在阴郁的天空之中向着他的过去飞翔。他是一个巨翅老人！在向回飞的过程中，他看见迷茫的花瓣浮在水面上向前流去，时间像一条闪光的铁链一样向他飞行的相反的方向延伸。他向前飞行，向着一个闪光的亮点，那纯美的起点飞行。他醒来，看见旁边床上的病友已经不见了。这间房里只有他们两个病人。另一个是前列腺癌患者，他疼的时候总在叫嚷要自杀。那个病人叫嚷了有一个月，但他仍旧活着。只是窗外那棵树的叶子却一天比一天稀少了。看不见病友，他有一些担心，他按了床头的铃，护士进来了，他告诉了她他的忧虑。"他在院子里晒太阳呢。"她说。"外面，有太阳吗？"他说，他发现自己感觉不到阳光，是窗户太脏的缘故吗？"有太阳的，只是有一些稀薄。"护士说。他笑了一下。她问他需要出去走走吗，他说不，他要再闭目休息一会儿。护士出去了，他闭上了眼睛。现在，在他的眼中，不，是在他的脑海深处，出现了一棵树，一棵非常茂盛地生长的树，当真是根深叶茂。但这棵树的生长很奇怪，它是树枝在地底下蓬勃，而树根则在地表之上蔓延。这是一棵黑暗之树，与黑夜和黑色的泥土混为一体，这纯正的颜色叫他迷醉。

他忽然又想起了他的女儿，她两年前一去英国就再也没有任何消息了。女儿多么爱他！从他妻子去世，她就打算很晚出嫁，只是为了服侍他。两年以前，她坚决反对他和何萍再婚而离开了他，再也没有消息了。何萍是一个四十多岁的女画家，比他年轻二十岁，但他的女儿不喜欢她。"我并不是责备你忽视你和我妈妈的感情，我只是不喜欢她，不喜欢那个女人。"女儿说。女儿的话叫他忧伤，唤起了他对妻子故去多年的沮丧和悲痛的心情。女儿已经三十一岁了，可她还不出嫁，这也叫他着急。她同样应该有自己的生活。他出于一种复杂的心情与何萍结了婚。结果很简单，女儿出国了，他和何萍开始了新的生活。后来，他发现何萍是一个喜欢热闹、极爱出风头的女人。她喜欢在人多的地方讲话，她爱在家里搞冷餐会，她不喜欢他老是坐在藤椅里沉思，她把这种状态称为"发呆"。"你又开始发呆了。"她每当看到他这个样子的时候就这么说他。直到有一次他愤怒了。"我这样会变成老年痴呆吗？"他问她。她不说话，他们都很烦。过去他和女儿在一起生活，他总要弹上一曲钢琴，他喜欢弹一些欢快的拉丁曲子。但现在，女儿离开他一年了，那钢琴盖上也蒙上了一层厚厚的灰尘，没有人再去动它了。"你心里想着的仍旧是你的前妻。我什么也不好，我什么也不是，对不对？"何萍说，"离婚吧离婚吧离婚吧离婚吧……"她哭了，在哭声中他同意和她离婚，和他的第二个妻子结婚一年半以后离了婚。

从此，他比以往任何时候更喜欢沉思，比以往任何时候都更喜欢凝望星空。星空之阔大让他不断地回到对纯美的怀想状态中。星空，是流动的蜜，是变动的梦！问题是，他一个人生活，他变得越来越孤单。他不太爱说话了。后来，有一个小伙子来拜访。他一开始不愿意理这个年轻人，内心的孤独与傲慢使他打算拒绝各种各样不请自到的人。但那个年轻人是为了和他谈论星星与时间的，年轻人拿出了他写的一些文章。"我想您一定和我一样，热爱这更单纯的事物。"

后来，他的眼睛发亮，他与年轻人谈得十分愉快。他们的确是从星星谈起，从星星的变动的阵容谈起。他们是一束粒子，在光的回旋中高速转动。他感到了一丝安慰。后来，他打报告聘请这个年轻人担任了他的秘书。年轻人常来看他，他们总是谈那些遥远的事物、回忆中的杂草：他少年时代的一次泥石流，月光下的狗叫声，南方小镇的梅雨岁月，爱情，水中的令人怀念的水草摆动，旧时钟，沙漏，日出，向前流去的河流，一些光滑的石子儿划过水面。但有一天他病了，这已是隆冬季节，一次感冒引发了肺气肿，他住进了医院。他后来就喜欢站在窗台边朝外看那棵树。

就是在他梦见自己变成了一个巨翅老人的这一天，夜里他在窗前望去，他可以看见不远处的昆仑大酒店顶层那闪光的霓虹灯，那种醉人的灯光让他飘入了回忆的天空。年轻人来看他，他指着那酒店上空闪烁的霓虹灯说："你看，这多像一个星星的聚会，是星云闪耀，是一个小小的星云系！"

他的这个比喻毫无疑问带有了不少对生活的热情。星星的聚会，星之坛！他的秘书也站在那里看那些霓虹灯，他明白了老人内心热烈的激情与甜蜜。时间、空间，几十年的流转已使老人丧失了对很多东西的兴趣。现在，重要的是再使他恢复对事物的热爱。但他知道，老人的心底里有一条暗河，这条暗河上漂动的全都是过去的生活残片，是记忆，是前妻的一道目光、几声叮咛，是一些在门槛里生锈的铁钉。这条暗河将会把老人从现实中不停地拉回到过去，拉回到那条暗河上，让漩涡带到深渊的深处。

这是周末的一天，早晨天还没有亮，当护士走进房间里，发现他已经不在床上了。但窗户是开着的，护士呀地叫了一声，赶紧走到了窗户跟前，把头探出去看，她看见了一条灰白色的影子趴在水泥地上。她怔住了。

接下来的事情是混乱的，知道了老人坠楼的消息的人向他围拢了过去。老人趴在水泥地面上，他身边是一棵叶子稀少的法国梧桐。老人趴在那里，眼睛是睁着的，有着一丝难以察觉的温情与欣慰。他的右脸贴在地上，左脸上留有几道从高空中坠落时被树梢挂伤的血痕。他趴在那里的姿势十分自然，仿佛一个孩子扑向了母亲。那是和大地母亲的亲和与相通，他的姿势十分舒展。有人哭了，那是喜欢这个老人的人。他们不喜欢他这样，但事实是他从高空坠下，他死了。

人们整理遗物，没有发现遗言。人们在猜测，他难道是自杀吗？没有理由啊，从表面上看，没有自杀的理由。他是一个十分安静的老人，他只是有些孤独，有些思念死去的前妻，想念远游的女儿，难道他忍受不住这些煎熬才从高空坠下吗？有人在检查窗户，他们发现窗户是十分紧的，需要用力才能推开，而同病房的前列腺癌患者竟然没听到一点声响。整个事情是非常突然和神秘的。但他已从高空中坠下了，脸上有着一丝温情。

一个人为什么会死去？会飞向大地？一个老人为什么会孤独，会怀念，会忧伤，会和黑夜会面？难道有一些具体的理由来推断一个高空飞翔者吗？他落向大地，是为了称出他自己的重量吗？是告别吗？他姿势舒展地在地上展开，像一张纸做的飞鸟凝固在那里，重新确定了大地的中心。

一周以后，他的秘书突然收到了一封信。一看到信封上令他熟悉的字体，他吓了一跳。那分明是老人的，这仿佛是从另一个世界发来的消息，他赶紧拆开了它。没有留言，只有两张十六开的纸，写着一首诗：

天空中最美的坠落者

巨翅老人渴望飞翔

飞向星空是他的方向

巨翅老人要做天空中最美的坠落者

这坠落不是下降，而是上升

是甜蜜的聚会是投奔

在一片黑暗中和黑夜融为一体

天空中最美的坠落者

不再害怕孤独如同

口噙一粒种子向着土地飞去

这是种子的最后一击！

在瞬间消失中抵达星的永恒

完美的世界，丧失了假定

我已无力倾听

星星变动的声音

在午夜一个孩子在大地的流浪中醒来

他听见了星代表黑夜向他说话

午夜的孩子，在恐惧中领受着战栗

单一的宁静已使他发疯

而重建星空远远没有开始

午夜的孩子醒着

或者他是在一个醒着的睡梦中

在两个梦的叠压下成为影子

在空荡荡的城市中像一张纸一样飘飞

午夜的孩子城市夜晚的不明飞行物

楼厦间的一声号叫

灯光背后的蝙蝠

一个人被汽车咬了一口，白光一闪

所有这一切都是黎明幕布上的一道擦痕

秘书合上了诗页，他感到自己的身体在轻轻战栗。星代表
黑夜用诗在向他说话，这是唯一的遗言，却没有前言与后记。他
骤然间感到了一些超越世俗的力量，这种力量在把他拉向一个秘
密。这个秘密是有关生命的，有关孤独、甜蜜和死亡的。一种不
可名状的悲哀与欢欣同时袭倒了他，他觉得他和老人又相会了，
在星星的阵容中，这是超越时间的，向着源头地飞行。而这一
刻，的确在天空中，所有的星星都繁密地闪烁，守候着一个午夜
孩子的睡梦。

城市中的马群

　　真的，你们谁要是看见那群马，你们一定要告诉我，要知道我该有多么忧伤，因为我再也找不到它们啦。打一毕业，那群马就冲进城市中消失了。你知道我沿着京广线、京沪线和陇海线走了二十个城市，可是我却从来没有在城市中找到它们。它们一脸的梦幻，嘴里还衔着知识的青嫩的叶子，就从城市中消失了。

　　城市是什么？城市是一个盲目自信的大胖子。城市永远都糊里糊涂而且睡眼惺忪。城市就像是一块肿瘤一样地膨胀着，可是它们包括我为什么都要冲到这该死的城市中消失呢？

　　现在，你要是沿着那条七十米宽的大马路驱车向前，你飞速地掠过街灯，你要是在穿过立交桥的时候不经意地向车窗外看一眼，你就会看见我，一个长头发的男孩，他一脸的惊惧与迷茫，他就像是一匹被记忆所追逐的马一样在奔跑，他不停地踩着自己的影子在奔跑，他到底在追赶和寻找着什么？

　　你一定会猛地停下车，你一定会猛地对他大喊一声："嗨！伙计，我说你在干什么？"我会猛地一愣，我一定会停住脚，不让脚去踩住我的影子，我呆呆地望了你一会儿，接着我说："我在寻找一群马，一群在城市中消失的马，一群非常年轻的漂亮的公马和母马，它们一共五十三匹或者五十七匹，反正具体说来我也记不清了。你看到它们了吗？"

后来我就离开了我的影子，我就上了他的红色夏利车。他告诉我他叫车遥远，他见我坐好，就迅速地把车加入汽车的河流里，重新成为一条红色的鱼了。车遥远长着一只可恶的酒糟鼻子，他说他开出租车已经有八年了，他告诉我说他有一个梦想，就是总有一天他要把车开到远得不能再远的地方，谁也找不到他。他说那一天才是他最幸福的日子，可是现在，生活在这座乱哄哄的城市里，他没有一天感到过幸福。

"可是我只要找到那群马就够了。"我的眼睛闪闪发亮，死死地盯视着窗外的街景，以及楼厦的峡谷。我们的车悄无声息地在街道的河流中游动着。"你为什么要找马？去找兴许压根儿就不存在的马群？既然它们已经在城市里消失了，你就由它们去好了。"车遥远对我说着。他打开了该死的录音机，让"死者"摇滚乐队的重金属音乐轰击着我的耳膜。我没有说话，我的目光依然在城市中搜索着。你要是我，你要是像我一样用迷茫的目光盯着窗外，你一定会和我一样对城市感到奇怪。我弄不清为什么那么多人都要到城市里来，就连马群也要在城市中消失。城市显得那么不真实，在白天，它飘浮在尘土之上，面目不清而又壁垒森严，像是一张巨嘴吞吃着空气、飞机、汽车、植物和道路；在夜间，它又虎视眈眈，准备随时咬死每一个在睡梦中跌倒的人。更多的人把脸都挂在阳台上晾晒，把自己关在鸟笼一样的高楼里。每天，城市人都踩着凌乱的脚步，出入地铁、公共汽车、大商场和许多楼厦，买卖梦想，然后在物质中消耗自身，成为更为简单的物质。在城市中，几乎所有的人都是单面的，最为流行的就是音乐和沙子，一切都在那么迅速地流动着。城市向四面八方铺开，几乎到达山地和大海，人们在这里集结愿望，展览舌苔，交换手上的掌纹，然后拍卖。人们像鼠群一样在楼厦、粮食和空气之间奔逃，并且呼唤着水，让你忘却形式，身不由己地深入其中。

"……把车开到谁也找不到的地方，嘿，我说兄弟，这比你去找那群该死的消失了的马有意思多啦。不瞒你说，我还从来没有去过这么一个地方，那里非常遥远宁静，为柠檬、月亮、大海和古老的树木所包围。我就想去那里，你觉得怎样？"车遥远的脸上洋溢着兴奋的红晕。我在想，城市中是不是到处都分布着像车遥远这样的怪家伙？我看见他立刻又沮丧了起来："可是你却在十分天真地找什么马。好啦伙计，我说你可以下车了，这个花篮送给你，你拿着它兴许就会在这座城市里找到马群的。"

现在，我站在一座高楼面前，风很凉，吹得我几乎像鸟一样在风中倾斜。现在我手里提着一个花篮，我的头发被风吹得很乱。我抬起头，看见灯光映照之下，面前的这座大厦顶上闪烁着"太平洋大酒店"几个字。我心里想，那群马中的有一些兴许就跑到这里来了。

我提着花篮有些慌张地走进了酒店。我看见有许多漂亮的女侍者，在大堂里像漂亮的塑料花一样招摇。我有些怯怯地走了进去，我扶了扶头上的棒球帽，我走近了她们，我说："小姐，请问你们看见有一些马来过这里吗？"

"马？哈哈哈哈……"女侍者笑了，笑得不可开交，"他要在这里找马，真有意思。"她们笑得花枝乱颤，我都有些讨厌她们了，尽管打心里说我一直很喜欢漂亮女孩子。"这家伙要是再有几颗坏牙，看上去就像'坏牙强尼'了，他要在这里找什么马，真是笑死人了，你没有发疯吧！"她们依旧笑个不停，可是我已经忍不住了，我一脸愠怒："我才不是什么'坏牙强尼'，我根本就不认识他。我只是一个来找马的人。告诉我，小姐们，你们就真的没有看见有一群马？"她们不笑了，看见我很严肃的样子，感觉到兴许这是真的，或者认为我是个疯子也未可知，其中一个十分清秀的女孩子指了指电梯："你上楼看看，兴许你会在楼上找到你的马的。你真是一个怪家伙，手里还提着一个花篮？"

我不再理她们了。我飞快地跑向电梯，我任意地按下了一个键，后来电梯停在了十六层。我提着花篮，走出了电梯。我踩着厚厚的红地毯，在走道里探头探脑。马们会在哪一间屋子？我走到1618号房间门前，我敲了敲门。兴许它们中至少有一个会在这里呢。

门开了。一个把头发卷得乱哄哄的女人露出了半个身子：

"你找谁？"

我发现她把脸涂得十分夸张，看上去倒还算风韵犹存。"我来找马，有一群马在城市中消失了。你看见它们中间的几匹跑到这里来了吗？"

她笑了，笑得胸脯乱颤了起来："你说你是来找马的？哈哈，我这里真有一匹，不过我不知道是不是你要找的那一匹？"

我高兴坏了，把花篮递给了她，我说："谢谢，这样我便可以重回马群了。"我兴冲冲地跨进了屋子，四下里探望。"它在哪儿？你说的那匹马在哪儿？"我的鼻子闻到了十分刺鼻的香水味儿，是法国产的某种香水，大概是"阿兰"牌吧。我环顾四周，这才发现我大概进入了一种非常高级的客房里，但我后来只在那张床上发现了一条狗，一条毛茸茸的长毛黄狗，正趴在那里戒备地看着我。

我的心凉了下来："没有马，只有一条长毛狗，它绝对不是马。"我有些失望了，听这个女人说话的声音，我敢肯定她一定是从某个热带海岛上的国家来的。

"嗯，那么，难道，坦白地说，我就不是一匹马吗？你一敲门我就知道你是一个漂亮的少年骑手。年轻人，今天晚上，你愿意骑着我，带我一起进入梦想的深渊里吗？"她的眼睛里流露出了蜘蛛捕获昆虫一样幽深的目光，她媚笑着靠近了我，揽住了我的腰，"来吧，小伙子，今天夜里好好地上马奔跑吧，来吧我的小宝贝。"

我突然沮丧极了，我不仅没有找到马而且还把花篮送给了不该送的人，我这会儿都快要恨死我自己了。她才不配成为一匹马呢，我这样想着，用手挡开了她的手。"还愣着干什么？来吧，我们……到床上去。"她意味深长地笑着，把我拉向了那张床。她拍了拍那条狗："而且今夜我们还有它。好啦，我该去洗澡了。等着我，小家伙。"她冲我笑了一下，就走向了洗澡间，从背后看上去，她扭动身体的样子看上去还真有些丰腴迷人。

我坐在床上，却不知该怎么办。我动了动身体，听到了洗澡间有水流的声音。我有些气恼，我发现我坐在一张水床上。我一脚把那条长毛狗给踢开了。

我有些慌乱，接下来我该怎么办？我没有了主意。这时候房间里的电话铃突然响了。我走过去拿起了听筒："喂，你好，你找谁？"

"先生，晚上好。请问你需要特别服务吗？"一个像夜莺一样的女孩子的声音说。我明白了，我忽然灵机一动，我说："要的小姐，请立即上楼来好吗？"

"好的先生，我马上就来。"那个小夜莺说。

不到两分钟，门就被敲响了。我打开了门。我发现她并不像我想象的那样像一只夜莺，她浓妆艳抹，美丽得虚假也美得吓人。"我可以进来吗？"她很有礼貌地问我。

我笑了，我说："当然可以。你快进来，你先上床等着我，我待会儿就来，小夜莺。"我放她进来，迟疑了一下，我出了房间，偷偷地乘坐电梯下楼了。在电梯里我忍不住想笑，我实在无法想象两个女人面面相觑时的有趣场景，一个戴棒球帽的男孩子竟然变成了一个花姑娘，这事儿想起来就令人兴奋。

我走出电梯时小姐们又发现了我："嗨，小伙子，你找到你的马了吗？"她们咯咯地笑着，我凄凉地笑着耸了耸肩，就走了出去，重新来到了街上。

　　我感到了寒冷。城市楼厦间猛烈的峡谷风吹打着我，我还痛恨自己丢掉了花篮。我现在没有劲儿在高速公路上踩着自己的影子飞跑。我感到很孤独。但我听到了夜空中隐隐传来的欢呼声，那声音就像是一阵阵风暴一样在城市上空回荡。这种声音是至少五万人聚在一起发出的。我朝那个方向看去，我知道那里是巨大的圆形体育场。我想起了车遥远那个家伙所说的"九十年代摇滚节"，那么那里一定在举行摇滚的节日了。摇滚是城市的节奏，是城市的呼喊。或者城市是一个巨大的疯人院，关了至少一千万个精神病人，需要通过歌唱来发泄。我听见歌声在空中飞扬：

　　　　人潮人海中/有你有我/相遇相识相互琢磨

　　　　人潮人海中/是你是我/装作正派面带笑容

　　　　不必过分多说/自己清楚

　　　　你我到底想要做些什么

　　　　不必在乎许多/更不必难过

　　　　终究有一天你会明白我

　　　　人潮人海中/又看到你

　　　　一样迷人一样美丽

　　　　慢慢地放松/慢慢地抛弃

　　　　同样仍是并不在意……

歌声高亢而又激昂，伴随着这歌声，至少有五万人在欢度他们的节日。可是我不快乐，我要去寻找马群，在找到它们前我没有节日，我想到了孤独和寒冷。一匹马在清冷的大街上奔跑总是又孤独又凄凉。

　　那么，我要到哪里去呢？远离摇滚，远离那幢巨大的"太平洋大酒店"，我走进了纵横在这座城市地底下的地铁车站。地铁是什么？地铁是城市的血管，它十分幽暗地分布在城市的躯体里，把所有的人运到他们想去的地方去消耗他人与自身。

　　我失去了花篮，感到了孤单，我坐进了环线地铁。在车厢里，我被人们紧紧地围拢着，之后，地铁像一条巨蛇一样在地下运行了。每到一站，许多人出去，有更多的人又挤了进来，每个人的表情冷漠而又麻木。在我的边上坐着的是一名头上包着一条土布头巾的农村妇女。在她的身边还坐着三个像梯子一样高矮错落的孩子。他们都有着宽阔的脸膛，脸部有着两块分布均匀的红晕，我猜想他们一定是从陕西或者甘肃来的。那里的人经历过风吹日晒才会有这样的脸相。我想，这个中年妇女，带着她的梯队孩子，来到这个嘈杂而又广大的城市干什么？

　　"大兄弟，到平安庄在哪一站下车？"她忽然偏头用西北腔调问我。我很抱歉地笑了笑："我不知道。我不是这个城市的人。我来到这里是为了找寻一群马，三个月前它们消失之后我就再也没见到它们。"我表情黯淡地说。

　　"在城里能找到马？"她那张经历过风吹日晒的脸上现出了惊诧的表情，"大兄弟，我坐这地下火车一整天了，也没有见到过一匹马。谁也不知道平安庄在哪里，我就只好这样坐着，直到这车停下来再也不走了再说。"

我忽然感到有些好奇，我说："告诉我，你带着你的孩子，来干什么？也许我能够帮助你。"

"我是来告状的。我男人在外面干活叫预制板给砸死了。谁也没有给我一分钱，所以，我就带着孩子一起来告状了。有人告诉我说在平安庄有冤就能申，可平安庄在哪里？"

我明白了她是来上访的，我知道那个叫信访局的地方在哪里，我还知道那里每天都有许多人在那儿递状子，像麻雀围住打谷场一样叽叽喳喳。见到了他们，我第一次发现世界上竟有这么多需要申冤的人。他们从四面八方，从乡村、山地、高原、河流、小镇、工厂来，他们乘坐火车、飞机、汽车、轮船和马车到达这里，他们大多数将一无所获，毫无结果地离开这里。

后来，我把她和她的孩子们引出了地铁车站。我告诉了她信访局的地址和方向，我祝愿她能够如愿以偿，可是我知道城市是吝啬的，城市是严酷的，更多的时候城市就像是个商人，精明过人，只想着叫每一个来到这里的人把口袋掏得干干净净。城市却不会告诉我马群到哪里去了，城市为什么害怕我知道马群消失的方向？

可是我还得去找我的马群，我的兄弟和姐妹们。再说我也是一匹马，我必须马不停蹄。我又进入地铁里。夜已经降临了，车厢内人并不多，地铁运行的铿锵之声像是乐曲一样伴我前行，马群到底到哪里去了？在一个车站，车厢里一下子拥进来几个装扮十分奇特的人。他们一共有六个人，都戴着墨镜，留着一种叫作飞机头的发型，这种发型就是把头发从头顶向前吹出一尺远，然后用发胶固定下来。我看见他们的手里还拿着吉他，提着箱子。我看出来了，他们至少是一个摇滚乐队什么的，他们还穿着十分好玩的鞋子，这种鞋应该叫火箭鞋，这种鞋的鞋尖像人的舌头一样伸出去有二十厘米长。他们几个人莽莽撞撞地进了车厢，戴着墨镜的脸上表情显得古怪而又呆傻，依次挨着我坐了下来，好奇而又僵硬地转动着脖子，就像是几个某出喜剧中滑稽的木偶。

我立即想到这帮家伙一定是一些见多识广的人，他们兴许见过我的马群。我转过脸问："嗨，我说朋友，你们见过有一群在城市中奔跑的马了吗？有五十三匹或者五十七匹，你们看到过它们吗？"

六个戴墨镜、留着飞机头的怪家伙一同把脸转向了我。和我挨得最近的那个家伙伸出了手，和我僵硬地握了握："朋友，我们都没有见到你那群兴许有些过于调皮的马。顺便自我介绍一下，我们是'群牛'摇滚乐演唱小组。你听说过我们吗？我们已经把海边和高原的城市人都给征服了，今天我们是第一次来到这个城市，我们要征服它，要让城市中的每一个人在我们的歌声中变得疯狂。"

我总是遇到一些很有野心，同时又很有趣的人。他们想的都是如何征服城市，而我却只是要找到我的马群而已。"那么，如果我告诉你们应该在哪里找到舞台，兴许你们就会告诉我马群的线索。"

"当然可以。我叫牛头，认识你很高兴。愿意和我们一块儿干吗？至少，我们需要一个解说员。我们要征服这座大城，要让一千万人在梦中都唱我们的歌，要让所有的人都体验到激越的生命的滋味。别再去找什么马群了。你不觉得和我们在一起很带劲儿？"牛头滔滔不绝地对我说，一边递给了我一张名片，名片上有他们六个人的名字。我只记住了吉他手兼主唱"牛头"和贝斯手"瘟疫"这两个名字。我没有说话，我听见他们几个人开始用古怪的语调悄声地议论起来了。后来，我领着"群牛"乐队走出了地铁，走上了地面。因为我觉得如果跟着他们走遍这座城市的每一个舞台，兴许就能找到我的马群了。我领着他们向大体育场走去，因为那里正在举行摇滚节。我们到达体育场时发现那里已经人去楼空，观众已经像潮水一样退场了，只留了空空的台阶和舞台。我们就一起躺在看台上睡了一觉。

从第二天开始，我便领着"群牛"乐队，沿着那些著名的大街，寻找到了一个个音乐酒吧。但听众和我都发现，"群牛"摇滚乐队的水平很差，他们的歌曲听上去简直像是噪声，吓跑了许多人，而且他们再也不愿听到这群留着飞机头、穿长火箭皮鞋傻瓜们的歌了。而我也没有在听众中找到我的马群中任何一匹马。

可是"群牛"乐队依旧斗志昂扬，他们发誓非要征服这座城市不可。可每天迎接他们的是砸向头顶的烂水果。他们过着风餐露宿的生活，他们就像是一群牛。很快地，我和"群牛"都陷入了困境，因为几乎没有一个人来观看他们的演出了，我也没有听到任何关于马群的消息。而且，不久之后，"牛头"被一根生锈的钉子给扎伤了，意外地得了破伤风，很快就死去了，使得我们再也听不到他那嘶哑的嗓音了。"群牛"乐队陷入了悲伤。这时，我下决心要离开他们。十分讲义气的"群牛"乐队人原谅了我，眼含着热泪，带着"牛头"的尸体，继续满怀希望地前进，向着北方进发。看着他们的身影消失在大城尘埃飘浮的黄昏里，我是多么无奈和忧伤。

离开了"群牛"，我依旧在这座城市中穿行。在白天，我隐身于一幢高楼里，用一架高清晰度望远镜观察着大街，观察着每一个路经那里的人，希望能发现失散的马。在夜间，我依旧一个人在高速公路上奔跑，我不停地跑啊，跑啊，信心十足。我踩着我的影子，背后是无边黑暗的天空。

那一天我来到了这座城市东部的大使馆区。我看见有一百多个国家和地区的旗子花花绿绿地飘扬着。我猜测马群兴许会在这里出现，因为近十几年来，有许多人都不再继续吃家乡的草了，他们要坐上大船或是飞机，去吃异国他乡的草。所以，我的马群兴许也会在这里出现。

我飞快地穿行在密匝匝的使馆之间，我在这些神秘的小院子间溜来溜去。我眼睛发亮，没有看到马，却见到了不少漂亮的年轻女人在这一带晃来晃去。我探头探脑的样子不免叫那些在大使馆门前站岗的卫兵们警惕。后来，有一个穿着超短裙、胸部高耸的漂亮女人袅袅娜娜地向我走了过来，并且朝我迷人地一笑。

我有些慌乱，我刚想逃走，可是她已经走到我跟前了。她用日语对我说："你好！我可以陪你去喝一杯吗？"

我用汉语说："对不起小姐，我是来寻找马群的，我不能陪你喝酒，请原谅。"

她的脸色变了："我还以为你是个外国人呢。你干吗在这个大使馆附近走动？唉，我的运气真糟，没有一个外国人愿意带我去喝一杯。"她的表情黯淡和忧伤极了。

"别难过。无非是想出国，对吧？据说国外的空气都像蜜一样，雨水都是葡萄酒？我也弄不明白，人干吗都要往国外跑，我只是来找马的，我可不想去那么远的地方。"

她笑了，笑容中含有一些讥讽："你还是找你的马去吧。你才不会想象得到另外一种生活的样子。你压根儿就不懂生活。生活在别的地方，在你现在不在的地方，而且永远如此。"

"照你这么说，我们必须马不停蹄地去寻找和追逐新的生活？"

"对啊。要不然我们活着有什么意义？"她皱起了她那好看的眉头，看得出她对我不是个外国人已经很不耐烦了。

我有些苦恼地摇摇头："我可没有想那么多，我只是想找到几个月前消失在城市中的马群。我只是想重新加入它们中间，至于去哪里，我还不知道呢。"

"所以你永远都是一个傻瓜，一个不懂生活的蠢蛋，一个只会安于现状的笨蛋而已。烦透了，我为什么要跟你费那么多口舌？我在这里已经等待一个多月了，还没有一个外国人要把我带出。滚开，小讨厌鬼，现在我对你烦透了！"她那双秀丽的眼睛忽然像眼镜蛇一样突鼓了出来，胸部充了气一样膨胀了起来，像一颗炸弹一样要把我炸死似的，就因为我是一个中国找马人，而不是日本人或者是别的国家的人。

我像一只气球一样地逃了开去，我远远地逃开，我站在街边，像是一棵树。我依旧看见有那么多的人和车，他们构成了河流，谁也不知道他们和它们最终的去向。这个世界是否一切都是流动的？那些走动着的人们，他们也曾经和马群在一起吗？他们也曾经经历过马群的失散吗？他们为什么不去找属于自己的马群？只有我一个人还在寻找着。后来，我找到一家旅店住下了。我至少要在这座城市中发现马的踪迹或是蹄印，否则我是不会罢休的，至少我是一个有些倔强的人。

"喂，你好。认识你很高兴。"我有些气急败坏地对我一进房门就看见了的躺在床上的一个看报纸的人说。那个人放下了报纸。我发现他长得尖嘴猴腮，目光中流露出疑惑和精明。我还看见他手上拿的是一张《股市快讯》。我敢打赌他至少有四十岁了。

"你好，认识你很高兴，如果，你今天晚上不怕我打呼噜的话。"他说。

"我倒不怕打呼噜，我本来就睡不着。咦，你到这个城市来干吗？来上访？来倒卖东西？来参加如何发展我们国家海军的秘密会议？或者，你来办签证出国？"我问他，因为我在城市里碰到的都是这一类的人。

"嘿，我是一个商人，别的我可什么也都不是。你听说过康乐牌笑容霜吗？那就是我们公司生产的。这种霜只要往脸上一擦，从不爱笑的人都能满脸笑容。这是我的名片。"他满脸堆笑地递过来一张喷香的名片。

我接了过来，我知道了他叫杨胜利，是公司总经理。我猛然之间有些兴奋，我对他说：

"你是从南方来的？那你一定经过了许多城市，你在这些城市中看到马群了吗？那群马一共五十三匹或是五十七匹。你要是看见了，一定要告诉我。"

杨胜利的脸皱了起来："马群？！没有，从来没有见过，我只关心如何发展我的公司，如何叫我的公司像气球一样膨胀起来。我还要办成跨国大公司，要让公司生出更多的小公司，再让小公司生出更小的公司，我要让全世界都布满我的公司，你懂吗年轻人？我只对公司感兴趣，我从不去注意什么马群。我在干着一种非凡的事业。只有像你这样的逃学的中学生或是无所事事的大学生才会干找马的蠢事。你知道吗？现在全世界的人都在开公司。你为什么不去开一个呢？当然，如果找到马群能赚到钱的话，我倒是愿意跟你合伙。可惜找马肯定是个赔本买卖。"杨胜利说完，又举起他的《股市快讯》了。

我对自己居然和他谈起了找马的事而感到懊丧和恼火，而且我还要忍住怒气和他住一个晚上，还要听他讨厌的呼噜声。杨胜利哼着一首最新流行的关于要有个家之类的歌，愉快地翻着报纸，但旋即又将报纸扔到一边：

"对了，你要是有三万元，可以加入我们的证券投资共同基金，怎么样？现在全中国的人都想玩股票，年轻人，你为什么不玩？我想我们合作一定会发财的。要是你没有三万元，你有一万元吗？嗨，我说伙计，想开点儿，再别干傻事了。"杨胜利从口袋里掏出了一副裸体女人扑克，在手上哗啦哗啦翻动着，"要想开点儿，这年头只有钱是唯一实在的。当然啦，其次还有小汽车，有女人，有大哥大，你懂吗？这才是真正的生活。"

　　我有些糊里糊涂的，我问他为什么要开那么多的公司，赚那么多钱来干吗，是要把月亮买下来吗？

　　"嘿，真是可笑至极。告诉你吧，在未来的社会中，国家将不再存在，只有公司才是国家的真正支柱，世界今后将由跨国公司构成，庞大的跨国公司实际上就是国家，以赚取货币为唯一的目的。只有公司和货币才是真实可靠的。"

　　杨胜利说着，眼睛里流露出奇异的光亮。他现在激动得像一只豹子一样在屋子里走来走去，一边挥舞着手中的报纸，一边滔滔不绝地演说着。

　　"那么，你是否可以告诉我，你开公司、玩股票、赚大钱，这一切的一切，到底是为了什么？真的是为了能买下整个月球？"我笑着问他。

　　杨胜利忽然愣住了，他把报纸扔在了床上，两只眼睛瞪得老大："臭小子，你什么也不懂，你快点儿滚蛋吧，只有你才想去他妈的月亮上呢。"

　　是的，我的确想到月亮上去，从小我就想到月亮上去。如果有一架梯子，我就会沿着梯子爬上去；如果有一条青藤，一直长到了月亮上，我想我也会施展我少年的绝技，沿着青藤爬上去。尽管月亮上冷冷清清，可是那里一点儿也不像在地球上那么吵闹。要知道，在我的这些个日子里我都快烦死了，因为我必须跟各种奇怪的人或是喜欢痴心妄想的浑蛋们来往。美国和苏联的宇宙飞船把许多人都送上了月球，可还没有轮到我呢。他们上一次把一只叫巴比的可爱的小狗都送到了月球上，它在月球的表面上跑起来就像是在飞，当时我在电视上看到后心里可不是滋味了，要知道，我多么想一步就能走至少五十米远，这在月亮上就能实现。我想我得给国家航天局打个电话，问问他们什么时候上月球，要是去的话，能不能把我给捎上，因为我讨厌杨胜利之类的家伙，实在讨厌极了。

要是你到了这座城市，要是你随便坐上车在大街上飞驰，你就会发现在城市中和高楼大厦的峡谷间行走的我。我头戴一顶黄色棒球帽，脚上穿着一双登山鞋，我的表情显得古怪而且忧伤，我总是在寻找着什么，可是我看上去一无所获，我发誓在这座城市中找不到马群就不回家。

"你看见过一群马吗？一共有五十三匹或者五十七匹，它们跑进城市之后便不见了。你能告诉我它们在哪里吗？"我在早晨的太阳从楼厦的顶端冒出了头的时候，走到公园里，看见了一个头发花白的老头儿在那里打太极拳，我走过去对他说。我还看见公园的草坪边上停着一辆"奔驰280"，有一个头戴方格舌帽的小伙子，大概是司机，靠着车门在看《环球银幕》。

老头儿的姿势俊逸而又洒脱，他把脸转向我的时候，我猛然发现好像在哪里见过他，真的，我想了一会儿终于想起来他是那个过去经常在电视上露面的政治家。我想，知道他的人可太多了。我一下子变得紧张了，我脱下了棒球帽："你好，政治家，对不起，打扰你了，我只是随便问问，要是你看见了它们的话……"

　　老政治家满面红光，他亮了一个手势，甩了甩手："年轻人，你能告诉我你为什么要找那群马吗？"

　　我高兴了："这么说你见到过那群马了？我找到它们是为了重新加入它们中间去。要知道，我也是一匹马，我们在七月盛夏里从大学校园冲到城市里就失散了，我不知道它们跑到哪里去了，我很悲伤。"

　　老政治家笑了："哈哈哈，年轻人，你是在寻找你过去的生活，对吧？年轻人，要向前看，要知道，没有不失散的马群的。比如我吧，我现在已是一匹老马了，可是我经历过至少几十次失群了。

　　"我原先曾是南方一个山沟里的小马驹，在五十年前和另外三匹小马驹一同出来寻找新的草地。我那会儿才十七岁。后来我们就失散了，枪炮和弹雨的烟雾冲散了我们。我又加入了更大的马群之中，在更为广阔的大地上奔跑。嘿！在那个年代里，你肯定会为有那么多的马在大地上一起奔腾而热血沸腾，那可真是壮观。几万几十万匹马排山倒海地冲向敌人的阵地，马蹄声像雷鸣一样在大地之上震荡，真是壮观极了。我也在马群之中，我使劲地跃动四蹄，浑身充满了力量。我们胜利了。"他停了一下，眼睛变得湿润了，"当然，也有许多兄弟在冲锋和前进中倒了下去，再也没有起来。"

"后来，我又加入新的马群中，继续奔跑，因为马的使命就是不停地向前奔跑。我再次被冲散，离开马群。后来，国家建立了，我们又回到了各自马的队列，我们体魄雄健，开始了新的合群与休整。然后，我们又开始了奔驰。不久，马群之中出现了彼此的不信任，出现了对立，马的阵营乱了。于是，我被同伴用皮鞭抽打过，用前蹄踢击过，我还被逼上了舞台，在万人面前嘶叫，说假话。但是，一颗马的心叫我看得高远，我的心绝不在眼前栏杆围困中死去，我的心在为遥远的事物所跃动。后来，大地重整新装，我们又重获自由，再一次冲向了广阔的草原。可是我们都发现自己有些老迈了，虽然国家还很年轻，我们还看见许多更年轻矫健的马超过了我们。可我们依旧在奔跑，而且，奔跑就是我们的命运，马们的命运……"老政治家用两只深的老马之眼，向前深情地看去，仿佛看穿了整个世纪。

我明白了不只是我曾经与马群失散过。老马告诉了我他失散马群的经历，每一匹马都可能与它的马群失散。天下没有不散的马群，是这样的吗？

"那么，您是说，我不应该再去找那群马了吗？"我问道。

"不，你应该去寻找属于你的马群。每一匹马都应该回到属于它的马群中去。"老政治家告诉我，"像我已经经历了那么多次失散的体验，我依旧在寻找马群。比如现在，更年轻的马追上了我们，把我们这一群老马都快冲散了。可是，我们依旧在互相寻找。你明白吗？老马识途，老马经验丰富，只有老马才懂得如何将智慧、经验、方向和激情融为一体。年轻人，去吧，去找到你的马群，然后超越我们，跑到前头去啊。"老政治家说。

"但是你还没有告诉我，你看见它们了吗？我是说属于我的那群马。"

"我没有看见它们。你知道，城市太多太大了，我们的国家也太大了。而且，到处都有好的草地，谁也说不准它们会到哪里去吃草。再说，它们还会飞到大洋的那一边去。因为不光我们这边的草能吃啊。"

我有些明白了，我知道它们一旦冲进了广阔的城市，就像鱼消失在了大海里。但是，我必须找到它们。"那么，你能告诉我寻找的方向吗？"

"你就沿着铁路和大河的方向去寻找吧。祝你好运，年轻人。"老政治家微笑着握着我的手说。然后，他坐进了他的"奔驰280"，对我摆了摆手，车开走了。

我在环球大厦顶端的旋转餐厅里用餐，一边饱览着眼前的城市风光。这座城市非常大，像一大堆骤然生长出来的雨后的蘑菇一样不真实。那么多高楼大厦，那么多立交桥，那么多人像蚂蚁一样涌现和消失。我的马群就是在这里消失的，我想着，如果我是一只气球，飘浮在这座广阔无边的城市中，自由得就像飞鸟一样该有多好。如今，人们都在玩着麻木和赚钱的游戏，人们不再需要梦想了，这该如何是好？

我挤进了像鱼罐头一样的公共汽车，我憋得够呛，因为我的脸都变紫了。我刚挤上去，却又大声地喊着："我要下去！让我下去！我是说我要下去！"我发疯似的冲撞着拥挤的人群，我的脚底下踩着什么软绵绵的东西，有人大声地咒骂我，我毫不理会，我像一条逃亡的鱼一样又挤出了公共汽车。车门重新关上了，我站在地上出了口气。现在我有些恼恨自己，因为我问了那么多人，在城市中经历了那么多个白天和黑夜的交替之后，没有一个人告诉我说他见到过马群。

我沿着街道向前走着。我在人流之中显得沮丧至极，我晃来晃去，不断被人群的水流冲荡。这时我猛然看见有一辆"奥迪"出租车停了下来，从车上下来了两个人。其中一个穿着一套白色的"皮尔·卡丹"牌西服，手里握着一个密码箱。他下了车，细眯起眼看阳光下的景物。我猛然想起了马群中的一匹马，老晖，是的，正是他！我正欲上前，却见车上又下来一个穿着淡黄色衣服的年轻的和尚！我愣了一下，但还是走过去，伸出手从后面拍了拍"皮尔·卡丹"的肩膀："我说老晖，我终于抓到你了，告诉我，除了你，其他的马呢？整个马群呢？"

他转过了脸，我顿时泄气了，因为他压根儿就不是老晖。他看上去有三十岁，眉目俊秀。他咕哝了起来："什么马、马群之类。我不懂你在说些什么，我是去做报告的。这是静一法师，他也是去做报告，你干吗不一块儿去听听？"

"是什么样的报告？这年月，和尚也可以做报告吗？"两个人哈哈大笑了起来。"皮尔·卡丹"说："我是一个大气功师，我要去做带功报告。至于静一法师，他是去做禅学与现代社会生活的报告。走吧，就在那个报告大厅里，有一万多人在等着我们呢。"

"大气功师？"我瞪大了眼睛，"大气功师一般都在山里隐居的，你们一定是两个骗子，再说和尚也是超凡脱俗之人呀。"两个人互相看了一眼，又笑了起来，他们好像把我当作小怪物了。

"大气功师就不能出山了？大气功师就不应该叫全世界都知道他的神功？小伙子，这是一个开放的时代，这是一个躁动的时代，这是一个大时代。所以，我们大气功师便全部出山了。而且，你知道我挣了多少人民币、美元、日元和英镑吗？我已经是一个亿万富翁了。"他得意扬扬地说，"可是你却在找你的什么马和马群之类。你是不是发疯了？城市里到处都是机会，你就找不到一点儿年轻人更应该干的事情？比如我，我就不同于我的师父。我的师父活了一百五十岁，前年死在了密林里。我师父一生默默无闻但已经修炼到了至高至奇的境界。比如，他已将灵魂聚成了一团，在空中飘浮，时刻准备着重新投胎转世。但是，我的想法和他不一样，我必须让更多的人知道我，我也要把师父的绝招拿到世界上来亮相，我讨厌默默无闻，要知道这是一个大时代。"

我轻轻笑了起来，我嘲讽道："嗬，现在所有的人都变成实用主义者了。不知道你师父的灵魂运行在半空中，看见你变成了这个样子，还会再转世再生吗？世风日下喽。"

他狡黠地一笑："不不，世界像流沙一样，而且，我们是大地上的短暂者，我们谁也不会获得永恒。所以，我提倡在短暂的生命历程中进行所有的人生高峰体验。这才是人存在的意义。我们是刚刚来到这座城市，我要征服这座城市。"

我转过眼问那个年轻的和尚："你呢？讲禅和佛教，会给你带来什么？"

他摊开了手："至少，我的寺庙需要一笔钱来把所有的佛祖们重新装塑一遍吧。"

我笑了起来，看来全世界的人都在忙着赚钱，连和尚也不例外。我又想起了我的使命，我问"皮尔·卡丹"："既然你有如此神功，你一定能知道我的马群在哪里，请你告诉我，好吗？"

"好吧，既然你非要去找它们。"他靠在了墙上，闭上了眼睛。过了一会儿，他的太阳穴上冒出了热气："……我看见了它们。它们一共有五十三匹或是五十七匹，它们在奔跑着，它们在城市的大街和小巷中穿行。它们不停地在跨越栏杆，它们不停地向前……"

"对，是它们！它们就是我的马群！"我异常兴奋地高叫起来，"告诉我，在哪里能找到它们？"

他睁开了眼，耸了耸肩。"你很难找到它们。它们从一座城市到另一座城市，它们不停地奔跑着，运动着。它们从不停下，因为它们是马，而且是一群年轻的好马，对吧。马是不应该停止奔跑的。"他笑眯眯地对我说，"好了，我们该去做报告了，有一万人在等着我们呢。祝你好运小伙子，希望你找到它们。"他与年轻的法师和我告别，就走了。

我依旧在这座大城市中穿行，我既然知道它们在不停地奔跑，这就够了，我一定能够找到它们，直到加入它们中去。我在城市中漫无边际地走着，我走过巨大的广告招牌，我仰脸看着它。招牌上美丽的女人冲我微笑。我听见脚下的城市躁动不安，城市像是一架老机器，城市运作起来发出的声音听上去滞重而嘈杂。这时，我看见一辆洒水车缓缓地开了过来，它洒了凉水，给人们制造凉意。我猛然看见有两个穿白裙子的姑娘，正走在洒水车的前面。她们东张西望，像两只鸽子一样一边耳语，一边悄悄笑着，就是没有发现后面开来的洒水车。我停了下来，对她们喊："嗨，洒水车！注意洒水车！"两只"白鸽子"不理会我，她们依旧姿态生动地走在大街上，顾盼生辉，直到被洒水车洒了一身水珠。看着她们慌乱的样子我不禁笑了起来。

"笑什么？有什么好笑的。我们就当下了一场雨。"其中一只白鸽子气恼地咕咕着对我说。两个人弯腰抖着裙子上的水珠和泥点，在阳光中凸现在以蓝天为背景的图画之下，显得生动极了。我走到她们跟前，我说："我早就大声地提醒你们注意洒水车，你们为什么就听不见呢。"

两只"白鸽子"不理我，她们的嘴唇噘得很好看，可我才不买她们的这个账呢。"别向我噘嘴，我可不是洒水车司机。"

她们狐疑地看了我一眼，仿佛在看一只唐突的大猩猩。她们把脑袋凑到一起嘀咕了一会儿，接着她们忽然变得笑容可掬了："嗨，我们认识一下吧。我叫涵心，她叫涵丽，我们两个是姐妹。现在我们迷路了。请问，你知道电影制片厂在哪里吗？"涵心冲我挤着媚眼，我立刻明白了，这是两个想来大城中当影星的姑娘。怎么来到这座大城的都是一些梦想家？我一下子笑了起来。

"有什么好笑的？"两只"白鸽子"冲我瞪起了杏眼。

"那么，你们是从哪里来的？"我问她们，一边用手指旋着手上的棒球帽。

她们互相看了一眼，很不情愿又很不信任我地说："我们从海边来，一个叫灵阳的小地方，你一定没有听说过。告诉我们电影制片厂在哪里，我看出来了，你是一个坏小子。涵心，咱们走吧，临走前妈妈说问路要找老太太，千万别问男的。咱们走吧。"她们立刻手拉着手，走上了人行横道，要过马路。"喂，我说，我知道电影制片厂在哪里，走吧，我领你们去，虽然，我同样也有重要的事情呢。"我有些懊恼地拦住了她们。然后我们一起向前走了。

"你来这里干什么呢？你不像是这个城市的人，你来是企图炸掉一座巨大的石碑吗？"涵心问我。

"我来找一群马。喂，你们从南边来，一路上见到过一群马吗，一共是五十三匹或五十七匹？我只是一个找马人，在这里已经找了好几个月了，可是却一无所获。"我十分沮丧地说。

"你只要带我们去电影厂，我们就会告诉你，你所说的马群，我们见过了。"两个女孩子相视一笑，然后对我说。

"那太好了。咱们上公共汽车吧，我们很快就会到电影厂的。"我说。

我们来到了电影制片厂，涵心和涵丽进了女盥洗室，出来以后一刹那就变得十分漂亮和鲜艳，她们不仅换了衣服而且还化了妆。"带我们去见导演，我们要拍电影，我们要当明星，而且，我们一定会成功。"

后来我就带她们去找了导演，我至少带着她们去见了五个导演，因为她们许诺要告诉我马群的下落。可是她们一站在镜头面前就紧张得不得了，不是动作幼稚可笑就是紧张得一额头汗水，我真为她们着急。最后，有一个导演叫她们扮演群众演员，就是面对日本兵站着的一群老百姓中的两个小村姑。

但是她们没有告诉我马群的消息，她们的确看见了几匹马，可是经过她们的仔细描述，从各种特征上来判断，它们不是我们那一群的。我又好气又好笑，后来我就一个人走了，我再也没有听到她们的消息。两只怀揣梦想的种子的"白鸽子"，现在在哪里鸣唱和啼叫呢？我在这座城市中穿梭，我碰见了各种各样的人，他们都是两手空空，但是怀揣着梦想来到了城市。我不停地行走和穿梭在城市之中，我的背上是天空，我的脚下是流动的土地，周围是桅杆一样的楼厦。有时候，我对着古老宫殿中的深井呼唤，但回答我的只是空洞的回声。在这个广大的世界中，马群消失了，我兴许真的找不到它们了。

寻马启事

　　我寻找一匹马，特征，头戴黄白相间的棒球帽，脚穿一双登山鞋，鬃毛黑而亮，眼睛里流露出梦幻和忧伤。谁要是见了它，告诉我，我会送他一首诗和一辆山地自行车。

　　有一天我昏昏沉沉地穿过小巷，向我落脚的旅店走去，却在路边的墙上发现了这则启事。这不是在找我吗？我看了一下，我知道了，这一定是老亮在找我。哈，我太兴奋了，我立刻在夜幕中狂奔了起来，马蹄叩击着古老的大地，我按着启事来到了北郊。我知道在大城的北郊，住了许多流浪的人，那里住着好多流浪的艺术家和诗人。老亮一定也在那里，哈，我真高兴。我想起了老亮总爱留一头油黑发亮的长发，他这一头长发曾经把老教授们气得鼻眼都歪斜了。传说他曾在网球上面绷上避孕套，然后把它们都一个个地打到女生的窗户里去。我有一次还看见他趴在大地上，用耳朵去倾听大地，他说他在听大地母亲的心跳。他是一个很有趣的家伙，他总是写一些过人的超现实主义诗句叫我们高兴，比如"我的思维是头发，乱得像你胸脯上的青草""诗是梦，它在我们睡着的时候还在运动""第一个死去的人，使幸存者完美"之类的句子，叫我们都很喜欢。这家伙总爱穿一身火红颜色的衣服。嘿，我终于找到一匹马了。

　　在北郊，我终于在一幢小平房里找到了他。嘿，要是我跟你说起我们见面那会儿的亲热劲儿，保险你们都受不了。那一刻我们双蹄乱舞，先是紧紧地拥抱了，嘴里散发出青草的气息，然后，我们又兴奋地给了对方一前蹄，这才坐了下来。四周的墙上贴的全是他写的好诗句。

我说："你看见其他的马了吗？我找了整整三个月，只找到了你这一匹。"

老亮甩了甩他的长发："我来这里一个月了。后来，我听两个十分漂亮的女孩子说，碰见过一个找马的人。我一猜就是你，后来我就贴上了寻马启事，这不，你一下子就寻了过来。"我高兴地又捶了他一下："怎么样，现在过得不错吧，有好青草吃吗？"

"当然，现在遍地都有好的青草。走吧，今天在这里的所有的艺术家要在那个皇家陵园的废墟上开一个篝火晚会，你会见到更多的马的，虽然他们不是我们一群的，但他们也都是好马。一同去看看吧。"老亮说。

"太棒了。"我兴奋地说。

那天晚上以及随后的几天我无法忘怀。我见到了更多的马，各种各样的马，他们都怀着各种疯狂的想法。他们是这个时代的思想者、画家、音乐家、诗人、小说家、自恋主义者和介入者、流浪者。他们都是从各个边缘地带来到了这座大城，来到了汇聚着整个社会的中心力量的大城。他们都有一个想法，那就是，在这里找到更好的草地。我知道他们是真诚和勇敢的。那一天的篝火烧得很旺，火光映照出了许多面孔，我又感到了重入马群的快乐。我和老亮一起和大家说笑，唱歌，聆听着马蹄叩击大地的声音。后来我问老亮："我是不是应该继续去找我们的马群？"老亮的眼睛发亮："不，不用啦。要知道，所有的马都已经上路了，只要知道他们在路上就可以了。我们需要的是不停地奔跑，或者加入新的马群中。每一匹马都在路上，这就够了。"

是的，我们已经在路上了。我们是马，我们的命运就是奔跑，我们从不停下，只会向前。我们会随着季节迁移，但奔跑和寻找是我们的使命，下次你要是再见到我，你一定会发现我和新的一群马在一起，请告诉那些失群的马，告诉他们前来会合的方向，我们都期待着他们加入，因为，我们都已经在路上了。